COLLECTION FOLIO

Marguerite Yourcenar

L'Œuvre
au Noir

Gallimard

Née en 1903 à Bruxelles d'un père français et d'une mère d'origine belge, Marguerite Yourcenar grandit en France, mais c'est surtout à l'étranger qu'elle résidera par la suite : Italie, Suisse, Grèce, puis Amérique où elle vit dans l'île de Mount Desert, sur la côte nord-est des États-Unis.

Marguerite Yourcenar a été élue à l'Académie française le 6 mars 1980.

Son œuvre comprend des romans : Alexis ou le Traité du Vain Combat *(1929)*, Le Coup de Grâce *(1939)*, Denier du Rêve, *version définitive (1959)* ; des poèmes en prose : Feux *(1936)* ; en vers réguliers : Les Charités d'Alcippe *(1956)* ; des essais : Sous Bénéfice d'Inventaire *(1962)* ; des pièces de théâtre et des traductions.

Il faut citer tout spécialement Mémoires d'Hadrien *(1951)*, roman historique d'une vérité étonnante qui lui a valu une réputation mondiale, et L'Œuvre au Noir qui a obtenu à l'unanimité le Prix Femina 1968. Citons aussi Souvenirs Pieux *(1972)* et Archives du Nord *(1977)*, premier et deuxième panneau d'un triptyque familial dont le titre général est Le Labyrinthe du Monde.

L'*Œuvre au Noir* est l'histoire d'un personnage fictif, Zénon, médecin, alchimiste, philosophe, depuis sa naissance illégitime à Bruges en l'an 1510 jusqu'à la tragique catastrophe qui termine sa vie. Nous le suivons dans ses voyages à travers l'Europe et le Levant de son temps, dans ses travaux de médecin des pestiférés et des pauvres et de médecin de cour, dans ses recherches en avance sur la science officielle de son siècle, dans ses expériences de l'esprit et de la chair et son dangereux faufilement entre la révolte et le compromis. Ce Zénon dont les angoisses et les problèmes n'ont pas cessé d'être actuels, ou sont en passe de le redevenir, tient par sa destinée et sa pensée du grand chimiste allemand Paracelse, du médecin Michel Servet, du Léonard des *Cahiers,* et du philosophe contestataire que fut Campanella.

Quatre ou cinq personnages font route avec Zénon dans le labyrinthe de leur siècle : sa mère Hilzonde et son beau-père Simon Adriansen, entraînés dans la révolte anabaptiste ; son cousin Henri-Maximilien, lettré et soldat de fortune, compagnon de Montluc au siège de Sienne ; son protecteur le pieux prieur des Cordeliers, déchiré par les maux et le désordre du monde, habité à la fois par la passion de la justice et la charité.

L'Œuvre au Noir évoque un XVIᵉ siècle insolite, tout ensemble journalier et souterrain, vu des perspectives de la grand-route, de l'officine, du cloître, de la taverne, et finalement de la prison. Le titre est emprunté à une vieille formule alchimique : « l'œuvre au noir » était la phase de séparation et de dissolution de la matière qui constituait pour les alchimistes la partie la plus difficile du Grand Œuvre. Elle symbolisait aussi les épreuves de l'esprit se libérant des routines et des préjugés.

PREMIÈRE PARTIE

La Vie errante

Nec certam sedem, nec propriam faciem, nec munus ullum peculiare tibi dedimus, o Adam, ut quam sedem, quam faciem, quae munera tute optaveris, ea, pro voto, pro tua sententia, habeas et possideas. Definita ceteris natura intra praescriptas a nobis leges coercetur. Tu, nullis angustiis coercitus, pro tuo arbitrio, in cuius manu te posui, tibi illam praefinies. Medium te mundi posui, ut circumspiceres inde commodius quicquid est in mundo. Nec te caelestem neque terrenum, neque mortalem neque immortalem fecimus, ut tui ipsius quasi arbitrarius honorariusque plastes et fictor, in quam malueris tute formam effingas...

Pic de la Mirandole,
Oratio de hominis dignitate.

Je ne t'ai donné ni visage, ni place qui te soit propre, ni aucun don qui te soit particulier, ô Adam, afin que ton visage, ta place, et tes dons, tu les veuilles, les conquières et les possèdes par toi-même. Nature enferme d'autres espèces en des lois par moi établies. Mais toi, que ne limite aucune borne, par ton propre arbitre, entre les mains duquel je t'ai placé, tu te définis toi-même. Je t'ai placé au milieu du monde, afin que tu pusses mieux contempler ce que contient le monde. Je ne t'ai fait ni céleste ni terrestre, mortel ou immortel, afin que de toi-même, librement, à la façon d'un bon peintre ou d'un sculpteur habile, tu achèves ta propre forme.

LE GRAND CHEMIN

Henri-Maximilien Ligre poursuivait par petites étapes sa route vers Paris.

Des querelles opposant le Roi à l'Empereur, il ignorait tout. Il savait seulement que la paix vieille de quelques mois s'effilochait déjà comme un vêtement trop longtemps porté. Ce n'était un secret pour personne que François de Valois continuait à guigner le Milanais comme un amant malchanceux sa belle ; on tenait de bonne source qu'il travaillait sans bruit à équiper et à rassembler sur les frontières du duc de Savoie une armée toute neuve, chargée d'aller ramasser à Pavie ses éperons perdus. Mêlant à des bribes de Virgile les secs récits de voyage du banquier son père, Henri-Maximilien imaginait, par-delà des monts cuirassés de glace, des files de cavaliers descendant vers de grands pays fertiles et beaux comme un songe : des plaines rousses, des sources bouillonnantes où boivent des troupeaux blancs, des villes ciselées comme des coffrets, regorgeant d'or, d'épices et de cuir travaillé, riches comme des entrepôts, solennelles comme des églises ; des jardins pleins de statues, des salles pleines de manuscrits rares ; des femmes vêtues de soie accueillantes au grand capitaine ; toutes sortes de raffinements dans la mangeaille et la débauche, et, sur des tables d'argent massif, dans des fioles en verre de Venise, l'éclat moelleux du malvoisie.

Quelques jours plus tôt, il avait quitté sans regret sa maison natale de Bruges et son avenir de fils de marchand. Un sergent boiteux, qui se vantait d'avoir servi en Italie du temps de Charles VIII, lui avait un soir mimé ses hauts faits et décrit les filles et les sacs d'or sur lesquels il lui était arrivé de faire main basse dans le pillage des villes. Henri-Maximilien l'avait payé de ses hâbleries par un pot de vin à la taverne. Rentré chez lui, il s'était dit qu'il était temps de tâter à son tour de la rondeur du monde. Le futur connétable hésita s'il s'enrôle-rait dans les troupes de l'Empereur ou dans celles du roi de France ; il finit par jouer sa décision à pile ou face ; l'Empereur perdit. Une servante ébruita ses préparatifs de départ. Henri-Juste assena d'abord quelques horions au fils prodigue, ensuite, radouci par la vue de son cadet en jupe longue, promené en lisières sur le tapis du parloir, souhaita facétieusement à son aîné bon vent arrière chez ces écervelés de Français. Un peu par entrailles pater-nelles, beaucoup par gloriole, et pour se prouver qu'il avait le bras long, il se promit d'écrire en temps voulu à son agent lyonnais, Maître Muzot,

de recommander ce fils ingouvernable à l'amiral
Chabot de Brion, lequel était fort endetté envers la
banque Ligre. Henri-Maximilien avait beau
secouer de ses pieds la poussière du comptoir
familial, on n'est pas pour rien le fils d'un homme
qui fait hausser ou baisser le cours des denrées et
qui prête aux princes. La mère du héros en herbe
remplit ses poches de victuailles et lui glissa en
cachette l'argent du voyage.

En passant par Dranoutre, où son père possédait
une maison des champs, il persuada l'intendant de
lui laisser échanger son cheval, qui boitait déjà,
contre la plus belle bête de l'écurie du banquier. Il
la revendit dès Saint-Quentin, un peu parce que
cette magnifique monture faisait croître comme par
magie le chiffre des additions sur l'ardoise des
taverniers, un peu parce que cet équipage trop
riche l'empêchait de goûter tout son saoul aux joies
de la grand-route. Pour faire durer son pécule, qui
filait entre ses doigts plus vite qu'on n'aurait cru, il
mangeait avec les rouliers le lard rance et les pois
chiches des piètres auberges, et, le soir, couchait
sur la paille, mais perdait de bon cœur en tournées
et en cartes les sommes économisées ainsi sur de
meilleurs gîtes. De temps en temps, dans une
ferme isolée, une veuve charitable lui offrait du
pain et son lit. Il n'oubliait pas les bonnes lettres,
ayant alourdi ses poches de petits volumes habillés
de peau d'agneau, pris en avance d'hoirie à la
bibliothèque de son oncle, le chanoine Bartholommé Campanus, qui collectionnait les livres. A

midi, couché dans un pré, il riait aux éclats d'une
joyeuseté latine de Martial, ou encore, plus rêveur,
crachant mélancoliquement dans l'eau d'une mare,
il songeait à quelque dame discrète et sage à qui il
dédierait dans des sonnets à l'instar de Pétrarque
son âme et sa vie. Il dormait à demi ; ses chaussures
pointaient vers le ciel comme des tours d'église ; les
hautes avoines étaient une compagnie de lansquenets en souquenilles vertes ; un coquelicot était une
belle fille au jupon fripé. A d'autres moments, le
jeune géant épousait la terre. Une mouche le
réveillait, ou le bourdon d'un clocher de village ;
son bonnet sur l'oreille, des fétus dans ses cheveux
jaunes, sa longue figure de coin, toute en nez,
vermillonnée par le soleil et l'eau froide, Henri-
Maximilien marchait gaiement vers la gloire.

Il échangeait des plaisanteries avec les passants,
et s'informait des nouvelles. Depuis l'étape de La
Fère, un pèlerin le précédait sur la route à une
distance d'une centaine de toises. Il allait vite.
Henri-Maximilien, ennuyé de n'avoir à qui parler,
pressa le pas.

— Priez pour moi à Compostelle, fit le Flamand
jovial.

— Vous avez deviné juste, dit l'autre. J'y vais.

Il tourna la tête sous son capuchon d'étoffe
brune, et Henri-Maximilien reconnut Zénon.

Ce garçon maigre, au long cou, semblait grandi
d'une coudée depuis leur dernière équipée à la foire
d'automne. Son beau visage, toujours aussi blême,

paraissait rongé, et il y avait dans sa démarche une
sorte de précipitation farouche.

— Salut, cousin! fit joyeusement Henri-Maximilien. Le chanoine Campanus vous a attendu tout
l'hiver à Bruges; le Recteur Magnifique à Louvain
s'arrache la barbe de votre absence, et vous
reparaissez au tournant d'un chemin creux, comme
je ne dirai pas qui.

— L'Abbé Mitré de Saint-Bavon à Gand m'a
trouvé un emploi, dit Zénon avec prudence. N'ai-je
pas là un protecteur avouable? Mais dites-moi
plutôt pourquoi vous faites le gueux sur les routes
de France.

— Vous y êtes peut-être pour quelque chose,
répondit le plus jeune des deux voyageurs. J'ai
planté là le comptoir de mon père comme vous
l'École de théologie. Mais maintenant que vous
voilà retombé de Recteur Magnifique en Abbé
Mitré..

— Vous voulez rire, dit le clerc. On commence
toujours par être le *famulus* de quelqu'un.

— Plutôt porter l'arquebuse, dit Henri-Maximilien.

Zénon lui jeta un regard de dédain.

— Votre père est assez riche pour vous acheter
la meilleure compagnie de lansquenets du César
Charles, dit-il, si toutefois vous trouvez tous deux
que le métier des armes est une convenable
occupation d'homme.

— Les lansquenets que pourrait m'acheter mon
père me charment autant que vous les prébendes

de vos abbés, répliqua Henri-Maximilien. Et puis
d'ailleurs, il n'y a qu'en France qu'on sert bien les
dames.

La plaisanterie tomba dans le vide. Le futur
capitaine s'arrêta pour acheter à un paysan une
poignée de cerises. Ils s'assirent au bord d'un talus
pour manger.

— Vous voilà déguisé en sot, dit Henri-Maximilien, observant curieusement l'habit du pèlerin.

— Oui, fit Zénon. Mais j'étais las du foin des
livres. J'aime mieux épeler un texte qui bouge :
mille chiffres romains et arabes; des caractères
courant tantôt de gauche à droite, comme ceux de
nos scribes, tantôt de droite à gauche, comme ceux
des manuscrits d'Orient. Des ratures qui sont la
peste ou la guerre. Des rubriques tracées au sang
rouge. Et partout des signes, et, çà et là, des taches
plus étranges encore que des signes... Quel habit
plus commode pour faire route inaperçu?... Mes
pieds rôdent sur le monde comme des insectes dans
l'épaisseur d'un psautier.

— Fort bien, fit distraitement Henri-Maximilien. Mais pourquoi se rendre à Compostelle? Je ne
vous vois pas assis parmi les gros moines et
chantant du nez.

— Hou, dit le pèlerin. Qu'ai-je à faire de ces
fainéants et de ces veaux? Mais le prieur des
Jacobites de Léon est amateur d'alchimie. Il a
correspondu avec le chanoine Bartholommé Campanus, notre bon oncle, ce fade idiot qui parfois
s'aventure comme par mégarde sur les limites

interdites. L'abbé de Saint-Bavon à son tour l'a disposé par lettre à me faire part de ce qu'il sait. Mais je dois me hâter, car il est vieux. Je crains qu'il ne désapprenne bientôt son savoir et qu'il ne meure.

— Il vous nourrira d'oignons crus, et vous fera écumer sa soupe de cuivre épicée au soufre. Grand merci! J'entends conquérir à moins de frais de meilleures pitances.

Zénon se leva sans répondre. Henri-Maximilien, alors, crachant en chemin ses derniers noyaux :

— La paix branle dans le manche, frère Zénon. Les princes s'arrachent les pays comme des ivrognes à la taverne se disputent les plats. Ici, la Provence, ce gâteau de miel; là, le Milanais, ce pâté d'anguilles. Il tombera bien de tout cela une miette de gloire à me mettre sous la dent.

— *Ineptissima vanitas*, fit sèchement le jeune clerc. En êtes-vous encore à attacher de l'importance au vent qui sort des bouches?

— J'ai seize ans, dit Henri-Maximilien. Dans quinze ans, on verra bien si je suis par hasard l'égal d'Alexandre. Dans trente ans, on saura si je vaux ou non feu César. Vais-je passer ma vie à auner du drap dans une boutique de la rue aux Laines? Il s'agit d'être homme.

— J'ai vingt ans, calcula Zénon. A tout mettre au mieux, j'ai devant moi cinquante ans d'étude avant que ce crâne se change en tête de mort. Prenez vos fumées et vos héros dans Plutarque,

frère Henri. Il s'agit pour moi d'être plus qu'un
homme.

— Je vais du côté des Alpes, dit Henri-Maximilien.

— Moi, dit Zénon, du côté des Pyrénées.

Ils se turent. La route plate, bordée de peupliers,
étirait devant eux un fragment du libre univers.
L'aventurier de la puissance et l'aventurier du
savoir marchaient côte à côte.

— Voyez, continua Zénon. Par-delà ce village,
d'autres villages, par-delà cette abbaye, d'autres
abbayes, par-delà cette forteresse, d'autres forteres-
ses. Et dans chacun de ces châteaux d'idées, de ces
masures d'opinions superposés aux masures de bois
et aux châteaux de pierre, la vie emmure les fous et
ouvre un pertuis aux sages. Par-delà les Alpes,
l'Italie. Par-delà les Pyrénées, l'Espagne. D'un
côté, le pays de La Mirandole, de l'autre, celui
d'Avicenne. Et, plus loin encore, la mer, et, par-
delà la mer, sur d'autres rebords de l'immensité,
l'Arabie, la Morée, l'Inde, les deux Amériques. Et
partout, les vallées où se récoltent les simples, les
rochers où se cachent les métaux dont chacun
symbolise un moment du Grand Œuvre, les
grimoires déposés entre les dents des morts, les
dieux dont chacun a sa promesse, les foules dont
chaque homme se donne pour centre à l'univers.
Qui serait assez insensé pour mourir sans avoir fait
au moins le tour de sa prison? Vous le voyez, frère
Henri, je suis vraiment un pèlerin. La route est
longue, mais je suis jeune.

— Le monde est grand, dit Henri-Maximilien.

— Le monde est grand, dit gravement Zénon. Plaise à Celui qui Est peut-être de dilater le cœur humain à la mesure de toute la vie.

Et de nouveau, ils se turent. Au bout d'un moment, Henri-Maximilien, se frappant la tête, éclata de rire :

— Zénon, dit-il, vous souvenez-vous de votre camarade Colas Gheel, l'homme aux chopes de bière, votre frère selon saint Jean? Il a quitté la fabrique de mon bon père, où d'ailleurs on crève de faim; il est rentré à Bruges; il se promène dans les rues, un chapelet au poignet, marmonnant des patenôtres pour l'âme de son Thomas à qui vos machines ont troublé le cerveau, et vous traite de suppôt du Diable, de Judas et d'Antéchrist. Quant à son Perrotin, nul ne sait où il est; Satan l'aura pris.

Une laide grimace déforma le visage du jeune clerc, et le vieillit :

— Sornettes que tout cela, fit-il. Laissons ces ignares. Ils sont ce qu'ils sont : la chair brute que votre père transforme en or dont vous hériterez un jour. Ne me parlez ni de machines ni de cous rompus, et je ne vous parlerai ni des juments fourbues à crédit au maquignon de Dranoutre, ni de filles mises à mal et de barriques de vin défoncées par vous l'autre été

Henri-Maximilien sans répondre sifflotait vaguement une chanson d'aventurier. Ils ne s'entretinrent plus que de l'état des routes et du prix des gîtes.

Ils se séparèrent au prochain carrefour. Henri-Maximilien choisit la grand-route. Zénon prit un chemin de traverse. Brusquement, le plus jeune des deux revint sur ses pas, rejoignit son camarade; il mit la main sur l'épaule du pèlerin :

— Frère, dit-il, vous souvenez-vous de Wiwine, cette fillette pâle que vous défendiez jadis quand nous autres, mauvais garnements, lui pincions les fesses au sortir de l'école? Elle vous aime; elle se prétend liée à vous par un vœu; elle a refusé ces jours-ci les offres d'un échevin. Sa tante l'a soufflétée et mise au pain et à l'eau, mais elle tient bon. Elle vous attendra, dit-elle, s'il le faut, jusqu'à la fin du monde.

Zénon s'arrêta. Quelque chose d'indécis passa dans son regard, et s'y perdit, comme l'humidité d'une vapeur dans un brasier.

— Tant pis, dit-il. Quoi de commun entre moi et cette petite fille soufflétée? Un autre m'attend ailleurs. Je vais à lui.

Et il se remit en marche.

— Qui? demanda Henri-Maximilien stupéfait. Le prieur de Léon, cet édenté?

Zénon se retourna :

— *Hic Zeno*, dit-il. Moi-même.

LES ENFANCES DE ZÉNON

Vingt ans plus tôt, Zénon était venu au monde à Bruges dans la maison d'Henri-Juste. Sa mère se nommait Hilzonde, et son père, Alberico de' Numi, était un jeune prélat issu d'une antique lignée florentine.

Messer Alberico de' Numi avait, sous ses cheveux longs, dans l'ardeur de la première adolescence, brillé à la cour des Borgia. Entre deux courses de taureaux sur la place de Saint-Pierre, il s'était complu à parler chevaux et machines de guerre avec Léonard de Vinci, alors ingénieur de César; plus tard, dans le sombre éclat de ses vingt-deux ans, il fut du petit nombre de jeunes gentilshommes que l'amitié passionnée de Michel-Ange honorait comme un titre. Il eut des aventures qui se concluaient au poignard; il commença une collection d'antiques; une discrète liaison avec Julia Farnèse ne nuisit pas à sa fortune. A Sinigaglia, ses astuces qui aidèrent à faire tomber dans l'embûche où ils périrent les adversaires du Saint-Siège lui

attirèrent la faveur du pape et de son fils; on lui
promit presque l'évêché de Nerpi, mais la mort
inopinée du Saint-Père retarda cette promotion. Ce
désappointement, ou peut-être un amour contrarié
dont le secret ne fut jamais connu, le jeta quelque
temps tout entier dans la mortification et l'étude.

On crut d'abord à quelque ambitieux détour.
Pourtant, cet homme effréné s'était pris d'un
furieux élan d'ascétisme. On le disait établi à
Grotta-Ferrata, dans l'abbaye des moines grecs de
Saint-Nil, au milieu d'une des plus âpres solitudes
du Latium, où il préparait, dans la méditation et la
prière, sa traduction latine de la *Vie des Pères du
Désert;* il fallut un ordre exprès de Jules II, qui
estimait sa sèche intelligence, pour le décider à
suivre, en qualité de secrétaire apostolique, les
travaux de la Ligue de Cambrai. A peine arrivé, il
prit dans les discussions une autorité qui l'emportait sur celle du légat lui-même. Les intérêts du
Saint-Siège au démembrement de Venise, auxquels
il n'avait peut-être pas songé dix fois dans sa vie,
l'occupaient maintenant tout entier. Dans les festins qui se donnèrent pendant les travaux de la
Ligue, Messer Alberico de' Numi, drapé de
pourpre comme un cardinal, fit valoir cette inimi-
table prestance qui le faisait surnommer l'Unique
par les courtisanes romaines. Ce fut lui, au cours
d'une controverse acharnée, mettant sa parole
cicéronienne au service d'une étonnante fougue de
conviction, qui emporta l'adhésion des ambassa-
deurs de Maximilien. Puis, comme une lettre de sa

mère, Florentine âpre à l'argent, lui rappelait quelques créances à recouvrer sur les Adorno de Bruges, il décida de récupérer sur-le-champ ces sommes si nécessaires à sa carrière de prince de l'Église.

Il s'installa à Bruges chez son agent flamand Juste Ligre, qui lui offrit l'hospitalité. Ce gros homme était féru d'italianisme au point d'imaginer qu'une sienne aïeule, pendant l'un de ces veuvages temporaires dont pâtissent les femmes de marchands, avait dû prêter l'oreille aux discours de quelque trafiquant génois. Messer Alberico de' Numi se consola de n'être payé qu'en nouvelles traites sur les Herwart d'Augsbourg en faisant porter par son hôte la dépense de ses chiens, de ses faucons, de ses pages. La Maison Ligre, accotée à ses entrepôts, était tenue avec une opulence princière; on y mangeait bien; on y buvait mieux encore; et quoique Henri-Juste ne lût que les registres de sa draperie, il tenait à honneur d'y avoir des livres.

Souvent par monts et par vaux, à Tournai, à Malines où il avançait des fonds à la Régente, à Anvers où il venait d'entrer en compte à deux avec l'aventureux Lambrecht von Rechterghem pour le commerce du poivre et des autres commodités d'outre-mer, à Lyon, où il tenait le plus souvent à régler en personne ses transactions bancaires à la foire de la Toussaint, il confiait le gouvernement du ménage à sa jeune sœur Hilzonde.

Tout de suite, Messer Alberico de' Numi s'éprit de cette fillette aux seins fluets, au visage effilé, vêtue de raides velours brochés qui paraissaient la soutenir, et parée, les jours de fête, de joyaux qu'eût enviés une impératrice. Des paupières nacrées, presque roses, sertissaient ses pâles yeux gris; sa bouche un peu tuméfiée semblait toujours prête à exhaler un soupir, ou le premier mot d'une prière ou d'un chant. Et peut-être ne désirait-on la dévêtir que parce qu'il était difficile de l'imaginer nue.

Par un soir de neige qui faisait rêver davantage de lits bien chauds dans des chambres bien closes, une servante subornée introduisit Messer Alberico dans l'étuve où Hilzonde frottait de son ses longs cheveux crêpelés qui l'habillaient à la façon d'un manteau. L'enfant se couvrit le visage, mais livra sans lutte aux yeux, aux lèvres, aux mains de l'amant son corps propre et blanc comme une amande mondée. Cette nuit-là, le jeune Florentin but à la fontaine scellée, apprivoisa les deux chevreaux jumeaux, apprit à cette bouche les jeux et les mignardises de l'amour. A l'aube, une Hilzonde enfin conquise s'abandonna tout entière, et, le matin, grattant du bout des ongles la vitre blanche de gel, elle y grava à l'aide d'une bague de diamant ses initiales entrelacées à celles de son amant, marquant ainsi son bonheur dans cette substance mince et transparente, fragile, certes, mais à peine plus que la chair et le cœur.

Leurs délices s'accrurent de tous les plaisirs du temps et du lieu : musiques savantes qu'Hilzonde exécutait sur le petit orgue hydraulique que lui avait donné son frère, vins fortement épicés, chambres chaudes, promenades en barque sur les canaux encore bleus du dégel ou chevauchées de mai dans les champs en fleurs. Messer Alberico passa de bonnes heures, plus suaves peut-être que celles que lui accordait Hilzonde, à rechercher dans les paisibles monastères néerlandais les manuscrits antiques oubliés; les érudits italiens auxquels il communiquait ses trouvailles croyaient voir refleurir en lui le génie du grand Marsile. Le soir, assis devant le feu, l'amant et l'amante regardaient ensemble une grande améthyste apportée d'Italie où l'on voyait des Satyres embrasser des Nymphes, et le Florentin enseignait à Hilzonde les mots de son pays qui désignent les choses de l'amour. Il composa pour elle une ballade en langue toscane; les vers qu'il dédiait à cette fille de marchands eussent pu convenir à la Sulamite du Cantique.

Le printemps passa; l'été vint. Un beau jour, une lettre de son cousin Jean de Médicis, en partie chiffrée, en partie rédigée sur ce ton de facétie dont Jean assaisonnait toutes choses, la politique, l'érudition et l'amour, apporta à Messer Alberico ce détail des intrigues curiales et romaines dont le sevrait son séjour en Flandre. Jules II n'était pas immortel. Malgré les sots et les stipendiés déjà tout acquis à ce riche niais, Riario, le subtil Médicis préparait de longue main son élection par le

prochain conclave. Messer Alberico n'ignorait pas
que ses quelques abouchements avec les hommes
d'affaires de l'Empereur n'avaient pas suffi pour
excuser aux yeux du présent Pontife l'indu pro-
longement de son absence; sa carrière dépendait
désormais de ce cousin si papable. Ils avaient joué
ensemble sur les terrasses de Careggi; Jean, plus
tard, l'avait introduit dans son exquise petite
coterie de lettrés un peu bouffons et un rien
entremetteurs; Messer Alberico se flattait de parve-
nir à gouverner cet homme fin, mais d'une
mollesse de fille; il l'aiderait à se pousser vers la
chaise de saint Pierre; il serait, un peu en retrait, et
en attendant mieux, l'ordonnateur de son règne. Il
mit une heure à organiser son départ.

Peut-être n'avait-il pas d'âme. Peut-être ses
soudaines ardeurs n'étaient que le débordement
d'une force corporelle incroyable; peut-être, acteur
magnifique, essayait-il sans cesse une façon nouvelle de sentir; ou plutôt n'était-ce qu'une succes-
sion d'attitudes violentes et superbes, mais arbitraires, comme celles que prennent les figures de
Buonarotti sur les voûtes de la Sixtine. Lucques,
Urbin, Ferrare, ces pions sur l'échiquier de sa
famille, oblitérèrent soudain pour lui ces plats
paysages de verdure et d'eau où il avait un moment
consenti à vivre. Il empila dans des coffres ses
fragments de manuscrits antiques et les brouillons
de ses poèmes d'amour. Botté, éperonné, ganté de
cuir et coiffé de feutre, plus que jamais cavalier et

moins que jamais homme d'Église, il monta chez
Hilzonde lui signifier qu'il partait.

Elle était grosse. Elle le savait. Elle ne le lui dit
pas. Trop tendre pour faire obstacle à ses visées
ambitieuses, elle était aussi trop fière pour se
prévaloir d'un aveu que sa taille étroite, son ventre
plat, ne confirmaient pas encore. Il lui eût déplu
d'être accusée de mensonge, et, presque autant, de
se rendre importune. Mais quelques mois plus
tard, ayant mis au monde un enfant mâle, elle ne se
crut pas le droit de laisser ignorer à Messer
Alberico de' Numi la naissance de leur fils. Elle
savait à peine écrire ; elle mit des heures à
composer une lettre, effaçant du doigt les mots
inutiles ; ayant enfin achevé sa missive, elle la confia
à un marchand génois dont elle était sûre, et qui
partait pour Rome. Messer Alberico ne répondit
jamais. Bien que le Génois l'assurât plus tard avoir
remis lui-même ce message, Hilzonde voulut croire
que l'homme qu'elle avait aimé ne l'avait jamais
reçu.

Ses brèves amours suivies d'un brusque abandon
avaient rassasié la jeune femme de délices et de
dégoûts ; lasse de sa chair et du fruit de celle-ci, elle
semblait étendre à son enfant la réprobation
ennuyée qu'elle avait pour elle-même. Inerte dans
son lit d'accouchée, elle regarda avec indifférence
les bonnes emmailloter cette petite masse brunâtre
à la lueur des braises du foyer. La bâtardise n'étant
qu'un accident commun, Henri-Juste eût pu facilement négocier pour sa sœur de profitables

mariages, mais le souvenir de l'homme qu'elle
n'aimait plus suffisait à détourner Hilzonde du
pesant bourgeois que le sacrement eût pu mettre
près d'elle sous l'édredon et sur l'oreiller. Elle
traînait sans plaisir les habits splendides que son
frère faisait tailler pour elle dans les plus chères
étoffes, mais par rancune envers soi-même plutôt
que par remords se privait de vins, de mets
recherchés, de bon feu et souvent de linge blanc.
Elle assistait ponctuellement aux offices de l'Église;
le soir pourtant, après le repas, s'il arrivait qu'un
convive d'Henri-Juste dénonçât les débauches et les
exactions romaines, elle arrêtait pour mieux
entendre son travail de dentelle, cassant parfois
machinalement un fil qu'ensuite elle renouait en
silence. Puis, les hommes déploraient l'ensablement du port, qui vidait Bruges au profit d'autres
places plus accessibles aux navires; on se moquait
de l'ingénieur Lancelot Blondeel qui prétendait à
l'aide de chenaux et de fossés guérir cette gravelle.
Ou bien, de grasses plaisanteries circulaient; quelqu'un débitait un conte, vingt fois ressassé,
d'amante avide, de mari berné, de séducteur caché
dans un cuveau, ou de marchands retors se dupant
l'un l'autre. Hilzonde passait dans la cuisine pour
surveiller la desserte; elle ne jetait qu'un coup d'œil
à son fils tétant goulûment une servante.

Un matin, Henri-Juste, au retour d'un de ses
voyages, lui présenta un nouvel hôte. C'était un

homme à barbe grise, si simple et si grave qu'on
pensait en le voyant au vent salubre sur une mer
sans soleil. Simon Adriansen craignait Dieu. L'âge
qui venait et une richesse qu'on disait honnêtement
acquise donnaient à ce marchand de Zélande une
dignité de patriarche. Il était deux fois veuf : deux
ménagères fécondes avaient successivement occupé
sa maison et son lit avant d'aller s'étendre côte à
côte dans la tombe familiale au mur d'une église de
Middelbourg; ses fils à leur tour avaient fait
fortune. Simon était de ceux à qui le désir donne
envers les femmes une sollicitude paternelle.
Jugeant qu'Hilzonde était triste, il prit coutume
d'aller s'asseoir auprès d'elle.

Henri-Juste avait pour lui une solide reconnais-
sance. Le crédit de cet homme l'avait soutenu dans
des passes difficiles; il respectait Simon au point de
se retenir de trop boire en sa présence. Mais la
tentation des vins était grande. Ceux-ci le rendaient
loquace. Il ne fit pas longtemps mystère à son hôte
des infortunes d'Hilzonde.

Comme elle travaillait dans la salle, sous la
fenêtre, un matin d'hiver, Simon Adriansen s'approcha d'elle et dit solennellement :

— Un jour, Dieu effacera du cœur des hommes
toutes les lois qui ne sont pas d'amour.

Elle ne comprit pas. Il reprit :

— Un jour, Dieu n'acceptera d'autre baptême
que celui de l'Esprit ni d'autre sacrement du
mariage que celui que consomment tendrement les
corps.

Hilzonde alors se mit à trembler. Mais cet homme sévèrement doux commença de lui dire le souffle de sincérité nouvelle qui passait sur le monde, le mensonge de toute loi compliquant l'œuvre de Dieu, l'approche d'un temps où la simplicité d'aimer serait égale à la simplicité de croire. Dans son langage imagé comme les feuillets d'une Bible, les paraboles se mêlaient au souvenir des Saints qui selon lui avaient fait échec à la tyrannie romaine; parlant à peine plus bas, mais non sans un regard pour s'assurer que les portes étaient closes, il avoua hésiter encore à faire publiquement acte de foi anabaptiste, mais il avait répudié en secret les pompes périmées, les rites vains et les sacrements trompeurs. A l'en croire, les Justes, victimes et privilégiés, formaient d'âge en âge une petite bande indemne des crimes et des folies du monde; le péché n'était que dans l'erreur; pour les cœurs chastes, la chair était pure.

Puis, il lui parla de son fils. L'enfant d'Hilzonde, conçu hors des lois de l'Église, et contre elles, lui semblait plus désigné que tout autre pour recevoir et transmettre un jour la bonne nouvelle des Simples et des Saints. L'amour de la vierge vite séduite pour le beau démon italien au visage d'archange devenait pour Simon une allégorie mystérieuse : Rome était la Prostituée de Babylone à qui l'innocente avait été bassement sacrifiée. Parfois, un sourire crédule de visionnaire passait sur ce grand visage ferme, et dans cette calme voix l'intonation par trop péremptoire de celui qui tient

à se convaincre, et fréquemment à se duper soi-
même. Mais Hilzonde n'était sensible chez cet
étranger qu'à sa tranquille bonté. Tandis que tous
ceux qui entouraient la jeune femme n'avaient
jusqu'ici témoigné envers elle que dérision, pitié,
ou qu'une indulgence bonhomme et grossière,
Simon disait en lui parlant de l'homme qui l'avait
abandonnée :

— Votre époux.

Et il rappelait gravement que toute union est
indissoluble devant Dieu. Hilzonde se rassérénait
en l'écoutant. Toujours triste, elle redevint fière.
La maison des Ligre, que l'orgueil du commerce
maritime avait blasonnée d'un navire, était fami-
lière à Simon comme sa propre demeure. L'ami
d'Hilzonde revenait chaque année; elle l'attendait,
et, la main dans la main, ils parlaient de l'église en
esprit qui remplacera l'Église.

Un soir d'automne, des marchands italiens leur
apportèrent des nouvelles. Messer Alberico de'
Numi, nommé cardinal à trente ans, avait été tué à
Rome au cours d'une débauche dans une vigne des
Farnèse. Les pasquins en vogue accusaient de ce
meurtre le cardinal Jules de Médicis, mécontent de
l'influence prise par son parent sur l'esprit du
Saint-Père.

Simon n'écouta qu'avec dédain ces vagues bruits
sortis de la sentine romaine. Mais, une semaine
plus tard, un rapport reçu par Henri-Juste

confirma ces dires. L'apparente tranquillité d'Hilzonde ne permettait pas de conjecturer si en secret
elle se réjouissait ou pleurait.

— Vous voilà veuve, dit aussitôt Simon Adriansen sur ce ton de solennité tendre qu'il affectait
sans cesse envers elle.

Contrairement aux pronostics d'Henri-Juste, il
partit le lendemain.

Six mois plus tard, à la date accoutumée, il
revint et la demanda à son frère.

Henri-Juste le fit entrer dans la salle où travaillait Hilzonde. Il s'assit près d'elle. Il lui dit :

— Dieu ne nous a pas donné le droit de faire
souffrir ses créatures.

Hilzonde arrêta sa dentelle. Ses mains restaient
étendues sur la trame, et ces longs doigts frémis-
sants sur les rinceaux inachevés faisaient penser aux
entrelacs de l'avenir. Simon continua :

— Comment Dieu nous aurait-il donné le droit
de nous faire souffrir ?

La belle leva vers lui son visage d'enfant malade.
Il reprit :

— Vous n'êtes pas heureuse dans cette maison
pleine de rires. Ma maison à moi est pleine d'un
grand silence. Venez.

Elle accepta.

Henri-Juste se frottait les mains. Jacqueline, sa
chère femme, épousée peu après les déboires
d'Hilzonde, se plaignait bruyamment de ne passer
dans la famille qu'après une putain et un bâtard de
prêtre, et le beau-père, le riche négociant tournai-

sien Jean Bell, s'autorisait de ces cris pour retarder le payement de la dot. Et, en effet, bien qu'Hilzonde négligeât son fils, le moindre hochet accordé à l'enfant engendré dans des draps légitimes mettait la guerre entre les deux femmes. La blonde Jacqueline pourrait désormais tout son saoul se ruiner en bonnets et en bavoirs brodés, et laisser, les jours de fête, son gros Henri-Maximilien ramper sur la nappe, les pieds dans les plats.

Malgré son aversion pour les cérémonies de l'Église, Simon consentit à ce que les noces fussent célébrées avec une certaine pompe, puisque tel était, de façon inattendue, le désir d'Hilzonde. Mais le soir, secrètement, quand les époux se furent retirés dans la chambre nuptiale, il réadministra à sa manière le sacrement en rompant le pain et en buvant le vin avec celle de son choix. Hilzonde revivait au contact de cet homme comme une barque échouée qu'entraîne la marée montante. Elle goûtait le mystère sans honte de ces plaisirs permis, et la façon dont le vieil homme, penché sur son épaule, lui caressait les seins, comme si faire l'amour était une manière de bénir.

Simon Adriansen se chargeait de Zénon. Mais l'enfant, poussé par Hilzonde vers ce visage barbu et ridé, où une verrue tremblait sur la lèvre, cria, se débattit, s'arracha farouchement à la main maternelle et à ses bagues qui lui froissaient les doigts. Il prit la fuite. On le retrouva le soir caché dans le fournil au fond du jardin, prêt à mordre le valet qui le retira en riant de derrière un tas de bûches.

Simon, désespérant d'apprivoiser ce louveteau, dut
se résoudre à le laisser en Flandre. D'ailleurs, il
était clair que la présence de l'enfant aggravait la
tristesse d'Hilzonde.

Zénon grandit pour l'Église. La cléricature restait pour un bâtard le moyen le plus sûr de vivre à
l'aise et d'accéder aux honneurs. De plus, cette rage
de savoir, qui de bonne heure posséda Zénon, ces
dépenses d'encre et de chandelle brûlée jusqu'à
l'aube, ne semblaient tolérables à son oncle que
chez un apprenti prêtre. Henri-Juste confia l'écolier à son beau-frère, Bartholommé Campanus,
chanoine de Saint-Donatien à Bruges. Ce savant
usé par la prière et l'étude des bonnes lettres était si
doux qu'il semblait déjà vieux. Il apprit à son élève
le latin, le peu qu'il savait de grec et d'alchimie, et
amusa la curiosité de son écolier pour les sciences à
l'aide de l'*Histoire naturelle* de Pline. Le froid
cabinet du chanoine était un refuge où le garçon
échappait aux voix des courtiers discutant les draps
d'Angleterre, à la plate sagesse d'Henri-Juste, aux
caresses des chambrières curieuses de fruit vert. Il
s'y libérait de la servitude et de la pauvreté de
l'enfance; ces livres et ce maître le traitaient en
homme. Il aimait cette chambre tapissée de
volumes, cette plume d'oie, cet encrier de corne,
outils d'une connaissance nouvelle, et l'enrichisse-
ment qui consiste à apprendre que le rubis vient de
l'Inde, que le soufre se marie au mercure, et que la

fleur qu'on nomme *lilium* en latin s'appelle en grec
krinon et en hébreu *susannah*. Il s'aperçut ensuite
que les livres divaguent et mentent comme les
hommes, et que les prolixes explications du
chanoine portaient souvent sur des faits qui, n'étant
pas, n'avaient pas besoin d'être expliqués.

Ses fréquentations inquiétaient : ses compagnons
favoris de ce temps-là étaient le barbier Jean
Myers, habile homme, sans pareil pour la saignée
et la taille de la pierre, mais qu'on soupçonnait de
disséquer les morts, et un certain tisserand nommé
Colas Gheel, ribaud et hâbleur, avec qui des
heures, mieux employées à l'étude et à la prière, se
passaient à combiner des poulies et des manivelles.
Ce gros homme à la fois vif et lourd, qui dépensait
sans compter l'argent qu'il n'avait pas, faisait figure
de prince aux yeux des apprentis qu'il défrayait les
jours de kermesse. Cette solide masse de muscles,
de crins roux et de peau blonde logeait un de ces
esprits chimériques et avisés tout ensemble qui ont
sans cesse pour souci d'affûter, de réajuster, de
simplifier, ou de compliquer quelque chose.
Chaque année, des ateliers fermaient en ville; et
Henri-Juste qui se vantait de garder les siens
ouverts par chrétienne charité profitait du chômage
pour rogner périodiquement les salaires. Ses
ouvriers apeurés, trop heureux encore d'avoir un
état et une cloche qui chaque jour les appelait au
travail, vivaient ainsi sous le coup de vagues
rumeurs de clôture, parlaient piteusement d'avoir
bientôt à grossir les bandes de mendiants qui par

ces temps de cherté effrayaient les bourgeois et battaient les routes. Colas rêvait de soulager leurs travaux et leurs détresses par l'emploi de métiers à tisser mécaniques tels qu'on en essayait çà et là en grand secret à Ypres, à Gand, et à Lyon en France. Il avait vu des dessins qu'il communiqua à Zénon; l'écolier rectifia des chiffres, s'enflamma pour des épures, changea l'enthousiasme de Colas pour ces engins nouveaux en manie partagée. Les genoux pliés, penchés côte à côte sur un tas de ferraille, ils n'étaient jamais las de s'entraider à suspendre un contrepoids, à ajuster un levier, à monter et à démonter des roues s'engrenant l'une dans l'autre; des discussions sans fin s'établissaient autour de l'emplacement d'un boulon ou du graissage d'une glissière. L'ingéniosité de Zénon dépassait de beaucoup celle du lent cerveau de Colas Gheel, mais les mains épaisses de l'artisan étaient d'une dextérité dont s'émerveillait l'élève du chanoine, qui expérimentait pour la première fois avec autre chose que des livres.

— *Prachtig werk, mijn zoon, prachtig werk,* disait pesamment le contremaître en passant son bras lourd autour du cou de l'écolier.

Le soir, après l'étude, Zénon rejoignait à la dérobée son compère, jetant une poignée de graviers contre la vitre de la taverne où le maître d'atelier s'attardait souvent plus que de raison. Ou bien, presque en cachette, il se faufilait dans le coin d'entrepôt désert où Colas logeait avec ses machines. La grande pièce était sombre; de peur du feu, la chandelle brûlait au milieu d'un bassin d'eau placé sur la table, comme un petit phare au milieu d'une mer minuscule. L'apprenti Thomas de Dixmude, qui servait de factotum au maître d'atelier, sautait comme un chat, par jeu, sur les branlants châssis, et marchait dans la nuit noire des combles, balançant d'une main une lanterne ou une chope. Colas Gheel alors riait d'un gros rire. Assis sur une planche, roulant les yeux, il écoutait les divagations de Zénon galopant des atomes d'Épicure à la duplication du cube, et de la nature de l'or à la sottise des preuves de l'existence de Dieu, et un petit sifflement d'admiration lui sortait des lèvres. L'écolier trouvait parmi ces hommes en casaque de cuir ce que les fils de seigneurs trouvent auprès des palefreniers et des valets de chiens : un monde plus rude et plus libre que le sien, parce qu'il se mouvait plus bas, loin des préceptes et des syllogismes, l'alternance rassurante de travaux grossiers et de paresses faciles, l'odeur et la chaleur humaines, un langage de jurons, d'allusions et de proverbes, aussi secret que le jargon des compagnonnages, une activité qui ne consiste pas qu'à se courber sur un livre une plume à la main.

L'étudiant prétendait rapporter de l'officine et de l'atelier de quoi infirmer ou confirmer les assertions de l'école : Platon d'une part, Aristote de l'autre étaient traités en simples marchands dont on vérifie les poids. Tite-Live n'était qu'un bavard ; César, si sublime qu'il fût, était mort. Des héros de Plutarque, dont la moelle avait nourri le chanoine

Bartholommé Campanus conjointement au lait des Évangiles, le garçon ne retenait plus qu'une seule chose, et c'est que l'audace de l'esprit et de la chair les avait menés aussi loin et aussi haut que la continence et le jeûne, qui conduisent, dit-on, les bons chrétiens à leur ciel. Pour le chanoine la sagesse sacrée et sa sœur profane s'étayaient l'une l'autre : le jour où il entendit Zénon tourner en dérision les pieuses rêveries du *Songe de Scipion*, il comprit que son élève avait renoncé en secret aux consolations du Christ.

Pourtant, Zénon s'inscrivit à Louvain, à l'École de théologie. Sa fougue étonna; le nouvel arrivant, capable de soutenir sur-le-champ quelque thèse que ce fût, acquit parmi ses condisciples un prestige extraordinaire. La vie des bacheliers était large et joyeuse; on le convia à des festins où il ne but que de l'eau claire; et les filles au bordel lui plurent autant qu'à un délicat un plat de viandes gâtées. On s'accordait à le trouver beau, mais sa voix coupante faisait peur; le feu de ses prunelles sombres fascinait et déplaisait tout ensemble. Des bruits extravagants coururent sur sa naissance, qu'il ne réfuta pas. Les adeptes de Nicolas Flamel reconnurent bientôt dans l'écolier frileux, toujours assis à lire sous le manteau d'une cheminée, les signes d'une préoccupation alchimique : une petite société d'esprits plus fureteurs et plus inquiets que les autres ouvrit ses rangs pour l'accueillir. Avant la fin du terme, il regardait de haut les docteurs en robe de fourrure, courbés au réfectoire sur leur

pleine assiette, lourdement satisfaits de leur épais et
pesant savoir ; et les étudiants bruyants et rustauds,
bien décidés à ne s'instruire qu'autant qu'il le faut
pour décrocher une sinécure, pauvres hères dont la
fermentation d'esprit n'était qu'une poussée de
sang qui passerait avec la jeunesse. Peu à peu, ce
dédain s'étendit à ses amis cabbalistes eux-mêmes,
esprits creux, gonflés de vent, gavés de mots qu'ils
n'entendaient pas et les régurgitant en formules. Il
constatait avec amertume qu'aucun de ces gens, sur
qui il avait d'abord compté, n'allait en esprit ou en
acte plus avant, ou même aussi loin que lui.

Zénon logeait tout en haut d'une maison dirigée
par un prêtre ; un écriteau, suspendu dans l'escalier,
ordonnait aux pensionnaires de se réunir pour
l'office de Complies, et défendait sous peine
d'amende d'introduire des prostituées et de se
soulager ailleurs qu'aux latrines. Mais ni les odeurs,
ni la suie de l'âtre, ni l'aigre voix de la ménagère, ni
les murs criblés par ses prédécesseurs de facéties
latines et de croquis obscènes, ni les mouches
posées sur les parchemins ne dérangeaient de ses
calculs cet esprit pour qui chaque objet au monde
était un phénomène ou un signe. Le bachelier eut
dans cette soupente ces doutes, ces tentations, ces
triomphes et ces défaites, ces pleurs de rage et ces
joies de la jeunesse que l'âge mûr ignore ou
dédaigne, et dont lui-même ne garda par la suite
qu'un souvenir entaché d'oubli. Porté de préférence
vers les passions des sens qui s'éloignent le plus de
ce qu'éprouvent ou qu'avouent la plupart des

hommes, celles qui obligent au secret, souvent au
mensonge, parfois au défi, ce David aux prises avec
le Goliath scolastique crut trouver son Jonathan
dans un condisciple indolent et blond, qui bientôt
s'écarta, abandonnant ce tyrannique camarade en
faveur de compères plus connaisseurs en vins et en
dés. Rien n'avait paru au-dehors de cette accointance souterraine, tout en contact et en présence,
cachée comme les entrailles et le sang; sa fin n'eut
pour effet que de replonger Zénon plus avant dans
l'étude. Blonde aussi la brodeuse Jeannette Fauconnier, fille fantasque, hardie comme un page,
habituée à traîner après ses jupons une escorte
d'étudiants, et à qui le clerc fit tout un soir une
cour de railleries et d'insultes. Zénon s'étant vanté
d'obtenir, s'il lui plaisait, les faveurs de cette fille
en moins de temps qu'il n'en faut pour galoper des
Halles à l'église Saint-Pierre, une rixe s'ensuivit qui
tourna en bataille rangée, et la belle Jeannette elle-
même, tenant à se montrer généreuse, accorda à
son insulteur blessé un baiser de sa bouche que le
jargon du temps appelait le portail de l'âme. Vers la
Noël, enfin, à une époque où Zénon ne gardait
d'autre souvenir de cette équipée qu'une balafre en
plein visage, l'enjôleuse se glissa chez lui par une
nuit de lune, monta sans bruit l'escalier grinçant et
se coula dans son lit. Zénon fut surpris par ce corps
serpentin et lisse, habile à mener le jeu, par cette
gorge de colombe roucoulant à voix basse, par ces
rires étouffés juste à temps pour ne point éveiller la
ménagère dormant dans la soupente voisine. Il n'en

eut que la joie mêlée de crainte du nageur qui
plonge dans une eau rafraîchissante et peu sûre.
Pendant quelques jours, on le vit insolemment se
promener au côté de cette fille perdue, bravant les
fastidieuses semonces du Recteur; l'appétit lui
semblait venu de cette sirène narquoise et glissante.
Moins d'une semaine plus tard, néanmoins, il
s'était rejeté tout entier dans ses livres. On le blâma
d'abandonner si promptement cette fille pour
laquelle il avait compromis insoucieusement pour
tout un terme les honneurs du *cum laude :* et son
dédain relatif des femmes le fit soupçonner d'un
commerce avec les esprits succubes.

LES LOISIRS DE L'ÉTÉ

Cet été-là, un peu avant l'août, Zénon alla comme chaque année se mettre au vert dans la maison des champs du banquier. Mais ce n'était plus, comme autrefois, dans la terre qu'Henri-Juste avait possédée de tout temps à Kuypen dans la campagne brugeoise : l'homme d'affaires s'était rendu acquéreur du domaine de Dranoutre, entre Audenarde et Tournai, et de son antique habitation seigneuriale remise en état après le départ des Français. On avait rénové ce logis dans le style à la mode, avec des plinthes et des caryatides de pierre. De plus en plus, le gros Ligre se lançait dans ces achats de biens au soleil qui attestent presque arrogamment la fortune d'un homme, et font de lui en cas de danger le bourgeois de plus d'une ville. En Tournaisis, il arrondissait pièce à pièce les terres de sa femme Jacqueline ; près d'Anvers, il venait d'acquérir le domaine de Gallifort, annexe splendide à son comptoir de la place Saint-Jacques où il opérait désormais avec Lazarus Tucher.

Grand Trésorier des Flandres, propriétaire d'une raffinerie de sucre à Maestricht et d'une autre aux Canaries, fermier de la douane de Zélande, détenteur du monopole de l'alun pour les régions baltiques, assurant pour un tiers avec les Fugger les revenus de l'ordre de Calatrava, Henri-Juste se frottait de plus en plus aux puissants de ce monde : la Régente à Malines lui offrait de sa main le pain bénit; le seigneur de Croy, son obligé pour la somme de treize mille florins, avait récemment consenti à tenir sur les fonts un fils nouveau-né du marchand, et on avait pris date avec cette Excellence pour faire en son château du Rœulx la fête du baptême. Aldegonde et Constance, les deux filles encore toutes jeunettes du grand homme d'affaires, auraient un jour des titres comme elles avaient déjà une traîne à leurs jupes.

Sa draperie brugeoise n'étant plus pour Henri-Juste qu'une entreprise surannée, concurrencée par ses propres importations de brocarts de Lyon et de velours d'Allemagne, il venait d'établir aux environs de Dranoutre, en plein plat pays, des ateliers ruraux où les ordonnances municipales de Bruges ne le brimaient plus. On y montait sur son ordre une vingtaine de métiers à tisser mécaniques fabriqués l'autre été par Colas Gheel sur les dessins de Zénon. Le marchand avait pris fantaisie d'essayer de ces ouvriers de bois et de métal qui ne buvaient ni ne braillaient, faisaient à dix l'ouvrage de quarante, et ne profitaient pas de la cherté des vivres pour demander une augmentation de paie.

Par un jour frais qui déjà sentait l'automne, Zénon se rendit à pied à cette tissuterie d'Oudenove. Des chômeurs en quête de travail encombraient le pays; dix lieues à peine séparaient Oudenove des splendeurs pompeuses de Dranoutre, mais la distance aurait aussi bien pu être celle du ciel à l'enfer. Henri-Juste avait logé un petit groupe d'artisans et de maîtres d'atelier brugeois dans une vieille bâtisse réparée tant bien que mal à l'entrée du village; ce dortoir tournait au taudis. Zénon ne fit qu'apercevoir Colas Gheel, ivre ce matin-là, dont un pâle et morose apprenti français nommé Perrotin lavait les écuelles et surveillait le feu. Thomas, marié depuis peu à une fille du pays, paradait sur la place dans un casaquin de soie rouge étrenné le jour des noces. Un petit homme sec et vif, un certain Thierry Loon, dévideur promu subitement maître d'atelier, montra à Zénon les machines enfin montées, et que les manœuvres avaient aussitôt prises en grippe, après avoir fondé sur elles l'extravagant espoir de gagner plus et de peiner moins. Mais d'autres problèmes préoccupaient désormais le clerc; ces châssis et ces contrepoids ne l'intéressaient plus. Thierry Loon parlait d'Henri-Juste avec une révérence obséquieuse, mais jetait à Zénon des regards de côté en déplorant les vivres insuffisants, les masures de bois et de plâtras bâties à la hâte par les régisseurs du marchand, les heures plus longues qu'à Bruges, la cloche municipale ne les gouvernant plus. Le petit homme regrettait le temps où les artisans solidement établis dans leurs privilèges tordaient le cou aux ouvriers libres et tenaient tête aux princes. Les nouveautés ne lui faisaient pas peur; il appréciait l'ingéniosité de ces espèces de cages où chaque manœuvre gouvernait simultanément des pieds et des mains deux leviers et deux pédales, mais cette cadence trop rapide épuisait les hommes, et ces commandes compliquées demandaient plus de soin et d'attention que n'en possèdent des doigts et des caboches d'artisans. Zénon suggéra des ajustements, mais le nouveau contremaître n'en parut point faire cas. Ce Thierry ne songeait à coup sûr qu'à se débarrasser de Colas Gheel : il haussait les épaules en mentionnant cette gaufre molle, ce brouillon dont les élucubrations mécaniques n'auraient finalement pour effet que d'extorquer des hommes plus de travail et d'empirer leur chômage, ce veau à qui la dévotion était venue comme une gale depuis qu'il n'avait plus à sa disposition les aises et les agréments de Bruges, cet ivrogne qui prenait après boire le ton contrit d'un prêcheur de place publique. Ces gens querelleurs et ignares dégoûtèrent le clerc; comparés à eux, les docteurs fourrés d'hermine et fourbis de logique reprenaient du poids.

Ses talents mécaniques valaient à Zénon peu de considération dans la famille, où il était à la fois méprisé pour son indigence de bâtard et vaguement

respecté pour son futur état de prêtre. A l'heure du
souper, dans la salle, le clerc écoutait Henri-Juste
éructer de pompeux dictons sur la conduite de la
vie : il s'agissait toujours d'éviter les pucelles, de
peur des grossesses, les femmes mariées, de peur
du poignard, les veuves, parce qu'elles vous
dévorent, de cultiver ses rentes et de prier Dieu. Le
chanoine Bartholommé Campanus, habitué à ne
demander aux âmes que le peu qu'elles consentent
à donner, ne désapprouvait pas cette épaisse
sagesse. Les moissonneurs, ce jour-là, avaient
trouvé une sorcière occupée à pisser malicieuse-
ment dans un champ afin de conjurer la pluie sur le
blé. déjà à demi pourri par d'insolites averses; ils
l'avaient jetée au feu sans autre forme de procès; on
se gaussait de cette sibylle qui croyait commander à
l'eau, mais n'avait pas su se garer des braises. Le
chanoine expliquait que l'homme, en infligeant aux
méchants le supplice des flammes, qui dure un
moment, ne fait que se régler sur Dieu qui les
condamne au même supplice, mais éternel. Ces
propos n'interrompaient pas la copieuse collation
du soir; Jacqueline échauffée par l'été gratifiait
Zénon de ses agaceries d'honnête femme. Cette
grasse Flamande, rembellie par ses récentes
couches, vaine de son teint et de ses mains
blanches, gardait une luxuriance de pivoine. Le
prêtre ne paraissait remarquer ni le corsage bâillant,
ni les mèches blondes frôlant la nuque du jeune
clerc penché sur une page avant l'arrivée des
lampes, ni le sursaut de colère de l'étudiant

contempteur des femmes. Chaque fille du sexe était pour Bartholommé Campanus Marie et Ève tout ensemble, celle qui verse pour le salut du monde son lait et ses larmes, et celle qui s'abandonne au serpent. Il baissait les yeux sans juger.

Zénon sortait, marchant à grands pas. La rase terrasse, avec ses arbres tout neufs et ses pompeuses rocailles, cédait bientôt la place aux pâturages et aux terres de labour; un hameau aux toits bas se cachait sous le moutonnement des meules. Mais le temps n'était plus où Zénon aurait pu s'étendre près des feux de la Saint-Jean au côté des ouvriers de ferme, comme naguère à Kuypen, dans la nuit claire qui ouvre l'été. Par les soirs froids, on ne lui aurait pas non plus fait place sur le banc de la forge, où quelques rustres, toujours les mêmes, s'hébètent à la bonne chaleur, troquant des bouts de nouvelles, au bourdonnement des dernières mouches de la saison. Tout maintenant le séparait d'eux : leur lent jargon de village, leurs pensées à peine moins lentes, et la crainte qu'inspire un garçon qui parle latin et lit dans les astres. Il lui arrivait parfois d'entraîner son cousin dans des équipées nocturnes. Il descendait dans la cour, sifflant doucement pour éveiller son camarade. Henri-Maximilien enjambait le balcon, encore appesanti du lourd sommeil de l'adolescence, sentant le cheval et la sueur après les longues voltiges de la veille. Mais l'espoir d'une coureuse à culbuter au bord d'une route ou de claret à lamper dans l'auberge en compagnie de rouliers le ranimait vite

Les deux compagnons prenaient par les terres de
labour, s'entraidant au saut des fossés, se dirigeant
vers la flamme d'un camp de bohémiens ou le feu
rouge d'une distante taverne. Au retour, Henri-
Maximilien se vantait de ses exploits; Zénon taisait
les siens. La plus sotte de ces aventures fut celle où
nuitamment l'héritier des Ligre se glissa dans
l'écurie d'un maquignon de Dranoutre, et peignit
de rose deux juments que leur propriétaire le matin
crut ensorcelées. Il se découvrit un beau jour
qu'Henri-Maximilien avait dépensé dans l'une de
ces sorties quelques ducats volés au gros Juste :
moitié jeu, moitié pour de bon, le père et le fils en
vinrent aux mains; on les sépara comme on sépare
un taureau et son taurillon fonçant l'un sur l'autre
dans l'enclos d'une ferme.

Mais le plus souvent Zénon partait seul, à l'aube,
ses tablettes à la main, et s'éloignait dans la
campagne, à la recherche d'on ne sait quel savoir
qui vient directement des choses. Il ne se lassait pas
de soupeser et d'étudier curieusement les pierres
dont les contours polis ou rugueux, les tons de
rouille ou de moisissure racontent une histoire,
témoignent des métaux qui les ont formées, des
feux ou des eaux qui ont jadis précipité leur
matière ou coagulé leur forme. Des insectes
s'échappaient d'en dessous, étranges bêtes d'un
animal enfer. Assis sur un tertre, regardant houler
sous le ciel gris les plaines renflées çà et là par les
longues collines sablonneuses, il songeait aux temps
révolus durant lesquels la mer avait occupé ces

grands espaces où poussait maintenant du blé, leur laissant dans son retrait la conformité et la signature des vagues. Car tout change, et la forme du monde, et les productions de cette nature qui bouge et dont chaque moment prend des siècles. Ou encore, son attention devenue tout à coup fixe et furtive comme celle d'un braconnier, il se tournait vers les bêtes qui courent, volent et rampent dans les profondeurs des bois, s'intéressait à la trace exacte qu'elles laissent derrière elles, à leur rut, leur accouplement, leur nourriture, à leurs signaux et leurs stratagèmes, et à la manière dont, frappées d'un bâton, elles meurent. Une sympathie l'attirait vers les reptiles calomniés par la peur ou la superstition humaine, froids, prudents, à demi souterrains, enfermant dans chacun de leurs rampants anneaux une sorte de minérale sagesse.

Un de ces soirs-là, durant le plus chaud de la canicule, Zénon, fort des instructions de Jean Myers, prit sur soi de saigner un fermier atteint d'un coup de sang, au lieu d'attendre l'incertain secours du barbier. Le chanoine Campanus déplora cette indécence ; Henri-Juste, venant à la rescousse, plaignit hautement ses ducats dépensés à défrayer les études de son neveu, si celui-ci allait finir entre une lancette et un bassinet. Le clerc subit ces remontrances avec un silence haineux. A partir de ce jour-là, il prolongea ses absences. Jacqueline croyait à quelque amourette avec une fille de ferme.

Une fois, emportant avec lui son pain pour plusieurs jours, il s'aventura jusqu'à la forêt d'Houthuist. Ces bois étaient le reste des grandes futaies du temps païen : d'étranges conseils tombaient de leurs feuilles. La tête levée, contemplant d'en bas ces épaisseurs de verdure et d'aiguilles, Zénon se rengageait dans les spéculations alchimiques abordées à l'école, ou en dépit de l'école ; il retrouvait dans chacune de ces pyramides végétales l'hiéroglyphe hermétique des forces ascendantes, le signe de l'air, qui baigne et nourrit ces belles entités sylvestres, du feu, dont elles portent en soi la virtualité, et qui peut-être les détruira un jour. Mais ces montées s'équilibraient d'une descente : sous ses pieds, le peuple aveugle et sentient des racines imitait dans le noir l'infinie division des brindilles dans le ciel, s'orientait précautionneusement vers on ne sait quel nadir. Çà et là, une feuille trop tôt jaunie trahissait sous le vert la présence des métaux dont elle avait formé sa substance et dont elle opérait la transmutation. La poussée du vent déjetait les grands fûts comme un homme son destin. Le clerc se sentait libre comme la bête et menacé comme elle, équilibré comme l'arbre entre le monde d'en bas et le monde d'en haut, ployé lui aussi par des pressions s'exerçant sur lui et qui ne cesseraient qu'à sa mort. Mais le mot mort n'était encore qu'un mot pour cet homme de vingt ans.

Au crépuscule, il remarqua sur la mousse la trace d'un charroi d'arbres abattus ; une odeur de fumée

le conduisit dans la nuit déjà sombre à la hutte de
charbonniers. Trois hommes, un père et ses deux
fils, bourreaux des arbres, maîtres et serviteurs du
feu, obligeaient celui-ci à consumer lentement ses
victimes, changeant l'humide bois qui siffle et
tressaille en charbon qui garde à jamais son affinité
avec l'élément igné. Leurs loques se confondaient
avec leurs corps presque éthiopiens grimés de suie
et de cendres. Les poils blancs du père, les crins
blonds des fils étonnaient autour de ces faces noires
et sur ces noires poitrines nues. Ces trois-là, aussi
seuls que des anachorètes, avaient à peu près oublié
tout ce qui est du siècle ou n'en avaient jamais rien
su. Peu leur importait qui régnait sur les Flandres,
ou si c'était l'an 1529 de l'Incarnation du Christ.
S'ébrouant plutôt qu'ils ne parlaient, ils accueil-
lirent Zénon comme des animaux de la forêt en
accueillent un autre; le clerc n'ignorait pas qu'ils
l'eussent pu tuer pour lui prendre ses vêtements au
lieu d'accepter une portion de son pain et de
partager avec lui leur soupe d'herbes. Tard dans la
nuit, étouffant dans leur hutte enfumée, il se leva
pour sa coutumière observation des astres, et sortit
sur l'aire calcinée qui dans la nuit semblait blanche.
Le bûcher des charbonniers ardait sourdement,
construction géométrique aussi parfaite que les
fortins des castors et les ruches des abeilles. Une
ombre bougeait sur champ rouge; le plus jeune des
deux frères veillait sur la masse incandescente.
Zénon l'aida à séparer à l'aide d'un croc les rondins
s'embrasant trop vite. Véga et Deneb étincelaient

entre les faîtes des arbres ; les troncs et les branches occultaient les étoiles placées plus bas dans le ciel. Le clerc pensa à Pythagore, à Nicolas de Cusa, à un certain Copernic dont les théories récemment exposées étaient ardemment accueillies ou violemment contredites à l'École, et un mouvement d'orgueil le prit à l'idée d'appartenir à cette industrieuse et agitée race des hommes qui domestique le feu, transforme la substance des choses, et scrute les chemins des astres.

Quittant ses hôtes sans plus de cérémonie qu'il eût quitté des chevreuils des bois, il se remit impatiemment en marche comme si le but qu'il assignait à son esprit était tout proche, et qu'en même temps il eût fallu se hâter pour l'atteindre. Il n'ignorait pas qu'il mâchait ses dernières portions de liberté, et que d'ici quelques jours il lui faudrait regagner le banc d'un collège, afin de s'assurer pour plus tard un poste de secrétaire d'évêque, chargé d'arrondir de suaves phrases latines, ou quelque chaire de théologie d'où il conviendrait de ne laisser tomber sur ses auditeurs que des propos approuvés ou permis. Par une innocence, qui était sa jeunesse, il s'imaginait que personne jusque-là n'avait contenu dans sa poitrine tant de rancœur à l'égard de l'état de prêtrise, ni poussé si loin la révolte ou l'hypocrisie. Pour le moment, le cri d'alarme d'un geai, le vrillement d'un pivert étaient les seuls offices du matin. Une fiente d'animal fumait délicatement sur la mousse, trace du passage d'une bête de la nuit.

Sitôt la grand-route, il retrouva les bruits et les cris du siècle. Une bande de rustiques excités couraient avec des seaux et des fourches : une grosse ferme isolée brûlait, incendiée par un de ces anabaptistes qui maintenant pullulaient, et mélangeaient la haine des riches et des puissants à une forme particulière de l'amour de Dieu. Zénon commisérait dédaigneusement ces visionnaires sautant d'une barque pourrie dans une barque qui fait eau, et d'une aberration séculaire dans une manie toute neuve, mais le dégoût de l'épaisse opulence qui l'entourait le mettait malgré lui du côté des pauvres. Un peu plus loin, il lui arriva de rencontrer un tisserand congédié, ayant pris la besace du mendiant pour chercher subsistance ailleurs, et il enviait ce gueux d'être moins contraint que lui.

LA FÊTE A DRANOUTRE

Un soir où il rentrait au logis comme un chien efflanqué, après plusieurs jours d'absence, la maison lui apparut de loin illuminée de tant de flambeaux qu'il crut à nouveau voir un incendie. De lourds coches encombraient la route. Alors, il se souvint qu'Henri-Juste espérait et négociait depuis des semaines une visite royale.

La Paix de Cambrai venait d'être signée. On l'appelait la Paix des Dames, car deux princesses que le chanoine Bartholommé Campanus comparait dans ses prônes aux Saintes Femmes des Écritures avaient tant bien que mal assumé la tâche de refermer les plaies du siècle. La Reine Mère de France, d'abord retenue par sa crainte des conjonctions astronomiques néfastes, avait enfin quitté Cambrai pour regagner son Louvre. La Régente des Pays-Bas, en route vers Malines, s'arrêtait pour une nuit dans la maison champêtre du Grand Trésorier des Flandres, et Henri-Juste avait convié les notables du lieu, acheté un peu partout des provisions de cire et de victuailles rares, fait venir de Tournai les musiciens de l'évêque, et préparé un divertissement à l'antique au cours duquel des Faunes vêtus de brocart et des Nymphes en chemise de soie verte offriraient à Madame Marguerite une collation de massepains, de frangipanes et de confitures.

Zénon hésita à s'introduire dans la salle, de peur que ses vêtements usés, poussiéreux, et l'odeur de son corps non lavé lui fissent perdre sa chance de se pousser auprès des puissants de ce monde ; pour la première fois de sa vie, la flatterie et l'intrigue lui parurent des arts où il serait bon d'exceller, et la place de secrétaire privé ou de précepteur de prince préférable à celle de pédant de collège ou de barbier de village. Puis, l'arrogance de la vingtième année l'emporta, et l'assurance que la fortune d'un homme dépend de sa nature, et du bon vouloir des astres. Il entra et s'assit dans la cheminée qu'on avait festonnée de feuillages, et regarda autour de lui cet Olympe humain.

Les Nymphes et les Faunes vêtus à l'antique étaient les rejetons de fermiers enrichis ou de seigneurs campagnards que le Grand Argentier laissait négligemment becqueter dans ses coffres ; Zénon reconnaissait, sous les perruques et le fard, leurs crins blonds et leurs yeux bleus, et sous les bouillonnés des tuniques fendues ou retroussées,

les jambes un peu lourdes des filles dont quelques-
unes l'avaient tendrement agacé à l'ombre d'une
meule. Henri-Juste, plus pompeux et plus conges-
tionné encore qu'à l'ordinaire, faisait les honneurs
de son luxe de marchand. La Régente vêtue de
noir, menue et ronde, avait la pâleur triste des
veuves, et des lèvres serrées de bonne ménagère qui
surveille, non seulement le linge et la desserte, mais
l'État. Ses panégyristes vantaient sa piété, son
savoir, la chasteté qui lui avait fait préférer aux
secondes noces les mélancoliques austérités du
veuvage; ses détracteurs l'accusaient tout bas d'aimer les femmes, tout en convenant que ce goût est
moins scandaleux chez une noble dame que pour
les hommes le penchant contraire, car il est plus
beau, déclaraient-ils, pour la femme d'assumer la
condition virile que pour un homme d'imiter la
femme. Les vêtements de la Régente étaient
somptueux, mais sévères, comme il sied à une
princesse qui se doit de porter les marques exté-
rieures de sa situation royale, mais qui se soucie
peu d'éblouir ou de plaire. Tout en grignotant des
friandises, elle écoutait d'une oreille complaisante
Henri-Juste mêler à ses compliments de cour des
plaisanteries gaillardes, en femme pieuse, mais
point prude, qui sait entendre sans broncher de
libres propos d'hommes.

On avait déjà bu des vins du Rhin, de Hongrie et
de France; Jacqueline dégrafa son corsage de drap
d'argent, et commanda qu'on lui apportât son fils
cadet, point encore sevré, qui avait soif aussi.

Henri-Juste et sa femme aimaient à exhiber cet enfant tout neuf qui les rajeunissait.

Le sein aperçu entre les plis du linge fin charma les convives.

— On ne pourra nier, dit Madame Marguerite, que celui-là n'ait tété le lait de bonne mère.

Elle demanda comment se nommait l'enfant.

— Il n'est encore qu'ondoyé, dit la Flamande.

— Alors, fit Madame Marguerite, appelez-le Philibert, comme mon seigneur qui est allé à Dieu.

Henri-Maximilien, qui buvait outre mesure, parlait aux filles d'honneur des faits d'armes qu'il accomplirait lorsqu'il serait en âge.

— L'occasion des batailles ne lui manquera pas, fit Madame Marguerite, dans ce malheureux siècle.

Elle se demandait à part soi si le Grand Argentier consentirait à l'Empereur cet emprunt au denier douze qu'avaient refusé les Fugger, et qui servirait à défrayer les frais de la dernière campagne, ou peut-être de la prochaine, car on sait ce que valent les traités de paix. Une mince portion de ces nonante mille écus suffirait à achever sa chapelle de Brou, en Bresse, où elle irait un jour dormir auprès de son prince jusqu'à la fin du monde. Le temps de porter à ses lèvres une cuiller de vermeil, et Madame Marguerite revit en esprit le jeune homme nu, aux cheveux collés par la sueur de la fièvre, la poitrine gonflée par les humeurs de la pleurésie, mais beau néanmoins comme les Apollons de la Fable, qu'elle avait mis en terre voilà plus de vingt ans. Rien ne l'en consolait, ni les

gentillesses de l'Amant Vert, son perroquet des
Indes, ni les livres, ni le doux visage de sa tendre
compagne, Madame Laodamie, ni les grandes
affaires, ni Dieu qui est le support et le confident
des princes. L'image du mort rentra dans le trésor
de la mémoire; le contenu de la cuiller répandit sur
la langue de la Régente son goût d'entremets glacé;
elle retrouva la place à table qu'elle n'avait jamais
quittée, les mains rouges d'Henri-Juste sur la
nappe cramoisie, les atours voyants de Madame
d'Hallouin, sa dame d'honneur, le nourrisson étalé
sur le sein de la Flamande, et là-bas, installé sous la
cheminée, une jeune homme au beau visage arro-
gant qui mangeait sans prêter attention aux
convives.

— Et celui-là, dit-elle, qui tient compagnie aux
tisons?

— Voici tout ce que j'ai de fils, dit le banquier
mécontent, montrant Henri-Maximilien et le pou-
pon sur son drap brodé.

Bartholommé Campanus informa à mi-voix la
Régente de l'aventure d'Hilzonde, déplorant du
même coup les sentiers hérétiques dans lesquels la
mère de Zénon s'était fourvoyée. Madame Marguerite ébaucha alors avec le chanoine une de ces
discussions sur la foi et les œuvres réengagées
chaque jour par les personnes pieuses et cultivées
de l'époque, sans que jamais ces oiseux débats
servissent à résoudre le problème ou à en prouver
l'inanité. A ce moment, du bruit se fit à la porte;

timidement, mais d'une seule poussée, des gens
entrèrent.

Ces ouvriers drapiers venus à Dranoutre avec un
riche présent pour Madame étaient une partie des
divertissements projetés pour la fête. Mais une
bagarre survenue l'avant-veille dans un atelier
avait transformé le progrès des artisans en une sorte
de chahut d'émeute. Le dortoir de Colas Gheel
était là dans son entier pour demander qu'on
graciât Thomas de Dixmude menacé de la potence
pour avoir rompu à coups de marteau les métiers
mécaniques montés depuis peu et finalement mis
en marche. La bande confuse enflée d'ouvriers
forains congédiés et de rôdeurs rencontrés en route
avait mis deux jours à faire les quelques lieues
séparant la fabrique de la maison de plaisance du
marchand. Colas Gheel blessé aux mains en défendant ses machines se trouvait néanmoins au premier rang des pétitionnaires. Zénon reconnaissait à
peine dans cette figure aux lèvres marmottantes le
solide Colas de sa seizième année. Le clerc,
retenant par la manche un page qui lui offrait des
dragées, apprit qu'Henri-Juste avait refusé d'entendre les doléances des mécontents, mais qu'on les
avait laissés coucher dans un pré, nourris de ce que
leur jetaient les cuisiniers. Les domestiques avaient
veillé toute la nuit sur les garde-manger, l'argente-
rie, la cave et les meules. Ces malheureux pourtant
semblaient dociles comme des moutons qu'on
mène à la tonte; ils ôtèrent leurs bonnets; les plus
humbles s'agenouillèrent.

— Grâce pour Thomas, mon compère! Grâce pour Thomas dont mes machines ont troublé la raison, psalmodiait Colas Gheel. Il est trop jeune pour pendre au gibet!

— Quoi? dit Zénon, tu défends ce gueux qui a jeté bas notre ouvrage? Ton beau Thomas aimait danser : qu'il danse en plein ciel.

L'altercation en flamand fit éclater de rire la petite bande des filles d'honneur. Déconcerté, Colas promena autour de lui ses prunelles pâles, et se signa en reconnaissant dans l'âtre le jeune clerc qu'il nommait jadis son frère selon saint Jean.

— Dieu m'a tenté, pleura l'homme aux mains bandées, moi qui jouais comme un enfant avec des poulies et des manivelles. Un démon m'a montré des proportions et des chiffres, et j'ai construit les yeux fermés un gibet d'où pend une corde.

Et il recula d'un pas, appuyé sur l'épaule du maigre apprenti Perrotin.

Un petit homme vif comme le mercure en qui Zénon reconnut Thierry Loon se coula jusqu'à la Princesse pour lui tendre un placet, qu'elle remit avec une distraction apparente à un gentilhomme de sa suite. Le Grand Trésorier la pressait obséquieusement de passer dans la galerie voisine, où des musiciens apprêtaient pour les dames un concert d'instruments et de voix.

— Tout traître à l'Église est tôt ou tard rebelle à son prince, conclut Madame Marguerite en se levant, bouclant enfin son entretien studieusement continué avec le chanoine par ces mots qui condamnaient la Réforme. Des tisserands poussés du regard par Henri-Juste offrirent cérémonieusement à l'auguste veuve le nœud de perles brodé à son chiffre. Du bout de ses doigts bagués, elle prit avec grâce le cadeau des artisans.

— Voyez, Madame, fit à demi plaisamment le marchand, ce qu'on gagne à maintenir ouvertes par pure charité des fabriques qui travaillent à perte. Ces rustiques portent à vos oreilles des disputes que trancherait d'un mot un juge de village. Si je n'avais pas à cœur l'honneur de nos velours et de nos étoffes brochées...

Arrondissant les épaules, comme toujours quand pesait sur elle le poids des affaires publiques, la Régente alors insista gravement sur la nécessité de brider l'insubordination populaire, dans un monde déjà troublé par les querelles des princes, le progrès du Turc, l'hérésie déchirant l'Église. Zénon n'entendit pas le chuchotement du chanoine l'invitant à se rapprocher de Madame. Un bruit de trilles et de sièges remués se mêlait déjà aux interjections des ouvriers drapiers.

— Non, dit le marchand refermant derrière lui la porte de la galerie, et faisant face aux hommes comme un dogue aux bêtes du troupeau. Pas de pitié pour Thomas dont le cou sera rompu comme il a rompu mes métiers. Vous plairait-il qu'on vînt chez vous briser vos bois de lit ?

Colas Gheel beugla comme un bœuf qu'on saigne.

— Tais-toi, l'ami, dit le gros marchand avec mépris. Ta musique gâte celle qu'on sert aux dames.

— Tu es savant, Zénon! Ton latin et ton français plaisent mieux que nos voix flamandes, dit Thierry Loon qui menait le reste des mécontents comme un bon chantre conduit un chœur. Explique-leur qu'on augmente nos tas et qu'on diminue nos paies, et que la poussière qui sort de ces engins nous fait cracher le sang.

— Si ces machines s'implantent dans le plat pays, nous sommes cuits, dit un tissutier. Nous ne sommes pas faits pour nous démener entre deux roues comme des écureuils en cage.

— Croyez-vous que je raffole de la nouveauté, comme un Français? dit le banquier mêlant la bonhomie à la sévérité comme du sucre à du verjus. Toutes les roues et tous les clapets ne valent pas des bras d'honnêtes gens. Suis-je un ogre? Plus de menaces, plus de murmures contre l'amende pour les pièces manquées et les nœuds du fil; plus de sottes demandes d'augmenter la paie comme si l'argent coûtait aussi peu que du crottin, et j'envoie ces châssis servir de cadre aux araignées! Vos contrats au prix de l'an dernier seront renouvelés pour l'an prochain.

— Au prix de l'an dernier, s'émut une voix qui déjà faiblissait. Au prix de l'an dernier, quand un œuf aujourd'hui coûte plus cher qu'une poule à la dernière Saint-Martin! Mieux vaut prendre un bâton et courir les routes.

— Crève Thomas et qu'on me rembauche, hurla un vieux forain que faisait paraître plus sauvage encore son chuintant français. Les fermiers m'ont lâché leurs chiens, et les bourgeois des villes nous chassent à coups de pierres. J'aime mieux ma paillasse au dortoir que le fond d'un fossé.

— Ces métiers dont vous faites fi auraient fait de mon oncle un roi et de vous des princes, dit le clerc avec dépit. Mais je ne vois ici qu'une brute riche et de sots pauvres.

Un grondement monta de la cour où le reste de la bande apercevait d'en bas les flambeaux de la fête et le dessus des pièces montées. Une pierre troua l'azur d'un vitrail armorié; le marchand se gara prestement de la chute de grêlons bleus.

— Gardez vos pierres pour ce songe-creux! Le niais vous fit croire que vous pourriez fainéanter auprès d'une bobine faisant à elle seule l'ouvrage de huit mains, dit le gros Ligre avec dérision, montrant son neveu rencogné dans l'âtre. J'y perds mes sous et Thomas son cou. O le beau projet d'un benêt qui ne connaît que ses livres!

Le compagnon du feu cracha sans répondre.

— Quand Thomas a vu le métier ouvrer jour et nuit et faire à lui seul la tâche de quatre hommes, il n'a rien dit, reprit Colas Gheel, mais il tremblait et suait comme s'il avait peur. Et on l'a congédié l'un des premiers quand on m'a retranché ma bande d'apprentis. Et les moulins grinçaient toujours, et les perches de fer continuaient toutes seules à tisser la toile. Et Thomas restait assis au fond du dortoir

avec la femme qu'il a épousée au printemps, et je
les entendais grelotter comme ceux qui ont froid.
Et j'ai compris que nos mécaniques étaient un fléau
comme la guerre, la cherté des vivres, les draps
étrangers... Et mes mains ont mérité les coups
qu'elles reçurent... Et je dis que l'homme doit
travailler tout bonnement, comme avant lui ses
pères l'ont fait, et se contenter de ses deux bras et
ses dix doigts.

— Et qu'es-tu toi-même, cria Zénon pris de
furie, sinon une machine mal graissée qu'on use,
qu'on jette au rebut, et qui par malheur en
engendre d'autres ? Je te croyais un homme, Colas,
et je ne vois qu'une taupe aveugle ! Brutes qui
n'auriez ni feu, ni chandelle, ni cuiller à pot, si
quelqu'un n'y avait pensé pour vous, et à qui une
bobine ferait peur, si on vous la montrait pour la
première fois ! Retournez dans vos dortoirs pourrir
à cinq ou six sous la même couverture, et crevez
sur vos galons et vos velours de laine comme vos
pères l'ont fait !

L'apprenti Perrotin s'arma d'un hanap laissé sur
une table et fonça sur Zénon. Thierry Loon lui
saisit le poignet ; les glapissements de l'apprenti
dégoisant des menaces en patois picard accompa-
gnaient ses torsions de couleuvre. Soudain, la voix
tonnante d'Henri-Juste qui venait de dépêcher en
bas un de ses majordomes annonça qu'on débon-
dait dans la cour des tonneaux pour boire à la Paix.
La ruée des hommes entraîna Colas Gheel, gesticulant de ses deux mains bandées ; Perrotin fila,

s'arrachant d'une secousse au poing de Thierry
Loon. Seuls, quelques têtes fortes étaient restées
sur place, avisant aux moyens de gonfler au moins
de quelques maigres sous les salaires du prochain
contrat. Thomas et ses affres étaient oubliés. On ne
songeait pas non plus à implorer de nouveau la
Régente installée bien à l'aise dans la salle voisine.
L'homme d'affaires était la seule puissance que ces
artisans connussent et craignissent; ils n'aperce-
vaient Madame Marguerite que de loin, comme ils
ne voyaient que confusément et en gros ces
vaisselles d'argent, ces bijoux, et sur les murs ou
sur le corps des personnes présentes, ces étoffes et
ces rubans qu'ils avaient tissés.

Henri-Juste rit doucement du succès de sa
harangue et de ses largesses. Ce vacarme somme
toute n'avait duré que le temps d'un motet. Ces
métiers mécaniques auxquels il n'attachait qu'une
piètre importance venaient de faire sans grands
frais l'appoint d'un marchandage; on s'en resservi-
rait peut-être, à l'avenir, mais seulement si, par
malencontre, la main-d'œuvre renchérissait à l'excès ou venait à manquer. Zénon, dont la présence à
Dranoutre inquiétait le marchand comme celle
d'un brandon dans une grange, irait promener
ailleurs ses chimères et ses yeux de feu qui
troublaient les femmes; et Henri-Juste pourrait
tout à l'heure se vanter en haut lieu de savoir par
ces temps agités régenter la plèbe, et paraître céder
sur un point sans céder jamais.

De l'embrasure d'une croisée, Zénon regardait

en bas les ombres en haillons mêlées aux valets et aux gardes de Madame. Des torches accrochées aux murs éclairaient cette fête. Le clerc reconnut dans la foule Colas Gheel à ses cheveux rouges et à ses linges blancs. Pâle comme ses bandages, affalé contre un baril, il buvait goulûment le contenu d'une large chope.

— Il entonne sa bière pendant que son Thomas sue d'angoisse dans sa prison, dit le clerc avec mépris. Et j'aimais cet homme... Race de Simon-Pierre !

— Paix, fit Thierry Loon resté à son côté. Tu ne sais pas ce que c'est que la peur et la faim.

Et, le poussant du coude :

— Laisse là Colas et Thomas, et pense à nous dorénavant. Nos gens te suivraient comme le fil suit la navette, chuchota-t-il. Ils sont pauvres, ignorants, stupides, mais nombreux, grouillants comme des vers, avides comme des rats qui sentent le fromage... Tes métiers leur plairaient s'ils n'étaient plus qu'à eux seuls. On commence par faire flamber une maison de plaisance : on finit par occuper des villes.

— Va boire avec les autres, ivrogne ! dit Zénon.

Et, quittant la salle, il s'enfonça dans l'escalier désert. Sur le palier, il se heurta dans l'ombre à Jacqueline qui remontait toute pantelante, tenant entre les mains un trousseau de clefs.

— J'ai verrouillé la porte du cellier, souffla-t-elle. Sait-on jamais ?

Et, se saisissant de la main de Zénon pour lui prouver que son cœur battait trop vite :

— Demeurez, Zénon! J'ai peur.

— Faites-vous rassurer par les soldats de la garde, dit durement le jeune clerc.

Le lendemain, le chanoine Campanus chercha son élève pour lui apprendre que Madame Marguerite, avant de remonter en coche, s'était informée des connaissances de l'étudiant en grec et en hébreu, et avait manifesté le désir de l'admettre parmi les domestiques de sa suite. Mais la chambre de Zénon était vide. Aux dires des valets, il était parti à l'aube. La pluie qui n'arrêtait pas de tomber depuis plusieurs heures retarda quelque peu le départ de la Régente. Les ouvriers drapiers étaient repartis pour Oudenove, point trop mécontents d'avoir finalement obtenu du Grand Trésorier une augmentation d'un demi-sou par livre. Colas Gheel cuvait sa bière sous une bâche. Quant à Perrotin, il avait disparu aux petites heures du jour. On sut plus tard qu'il s'était répandu cette nuit-là en menaces contre Zénon. Il s'était aussi beaucoup vanté de son habileté à jouer du couteau.

LE DÉPART DE BRUGES

Wiwine Cauwersyn occupait chez son oncle, curé de l'église de Jérusalem à Bruges, une chambrette pannelée de chêne poli. On y voyait un étroit lit blanc, un pot de romarin sur l'appui de la fenêtre, un missel sur une étagère : tout était propre, net, paisible. Chaque jour, à l'heure de prime, cette petite sacristine bénévole devançait les premières dévotes et le mendiant regagnant sa bonne place à l'angle du porche; elle trottait, chaussée de feutre, sur les dalles du chœur, vidant l'eau des vases, récurant avec soin les candélabres et les ciboires d'argent. Son nez pointu, sa pâleur, sa gaucherie n'inspiraient à personne ces vifs propos qui naissent d'eux-mêmes sur le passage d'une jolie fille, mais sa tante Godelière comparait tendrement ses cheveux blonds à l'or des couques bien cuites et du pain bénit, et toute sa contenance était religieuse et ménagère. Ses ancêtres couchés en cuivre poli le long des murailles se félicitaient sans doute de la voir si sage.

Car elle était de bonne famille. Son père, Thibaut Cauwersyn, ancien page de Madame Marie de Bourgogne, avait soutenu la civière ramenant vers Bruges, parmi les prières et les pleurs, sa jeune duchesse mortellement blessée. Jamais l'image de cette chasse fatale ne le quitta; toute sa vie, il garda pour cette maîtresse si vite passée un respect attendri qui ressemblait à de l'amour. Il voyagea; il servit l'empereur Maximilien dans Ratisbonne; il revint mourir en Flandre. Wiwine s'en souvenait comme d'un gros homme qui l'asseyait sur ses genoux couverts de cuir et chantonnait d'une voix essoufflée des complaintes allemandes. Sa tante Cleenwerck éleva l'orpheline. C'était une bonne femme débordante de graisse, sœur et intendante du curé de l'église de Jérusalem; elle faisait de réconfortants sirops et d'exquises confitures. Le chanoine Bartholommé Campanus fréquentait volontiers cette maison pleine d'une odeur de piété chrétienne et de bonne cuisine. Il y introduisit son pupille. La tante et la nièce gavaient l'écolier de friandises toutes brûlantes du four, lavaient ses genoux et ses mains écorchés par une chute ou dans une bagarre, admiraient de confiance ses progrès en langue latine. Plus tard, durant les rares visites faites à Bruges par l'étudiant de Louvain, le curé lui ferma sa porte, sentant de ce côté un mauvais air d'athéisme et d'hérésie. Mais Wiwine avait appris ce matin-là par une colporteuse qu'on venait d'apercevoir Zénon éclaboussé et trempé se dirigeant sous la pluie vers l'officine de Jean Myers, et elle attendait tranquillement qu'il vînt la voir à l'église.

Il entra sans bruit par la porte basse. Wiwine courut à lui, les mains encore encombrées de nappes d'autel, avec une sollicitude ingénue de petite servante.

— Je pars, Wiwine, dit-il. Faites une liasse des cahiers que j'ai cachés dans votre armoire; et je viendrai les chercher à la nuit close.

— Comme vous voilà fait, mon ami, dit-elle.

Il avait dû patauger sous l'averse dans la boue du plat pays, car ses chaussures et le bas de ses vêtements étaient encroûtés de terre. Il semblait aussi qu'on l'eût lapidé, ou qu'il fût tombé, car son visage n'était plus qu'une meurtrissure, et le rebord d'une de ses manches était strié de sang.

— Ce n'est rien, dit-il. Une rixe. Je n'y pense déjà plus.

Mais il la laissa éponger de son mieux à l'aide d'un linge humide les éclaboussures et la fange. Wiwine troublée le trouvait beau comme le sombre Christ de bois peint gisant près d'eux sous une arche et elle s'empressait autour de lui telle une petite Madeleine innocente.

Elle s'offrit à l'emmener dans la cuisine de la tante Godelière pour nettoyer ses vêtements et lui faire manger des gaufres encore chaudes.

— Je pars, Wiwine, répéta Zénon. Je vais voir si l'ignorance, la peur, l'ineptie et la superstition verbale règnent ailleurs qu'ici.

Ce langage véhément l'effraya : tout ce qui était inusité l'effrayait. Pourtant, cette colère d'homme se confondait pour elle avec les tempêtes de l'écolier, tout comme la boue et le sang noirci lui rappelaient le Zénon rentrant mal en point des combats de la rue, qui avait été son bel ami et son doux frère vers leur dixième année. Elle dit sur un ton d'admonition tendre :

— Comme vous parlez haut dans l'église !

— Dieu n'entend guère, répondit amèrement Zénon.

Il n'expliqua ni d'où il venait, ni où il irait, ni de quelle échauffourée ou de quel guet-apens il sortait, ni quel dégoût l'écartait d'une existence doctorale fourrée d'hermine et d'honneurs, ni quels desseins secrets l'entraînaient sans équipage sur des routes peu sûres, parcourues de piétons revenant de la guerre et de vagabonds sans feu ni lieu dont la petite bande composée du curé, de la tante Gode-liève et de quelques domestiques se garait prudemment quand on rentrait d'une visite aux champs.

— Les temps sont si mauvais, dit-elle, répétant les doléances habituelles de la maison et du marché. Et si derechef vous rencontrez un malfaiteur...

— Qui vous dit que ce n'est pas moi qui aurais raison de lui, fit-il âprement. Il n'est pas si difficile de dépêcher quelqu'un...

— Chrétien Merghelynck et mon cousin Jean de Béhaghel, qui étudient à Louvain, s'apprêtent aussi à repartir pour l'École, insista-t-elle. Si vous alliez les rejoindre à l'auberge du Cygne...

— Que Chrétien et Jean pâlissent s'ils le veulent sur les attributs de la personne divine, fit avec dédain le jeune clerc. Et si le curé, votre oncle, qui me soupçonne d'athéisme, s'inquiète encore de mes opinions, vous lui direz que je professe ma foi en un dieu qui n'est pas né d'une vierge, ne ressuscitera pas au troisième jour, mais dont le royaume est de ce monde. M'entendez-vous?

— Je le lui répéterai sans l'entendre, fit-elle doucement, mais sans même essayer de retenir ces propos trop abstrus pour elle. Et comme ma tante Godelieve verrouille la porte dès le couvre-feu et cache la clef sous son matelas, je laisserai vos cahiers sous l'auvent avec des victuailles pour la route.

— Non, dit-il. Ceci est pour moi temps de vigile et de jeûne.

— Pourquoi? fit-elle, cherchant vainement à se rappeler quel saint on fêtait au calendrier.

— Je me le prescris à moi-même, dit-il sur un ton de plaisanterie. N'avez-vous jamais vu des pèlerins se préparer au départ?

— A votre aise, fit-elle tandis que des larmes montaient dans sa voix à l'idée de cet étrange voyage. Et moi, je compterai les heures, les jours et les mois, comme je le fais chaque fois durant vos absences.

— Quelle ballade me récitez-vous là? dit-il avec un mince sourire. La route que je prends ne

repassera jamais par ici. Je ne suis pas de ceux qui
rebroussent chemin pour revoir une fille.

— Alors, dit-elle, levant vers lui son petit front
têtu, j'irai un jour à vous au lieu que vous reveniez
vers moi.

— Peines perdues, fit-il, entrant comme par jeu
dans cet échange de reparties. Je vous oublierai.

— Mon cher seigneur, dit Wiwine, des gens de
ma famille sont couchés sous ces dalles, et leur
devise est sur leur oreiller. *Plus est en vous.* Plus est
en moi que de rendre oubli pour oubli.

Elle se tenait devant lui, petite source insipide et
pure. Il ne l'aimait point; cette enfant un peu
simple était sans doute le plus léger des liens qui
l'attachaient à son court passé. Mais une faible pitié
le gagna, mêlée à l'orgueil d'être regretté. Soudain,
avec le geste impétueux d'un homme qui au
moment du départ donne, jette ou consacre
quelque chose, pour se concilier on ne sait quels
pouvoirs, ou au contraire se libérer d'eux, il ôta son
mince anneau d'argent, gagné au jeu de bagues
avec Jeannette Fauconnier, et le déposa comme un
sou dans cette main tendue. Il ne comptait
nullement revenir. Cette fillette n'aurait de lui que
l'aumône d'un petit rêve.

La nuit tombée, il alla chercher sous l'auvent les
cahiers qu'il porta chez Jean Myers. C'étaient pour
la plupart des extraits de philosophes païens copiés
en grand secret du temps où il s'instruisait à Bruges

sous la surveillance du chanoine, et qui contenaient un certain nombre d'opinions scandaleuses sur la nature de l'âme et sur l'inexistence de Dieu; ou encore des citations des Pères attaquant le culte des idoles, et détournées de leur sens pour démontrer l'inanité de la dévotion et des cérémonies chrétiennes. Zénon restait assez neuf pour attacher beaucoup de prix à ces premières licences d'écolier. Il discuta ses projets d'avenir avec Jean Myers : celui-ci opinait pour des études à la Faculté de médecine de Paris, qu'il avait lui-même fréquentée, sans toutefois aller jusqu'à la soutenance de la thèse et au bonnet carré. Zénon s'enflammait pour de plus lointains voyages. Le chirurgien-barbier déposa soigneusement les cahiers de l'étudiant dans le réduit où il rangeait ses vieilles bouteilles et sa provision de linges. Le clerc ne s'aperçut pas que Wiwine avait placé entre les feuillets un petit brin d'églantier.

LA VOIX PUBLIQUE

On sut plus tard qu'il avait d'abord passé
quelque temps à Gand, chez le prévôt mitré de
Saint-Bavon, qui s'occupait d'alchimie. On crut
ensuite l'avoir vu à Paris, dans cette rue de la
Bûcherie où les étudiants dissèquent en secret des
morts, et où se prennent comme un mauvais air le
pyrrhonisme et l'hérésie. D'autres, fort dignes de
foi, assuraient qu'il tenait ses diplômes de l'Université de Montpellier, ce à quoi certains répondaient
qu'il n'avait jamais fait que s'inscrire à cette faculté
célèbre, et qu'il avait renoncé aux titres sur
parchemin en faveur de la seule pratique expéri-
mentale, dédaignant à la fois Galien et Celsus. On
crut le reconnaître en Languedoc dans la personne
d'un magicien séducteur de femmes, et, vers la
même époque, en Catalogne, sous l'habit d'un
pèlerin venu de Montserrat et recherché pour le
meurtre d'un jeune garçon dans une hôtellerie
fréquentée par des gens sans aveu, marins, maqui-
gnons, usuriers suspects de judaïsme et Arabes mal

convertis. On savait vaguement qu'il s'intéressait à
des spéculations sur la physiologie et l'anatomie, et
l'histoire de l'enfant assassiné, qui n'était pour les
grossiers ou les crédules qu'une instance de magie
ou de noire débauche, devenait sur les lèvres des
plus doctes celle d'une opération ayant pour but de
transvaser du sang frais dans les veines d'un riche
Hébreu malade. Plus tard encore, des gens revenus
de longs voyages et de plus longs mensonges
prétendirent l'avoir vu dans le pays des Agathyrses,
chez les Barbaresques, et jusqu'à la cour du Grand
Daïr. Une nouvelle recette de feu grégeois,
employée à Alger par le pacha Khéreddin Barbe-
rousse, endommagea gravement, vers 1541, une
armadille espagnole; on mit à son compte cette
invention funeste, qui, disait-on, l'avait enrichi. Un
moine franciscain envoyé en mission en Hongrie
avait rencontré à Bude un médecin flamand qui se
serait gardé de dire son nom : c'était lui sans doute.
On savait aussi de bonne source qu'il aurait été
appelé en consultation à Gênes par Joseph Ha-
Cohen, physicien privé du Doge, mais aurait
ensuite insolemment refusé de succéder au poste de
ce Juif frappé d'une sentence d'exil. Comme les
audaces de la chair passent, souvent à juste titre,
pour accompagner celles de l'intelligence, on lui
attribua des plaisirs non moins audacieux que ses
travaux, et on colporta divers contes, variés bien
entendu selon les goûts de ceux qui répandaient ou
inventaient ses aventures. Mais, de toutes ces
hardiesses, la plus choquante peut-être était celle

qui, disait-on, lui faisait ravaler la belle profession
de médecin en s'adonnant de préférence à l'art
grossier de la chirurgie, salissant ainsi ses mains de
pus et de sang. Rien ne pouvait subsister, si un
esprit inquiet bravait de la sorte le bon ordre et les
bons usages. Après une longue éclipse, on crut le
revoir à Bâle au cours d'une épidémie de peste
noire : une série de guérisons inespérées lui firent
ces années-là une réputation de thaumaturge. Puis,
de nouveau, ce bruit s'éteignit. Cet homme semblait craindre d'avoir la gloire pour timbalier.

Vers 1539, on avait reçu à Bruges un petit traité
en français, imprimé chez Dolet à Lyon, qui portait
son nom. C'était une description minutieuse des
fibres tendineuses et des anneaux valvulaires du
cœur, suivie d'une étude sur le rôle qu'aurait joué
la branche gauche du nerf vague dans le comportement de cet organe ; Zénon y affirmait que la
pulsation correspondait au moment de la systole,
contrairement à l'opinion enseignée en chaire. Il
dissertait aussi du rétrécissement et de l'épaississe-
ment des artères dans certaines maladies dues à
l'usure de l'âge. Le chanoine, qui se connaissait peu
en ces matières, lut et relut le court traité, presque
déçu de n'y rien trouver qui justifiât les rumeurs
d'impiété environnant son ancien élève. N'importe
quel praticien, semblait-il, eût pu composer un tel
livre, que n'ornait même aucune belle citation
latine. Bartholommé Campanus apercevait assez

souvent en ville, monté sur sa bonne mule, le chirurgien-barbier Jean Myers, de plus en plus chirurgien et de moins en moins barbier depuis que la considération lui était venue avec les années. Ce Myers était peut-être le seul habitant de Bruges qu'on pût raisonnablement soupçonner de recevoir de temps à autre des nouvelles de l'étudiant passé maître. Le chanoine était parfois tenté d'aborder cet homme de peu, mais les convenances semblaient s'opposer à ce que les premières ouvertures vinssent de lui, et le bonhomme avait la réputation d'être matois et moqueur.

Chaque fois qu'un hasard apportait jusqu'à lui quelque écho concernant son écolier d'autrefois, le chanoine se rendait aussitôt chez le curé Cleenwerck son vieil ami. Ils en discouraient ensemble, le soir, dans le parloir de la cure, que traversaient parfois la tante Godelièvre ou sa nièce tenant une lampe ou un plat, mais ni l'une ni l'autre ne prenait la peine d'écouter, n'ayant pas l'habitude de prêter l'oreille aux propos des deux hommes d'Église. Wiwine avait passé l'âge des amourettes enfantines ; elle gardait encore l'étroit anneau marqué d'un fleuron dans une boîte qui contenait des perles de verre et des aiguilles, mais n'ignorait pas que sa tante avait pour elle de sérieux projets. Tandis que les femmes pliaient la nappe et rangeaient la vaisselle, Bartholommé Campanus tournait et retournait avec le vieux curé ces minces bribes d'information qui étaient, à la vie tout entière de Zénon, ce que l'ongle est à la totalité du corps. Le curé hochait la tête, n'attendant que le pire de cet esprit affolé d'impatience, de vain savoir et d'orgueil. Le chanoine défendait faiblement l'étudiant qu'il avait formé. Peu à peu, pourtant, Zénon cessait d'être pour eux une personne, un visage, une âme, un homme vivant quelque part sur un point de la circonférence du monde ; il devenait un nom, moins qu'un nom, une étiquette fanée sur un bocal où pourrissaient lentement quelques mémoires incomplètes et mortes de leur propre passé. Ils en parlaient encore. En vérité, ils l'oubliaient.

LA MORT A MÜNSTER

Simon Adriansen vieillissait. Il s'en apercevait
moins à la fatigue qu'à une sorte de croissante
sérénité. Il en était de lui comme d'un pilote
devenu dur d'oreille qui n'entend plus que confusément le bruit de la tempête, mais continue à jauger
avec la même habileté le pouvoir des courants, des
marées et des vents. Toute sa vie, il était allé d'une
richesse moindre à une richesse plus grande : l'or
affluait dans ses mains; il avait quitté son logis
familial de Middelbourg pour une maison édifiée
par ses soins sur un quai nouvellement construit
d'Amsterdam, à l'époque où il avait obtenu dans ce
port la concession des épices. Dans son logis accoté
à la Schreijerstoren, comme dans un coffre solide,
les trésors d'outre-mer étaient recueillis et rangés.
Mais Simon et sa femme, retranchés de cette
splendeur, vivaient au dernier étage dans une petite
chambre nue comme la cabine d'un navire, et tout

ce luxe ne servait qu'à la consolation des pauvres.

Pour eux, les portes étaient toujours ouvertes, le pain toujours cuit, les lampes toujours allumées. Ces loqueteux n'étaient pas que des débiteurs insolvables ou des malades que les hospices débordés refusaient de soigner, mais encore des acteurs faméliques, des matelots assotés d'eau-de-vie, du gibier de prison ramassé sur les piloris et portant sur les épaules la marque du fouet. Comme Dieu qui veut que tous marchent sur Sa terre et jouissent de Son soleil, Simon Adriansen ne choisissait pas, ou plutôt, par dégoût des lois humaines, choisissait ceux qui passent pour les pires. Revêtus de chauds habits par les mains du maître lui-même, ces gueux intimidés s'asseyaient à sa table. Des musiciens dissimulés dans la galerie versaient dans leurs oreilles un avant-goût du Paradis; Hilzonde pour recevoir ses hôtes se parait de robes magnifiques qui rehaussaient encore le prix de ses aumônes et puisait dans les plats à l'aide d'une louche d'argent.

Simon et sa femme, comme Abraham et Sarah, comme Jacob et Rachel, avaient, durant douze ans, vécu en paix. Ils avaient pourtant leurs peines. Plusieurs nouveau-nés tendrement chéris et soignés leur étaient morts l'un après l'autre. Chaque fois, Simon inclinait la tête et disait :

— Le Seigneur est père. Il sait ce qui convient aux enfants.

Et cet homme vraiment pieux enseignait à Hilzonde la douceur de se résigner. Mais un fond de tristesse leur restait. Enfin, une fille naquit et

vécut. Simon Adriansen cohabita désormais avec
Hilzonde dans un esprit fraternel.

Ses vaisseaux cinglaient de toutes les rives du
monde vers le port d'Amsterdam, mais Simon
pensait au grand voyage qui se termine inévitablement pour nous tous, riches ou pauvres, par le
naufrage sur une plage inconnue. Les navigateurs
et les géographes qui se penchaient avec lui sur des
portulans et dressaient des cartes à son usage lui
étaient moins chers que ces aventuriers en route
vers un autre monde, prêcheurs déguenillés, prophètes bafoués et bernés sur la place publique, un
Jan Matthyjs, boulanger halluciné, un Hans Bockhold, baladin ambulant que Simon avait trouvé un
soir à demi gelé sur le seuil d'une taverne, et qui
mettait au service du Règne de l'Esprit les boni-
ments de la foire. Parmi eux, plus humble que
tous, cachant son grand savoir, volontairement
abêti pour laisser plus librement descendre en lui
l'inspiration divine, on apercevait dans son vieil
habit de fourrure Bernard Rottmann, jadis le plus
cher des disciples de Luther, et qui vomissait
maintenant l'homme de Wittenberg, ce faux juste,
flattant d'une main le chou du riche et de l'autre la
chèvre du pauvre, mollement assis entre la vérité et
l'erreur.

L'arrogance des Saints, l'impudente façon dont
ils arrachaient en idée leurs biens aux bourgeois et
leurs titres aux notables pour les redistribuer à leur
guise avaient attiré sur eux la colère publique;
menacés de mort ou d'expulsion immédiate, les

Bons tenaient dans la maison de Simon des conciliabules de marins sur un bâtiment qui sombre. Mais l'espoir pointait au loin comme une voile : Münster, où Jan Matthyjs avait réussi à s'implanter après en avoir chassé l'évêque et les échevins, était devenue la Cité de Dieu où pour la première fois sur terre les agneaux ont un asile. En vain, les troupes impériales se proposaient de réduire cette Jérusalem des déshérités ; tous les pauvres du monde se rallieraient autour de leurs frères ; des bandes iraient de ville en ville pillant les honteux trésors des églises et renversant les idoles ; on saignerait le gros Martin dans sa bauge de Thuringe, le Pape dans sa Rome. Simon écoutait ces propos en lissant sa barbe blanche : son tempérament d'homme habitué au risque le portait à accepter sans broncher les dangers énormes de cette pieuse aventure ; la tranquillité de Rottmann, les plaisanteries de Hans lui enlevaient ses derniers doutes ; elles le rassuraient comme l'avaient rassuré sur un de ses navires levant l'ancre dans la saison des tempêtes le sérieux du capitaine et la gaieté du gabier. C'est d'un cœur confiant qu'il regarda un soir ses minables hôtes, enfonçant leur bonnet jusqu'aux yeux, ou serrant à leur cou les pans élimés d'une écharpe de laine, s'en aller côte à côte dans la boue et la neige, prêts à se traîner ensemble jusqu'à ce Münster de leurs songes.

Un jour enfin, ou plutôt une nuit, par une aube froide de février, il monta dans la chambre où Hilzonde reposait droite et immobile dans son lit,

éclairée par une mince veilleuse. Il l'appela à voix
basse, s'assura qu'elle ne dormait pas, s'assit
lourdement au pied de la couche, et, comme un
marchand qui ressasse avec sa femme les comptes
de la journée, lui fit part des conciliabules qui
s'étaient tenus dans la petite salle d'en bas. N'était-
elle pas lasse, elle aussi, de vivre dans une de ces
villes où l'argent, la chair et la vanité paradent
grotesquement sur la place publique, où la peine
des hommes semble s'être solidifiée en pierres, en
briques, en vains et encombrants objets sur lesquels
l'Esprit ne souffle plus ? Quant à lui, il se proposait
d'abandonner, ou plutôt de vendre (car pourquoi
gaspiller sans fruit un bien qui appartient à Dieu ?),
sa maison et ses possessions d'Amsterdam pour
aller pendant qu'il en était temps encore s'installer
dans l'Arche de Münster, déjà pleine à craquer, et
où leur ami Rottmann saurait leur trouver un toit
et des vivres. Il donnait à Hilzonde quinze jours
pour réfléchir à ce projet au fond duquel se
trouvaient la misère, l'exil, la mort peut-être, mais
aussi la chance d'être parmi les premiers à saluer le
Règne du Ciel.

— Quinze jours, répéta-t-il, femme. Mais pas
une heure de plus, car le temps presse.

Hilzonde se redressa sur le coude, et fixant sur
lui ses yeux soudain grands ouverts :

— Les quinze jours sont passés, mon mari, dit-
elle avec une sorte de dédain tranquille pour ce
qu'elle laissait ainsi derrière soi.

Simon la loua d'être sans cesse en avance d'un

bond dans leur marche vers Dieu. Sa vénération pour sa compagne avait résisté à l'usure de la vie journalière. C'est volontairement que ce vieil homme négligeait les imperfections, les ombres, les défauts visibles pourtant à la surface de l'âme, pour ne retenir des êtres de son choix que ce qu'ils étaient peut-être au plus pur d'eux-mêmes ou ce qu'ils aspiraient à devenir. Sous l'apparence piteuse des prophètes qu'il hébergeait, il reconnaissait des saints. Touché dès la première rencontre par les yeux clairs d'Hilzonde, il ne tenait pas compte du pli presque sournois de sa bouche triste. Cette femme maigre et lasse restait pour lui un grand Ange.

La vente de la maison et des meubles fut la dernière bonne affaire de Simon. Comme toujours, son indifférence en matière d'argent servait sa fortune, en lui évitant à la fois les erreurs dues à la crainte de perdre et celles qui résultent de la hâte de trop gagner. Les exilés volontaires quittèrent Amsterdam entourés de ce respect dont jouissent malgré tout les riches, même s'ils prennent scandaleusement le parti des pauvres. Un coche d'eau les porta à Deventer, d'où ils roulèrent en chariot à travers les collines du Gueldre revêtues de jeunes feuilles. On s'arrêtait aux auberges westphaliennes pour goûter au jambon fumé; la route vers Münster prenait pour ces gens de la ville un aspect de partie de campagne. Une servante nommée

Johanna, que Simon vénérait parce qu'elle avait jadis subi la torture pour la foi anabaptiste, accompagnait Hilzonde et l'enfant.

Bernard Rottmann les reçut aux portes de Münster dans un encombrement de charrois, de sacs et de barils. Les apprêts du siège rappelaient l'activité désordonnée de certaines veilles de fête. Tandis que les deux femmes descendaient de la voiture un berceau et des hardes, Simon écoutait les explications du Grand Restituteur : Rottmann était calme ; tout comme la foule endoctrinée par lui qui traînait par les rues les légumes et le bois de la campagne voisine, il comptait sur l'aide de Dieu. Néanmoins, Münster avait besoin d'argent. Elle avait plus besoin encore de l'appui des petits, des mécontents, des indignés disséminés par le monde, qui n'attendaient pour secouer le joug de toutes les idolâtries que la première victoire du nouveau Christ. Simon restait riche ; il avait des créances recouvrables à Lübeck, à Elbing, et jusqu'au Jutland et dans la Norvège lointaine ; il se devait de récupérer ces sommes qui n'appartenaient qu'au Seigneur. Il saurait en cours de route transmettre aux cœurs pieux le message des Saints révoltés. Sa réputation d'homme de sens et d'argent, ses vêtements de bon drap et de cuir souple le feraient écouter là où un prêcheur en haillons n'aurait point accès. Ce riche converti était le meilleur émissaire du Conseil des Pauvres.

Simon entra dans ces vues. Il fallait faire vite pour échapper aux embûches des princes et des prêtres. Embrassant hâtivement sa femme et sa fille, il repartit sur-le-champ, porté par la plus fraîche des mules qui venaient de l'amener aux portes de l'Arche. Peu de jours plus tard, les pointes de fer des lansquenets apparurent à l'horizon ; les troupes du prince-évêque s'établirent autour de la ville sans tenter l'assaut, mais prêtes à rester le temps qu'il faudrait pour réduire ces gueux par la faim.

Bernard Rottmann avait installé Hilzonde et son enfant dans la maison du bourgmestre Knipperdolling, qui avait été dans Münster le plus ancien protecteur des Purs. Ce gros homme cordial et placide la traitait en sœur. Sous l'influence de Jan Matthyjs, qui pétrissait un monde nouveau comme jadis ses pains dans sa cave de Haarlem, toutes les choses de la vie devenaient différentes, faciles, simplifiées. Les fruits de la terre appartenaient à tous comme l'air et la lumière de Dieu ; ceux qui avaient du linge, de la vaisselle ou des meubles les portaient dans la rue pour qu'on partageât. Tous, s'aimant d'un rigoureux amour, s'aidaient, se reprenaient, s'épiaient les uns les autres pour s'avertir de leurs péchés ; les lois civiles étaient abolies, abolis les sacrements ; la corde punissait les blasphèmes et les fautes charnelles ; les femmes voilées glissaient çà et là comme de grands anges inquiets, et on entendait sur la place les sanglots des confessions publiques.

La petite citadelle des Bons, cernée par les troupes catholiques, vivait dans la fièvre de Dieu.

Des prêches à l'air libre ranimaient chaque soir les
courages ; Bockhold, le Saint préféré, plaisait parce
qu'il assaisonnait les sanglantes images de l'Apoca-
lypse de ses facéties d'acteur. Les malades et les
premiers blessés du siège, couchés sous les arcades
de la place par la tiède nuit d'été, mêlaient leurs
geignements aux voix aiguës des femmes implorant
l'aide du Père. Hilzonde était l'une des plus
ardentes. Debout, longue, étirée comme une
flamme, la mère de Zénon dénonçait les ignominies
romaines. D'affreuses visions emplissaient ses yeux
brouillés de larmes ; s'abattant sur elle-même,
soudain pliée comme un grand cierge trop mince,
Hilzonde pleurait de contrition, de tendresse, et
d'espoir de mourir.

Le premier deuil public fut la mort de Jan
Matthyjs, tué au cours d'une sortie tentée contre
l'armée de l'évêque à la tête de trente hommes et
d'une armée d'anges. Hans Bockhold, la tête ceinte
d'une couronne royale, monté sur un cheval capa-
raçonné d'une chasuble, fut promptement pro-
clamé Prophète Roi sur le parvis de l'église ; on
dressa une estrade où le nouveau David trônait
chaque matin, décidant sans appel des affaires de la
terre et du ciel. Quelques excursions heureuses,
culbutant les cuisines de l'évêque, ayant rapporté
un butin de pourceaux et de poules, on festoya sur
l'estrade au son des fifres ; Hilzonde rit comme les
autres quand les aides de cuisine de l'ennemi, faits
prisonniers, furent forcés d'apprêter les mets, puis
tués par la foule à coups de pieds et de poings.

Peu à peu, un changement se faisait à l'intérieur des âmes, comme celui qui, la nuit, transforme insensiblement un songe en cauchemar. L'extase donnait aux Saints une démarche titubante d'ivrognes. Le nouveau Christ-Roi ordonnait jeûne sur jeûne pour ménager les vivres empilés partout dans les caves et les greniers de la ville; parfois, cependant, si une caque aux harengs puait outre mesure, ou si des taches apparaissaient sur la rondeur d'un jambon, on se gorgeait. Bernard Rottmann, exténué, malade, gardait la chambre, endossait sans mot dire les décisions du nouveau Roi, se contentant de prêcher au peuple rassemblé sous ses fenêtres l'Amour qui consume toutes les scories terrestres et l'attente du Royaume de Dieu. Knipperdolling avait solennellement été promu du rang aboli de bourgmestre à celui de bourreau; cet homme gras, au cou rouge, respirait le bien-être dans l'exercice de ses nouvelles fonctions, comme s'il avait de tout temps rêvé en secret du métier de boucher. On tuait beaucoup; le Roi faisait disparaître les lâches et les tièdes avant qu'ils en infectassent d'autres; chaque mort d'ailleurs économisait une ration. On parlait de supplices dans la maison où logeait Hilzonde, comme autrefois à Bruges du taux des laines.

Hans Bockhold consentait par humilité à se laisser appeler Jean de Leyde, du nom de sa ville natale, dans les assemblées terrestres, mais prenait aussi devant ses fidèles un autre nom, ineffable, sentant en soi une force et une ardeur plus

qu'humaines. Dix-sept épouses témoignaient de la
vigueur inépuisable de Dieu. La peur ou la gloriole
poussa des bourgeois à livrer au Christ vivant leurs
femmes comme ils avaient livré leurs pièces d'or ;
des paillardes tirées de bourdeaux de bas étage
briguèrent l'honneur de servir aux plaisirs conjugaux du Roi. Il vint chez Knipperdolling s'entretenir avec Hilzonde. Elle pâlit au contact de ce petit
homme aux yeux vifs, dont les mains fureteuses
écartaient comme celles d'un tailleur la bordure de
son corsage. Elle se souvenait, et ne voulait pas se
souvenir, qu'aux jours d'Amsterdam, quand il
n'était encore à sa table qu'un baladin famélique, il
avait profité pour lui frôler la cuisse du moment où
elle se penchait sur lui, un plat à la main. Elle
cédait avec dégoût aux baisers de cette bouche
moite, mais ce dégoût tournait à l'extase ; les
dernières décences de la vie tombaient comme des
guenilles, ou comme cette peau morte qu'on racle
dans les étuves ; baignée par cette haleine fade et
chaude, Hilzonde cessait d'être, et avec elle les
craintes, les scrupules, les déboires d'Hilzonde. Le
Roi pressé contre elle admirait ce corps grêle dont
la maigreur semblait, disait-il, faire saillir davantage les formes bénies de la femme, les longs seins
tombants et le ventre bombé. Cet homme habitué
aux catins ou aux matrones sans grâce s'émerveillait des raffinements d'Hilzonde : ses frêles mains
posées sur la douce fourrure de son mont de Vénus
lui rappelaient celles d'une dame distraitement
placées sur son manchon ou son carlin frisé. Il se

racontait : dès l'âge de seize ans, il s'était su Dieu.
Il était tombé du haut mal dans la boutique du
faiseur d'habits où il était apprenti, et d'où on
l'avait chassé ; dans les cris et la bave, il était entré
au ciel. Il avait de nouveau éprouvé ce tremblement qui était Dieu dans les coulisses du théâtre
ambulant où il jouait son rôle de pitre battu ; dans
une grange, où il avait eu sa première fille, il avait
compris que Dieu était cette chair qui bouge, ces
corps nus pour qui la pauvreté n'existe pas plus que
la richesse, ce grand flot de vie qui emporte aussi la
mort et coule comme du sang d'ange. Il tenait ces
propos dans un prétentieux jargon d'acteur émaillé
des fautes de grammaire d'un fils de paysan.

Plusieurs soirs de suite, il l'emmena s'asseoir
parmi les Femmes du Christ à la table du banquet.
La foule se pressait contre les tables à les faire
craquer ; les affamés happaient le cou ou les pattes
de poulets que le Roi daignait leur jeter, et
l'imploraient de les bénir. Le poing des jeunes
Prophètes qui servaient au Roi de gardes du corps
tenait en respect cette cohue. Divara, la reine en
titre, sortie d'un mauvais lieu d'Amsterdam, masti-
quait placidement, découvrant à chaque bouchée
ses dents et sa langue ; elle avait l'air d'une vache
indolente et saine. Tout à coup, le Roi levait les
mains et priait, et une pâleur de théâtre embellis-
sait son visage aux pommettes fardées. Ou bien, il
soufflait au nez d'un convive pour lui communiquer l'Esprit Saint. Une nuit, il fit entrer Hilzonde
dans l'arrière-salle, et souleva ses robes pour

exhiber aux jeunes Prophètes la blanche nudité de l'Église. Une rixe éclata entre la nouvelle reine et Divara, forte de ses vingt ans, qui la traita de vieille. Les deux femmes roulèrent sur les dalles, s'arrachant des poignées de cheveux; le Roi les mit d'accord en les réchauffant ce soir-là toutes deux sur son cœur.

Un élan d'activité secouait par moments ces âmes hébétées et folles. Hans décréta la démolition immédiate des tours, des clochers, et de ceux des pignons de la ville qui dépassaient orgueilleusement les autres, insultant ainsi à l'égalité qui doit régner chez tous devant Dieu. Des escouades d'hommes et de femmes suivies d'enfants piailleurs s'engouffrèrent dans l'escalier des tours; des volées d'ardoises et des pelletées de briques s'abattirent sur le sol, endommageant les têtes des passants et les toitures des maisons basses; on descella à demi du toit de Saint-Maurice des saints de cuivre qui restèrent suspendus de guingois entre terre et ciel; on arracha des poutres, pratiquant ainsi dans les logis des anciens riches des trouées par où tombaient la pluie et la neige. Une vieille femme qui s'était plainte de geler toute vive dans sa chambre ouverte aux quatre vents fut chassée de la ville; l'évêque refusa de l'accueillir dans son camp; on l'entendit crier pendant quelques nuits dans les fossés.

Vers le soir, les travailleurs s'arrêtaient et restaient les jambes pendantes en plein vide, le cou levé, cherchant impatiemment dans le ciel les signes de la fin des temps. Mais la couleur rouge à l'occident pâlissait; un crépuscule de plus tournait au gris, puis au noir, et les démolisseurs fatigués redescendaient à l'intérieur de leurs taudis, pour se coucher et dormir.

Une inquiétude qui ressemblait à de la gaieté poussait les gens à errer dans les rues croulantes. Du haut des remparts, ils jetaient curieusement les yeux sur la campagne ouverte où ils n'avaient pas accès, comme des passagers sur la mer dangereuse qui entoure leur barque; les nausées de la faim étaient celles qu'on éprouve en s'aventurant au large. Hilzonde allait et venait sans cesse par les mêmes venelles, les mêmes passages voûtés et les mêmes escaliers montant aux tourelles, tantôt seule, tantôt traînant par la main son enfant. Les cloches de la famine sonnaient dans sa tête vide; elle se sentait légère, vive comme les oiseaux tournant sans arrêt entre les flèches d'église, défaillante, mais comme une femme sur le point de jouir. Parfois, cassant un long glaçon suspendu à une poutre, elle ouvrait la bouche et suçait cette fraîcheur. Les gens autour d'elle semblaient ressentir la même périlleuse euphorie; en dépit de querelles éclatant pour un quignon de pain, pour un chou pourri, une espèce de tendresse coulant des cœurs engluait en une seule masse ces miséreux et ces affamés. Depuis quelque temps, néanmoins, des mécontents osaient élever la voix; on ne tuait plus les tièdes : ils étaient trop.

Johanna rapportait à sa maîtresse les bruits sinistres qui commençaient à courir sur la nature des viandes qu'on distribuait au peuple. Hilzonde mangeait sans paraître entendre. Des gens se vantaient d'avoir goûté du hérisson, du rat, ou pis encore, tout comme des bourgeois qu'on tenait pour austères se targuaient tout à coup de fornications dont semblaient incapables ces squelettes et ces fantômes. On ne se cachait plus pour soulager les besoins du corps malade; on avait par fatigue cessé d'enterrer les morts, mais le gel faisait des cadavres empilés dans les cours des choses propres qui ne sentaient pas. Personne ne parlait des cas de peste qui se produiraient sans doute dès les premières tiédeurs d'avril; on n'espérait pas durer jusque-là. Personne non plus ne mentionnait les travaux d'approche de l'ennemi, méthodiquement occupé à combler les douves, ni l'assaut qu'on croyait tout proche. Le visage des fidèles avait pris l'expression sournoise de chiens courants qui font semblant de ne pas entendre derrière leurs oreilles le claquement du fouet.

Un jour enfin, Hilzonde debout sur le rempart vit un homme à son côté désigner du bras quelque chose. Une longue colonne se mouvait dans les replis de la plaine; des files de chevaux piétinaient la terre boueuse du dégel. Un cri de joie éclata; des

fragments d'hymnes s'élevèrent des faibles poitrines : n'étaient-ce pas là les armées anabaptistes
recrutées en Hollande et en Gueldre dont Bernard
Rottmann et Hans Bockhold ne cessaient d'annon-
cer la venue, les frères arrivés pour sauver leurs
frères? Mais bientôt ces régiments fraternisèrent
avec les troupes épiscopales qui encerclaient
Münster; le vent de mars faisait jouer des éten-
dards parmi lesquels quelqu'un reconnut le fanion
du prince de Hesse; ce luthérien s'unissait aux
idolâtres pour anéantir le peuple des Saints. Des
hommes réussirent à faire basculer du haut des
murs un bloc de pierre, écrasant ainsi quelques
sapeurs travaillant au pied d'un bastion. Le coup de
feu d'un veilleur jeta bas une estafette hessoise. Les
assiégeants répondirent par une arquebusade qui fit
plusieurs morts. Personne ensuite n'essaya plus
rien. Mais l'assaut attendu n'eut lieu ni cette
nuit-là, ni les nuits suivantes. Cinq semaines
s'écoulèrent dans une inertie de léthargie.

Bernard Rottmann avait depuis longtemps par-
tagé ses dernières provisions de bouche et le
contenu de ses flacons de remèdes; le Roi, comme
à son habitude, jetait par la fenêtre des poignées de
grain au peuple, mais sans livrer le reste de ses
réserves cachées sous son plancher. Il dormait
beaucoup. Il passa trente-six heures dans un
sommeil cataleptique avant d'aller une dernière fois
prêcher sur la place presque vide. Il avait depuis
quelque temps déjà renoncé à ses visites nocturnes
au logis d'Hilzonde; ses dix-sept épouses, ignomi-

nieusement chassées, avaient été remplacées par
une fillette à peine pubère, un peu bègue, douée de
l'esprit de prophétie, qu'il appelait tendrement son
oiselle blanche et sa colombe de l'arche. Hilzonde
n'éprouvait de l'abandon du Roi ni peine, ni
mécontentement, ni surprise; la frontière s'effaçait
pour elle entre ce qui avait été et ce qui n'avait pas
été; il semblait qu'elle ne se souvînt plus d'avoir été
traitée par Hans en amante. Mais tout restait licite :
il lui arriva d'attendre en pleine nuit le retour de
Knipperdolling, curieuse d'essayer si elle pourrait
émouvoir cette masse de chair; il passa sans la
regarder, en grommelant, occupé d'autre chose que
d'une femme.

La nuit où les troupes de l'évêque entrèrent dans
la ville, Hilzonde fut réveillée vers minuit par le
hurlement d'une sentinelle égorgée. Deux cents
lansquenets, conduits par un traître, s'étaient intro-
duits par une des poternes. Bernard Rottmann,
alerté un des premiers, se jeta hors de son lit de
malade, s'élança dans la rue, ses pans de chemise
battant grotesquement ses jambes maigres; il fut
miséricordieusement tué par un Hongrois qui
n'avait pas compris les ordres de l'évêque, lesquels
étaient de ramener les chefs de la rébellion vivants.
Le Roi surpris dans son sommeil combattit de
chambre en chambre, de corridor en corridor, avec
un courage et une agilité de chat traqué par des
dogues; au point du jour, Hilzonde le vit passer sur
la place dépouillé de ses oripeaux de théâtre, nu
jusqu'à la ceinture, plié en deux sous le fouet. On le

fit entrer à coups de pied dans une grande cage où il avait coutume d'enfermer les mécontents et les tièdes avant leur jugement. Knipperdolling à demi assommé fut laissé pour mort sur un banc. Toute la journée, le pas lourd des soldats retentit dans la ville; ce bruit cadencé signifiait que dans la place forte des fous le bon sens avait repris son empire sous l'espèce de ces hommes qui vendent leur vie pour une paie bien déterminée, boivent et mangent à heure fixe, rapinent et violent à l'occasion, mais ont quelque part une vieille mère, une femme économe, une petite métairie où ils reviendront vivre éclopés et vieillis, vont à la messe quand on les y force, et croient modérément en Dieu. Les supplices recommencèrent, mais décrétés cette fois par l'autorité légitime, approuvés également par le Pape et par Luther. Ces gens en haillons, hâves, aux gencives gangrenées par la faim, faisaient aux reîtres bien nourris l'effet d'une vermine dégoûtante qu'il était facile et juste d'écraser.

Le premier désordre passé, la vindicte publique élut domicile sur la place de la Cathédrale, au bas de l'estrade où le Roi avait tenu ses assises. Les mourants comprenaient vaguement que les promesses du Prophète se réalisaient pour eux, autrement qu'on avait cru, comme il arrive toujours avec les prophéties : le monde de leur tribulation finissait; ils s'en allaient de plain-pied dans un grand ciel rouge. Très peu maudissaient l'homme qui les avait entraînés dans cette sarabande de rédemption. Certains, tout au fond d'eux-mêmes, n'ignoraient pas qu'ils avaient de longue date désiré la mort, comme la corde trop tendue désire sans doute se briser.

Hilzonde attendit son tour jusqu'au soir. Elle avait endossé la plus belle robe qui lui restait ; ses nattes étaient piquées d'épingles d'argent. Quatre soldats parurent enfin ; c'étaient d'honnêtes brutes qui faisaient leur métier. Elle saisit par la main la petite Martha qui se mit à crier et lui dit :

— Viens, mon enfant, nous allons chez Dieu.

Un des hommes lui arracha l'innocente et la jeta à Johanna qui la reçut contre son corsage noir. Hilzonde les suivit sans parler davantage. Elle allait si vite que ses exécuteurs durent presser le pas. Pour ne point trébucher, elle retenait des deux mains les longs pans de sa robe de soie verte qui lui donnaient l'air de marcher sur les vagues. Arrivée sur l'estrade, elle reconnut confusément parmi les morts des gens qu'elle connaissait, une des anciennes reines. Elle se laissa tomber sur ce tas encore chaud, et tendit la gorge.

Le voyage de Simon tournait au chemin de croix. Ses principaux débiteurs l'éconduisirent sans payer, de crainte d'emplir la poche ou la besace anabaptiste ; des remontrances coulaient de la bouche des fripons et des avares. Son beau-frère Juste Ligre se déclara incapable de représenter sans délai les grosses sommes placées par Simon dans son comptoir d'Anvers ; il se flattait d'ailleurs de mieux ménager le bien d'Hilzonde et de son enfant qu'un benêt qui faisait cause commune avec les ennemis de l'État. Simon repassa tête basse, en mendiant congédié, le portail sculpté et doré comme une châsse de cette maison de commerce qu'il avait contribué à fonder. Il échoua également dans sa mission de quêteur : seuls, quelques miséreux consentirent à se saigner au profit de leurs Frères. Inquiété à deux reprises par l'autorité ecclésiastique, il paya pour échapper à la prison. Il restait jusqu'au bout l'homme riche que ses florins protègent. Une partie des maigres sommes ainsi récoltées fut volée par un aubergiste de Lübeck chez qui il tomba frappé d'un coup de sang.

Son état de santé l'obligeant à cheminer par petites étapes, il n'arriva en vue de Münster que l'avant-veille de l'assaut. L'espoir de s'introduire dans la ville assiégée s'avéra vain. Mal reçu, mais non molesté dans le camp du prince-évêque, à qui il avait jadis rendu des services, il réussit à se loger dans une ferme toute proche des douves et des murs gris qui lui cachaient Hilzonde et l'enfant. Il mangeait sur la table de bois blanc de la fermière avec un juge convoqué en vue du procès ecclésiastique qui allait bientôt s'ouvrir, un officier de l'évêque, et plusieurs transfuges échappés de Münster, jamais fatigués ceux-là de dénoncer les folies des fidèles et les crimes du Roi. Mais Simon n'écoutait que d'une oreille les racontars de traîtres vilipendant des martyrs. Le troisième jour qui

suivit la prise de la ville, il obtint enfin la
permission d'entrer dans Münster.

Il marchait péniblement le long de rues patrouil-
lées par la troupe, luttant contre le soleil et le vent
sec de cette matinée de juin, cherchant confusément son chemin dans cette ville qu'il ne connaissait que par ouï-dire. Sous une arcade du Grand
Marché il reconnut Johanna assise sur le pas d'une
porte, l'enfant sur les genoux. La fillette hurla
quand cet étranger s'approcha pour l'embrasser;
Johanna fit sans mot dire sa révérence de servante.
Simon poussa la porte aux serrures brisées, parcou-
rut les pièces vides du rez-de-chaussée, puis celles
des étages.

Ressorti sur la place, il se dirigea vers l'esplanade
des exécutions. Un lé de brocart vert pendait sur
l'estrade; il reconnut de loin à ce bout d'étoffe
Hilzonde prise sous un tas de morts. Sans s'attarder curieusement auprès de ce corps dont s'était
libérée l'âme, il alla rejoindre la ménagère et
l'enfant.

Un vacher passa dans la rue avec sa bête, un
seau, et l'escabeau de la traite, criant du lait; on
rouvrait une taverne dans la maison d'en face.
Johanna employa les quelques liards dont l'avait
munie Simon à faire remplir des gobelets d'étain.
Le feu crépita dans l'âtre; on entendit bientôt le
tintement d'une cuiller entre les mains de la petite.
La vie domestique se reformait lentement autour
d'eux, emplissant peu à peu cette maison dévastée,
comme la marée montante recouvre une plage où

s'étalaient des épaves, des trésors naufragés, et des crabes des bas-fonds. La servante prépara au maître le lit de Knipperdolling, afin de lui éviter la fatigue d'avoir à monter de nouveau les marches. Elle ne répondit d'abord que par un aigre silence aux questions du vieillard qui avalait lentement sa bière chaude. Quand elle parla enfin, ce qui sortit de sa bouche fut un torrent d'ordures qui sentait à la fois l'évier et la Bible. Le Roi n'avait jamais été pour la vieille Hussite qu'un gueux qu'on fait manger à la cuisine et qui ose coucher avec la femme du maître. Lorsque tout fut dit, elle se mit à récurer le plancher à bruyant renfort de brosses, de seilles, et de claquements de torchons rincés.

Il dormit peu cette nuit-là, mais contrairement à ce que croyait sa servante, le sentiment qui le poignait n'était ni l'indignation ni la honte, mais ce mal plus tendre qui se nomme la pitié. Simon étouffant dans la nuit tiède pensait à Hilzonde comme à une fille qu'il aurait perdue. Il s'en voulait de l'avoir laissée seule traverser cette mauvaise passe, puis se disait que chacun a son lot, sa part qui n'est qu'à soi du pain de vie et de mort, et qu'il était juste qu'Hilzonde eût mangé ce pain à sa guise et à son heure. Cette fois encore elle le précédait ; elle avait passé avant lui par les dernières affres. Il continuait à donner raison aux fidèles contre l'Église et l'État qui les avaient écrasés ; Hans et Knipperdolling avaient versé le sang ; pouvait-on s'attendre à autre chose dans un monde de sang ? Depuis plus de quinze siècles le Royaume

de Dieu sur la terre, que Jean, Pierre et Thomas
auraient dû voir de leurs yeux d'hommes vivants,
avait été paresseusement relégué à la fin des temps
par les lâches, les indifférents, les habiles. Le
Prophète avait osé proclamer ici même ce
Royaume qui est au ciel. Il montrait la voie, même
si par hasard il avait pris la mauvaise route. Hans
pour Simon restait un Christ, au sens où chaque
homme pourrait être un Christ. Ses folies semblaient moins ignobles que les prudents péchés des
Pharisiens et des sages. Le veuf ne s'indignait pas
qu'Hilzonde eût cherché dans les bras du Roi des
joies qu'il avait, lui, depuis longtemps cessé de
pouvoir donner : ces Saints livrés à eux-mêmes
avaient goûté jusqu'à l'abus le bonheur qui naît de
l'union des corps, mais ces corps libérés des
attaches du monde, déjà morts à tout, avaient
connu sans doute dans leurs embrassements une
forme plus chaude de l'union des âmes. La bière
décontractant la poitrine du vieillard lui facilitait
cette mansuétude où entraient de la fatigue, et une
sensuelle et poignante bonté. Hilzonde au moins
était en paix. Il voyait errer sur le lit, à la lueur de
la chandelle brûlant à son chevet, les mouches qui
en ce moment abondaient à Münster ; elles s'étaient
peut-être posées sur ce blanc visage ; il se sentait
d'accord avec cette pourriture. Soudain l'idée que
la chair du Nouveau Christ était chaque matin en
proie aux pinces et au fer rouge de la question
extraordinaire s'empara de lui, révulsant ses
entrailles ; enchaîné au risible Homme des Dou-

leurs, il retombait dans cet enfer des corps voués à
si peu de joie et à tant de maux; il souffrait avec
Hans comme Hilzonde avait joui avec lui. Toute la
nuit, sous ce drap, dans cette chambre où régnait
un confort dérisoire, il se heurta à l'image du Roi
encagé vivant sur la place comme un homme au
pied gangrené heurte sans le vouloir son membre
malade. Ses prières ne distinguaient plus entre le
mal qui peu à peu lui resserrait le cœur, tiraillant
les fibres de l'épaule, descendant jusqu'au poignet
gauche, et les tenailles dans le gras du bras et
autour des mamelles de Hans.

Dès qu'il eut repris assez de forces pour faire
quelques pas, il se traîna jusqu'à la cage du Roi.
Les gens de Münster s'étaient lassés de ce spectacle, mais des enfants, pressés contre les barreaux,
persistaient à jeter à l'intérieur des épingles, du
crottin, des bouts d'os pointus, sur lesquels le captif
était forcé de marcher nu-pieds. Des gardes,
comme autrefois dans la salle des fêtes, repous-
saient mollement cette canaille : Monseigneur von
Waldeck tenait à faire durer le Roi jusqu'à son
exécution, prévue au plus tôt pour la mi-été.

On venait de rencager le prisonnier après une
séance de torture; recroquevillé dans un coin, il
tremblait encore. Une odeur fétide sortait de sa
casaque et de ses plaies. Mais le petit homme avait
gardé ses yeux vifs et sa voix prenante d'acteur.

— Je couds, je coupe, je faufile, chantonnait le
supplicié. Je ne suis qu'un pauvre apprenti tail-

leur... Des habits de peau... L'ourlet d'une robe
sans couture... Ne tailladez pas l'œuvre de...

Il s'arrêta court, jetant autour de lui le coup d'œil
furtif d'un homme qui veut à la fois sauvegarder
son secret et le divulguer à demi. Simon Adriansen
écarta les gardes, et réussit à passer le bras entre les
barreaux.

— Dieu te garde, Hans, dit-il en lui tendant la
main.

Simon rentra chez lui recru comme par un long
voyage. Depuis sa dernière sortie, de grands
changements s'étaient produits, rendant peu à peu
à Münster son plat visage habituel. La cathédrale
était pleine du bruit des chants d'Église. L'évêque
avait réinstallé à deux pas du palais épiscopal sa
maîtresse, la belle Julia Alt, mais cette discrète
personne ne faisait pas scandale. Simon prenait
tout cela avec l'indifférence d'un homme sur le
point de quitter une ville, et que ce qu'on y fait ne
préoccupe plus. Mais sa grande bonté d'autrefois
s'était tarie comme une source. Sitôt rentré, il
éclata en fureur contre Johanna, qui avait négligé
de se procurer une plume, un flacon d'encre et du
papier, comme il le lui avait commandé. Quand ces
objets furent réunis, il s'en servit pour écrire à sa
sœur.

Il n'avait pas communiqué avec celle-ci depuis
près de quinze ans. La bonne Salomé avait épousé
un fils cadet de la puissante maison des banquiers

Fugger. Martin désavantagé par les siens s'était
refait à lui seul une fortune; il vivait à Cologne
depuis le commencement du siècle. Simon leur
demanda de se charger de l'enfant.

Salomé reçut cette lettre dans sa maison des
champs de Lulsdorf, où elle surveillait elle-même
l'étendage de sa lessive. Abandonnant à ses servantes le soin des draps et du linge fin, elle
commanda son coche sans même demander l'avis
du banquier, qui comptait peu au logis, y empila
des vivres et des couvertures, et roula vers Münster
à travers une région désolée par les troubles.

Elle trouva Simon au lit, la tête soutenue par un
vieux manteau plié en quatre qu'elle remplaça
aussitôt par un coussin. Avec cette obtuse bonne
volonté des femmes qui s'efforcent de réduire la
maladie et la mort à une série anodine de petits
maux sans importance, faits pour être adoucis par
des soins maternels, la visiteuse et la servante
s'engagèrent dans un échange de propos concernant
le régime, la literie et la chaise percée. Le froid
regard du mourant avait reconnu sa sœur, mais
Simon profitait de son état de malade pour retarder
d'un instant la fatigue des bienvenues habituelles.
Il se souleva enfin, échangeant avec Salomé le
baiser d'usage. Il retrouva ensuite sa netteté
d'homme d'affaires pour énumérer les fonds qui
revenaient à Martha, et ceux qu'il importait de
récupérer au plus tôt pour elle. Les créances étaient
pliées dans une toile cirée à portée de sa main. Ses
fils établis, qui à Lisbonne, qui à Londres, qui à la

tête d'une imprimerie d'Amsterdam, n'avaient
besoin ni de ses bribes de biens terrestres ni de
sa bénédiction ; Simon laissait le tout à l'enfant
d'Hilzonde. Le vieillard semblait avoir oublié ses
promesses au Grand Restituteur pour se conformer
de nouveau aux coutumes du monde qu'il quittait
et n'essayait plus de réformer. Ou peut-être,
renonçant ainsi à des principes plus chers que la vie
même, goûtait-il jusqu'au bout l'amer plaisir de se
déprendre de tout.

Salomé cajola l'enfant en s'attendrissant sur ses
mollets maigres. Elle ne pouvait proférer trois
phrases sans appeler à l'aide la Vierge et tous les
saints de Cologne : Martha serait élevée par des
idolâtres. Cela était dur, mais pas plus dur que la
fureur des uns, la torpeur des autres, pas plus dur
que la vieillesse qui empêche l'époux de satisfaire
l'épouse, pas plus dur que de retrouver morts ceux
qu'on laissa vivants. Simon s'efforça de penser au
Roi dans sa cage d'agonie ; mais les tourments de
Hans ne signifiaient plus aujourd'hui ce qu'ils
avaient signifié hier ; ils devenaient supportables,
comme devenait supportable dans la poitrine de
Simon cette douleur qui mourrait avec lui. Il priait,
mais quelque chose lui disait que l'Éternel ne lui
demandait plus de prier. Il fit un effort pour revoir
Hilzonde, mais le visage de la morte ne se
distinguait plus. Il dut remonter plus loin, jusqu'à
l'époque des noces mystiques de Bruges, du pain et
du vin partagés en secret, et du corsage échancré
laissant deviner un long sein pur. Cela aussi

s'effaça; il revit sa première femme, cette bonne
âme, avec qui il prenait le frais dans son jardin
de Flessingue. Salomé et Johanna, effrayées par
un grand soupir, se précipitèrent. On l'enterra
dans l'église de Saint-Lamprecht après une messe
chantée.

LES FUGGER DE COLOGNE

Les Fugger habitaient à Cologne au parvis de
Saint-Géréon une petite maison sans faste où tout
était combiné pour le confort et la paix. Une odeur
de pâtisserie et d'eau-de-vie de cerises y flottait
sans cesse.

Salomé se plaisait à s'attarder à table après les
longs repas composés avec art, essuyant ses lèvres
d'une serviette damassée; à entourer d'une chaîne
d'or sa taille épaisse et son large cou rose; à porter
de bonnes étoffes dont la laine cardée et tissée avec
des soins révérencieux garde quelque chose de la
douce chaleur des brebis vivantes. Ses guimpes
discrètement montantes attestaient sans roideur sa
modestie d'honnête femme. Ses doigts solides
touchaient le petit orgue portatif installé dans le
parloir; dans sa jeunesse, sa belle voix flexible
s'était éployée dans les madrigaux et les motets
d'Église; elle aimait ces entrelacs de sons comme

elle aimait ses broderies. Mais manger restait la grande affaire : l'année liturgique, pieusement observée, se doublait d'une année culinaire, d'une saison des concombres ou des confitures, du fromage blanc ou du hareng frais. Martin était un petit homme maigre que la cuisine de sa femme n'engraissait pas. Redoutable en affaires, ce dogue redevenait au logis un inoffensif épagneul. Ses plus grandes audaces consistaient à débiter à table des histoires égrillardes pour le bénéfice des servantes. Le couple avait un fils, Sigismond, embarqué à seize ans avec Gonzalo Pizarre pour le Pérou, où le banquier avait d'importantes mises de fonds. Ils n'espéraient plus le revoir, les choses ayant dernièrement assez mal tourné à Lima. Une fille encore toute jeune adoucissait cette perte ; Salomé racontait en riant cette grossesse tardive, un peu due à des neuvaines et un peu à l'effet de la sauce aux câpres. Cette fillette et Martha étaient à peu près du même âge ; les deux cousines partagèrent le même lit, les mêmes jouets, les mêmes salutaires fessées, et plus tard les mêmes leçons de chant et les mêmes atours.

Tantôt rivaux et tantôt compères, le gros Juste Ligre et le fluet Martin, le marcassin des Flandres et la belette rhénane, s'étaient surveillés, conseillés de loin, soutenus ou nui depuis plus de trente ans. Ils se prisaient à leur vraie valeur, ce que n'eussent pu faire ni les badauds ébaubis par leur fortune, ni les princes qu'ils servaient et dont ils se servaient. Martin savait à un sou près ce que repré-

sentaient en argent comptant ces fabriques, ces ateliers, ces chantiers, ces domaines quasi seigneu-
riaux dans lesquels Henri-Juste avait placé son or;
le luxe épais du Flamand lui fournissait matière à
bons contes et aussi les deux ou trois grosses habi-
letés, toujours les mêmes, qui servaient au vieux
Juste à se dépêtrer dans les cas difficiles. De son
côté, Henri-Juste, ce bon serviteur qui baillait révérencieusement à la Régente des Pays-Bas les sommes nécessaires à ses achats de tableaux italiens et à
ses fonctions pieuses, se frottait les mains en appre-
nant que l'Électeur Palatin ou le duc de Bavière
gageaient leurs bijoux chez Martin et lui men-
diaient un prêt à un taux digne de celui des Juifs de
l'usure; il louait, non sans une pointe de pitié
moqueuse, ce rat qui grignotait discrètement la
substance du monde au lieu d'y mordre à belles
dents, ce malingre dédaigneux des richesses qui se
voient, se touchent et se confisquent, mais dont la
signature au bas d'une feuille valait celle de Charles
Quint. On eût surpris ces personnages si respec-
tueux des puissants du jour en les déclarant plus
dangereux pour l'ordre établi que le Turc infidèle
ou le paysan révolté; avec cette absorption dans
l'immédiat et dans le détail qui caractérise leur
espèce, eux-mêmes ne se doutaient pas du pouvoir
perturbateur de leurs sacs d'or et de leurs calepins.
Et pourtant, assis à ieur comptoir, regardant se
dessiner à contre-jour la roide silhouette d'un
chevalier cachant sous ses grands airs la crainte
d'être éconduit, ou le suave profil d'un évêque

désireux d'achever sans trop de frais les tours de sa
cathédrale, il leur arrivait de sourire. A d'autres les
bruits de cloches ou de bombardes, les chevaux
fringants, les femmes nues ou drapées de brocart, à
eux la matière honteuse et sublime, honnie tout
haut, adorée ou couvée tout bas, pareille aux parties
secrètes en ce qu'on en parle peu et qu'on y pense
sans cesse, la jaune substance sans laquelle
Madame Impéria ne desserrerait pas les jambes
dans le lit du prince, et Monseigneur ne pourrait
payer les pierreries de sa mitre, l'Or, dont le
manque ou l'abondance décide si la Croix fera ou
non la guerre au Croissant. Ces bailleurs de fonds
se sentaient maîtres ès réalités.

Comme Martin par Sigismond, le gros Ligre
avait été désappointé par son fils aîné. On n'avait
rien reçu d'Henri-Maximilien en dix ans que
quelques demandes d'argent et qu'un volume de
vers français, pondu sans doute en Italie entre
deux campagnes. Rien que de fâcheux ne pouvait
venir de ce côté-là. L'homme d'affaires surveilla de
très près son cadet pour éviter de nouveaux
mécomptes. Dès que Philibert, ce fils selon son
cœur, eut atteint l'âge où l'on sait faire glisser
convenablement les boules d'un boulier, il l'envoya
apprendre les finesses de la banque chez Martin
l'infaillible. Philibert à vingt ans était gras ; une
rusticité naturelle se montrait sous ses manières

soigneusement apprises; ses petits yeux gris lui-
saient dans la fente de ses paupières toujours mi-
closes. Ce fils du Grand Argentier de la cour de
Malines aurait pu faire le prince; il excellait, au
contraire, à dépister les erreurs dans les calculs des
commis; soir et matin, dans une arrière-salle sans
lumière où les scribes se gâtaient la vue, il vérifiait
les D, les M, les X et les C combinés aux L et aux I
pour former des chiffres, Martin méprisant la
numérotation arabe, sans nier toutefois son utilité
dans les longues additions. Le banquier s'habituait
à ce garçon taciturne. Quand l'asthme ou les
tourments de la goutte le faisaient penser à ses fins
dernières, on l'entendait dire à sa femme :

— Ce gros nigaud me remplacera.

Philibert semblait absorbé par ses registres et ses
grattoirs. Mais une pointe d'ironie perçait sous ses
paupières; parfois, réexaminant les affaires du
patron, il lui arrivait de se dire qu'après Henri-
Juste et Martin, plus fin que l'un, plus féroce que
l'autre, il y aurait un jour Philibert l'habile homme.
Ce n'est pas lui qui aurait accepté contre un mince
intérêt de seize deniers par livre, payables par
quartiers aux quatre grandes foires, la substitution
des dettes du Portugal.

Il venait le dimanche aux réunions qui se
tenaient l'été sous la treille et l'hiver au parloir. Un
prélat citait du latin; Salomé, jouant au trictrac
avec une voisine, commentait chaque bon coup
d'un dicton rhénan; Martin, qui avait fait
apprendre aux deux filles le parler français, si

convenable aux femmes, s'en servait lui-même quand il lui arrivait d'avoir à exprimer des idées plus déliées ou plus relevées que celles des jours ouvrables. On causait de la guerre de Saxe et de son effet sur l'escompte, des progrès de l'hérésie et, selon la saison, des vendanges ou du carnaval. Le bras droit du banquier, un Genevois sentencieux nommé Zébédée Crêt, était pris à partie pour son horreur des pipes et du vin. Ce Zébédée, qui ne niait pas complètement avoir quitté Genève à la suite d'une affaire de gérance de tripots et de fabrication illégale de cartes à jouer, mettait ses infractions sur le compte de ses amis libertins, maintenant justement punis, et ne cachait pas l'envie de rentrer un jour ou l'autre au bercail de la Réforme. Le prélat protestait, agitant son doigt orné d'une bague violette; quelqu'un, par plaisanterie, citait les petites bougreries versifiées de Théodore de Bèze, ce beau fils cajolé par l'irréprochable Calvin. Une discussion s'engageait pour décider si oui ou non le Consistoire était défavorable aux privilèges des gens d'affaires, mais personne au fond ne s'étonnait qu'un bourgeois s'accommodât des dogmes promulgués par les magistrats de sa bonne ville. Après souper, Martin attirait dans une embrasure un conseiller aulique ou l'envoyé secret du roi de France. Le Parisien galant proposait bientôt de se rapprocher des dames.

Philibert pinçait un luth; Bénédicte et Martha se levaient la main dans la main. Les madrigaux tirés du *Livre des amants* parlaient d'agneaux, de fleurs, et de la Dame Vénus, mais ces airs à la mode servaient à accompagner les paroles de cantiques chez la racaille anabaptiste ou luthérienne contre laquelle l'homme d'Église venait de tonner au prône. Bénédicte substituait involontairement le verset d'un psaume au couplet d'une chanson d'amour. Martha, inquiète, lui faisait signe de se taire; les deux filles se rasseyaient côte à côte, et l'on n'entendait plus d'autre ritournelle que celle de la cloche de Saint-Géréon sonnant l'angélus du soir. Le gros Philibert qui avait du talent pour la danse s'offrait parfois à montrer à Bénédicte des figures nouvelles; elle refusait d'abord, puis trouvait une joie d'enfant à danser.

Les deux cousines s'aimaient d'un clair amour d'anges. Salomé n'avait pas eu le cœur d'enlever à Martha sa nourrice Johanna, et la vieille Hussite avait communiqué à l'enfant de Simon son tremblement et son austérité. Johanna avait eu peur; la crainte avait fait d'elle à l'extérieur une vieille femme pareille à toutes les autres, qui prend l'eau bénite à l'église et baise l'*Agnus-Dei*. Mais tout au fond d'elle-même subsistait la haine des Satans en dalmatique de brocart, des veaux d'or, et des idoles de chair. Cette faible vieille que le banquier n'avait pas pris la peine de distinguer des édentées qui lavaient en bas ses écuelles grommelait à tout

un éternel *Non*. A l'en croire, le mal couvait dans
ce logis bourré d'aises et de bien-être comme une
portée de rats dans le duvet mou d'un édredon. Il
se cachait dans le bahut de Dame Salomé et dans le
coffre-fort de Martin, dans les foudres de la cave et
les coulis au fond des marmites, dans le bruit
frivole des concerts du dimanche, dans les pastilles
de l'apothicaire et dans la relique de sainte Apolline
qui guérit les maux de dents. La vieille n'osait s'en
prendre ouvertement à la Mère de Dieu dans sa
niche de l'escalier, mais on l'entendait maugréer au
sujet de l'huile qu'on brûle pour rien devant des
poupées de pierre.

Salomé s'alarmait de voir Martha à seize ans
apprendre à Bénédicte à dédaigner les boîtes de
merciers pleines de coûteux brimborions apportés
de Paris ou de Florence, ou faire fi de Noël et de
son mélange de musique, d'habits neufs et d'oie
truffée. Le ciel et la terre pour la bonne femme
étaient sans problèmes. La messe était une occasion
d'édification, un spectacle, un prétexte à porter sa
capette de fourrure l'hiver et sa jaquette de soie
l'été. Marie et l'Enfant, Jésus en croix, Dieu dans
son nuage trônaient au Paradis et sur les murs des
églises ; l'expérience enseignait par quelle Vierge on
avait dans tel ou tel cas le plus de chances d'être
exaucée. Dans les crises domestiques, la prieure des
Ursulines, qui était de bon conseil, était volontiers
consultée, ce qui n'empêchait pas Martin de se
gausser des nonnes. Les ventes d'indulgences
avaient, il est vrai, indûment enflé les sacs du

Saint-Père, mais l'opération qui consiste à tirer sur
le crédit de Notre-Dame et des saints pour couvrir
les déficits du pécheur était aussi logique que les
transactions du banquier. Les bizarreries de
Martha étaient mises sur le compte d'une complexion maladive; il eût été monstrueux d'imaginer
qu'une créature délicatement nourrie pût pervertir
sa tendre compagne, se mettre avec elle du côté de
mécréants qu'on mutile et qu'on brûle, et renoncer
pour se mêler des querelles de l'Église à ce silence
modeste qui sied si bien aux filles.

Johanna ne pouvait rien faire que dénoncer à ses
jeunes maîtresses, de sa voix un peu folle, les
chemins de l'erreur; sainte, mais ignare, incapable
de recourir aux Écritures dont elle ne répétait dans
son jargon néerlandais que quelques fragments
appris par cœur, il ne lui appartenait pas de
montrer la bonne route. Sitôt que l'éducation
libérale que leur avait fait donner Martin eut
développé leur intelligence, Martha se jeta en secret
sur les livres où l'on parle de Dieu.

Perdue dans la forêt des sectes, épouvantée d'être
sans guide, la fille de Simon craignait de renoncer
aux vieux errements en faveur d'une nouvelle
erreur. Johanna ne lui avait caché ni l'infamie de sa
mère, ni la fin pitoyable de son père berné et trahi.
L'orpheline savait qu'en tournant le dos aux
aberrations romaines ses parents n'avaient fait que
s'engager plus avant dans une route qui ne va pas
au ciel. Cette vierge bien gardée, qui n'était jamais
descendue dans la rue qu'escortée d'une servante,

tremblait à l'idée d'aller grossir la bande d'exilés
pleurards et de gueux extatiques qui rôdaient de
ville en ville, honnis des gens de bien, et finissaient
sur la paille, celle des cachots et celle des bûchers.
L'idolâtrie était Charybde, mais la révolte, la
misère, le danger et l'abjection Scylla. Prudemment, le pieux Zébédée la tira de cette impasse : un
écrit de Jean Calvin, prêté sous le sceau du secret
par ce Suisse circonspect, et lu la nuit à la lueur
d'une chandelle, avec autant de précautions que
d'autres filles en mettent à déchiffrer un message
d'amour, apporta à l'enfant de Simon l'image
d'une foi nette de toute erreur, exempte de toute
faiblesse, stricte dans sa liberté même, d'une
rébellion transformée en Loi. A en croire le
commis, la pureté évangélique allait de pair à
Genève avec la prudence et la sagesse bourgeoises :
les danseurs gambillant comme des païens derrière
les portes closes, les marmots gloutons suçant
impudemment en plein prêche leur sucre et leurs
dragées étaient fustigés jusqu'au sang ; les dissidents bannis ; les joueurs et les débauchés punis de
mort ; les athées justement promis au bûcher. Loin
de céder aux mouvements lascifs de son sang,
comme le gros Luther convolant au sortir du
cloître entre les bras d'une nonne, le laïc Calvin
avait attendu longtemps avant de contracter avec
une veuve le plus chaste des mariages ; au lieu
d'engraisser à la table des princes, Maître Jean
surprenait par sa frugalité ses hôtes de la rue des
Chanoines ; son ordinaire n'était fait que du pain et

des poissons de l'Évangile, dans l'espèce les truites et les féras du lac, qui d'ailleurs avaient bien leur prix.

Martha endoctrina sa compagne, qui la suivait en tout dans les choses de l'esprit, quitte à lui en remontrer dans les choses de l'âme. Bénédicte était toute lumière; un siècle plus tôt, elle eût goûté au cloître le bonheur de n'être qu'à Dieu; les temps étant ce qu'ils étaient, cette agnelle trouva dans la foi évangélique l'herbe verte, le sel et l'eau pure. La nuit, dans leur chambre sans feu, dédaignant les invites de l'édredon et de l'oreiller, Martha et Bénédicte assises côte à côte relisaient la Bible à voix basse. Leurs joues appuyées l'une à l'autre semblaient n'être que la surface par où se touchaient deux âmes. Pour tourner le feuillet, Martha attendait Bénédicte à la fin de la page et, si par hasard la petite s'assoupissait dans cette sainte lecture, lui tirait doucement les cheveux. La maison de Martin, engourdie de bien-être, dormait son pesant sommeil. Seule, comme la lampe des Vierges sages, veillait dans une chambre haute, au cœur de deux filles silencieuses, la froide ardeur de la Réforme.

Pourtant, Martha elle-même n'osait encore abjurer tout haut les turpitudes papistes. Elle trouvait des prétextes pour éviter la messe du dimanche, et son manque de courage lui pesait comme le pire péché. Zébédée approuvait cette circonspection: Maître Jean tout le premier, mettant ses disciples en garde contre tout scandale inutile, eût blâmé

Johanna de souffler la veilleuse aux pieds de la Vierge de l'escalier. Une délicatesse de cœur retenait Bénédicte de peiner ou d'inquiéter les siens, mais Martha se refusa un soir de Toussaint à prier pour l'âme de son père, qui, où qu'il se trouvât, n'avait pas besoin de ses *Ave*. Tant de dureté consterna Salomé, qui ne comprenait pas qu'on refusât au pauvre mort l'obole d'une prière.

Martin et sa femme se proposaient de longue date d'unir leur enfant à l'héritier des Ligre. Ils en parlaient au lit, couchés tranquillement entre leurs draps bien bordés. Salomé comptait sur ses doigts les pièces du trousseau, les peaux de martre et les couvre-pieds brodés. Ou bien, craignant que la pudeur de Bénédicte ne la rendît rétive aux joies du mariage, elle cherchait dans sa mémoire la recette d'un baume aphrodisiaque servant dans les familles à oindre au soir des noces les jeunes épousées. Quant à Martha, on lui trouverait un marchand bien en vue sur la place de Cologne, ou même un chevalier fortement endetté, à qui Martin ferait généreusement remise des hypothèques qui grevaient ses terres.

Philibert tournait à l'héritière du banquier les compliments d'usage. Mais les cousines portaient les mêmes bonnets et les mêmes parures; il s'y trompait, et Bénédicte semblait se plaire à provoquer espièglement ces erreurs. Il en jurait tout

haut : la fille valait son poids d'or, et la nièce tout
au plus une poignée de florins.

Quand le contrat fut à peu près dressé, Martin
appela sa fille dans son cabinet pour fixer la date
des noces. Ni gaie ni triste, Bénédicte, mettant
court aux accolades et aux tendres effusions de sa
mère, remonta dans sa chambre pour coudre avec
Martha. L'orpheline parlait de fuir; un batelier
consentirait peut-être à les conduire à Bâle, où de
bons chrétiens les aideraient sans doute à franchir
l'étape suivante. Bénédicte, renversant sur la table
le sable de l'écritoire, y creusait pensivement du
doigt le sillon d'un fleuve. Le matin pointait; elle
passa lentement la main sur la carte qu'elle s'était
tracée; quand le sable fut de nouveau lisse sur la
surface polie, la promise de Philibert se leva en
soupirant :

— Je suis trop faible.

Alors Martha ne lui proposa plus de fuir, se
contentant de lui montrer du bout de l'index le
verset où il était question d'abandonner les siens
pour suivre le Seigneur.

Le froid du petit jour les obligea à chercher
refuge au lit. Chastement couchées dans les bras
l'une de l'autre, elles se consolaient en mêlant leurs
larmes. Puis, la jeunesse reprenant le dessus, elles
se moquèrent des petits yeux et des grosses joues
du fiancé. Les prétendants offerts à Martha ne
valaient pas mieux : Bénédicte la fit rire en
décrivant le marchand un peu chauve, le hobereau
sanglé les jours de tournois dans sa bruyante

ferraille ou le fils du bourgmestre, un sot attifé comme les mannequins qu'on envoie de France aux tailleurs, avec son bonnet à plumes et sa braguette rayée. Martha rêva cette nuit-là que Philibert, ce Sadducéen, cet Amalécite au cœur incirconcis, emportait Bénédicte dans une boîte qui voguait toute seule sur le Rhin.

L'an 1549 débuta par des pluies qui emportèrent les semis des maraîchers ; une crue du Rhin inonda les caves où des pommes et des barils à demi pleins flottaient sur l'eau grise. En mai, les fraises encore vertes pourrirent dans les bois et les cerises dans les vergers. Martin fit distribuer des soupes aux pauvres sous le porche de Saint-Géréon ; la charité chrétienne et la peur des émeutes inspiraient au bourgeois ces sortes d'aumônes. Mais ces maux n'étaient que les fourriers d'une calamité plus terrible. La peste, venue d'Orient, entra en Allemagne par la Bohême. Elle voyageait sans se presser, au bruit des cloches, comme une impératrice. Penchée sur le verre du buveur, soufflant la chandelle du savant assis parmi ses livres, servant la messe du prêtre, cachée comme une puce dans la chemise des filles de joie, la peste apportait à la vie de tous un élément d'insolente égalité, un âcre et dangereux ferment d'aventure. Le glas répandait dans l'air une insistante rumeur de fête noire : les badauds rassemblés au pied des clochers ne se

lassaient pas de regarder, tout en haut, la silhouette
du sonneur tantôt accroupi, tantôt suspendu,
pesant de tout son poids sur son grand bourdon.
Les églises ne chômaient pas, les tavernes non plus.

Martin se barricada dans son cabinet comme il
l'eût fait contre un voleur. A l'en croire, le meilleur
prophylactique consistait à boire modérément du
johannisberg de bonne date, à éviter les filles et les
compagnons de chopes, à ne pas renifler l'odeur
des rues, et surtout à ne pas s'informer du nombre
des morts. Johanna continuait d'aller au marché ou
de descendre vider les ordures; son visage cousu de
cicatrices, son jargon étranger avaient de tout
temps indisposé les voisines; par ces jours néfastes,
la méfiance se changeait en haine, et l'on parlait sur
son passage de semeuses de peste et de sorcières.
Qu'elle l'avouât ou non, la vieille domestique se
réjouissait en secret de l'arrivée du fléau de Dieu;
cette terrible joie se lisait sur sa figure; elle eut
beau se charger auprès de Salomé, gravement
atteinte, de corvées dangereuses que refusaient les
autres servantes, sa maîtresse la repoussait en
geignant comme si la bonne au lieu d'un cruchon
eût porté une faulx et un sablier.

Le troisième jour, Johanna ne reparut plus au
chevet de la malade à qui Bénédicte se chargea de
faire avaler des remèdes et de remettre entre les
doigts le rosaire qu'elle laissait sans cesse tomber.
Bénédicte aimait sa mère, ou plutôt ne savait pas
qu'elle pût ne pas l'aimer. Mais elle avait souffert
de sa piété niaise et grossière, de ses caquets de

chambre d'accouchée, de ses gaietés de nourrice qui se plaît à rappeler aux enfants grandis l'époque des bégaiements, du pot et des langes. La honte de ces impatiences inavouées ne fit qu'augmenter son zèle d'infirmière. Martha portait les plateaux et les piles de linge, mais s'arrangeait pour ne jamais entrer dans la chambre. On n'avait pas réussi à se procurer les services d'un médecin.

La nuit qui suivit la mort de Salomé, Bénédicte couchée près de sa cousine sentit à son tour les premières approches du mal. Une soif ardente la brûlait, qu'elle sut distraire en imaginant le cerf biblique buvant à la source d'eau vive. Une petite toux convulsive lui raclait la gorge; elle la retint le plus possible pour laisser Martha dormir. Elle flottait déjà, les mains jointes, prête à échapper au lit à balustres, pour monter dans un grand Paradis clair, où était Dieu. Les cantiques évangéliques étaient oubliés; le visage amical des saintes réapparaissait entre les courtines; Marie du haut du ciel tendait les bras sous des plis d'azur, imitée dans son geste par le bel Enfant joufflu aux doigts roses. En silence, Bénédicte déplorait ses fautes : une dispute avec Johanna au sujet d'une bavolette déchirée, des sourires en réponse aux coups d'œil de garçons passant sous sa fenêtre, une envie de mourir où il entrait de la paresse, de l'impatience d'aller au ciel, et du désir de n'avoir plus à choisir entre Martha et les siens, entre deux manières de parler à Dieu. Martha poussa un cri en apercevant le visage ravagé de sa cousine aux premières lueurs du matin.

Bénédicte couchait nue, selon l'usage. Elle pria qu'on lui tînt prête sa chemise fine fraîchement plissée, et fit de vains efforts pour se lisser les cheveux. Martha la servait, un mouchoir sur le nez, consternée par l'horreur qu'elle éprouvait pour ce corps infecté. Une sournoise humidité remplissait la chambre; la malade ayant froid, Martha alluma le poêle en dépit de la saison. D'une voix rauque, tout comme sa bonne mère l'avait fait la veille, la petite réclama un chapelet que Martha lui tendit du bout des doigts. Soudain, remarquant avec une malice enfantine les yeux terrifiés de sa compagne au-dessus du linge imprégné de vinaigre :

— N'aie pas peur, cousine, dit-elle gentiment. Tu auras le gros galant qui danse le passe-pied.

Elle se tourna du côté du mur comme à son habitude quand elle voulait dormir.

Le banquier se tenait coi dans sa chambre : Philibert était retourné en Flandre passer l'août avec son père; Martha, abandonnée des servantes qui n'osaient monter à l'étage, leur cria d'appeler au moins Zébédée, qui avait retardé de quelques jours son départ pour sa ville natale, afin de faire face à la presse des affaires. Il consentit à s'aventurer sur le palier et montra une sollicitude décente. Les médecins du lieu étaient, ou sur les dents, ou frappés eux-mêmes, ou encore fermement décidés à ne point contaminer leurs malades habituels en

s'approchant du lit des pestiférés, mais on avait
entendu parler d'un homme de l'art qui justement
venait d'arriver à Cologne pour étudier sur place les
effets du mal. On ferait ce qu'on pourrait pour le
persuader de secourir Bénédicte.

Ce secours fut long à venir. Entre-temps, l'enfant s'enfonçait. Martha appuyée au chambranle de
la porte, la veillait à distance. A plusieurs reprises
pourtant, elle se rapprocha pour la faire boire d'une
main tremblante. La malade n'avalait plus qu'à
grand-peine ; le contenu du verre coulait sur le lit.
De temps à autre, elle faisait entendre sa toux sèche
et courte, pareille au jappement d'un petit chien ;
chaque fois, Martha malgré soi baissait les yeux,
cherchant autour de ses jupes le barbet de la
maison, se refusant à croire que ce cri de bête pût
sortir de cette douce bouche. Elle finit par s'asseoir
sur le palier pour ne pas l'entendre. Pendant
quelques heures, elle lutta contre la terreur de cette
mort dont les apprêts se faisaient sous ses regards,
et davantage encore contre l'épouvante d'être infec-
tée à son tour par la peste comme on l'est par le
péché. Bénédicte n'était plus Bénédicte, mais une
ennemie, une bête, un objet dangereux qu'il fallait
se garder de toucher. Vers le soir, n'y tenant plus,
elle descendit sur le seuil guetter l'arrivée du
médecin.

Il demanda si c'était la maison Fugger et entra
sans cérémonie. C'était un homme maigre et

grand, aux yeux creux, qui portait la houppelande rouge des médecins ayant accepté de soigner les pestiférés, et devant de ce fait renoncer à visiter les malades ordinaires. Son teint basané lui donnait l'air d'un étranger. Il monta rapidement les marches ; Martha au contraire ralentissait malgré elle le pas. Debout dans la ruelle, il rejeta le drap, et découvrit le mince corps secoué de spasmes sur le matelas sali.

— Les servantes m'ont toutes quittée, dit Martha s'efforçant d'expliquer l'état du linge.

Il répondit d'un vague signe de tête, occupé qu'il était à palper délicatement les ganglions de l'aine et ceux de l'aisselle. La petite jasait ou chantonnait faiblement entre deux toux rauques : Martha crut reconnaître un bout d'air frivole mêlé à une complainte sur la visite du bon Jésus-Christ.

— Elle extravague, dit-elle comme avec dépit.

— Eh, sans doute, fit-il distraitement.

L'homme vêtu de rouge laissa retomber le drap et prit comme par acquit le pouls au poignet et au haut de la gorge. Il mesura ensuite quelques gouttes d'un élixir et introduisit dextrement une cuiller dans la commissure des lèvres.

— Ne forcez pas votre courage, admonesta-t-il, s'apercevant que Martha ne soutenait qu'avec répugnance la nuque de la malade. Il n'est pas nécessaire qu'en ce moment vous lui teniez la tête ou les mains.

Il essuya des lèvres un peu de sanie rougeâtre à l'aide d'un bout de charpie qu'il jeta dans le poêle.

La cuiller et les gants dont il s'était servi prirent le même chemin.

— Ne percerez-vous point les enflures? s'enquit-elle, craignant que le médecin pressé n'omît un soin nécessaire, et s'efforçant surtout de le retenir près du lit.

— Non certes, dit-il à mi-voix. Les vases lymphatiques sont à peine gonflés, et elle passera sans doute avant qu'ils s'engorgent. *Non est medicamentum...* La force vitale de votre sœur est au plus bas. Nous pouvons tout au plus diminuer ses maux.

— Je ne suis pas la sœur, protesta soudain Martha, comme si cette mise au point l'excusait de trembler surtout pour soi-même. Je me nomme Martha Adriansen et non Martha Fugger. Je suis la cousine.

Il ne lui accorda qu'un coup d'œil, et s'absorba dans l'observation des effets du remède. La malade moins agitée paraissait sourire. Il compta pour la nuit une seconde dose d'élixir. La présence de cet homme, qui pourtant ne promettait rien, transformait en une chambre ordinaire ce qui avait été pour Martha depuis l'aube un lieu d'épouvantement. Une fois sur l'escalier, il enleva le masque dont il s'était servi au chevet de la pestiférée, comme il était de règle. Martha le suivit jusqu'au bas des marches.

— Vous dites vous nommer Martha Adriansen, fit-il tout à coup. J'ai connu dans mes jeunes ans un homme déjà sur l'âge qui portait ce nom. Sa femme s'appelait Hilzonde.

— C'étaient mes père et mère, dit Martha comme à contre-cœur.

— Vivent-ils encore ?

— Non, fit-elle en baissant la voix. Ils étaient à Münster quand l'évêque a pris la ville.

Il manœuvra la porte de la rue, aux serrures compliquées comme celles d'un coffre-fort. Un peu d'air pénétra dans le riche et oppressant vestibule. Le crépuscule au-dehors était pluvieux et gris.

— Remontez là-haut, dit-il enfin avec une sorte de froide bonté. Votre tempérament paraît robuste, et la peste ne fait plus guère de nouvelles victimes. Je vous conseille de mettre sous vos narines un linge trempé d'esprit-de-vin (j'ai peu de confiance en vos vinaigres) et de veiller jusqu'au bout cette mourante. Vos craintes sont naturelles et raisonnables, mais la honte et le regret sont aussi des maux.

Elle se détourna, les joues en feu, chercha dans la bourse qu'elle portait à sa ceinture, choisit finalement une pièce d'or. Le geste de payer rétablissait les distances, l'élevait bien au-dessus de ce vagabond qui allait de bourg en bourg, gagnant sa pitance au chevet des pestiférés. Il mit la pièce sans la regarder dans la poche de sa houppelande et sortit.

Restée seule, Martha alla chercher dans la cuisine une fiole d'esprit-de-vin. La pièce était vide ; les servantes étaient sans doute à l'église à marmotter des litanies. Elle trouva sur une table une tranche de pâté qu'elle mangea lentement, s'appliquant

délibérément à se redonner des forces. Par précau
tion, elle s'obligea aussi à croquer un peu d'ail.
Quand elle eut pris sur soi de remonter à l'étage,
Bénédicte paraissait somnoler, mais les grains de
buis bougeaient de temps en temps sous ses doigts.
Après la seconde dose d'élixir, elle alla mieux. Un
redoublement l'emporta à l'aube.

Martha la vit enterrer le jour même avec Salomé
dans le cloître des Ursulines, et comme sceller sous
un mensonge. Personne ne saurait jamais que
Bénédicte avait failli prendre la voie étroite où la
poussait sa cousine, avancer avec elle vers la Cité de
Dieu. Martha se sentait dépouillée, trahie. Les cas
de peste se faisaient rares, mais en marchant le long
des rues quasi désertes, elle continuait à serrer
précautionneusement contre soi les plis de son
manteau. La mort de la petite n'avait fait qu'augmenter son désir furieux de continuer à vivre, de ne
point renoncer à ce qu'elle était et à ce qu'elle avait
pour devenir un de ces paquets froids qu'on dépose
sous une dalle d'église. Bénédicte était morte
assurée de son salut par des patenôtres et par des
Ave; Martha n'avait pas lieu d'avoir la même
confiance pour son propre compte; il lui semblait
parfois être de ceux que le décret divin condamne
avant leur naissance, et dont la vertu même est une
forme d'opiniâtreté qui ne plaît pas à Dieu. De
quelle vertu d'ailleurs s'agissait-il? En présence du
fléau, elle avait été pusillanime; il n'était pas

certain qu'en présence de bourreaux elle se montrât
plus fidèle à l'Éternel qu'en temps de peste à cette
innocente qu'elle avait cru si chèrement aimer.
Raison de plus pour retarder autant que possible le
verdict dont on n'appelle pas.

Elle mit tous ses soins à engager le soir même de
nouvelles servantes, les domestiques en fuite
n'étant pas revenues, ou ayant été congédiées à leur
retour. On lava à grande eau ; on répandit sur le
plancher des herbes aromatiques mêlées d'aiguilles
de pin. Ce fut durant ce nettoyage qu'on s'aperçut
que Johanna était morte, négligée de tous, dans son
galetas de domestique ; Martha n'eut pas le temps
de la pleurer. Le banquier reparut, convenablement
affligé par ces deuils, mais résolu à organiser
paisiblement son existence de veuf dans une
maison dirigée par quelque bonne ménagère de son
choix, point bavarde, point bruyante, point trop
jeune ni trop dégoûtante non plus. Personne, pas
même lui, ne s'était douté que son excellente
épouse l'avait tyrannisé toute sa vie. Il serait
désormais seul à décider de l'heure de son lever, de
celles de ses repas, et du jour où il prendrait
médecine, et personne ne l'interromprait plus s'il
lui arrivait de raconter un peu longuement à une
chambrière l'histoire de la fille et du rossignol.

Il avait hâte de se débarrasser de cette nièce dont
la peste avait fait sa seule héritière, mais qu'il
n'avait nulle envie de voir en face de lui présider à
sa table. Il se procura une dispense en vue d'un
mariage entre cousins germains, et le nom de

Martha remplaça sur le contrat celui de Bénédicte.

Instruite des projets de son oncle, Martha descendit au comptoir où s'affairait Zébédée. La fortune du Suisse était faite; la guerre avec la France ne pouvant tarder, le commis installé à Genève servirait désormais à Martin de prête-nom dans ses transactions avec ses royaux débiteurs français. Zébédée avait réalisé durant la peste quelques bénéfices pour son propre compte qui lui serviraient à reparaître au pays en bourgeois considéré dont on a oublié les peccadilles de jeunesse. Martha le trouva occupé à s'entretenir avec un Juif, prêteur à la petite semaine, qui rachetait discrètement pour Martin les créances et les biens meubles des trépassés, et sur lequel retomberait au besoin tout l'opprobre de ce commerce lucratif. Il le congédia en apercevant l'héritière.

— Prenez-moi pour femme, lui dit brusquement Martha.

— Tout doux, fit le commis, cherchant un mensonge.

Il était marié, ayant épousé dans sa jeunesse une fille de peu, boulangère aux Pâquis, intimidé qu'il était par les pleurs de la belle et les cris de la famille, à la suite de la seule indiscrétion amoureuse de sa vie. Une convulsion avait depuis longtemps eu raison de leur unique enfant; il allouait une maigre rente à sa femme, et s'arrangeait pour tenir à distance cette ménagère aux yeux bordés de rouge. Mais le crime de bigamie n'était pas de ceux qu'on commet d'un cœur léger.

— Si vous m'en croyez, fit-il, vous laisserez en
paix votre serviteur et n'achèterez pas si cher deux
sous de repentir... Vous plaît-il tant que cela de
voir l'argent de Martin passer à des réfections
d'églises ?

— Vivrai-je jusqu'au bout au pays de Canaan ?
répondit amèrement l'orpheline.

— La femme forte, entrée dans la demeure de
l'Impie, peut y faire régner la Justice, rétorqua le
commis aussi habitué qu'elle au style des Écritures.

On voyait clairement qu'il ne se souciait pas de
se brouiller avec les puissants Fugger. Martha
baissait la tête ; la prudence du commis lui fournissait les bonnes raisons de se soumettre que sans le
savoir elle avait cherchées. Cette fille austère avait
un vice de vieillard : elle aimait l'argent pour la
sécurité qu'il apporte et la considération qu'il
procure. Dieu lui-même l'avait marquée du doigt
pour vivre parmi les puissants de ce monde ; elle
n'ignorait point qu'une dot comme la sienne
décuplerait son autorité d'épouse, et l'union de
deux fortunes est un devoir auquel une fille sensée
ne se soustrait pas.

Elle tenait pourtant à éviter tout mensonge. A sa
première rencontre avec le Flamand, elle lui dit :

— Vous ignorez peut-être que j'ai embrassé la
sainte foi évangélique.

Elle s'attendait sans doute à des reproches. Son

pesant promis se contenta de répondre en hochant
la tête

— Vous m'excuserez, j'ai fort à faire. Les
questions théologiques sont très ardues.

Et jamais plus il ne reparla de cet aveu. Il était
difficile de savoir s'il était singulièrement fin, ou
seulement très lourd.

LA CONVERSATION A INNSBRUCK

Henri-Maximilien regardait pleuvoir sur Innsbruck.

L'Empereur s'y était installé pour surveiller les débats du Concile de Trente, lequel, comme toutes les assemblées chargées de décider quelque chose, menaçait de se terminer sans aboutir. On ne parlait à la cour que théologie et droit canon ; les chasses sur les pentes boueuses des montagnes tentaient peu un homme habitué à courre le cerf dans les grasses campagnes lombardes ; et le capitaine, regardant couler aux carreaux l'éternelle pluie bête, se donnait le plaisir, dans le secret de son cœur, de jurer à l'italienne.

Il bâillait vingt-quatre heures par jour. Le glorieux César Charles semblait au Flamand une sorte de fou triste, et la pompe espagnole lui faisait l'effet d'une de ces armures encombrantes et polies sous lesquelles on sue les jours de parade, et auxquelles tout vieux soldat préfère une peau de buffle. En s'engageant dans la carrière des armes,

Henri-Maximilien n'avait pas compté sur l'ennui
des périodes de morte-saison, et il attendait en
grommelant que cette paix vermoulue fît place à la
guerre. Par bonheur, les repas impériaux compor-
taient force poulardes, rôtis de chevreuils et pâtés
d'anguilles; il mangeait énormément, pour se
distraire.

Un soir qu'assis dans une taverne il travaillait à
faire entrer dans un sonnet les seins de satin blanc
tout neuf de Vanina Cami, sa bonne amie napoli-
taine, il se crut heurté par le sabre d'un Hongrois, à
qui il chercha une querelle d'Allemand. Ces disputes qui finissaient à l'épée faisaient partie de son
personnage; elles lui étaient d'ailleurs aussi nécessaires, par tempérament, qu'à un artisan ou à un
rustre une rixe à coups de poings ou à coups de
savates. Mais cette fois le duel commencé par des
injures en latin macaronique tourna court, le
Hongrois n'était qu'un pleutre qui prit refuge
derrière la plantureuse hôtesse; tout finit dans un
bruit de pleurs de femme et de vaisselle cassée, et
le capitaine dégoûté se rassit pour essayer de se
remettre à limer ses quatrains et ses tercets.

Mais sa fureur rimante était passée. Une estafi-
lade à la joue lui faisait mal, bien qu'il n'en voulût
pas convenir; et le mouchoir vite rougi qu'il s'était
noué autour de la tête en guise de bandage lui
donnait l'air ridicule d'un homme atteint d'une
fluxion. Attablé devant un ragoût au poivre, le
cœur lui manqua pour manger.

— Vous devriez voir un chirurgien, dit le tavernier.

Henri-Maximilien répondit que tous les chirurgiens mériteraient de porter un bât.

— J'en connais un d'habile, dit l'aubergiste. Mais il est bizarre et ne veut soigner personne.

— C'est bien ma chance, dit le capitaine.

Il pleuvait toujours. Le tavernier debout sur le seuil regardait cracher les gouttières. Tout à coup :

— Quand on parle du loup, dit-il.

Un homme frileusement vêtu d'une houppelande, un peu courbé sous son capuchon brun, se hâtait le long du ruisseau. Henri-Maximilien s'écria :

— Zénon !

L'homme se retourna. Ils se dévisagèrent par-dessus la devanture où s'entassaient les pâtisseries et les poulets troussés. Henri-Maximilien crut lire sur les traits de Zénon une inquiétude qui ressemblait à de la peur. En reconnaissant le capitaine, l'alchimiste se calma. Il mit un pied dans la salle basse :

— Vous êtes blessé ? dit-il.

— Comme vous voyez, fit l'autre. Puisque vous n'êtes pas encore au ciel des alchimistes, faites-moi l'aumône d'un peu de charpie et d'une goutte d'eau vulnéraire, à défaut d'eau de Jouvence.

Sa plaisanterie était amère. Il lui était singulièrement pénible de constater combien Zénon avait vieilli.

— Je ne soigne plus personne, dit le médecin.

Mais sa méfiance s'était dissipée. Il entra dans la salle, retenant du poing derrière lui le battant qui claquait au vent.

— Pardonnez-moi, frère Henri, dit-il. J'aime à revoir votre bonne figure. Mais je suis obligé de me garder des importuns.

— Qui n'a pas les siens? dit le capitaine, qui pensait à ses créanciers.

— Venez chez moi, fit après une hésitation l'alchimiste. Nous y serons plus à l'aise que dans cette taverne.

Ils sortirent ensemble. La pluie tombait par rafales. C'était un de ces temps où l'air et l'eau mutinés semblent faire du monde un grand chaos triste. Le capitaine trouvait à l'alchimiste l'air soucieux et fatigué. Zénon poussa de l'épaule la porte d'une bâtisse à toit bas.

— Votre aubergiste m'a loué fort cher cette forge abandonnée où je vis à peu près à l'abri des curieux, dit-il. C'est lui qui fait de l'or.

La pièce était vaguement éclairée par le rougeoiement d'un feu économe, sur lequel une préparation quelconque cuisait dans un pot de terre réfractaire. L'enclume et les tenailles du maréchal-ferrant qui avait précédemment occupé cette masure donnaient un air de chambre de torture à ce sombre intérieur. Une échelle montait à l'étage où sans doute Zénon couchait. Un jeune valet à cheveux roux, au nez court, faisait semblant de s'affairer dans un coin. Zénon lui donna congé pour la journée après lui avoir recommandé d'apporter d'abord à boire. Il se mit ensuite à chercher des linges. Quand Henri-Maximilien fut pansé, l'alchimiste lui dit :

— Que faites-vous dans cette ville ?

— J'y fais l'espion, répondit tout uniment le capitaine. Le sieur d'Estrosse m'a chargé ici d'une mission secrète au sujet des affaires de la Toscane ; le fait est qu'il guigne Sienne, ne se console pas d'être exilé de Florence et espère y regagner un jour le terrain perdu. Je suis supposé essayer de divers bains, ventouses et sinapismes d'Allemagne, et je fais ici ma cour au Nonce qui aime trop les Farnèse pour aimer les Médicis, et qui à son tour fait sans conviction sa cour à César. Autant jouer à cela qu'au tarot de Bohême.

— Je connais le Nonce, dit Zénon ; je suis un peu son médecin, un peu son souffleur ; il ne tiendrait qu'à moi de fondre son argent à mon petit feu de braises. Avez-vous remarqué que ces hommes à tête caprine tiennent du bouc et de l'antique Chimère ? Monseigneur fabrique de petits vers badins et choie exagérément ses pages. Si j'en avais le talent, j'aurais fort à gagner à me faire son entremetteur.

— Que fais-je ici, sinon m'entremettre ? dit le capitaine. Et c'est ce qu'ils font tous ; qui procure des femmes, ou autre chose, qui la Justice et qui Dieu. Le plus honnête est encore celui qui vend de la chair et non des fumées. Mais je ne prends pas assez au sérieux les objets de mon petit négoce, ces villes déjà vendues dix fois, ces loyautés vérolées, ces occasions pourries. Là où un amateur d'intrigues remplirait ses poches, je ramasse tout au plus mes frais de chevaux de poste et d'auberge. Nous mourrons pauvres.

— *Amen*, dit Zénon. Asseyez-vous.

Henri-Maximilien resta debout près du feu ; une buée montait de ses vêtements. Zénon assis sur l'enclume, laissant pendre ses mains entre ses genoux, regardait les braises enflammées.

— Toujours le compagnon du feu, Zénon, lui dit Henri-Maximilien.

Le jeune valet roux apporta du vin et ressortit en sifflant. Le capitaine reprit, se versant à boire :

— Vous souvenez-vous des appréhensions du chanoine de Saint-Donatien ? Vos *Prognostications des choses futures* auront confirmé ses craintes les plus noires ; votre opuscule sur la nature du sang, que je n'ai point lu, a dû lui paraître plus digne d'un barbier que d'un philosophe ; et votre *Traité du monde physique* l'aura fait pleurer. Il vous exorciserait, si le malheur vous ramenait à Bruges.

— Il ferait pis, dit Zénon avec une grimace. J'avais pourtant pris soin d'envelopper ma pensée de toutes les circonlocutions qui conviennent. J'avais mis ici une majuscule, là un Nom ; j'avais même consenti à encombrer ma phrase d'un pesant attirail d'Attributs et de Substances. Il en est de ce verbiage comme de nos chemises et de nos chausses ; elles protègent celui qui les porte, et n'empêchent pas dessous d'être tranquillement nu.

— Elles empêchent, dit le soldat de fortune. Je

n'ai jamais regardé un Apollon dans les jardins du Pape sans l'envier de s'offrir aux yeux tel que sa mère Latone le fit. On n'est bien que libre, et cacher ses opinions est encore plus gênant que de couvrir sa peau.

— Ruses de guerre, capitaine! dit Zénon. Nous vivons là-dedans comme vous autres dans vos sapes et dans vos tranchées. On finit par tirer vanité d'un sous-entendu qui change tout, comme un signe négatif discrètement placé devant une somme; on s'ingénie à faire çà et là d'un mot plus hardi l'équivalent d'un clin d'œil, du soulèvement de la feuille de vigne, ou de la chute du masque aussitôt renoué comme si de rien n'était. Un tri s'opère de la sorte parmi nos lecteurs; les sots nous croient; d'autres sots, nous croyant plus sots qu'eux, nous quittent; ceux qui restent se débrouillent dans ce labyrinthe, apprennent à sauter ou à contourner l'obstacle du mensonge. Je serais bien surpris si on ne retrouvait pas jusque dans les textes les plus saints les mêmes subterfuges. Lu ainsi, tout livre devient un grimoire.

— Vous vous exagérez l'hypocrisie des hommes, dit le capitaine en haussant les épaules. La plupart pensent trop peu pour penser double.

Il ajouta méditativement, remplissant son verre :

— Si étrange que cela soit, le Victorieux César Charles croit en ce moment qu'il veut la paix, et Sa Majesté Très Chrétienne aussi.

— Qu'est l'erreur, et son succédané le mensonge, poursuivit Zénon, sinon une sorte de *Caput*

Mortuum, une matière inerte sans laquelle la vérité trop volatile ne pourrait se triturer dans les mortiers humains?... Ces plats raisonneurs portent aux nues leurs semblables et crient haro sur leurs contraires; mais que nos pensées soient véritablement d'espèce différente, elles leur échappent; ils ne les voient plus, tout comme une bête hargneuse cesse bientôt de voir sur le plancher de sa cage un objet insolite qu'elle ne peut ni déchirer ni manger. On pourrait de la sorte se rendre invisible.

— *Aegri somnia,* fit le capitaine. Je ne vous comprends plus.

— Suis-je Servet, cet âne, reprit sauvagement Zénon, pour risquer de me faire brûler à petit feu sur une place publique en l'honneur de je ne sais quelle interprétation d'un dogme, quand j'ai en train mes travaux sur les mouvements diastoliques et systoliques du cœur, qui m'importent beaucoup plus? Si je dis que trois font un ou que le monde fut sauvé en Palestine, ne puis-je inscrire en ces paroles un sens secret au-dedans du sens extérieur, et m'enlever ainsi jusqu'à la gêne d'avoir menti? Des cardinaux (j'en connais) s'en tirent de la sorte, et c'est ce qu'ont fait des docteurs qui passent maintenant pour porter un halo au ciel. Je trace comme un autre les quatre lettres du Nom auguste, mais qu'y mettrais-je? Tout, ou son Ordonnateur? Ce qui Est, ou ce qui n'est pas, ou ce qui Est en n'étant pas, comme le vide et le noir de la nuit? Entre le Oui et le Non, entre le Pour et le Contre, il

y a ainsi d'immenses espaces souterrains où le plus
menacé des hommes pourrait vivre en paix.

— Vos censeurs ne sont pas si bêtes, dit Henri-
Maximilien. Ces Messieurs à Bâle et le Saint-Office
à Rome vous entendent assez pour vous condam-
ner. A leurs yeux, vous n'êtes qu'un athée.

— Ce qui n'est pas comme eux leur paraît
contre eux, dit amèrement Zénon.

Et, remplissant un gobelet, il but à son tour
avidement l'aigre vin d'Allemagne.

— Dieu merci! dit le capitaine, les cagots de
toute espèce n'iront pas fourrer le nez dans mes
petits vers d'amour. Je ne me suis jamais exposé
qu'à des dangers simples : les coups à la guerre, les
fièvres en Italie, la vérole chez les filles, les poux à
l'auberge, et partout les créditeurs. Je ne me
commets pas plus avec la racaille à bonnets ou à
barrettes, à tonsure ou sans tonsure, que je ne chasse
le porc-épic. Je n'ai même pas réfuté ce couillon de
Robortello d'Udine, qui croit trouver des erreurs
dans ma version d'Anacréon, et qui n'est qu'un
balourd en grec et dans toutes les langues. J'aime la
science comme un autre, mais peu me chaut que le
sang descende ou remonte la veine cave; il me
suffit de savoir qu'il refroidit quand on meurt. Et si
la terre tourne...

— Elle tourne, dit Zénon.

— Et si la terre tourne, je ne m'en soucie guère
en ce moment où je marche dessus, et m'en
soucierai moins encore quand j'y serai couché. En
matière de foi, je croirai ce que décidera le Concile,

s'il décide quelque chose, comme je mangerai ce soir ce que fricasse le tavernier. Je prends mon Dieu et mon temps comme ils viennent, bien que j'eusse mieux aimé vivre au siècle où l'on adorait Vénus. Je ne voudrais même pas me priver à mon lit de mort de me tourner si le cœur m'en dit vers Notre-Seigneur Jésus-Christ.

— Vous êtes comme un homme qui consent volontiers à croire qu'il y a dans le réduit voisin une table et deux bancs, parce que peu lui importe.

— Frère Zénon, dit le capitaine, je vous retrouve maigre, harassé, hagard, et vêtu d'une souquenille dont mon valet ne voudrait pas. Vaut-il la peine de s'évertuer durant vingt ans pour arriver au doute, qui pousse de lui-même dans toutes les têtes bien faites?

— Sans conteste, répondit Zénon. Vos doutes et votre foi sont des bulles d'air à la surface, mais la vérité qui se dépose en nous comme le sel dans la cornue au cours d'une distillation hasardeuse est en deçà de l'explication et de la forme, trop chaude ou trop froide pour la bouche humaine, trop subtile pour la lettre écrite, et plus précieuse qu'elle.

— Plus précieuse que l'Auguste Syllabe?

— Oui, fit Zénon.

Il baissait la voix malgré lui. A ce moment, un moine mendiant frappa à la porte et s'en alla muni de quelques sous dus à la générosité du capitaine. Henri-Maximilien vint se rasseoir auprès du feu; lui aussi parlait à voix basse.

— Racontez-moi plutôt vos voyages, souffla-t-il.

— Pourquoi? dit le philosophe. Je ne vous parlerai pas des mystères de l'Orient; ils n'existent point, et vous n'êtes pas de ces badauds qu'amuse la peinture du Sérail du Grand Seigneur. Je connus vite que ces différences de climat dont on fait tant de cas sont peu de chose au prix du fait que l'homme a partout deux pieds et deux mains, un membre viril, un ventre, une bouche et deux yeux. On me prête des voyages que je n'ai points faits; je m'en suis prêté à moi-même par subterfuge, et pour être tranquillement ailleurs que l'on me croit. On me supposait déjà en Tartarie que j'expérimentais en paix à Pont-Saint-Esprit en Languedoc. Mais remontons plus haut : peu après mon arrivée à Léon, mon prieur fut chassé de son abbaye par ses moines, qui l'accusaient de judaïser. Et il est vrai que sa vieille tête était pleine d'étranges formules tirées du *Zohar* concernant les correspondances entre les métaux, les hiérarchies célestes et les astres. J'avais appris à Louvain à mépriser l'allégorie, saoul que j'étais des exercices par lesquels on symbolise les faits, quitte à bâtir ensuite sur ces symboles comme s'ils étaient des faits. Mais personne de si fou qu'il n'ait des parties de sage. A force de faire mitonner ses cornues, mon prieur avait découvert quelques secrets pratiques, dont j'ai hérité. L'École à Montpellier ne m'apprit ensuite presque rien : Galien avait pour ces gens-là passé au rang d'idole à qui l'on sacrifie la nature; quand j'attaquai certaines notions galiéniques dont le barbier Jean Myers savait déjà qu'elles se fondaient sur l'anatomie du singe, et non sur celle de l'homme, mes doctes préférèrent croire que l'épine dorsale avait changé depuis le temps du Christ plutôt que de taxer leur oracle de légèreté ou d'erreur.

« Il y avait pourtant là quelques cerveaux intrépides... Nous étions à court de cadavres, les préjugés publics étant ce qu'ils sont. Un certain Rondelet, un petit médecin courtaud aussi comique que son nom, perdit son fils attaqué la veille par une fièvre pourpre, un écolier de vingt-deux ans avec qui j'herborisais au Grau-du-Roi. Dans la chambre imprégnée de vinaigre où nous disséquions ce mort qui n'était plus le fils ou l'ami, mais seulement un bel exemplaire de la machine humaine, j'eus pour la première fois le sentiment que la mécanique d'une part et le Grand Art de l'autre ne font qu'appliquer à l'étude de l'univers les vérités que nous enseignent nos corps, en qui se répète la structure du Tout. Ce n'était pas trop de toute une vie pour confronter l'un par l'autre ce monde où nous sommes et ce monde qui est nous. Les poumons étaient l'éventail qui ranime la braise, la verge une arme de jet, le sang dans les méandres du corps était l'eau des rigoles dans un jardin d'Orient, le cœur, selon qu'on adopte une théorie plutôt qu'une autre, était la pompe ou le brasier, le cerveau l'alambic où se distille une âme...

— Nous retombons dans l'allégorie, dit le capitaine. Si vous entendez par là que le corps est la plus solide des réalités, dites-le.

— Pas tout à fait, dit Zénon. Ce corps, notre royaume, me paraît parfois composé d'un tissu aussi lâche et aussi fugitif qu'une ombre. Je ne m'étonnerais guère plus de revoir ma mère, qui est morte, que de retrouver au détour d'une rue votre visage vieilli dont la bouche sait encore mon nom, mais dont la substance s'est refaite plus d'une fois au cours de vingt années, et dont le temps a altéré la couleur et retouché la forme. Que de froment a poussé, que de bêtes ont vécu et sont mortes pour sustenter cet Henri qui est et n'est pas celui que j'ai connu à vingt ans. Mais revenons aux voyages... Pont-Saint-Esprit où les gens épiaient derrière leurs volets les faits et gestes du nouveau médecin n'était pas toujours un lit de roses, et l'Éminence sur laquelle je comptais quitta Avignon pour Rome... Ma chance prit la forme d'un renégat qui assurait en Alger la remonte des écuries du roi de France : cet honnête forban se cassa la jambe à deux pas de ma porte, et m'offrit en échange de mes soins passage sur sa tartane. Je lui en sais encore gré. Mes travaux balistiques me valurent en Barbarie l'amitié de Sa Hautesse, et aussi l'occasion d'étudier les propriétés du naphte et sa combinaison avec la chaux vive, en vue de la construction de fusées éjectables par les navires de sa flotte. *Ubicumque idem :* les princes veulent des engins pour augmenter ou sauvegarder leur puissance, les riches de l'or, et défrayent pour un temps le coût de nos fourneaux; les lâches et les ambitieux veulent savoir l'avenir. Je me suis arrangé comme j'ai pu de tout cela. La meilleure aubaine était encore un doge cacochyme ou un sultan malade : l'argent affluait ; une maison sortait de terre à Gênes près de Saint-Laurent ou à Péra dans le quartier chrétien. Les outils de mon art m'étaient fournis, et parmi eux le plus rare et le plus précieux de tous, la licence de penser et d'agir à ma guise. Puis venaient les menées des envieux, les susurrements de niais m'accusant de blasphémer leur Alcoran ou leur Évangile, puis quelque complot de cour où je risquais d'être impliqué, et enfin le jour où mieux vaut dépenser son dernier sequin à acheter un cheval ou à louer une barque. J'ai passé vingt ans dans ces petites péripéties qui dans les livres s'appellent des aventures. J'ai tué certains de mes malades par un excès d'audace qui en a guéri d'autres. Mais leur rechute ou leur mieux m'importaient surtout en tant que confirmation d'un pronostic ou preuve de la bonté d'une méthode. Science et contemplation ne sont point assez, frère Henri, si elles ne se transmutent en puissance : le peuple a raison de voir en nous les adeptes d'une magie blanche ou noire. Faire durer ce qui passe, avancer ou reculer l'heure prescrite, s'emparer des secrets de la mort pour lutter contre elle, se servir de recettes naturelles pour aider ou pour déjouer la nature, dominer le monde et l'homme, les refaire, peut-être les créer...

— Il y a des jours, en relisant mon Plutarque, où je me suis dit qu'il était trop tard, et que l'homme et le monde ont été, dit le capitaine.

— Mirages, fit Zénon. Il en est de vos âges d'or comme de Damas et de Constantinople qui sont belles à distance ; il faut marcher dans leurs rues pour voir leurs lépreux et leurs chiens crevés. Votre Plutarque m'apprend qu'Héphestion s'entêtait à manger les jours de diète comme le premier égrotant venu, et qu'Alexandre buvait comme un soudard d'Allemagne. Peu de bipèdes depuis Adam ont mérité le nom d'homme.

— Vous êtes médecin, dit le capitaine.

— Oui, dit Zénon. Entre autres choses.

— Vous êtes médecin, reprit le Flamand têtu. Je m'imagine qu'on se lasse de recoudre les hommes comme on se lasse d'en découdre. N'êtes-vous pas fatigué de vous relever la nuit pour soigner cette pauvre engeance ?

— *Sutor, ne ultra...* repartit Zénon. Je tâtais des pouls, j'examinais des langues, j'étudiais des urines et non pas des âmes... Ce n'est pas à moi de décider si cet avare atteint de la colique mérite de durer dix ans de plus, et s'il est bon que ce tyran meure. Le pire ou le plus sot de nos patients nous instruisent encore, et leurs sanies ne sont pas plus infectes que celles d'un habile homme ou d'un juste. Chaque nuit passée au chevet d'un quidam malade me replaçait en face de questions laissées sans réponse : la douleur et ses fins, la bénignité de la nature ou son indifférence, et si l'âme survit au naufrage du corps. Les explications analogiques qui m'avaient jadis paru élucider les secrets de l'univers me semblaient pulluler à leur tour de nouvelles possi-

bilités d'erreur en ce qu'elles tendent à prêter à
cette obscure Nature ce plan préétabli que d'autres
prêtent à Dieu. Je ne dis pas que je doutais : douter
est différent ; je poursuivais l'investigation jusqu'au
point où chaque notion ployait dans mes mains
comme un ressort qu'on fausse ; dès que je grim-
pais à l'échelle d'une hypothèse, je sentais se casser
sous mon poids l'indispensable SI... Paracelse et
son système des signatures m'avaient paru ouvrir à
notre art une voie triomphale ; ils ramenaient en
pratique à des superstitions de village. L'étude des
horoscopes ne me semblait plus aussi profitable
qu'autrefois pour le choix des remèdes et la
prédiction des accidents mortels ; je veux bien que
nous soyons de la même matière que les astres ; il
ne s'ensuit pas qu'ils nous déterminent ou puissent
nous incliner. Plus j'y pensais, plus nos idées, nos
idoles, nos coutumes dites saintes, et celles de nos
visions qui passent pour ineffables me paraissaient
engendrées sans plus par les agitations de la
machine humaine, tout comme le vent des narines
ou des parties basses, la sueur et l'eau salée des
larmes, le sang blanc de l'amour, les boues et les
excréments du corps. Je m'irritais que l'homme
gaspillât ainsi sa substance propre à des constructions presque toujours néfastes, parlât de chasteté
avant d'avoir démonté la machine du sexe, disputât
de libre arbitre au lieu de peser les mille obscures
raisons qui vous font ciller si j'approche brusquement un bâton de vos yeux, ou d'enfer avant
d'avoir questionné de plus près la mort.

— Je connais la mort, dit en bâillant le capitaine.
Entre le coup d'arquebuse qui me jeta bas à
Cérisoles et la rasade d'eau-de-vie qui me ressus-
cita, il y a un trou noir. Sans la gourde du sergent,
je serais encore dans ce trou-là.

— Je vous l'accorde, dit l'alchimiste, bien qu'il y
ait fort à dire en faveur de la notion d'immortalité,
comme aussi contre elle. Ce qui est retiré aux
morts, c'est d'abord le mouvement, puis la chaleur,
ensuite, plus ou moins promptement, selon les
agents auxquels ils sont soumis, la forme : seraient-
ce le mouvement et la forme de l'âme, eux aussi,
mais non sa substance, qui s'abolissent dans la
mort?... J'étais à Bâle, à l'époque de la peste
noire...

Henri-Maximilien l'interrompit pour dire qu'il
vivait alors à Rome, et que la peste l'avait saisi dans
la maison d'une courtisane.

— J'étais à Bâle, reprit Zénon. Vous saurez que
j'avais manqué de peu à Péra Monseigneur Laurent
de Médicis, l'Assassin, celui que le peuple appelle
par dérision Lorenzace. Ce prince démuni s'entre-
mettait comme vous, frère Henri, il s'était fait
charger par la France d'une mission secrète pour la
Porte ottomane. J'aurais voulu connaître cet
homme au grand cœur. Quatre ans plus tard,
passant par Lyon où j'étais allé remettre mon
Traité du monde physique au malheureux Dolet,
mon libraire, je le rencontrai mélancoliquement
attablé dans une arrière-salle d'auberge. Le hasard
fit qu'il fut attaqué ces jours-là par un sicaire

florentin; je le soignai de mon mieux; nous pûmes
à loisir discuter des folies du Turc et des nôtres.
Cet homme harcelé se proposait de rentrer malgré
tout dans son Italie natale. Avant de nous séparer,
il me fit don d'un page caucasien qu'il tenait de Sa
Hautesse elle-même, en échange d'un poison sur
lequel il comptait pour mourir, s'il tombait entre
les mains de ses ennemis, sans déroger au style qui
avait été celui de sa vie. Il n'eut pas l'occasion
d'essayer de ma dragée, s'étant fait dépêcher à
Venise dans une ruelle obscure par le même
spadassin qui l'avait manqué en France. Mais son
serviteur me resta... Vous autres poètes avez fait de
l'amour une immense imposture : ce qui nous
échoit semble toujours moins beau que ces rimes
accolées comme deux bouches l'une sur l'autre. Et
pourtant, quel autre nom donner à cette flamme
ressuscitant comme le Phénix de sa propre brûlure,
à ce besoin de retrouver le soir le visage et le corps
qu'on a quittés le matin? Car certains corps, frère
Henri, sont rafraîchissants comme l'eau, et il serait
bon de se demander pourquoi les plus ardents sont
ceux qui rafraîchissent le plus. Donc, Aleï venait
d'Orient, comme mes onguents et mes électuaires;
jamais, sur les routes boueuses et dans les gîtes
enfumés de l'Allemagne, il ne me fit l'injure de
paraître regretter les jardins du Grand Seigneur et
ses fontaines coulant au soleil... J'aimais surtout le
silence auquel nous réduisait la difficulté des
langues. Je sais l'arabe des livres, mais du turc
seulement ce qu'il faut pour demander son che-

min; Aleï parlait turc et quelque peu italien; de son idiome natal, quelques mots seulement lui revenaient en songe... Après tant de ribauds braillards et impudents engagés par malchance, j'avais enfin ce follet ou cet ondin que le populaire nous octroie pour aides...

« Or, un laid soir, à Bâle, l'année de la peste noire, je trouvai dans ma chambre mon serviteur atteint du fléau. Prisez-vous la beauté, frère Henri?

— Oui, dit le Flamand. Féminine. Anacréon est bon poète et Socrate fort grand homme, mais je ne comprends point qu'on renonce à ces orbes de chair tendre et rose, à ces grands corps si plaisamment différents du nôtre où l'on entre comme des conquérants pénétrant dans une ville en joie fleurie et pavoisée pour eux. Et si cette joie ment et ce pavois nous trompe, qu'importe? Ces pommades, ces frisures, ces parfums dont l'emploi déshonore un homme, j'en jouis par le truchement des femmes. Pourquoi irais-je chercher des venelles dérobées, quand j'ai devant moi une route au soleil où je puis me pousser avec honneur? Fi de ces joues qui cessent vite d'être lisses, et s'offrent à l'amant bien moins qu'au barbier!

— Moi, dit Zénon, je goûte par-dessus tout ce plaisir un peu plus secret qu'un autre, ce corps semblable au mien qui reflète mon délice, cette agréable absence de tout ce qu'ajoutent à la jouissance les petites mines des courtisanes et le jargon des pétrarquistes, les chemises brodées de la Signora Livia et les guimpes de Madame Laure,

cette accointance qui ne se justifie point hypocritement par la perpétuation de la société humaine,
mais qui naît d'un désir et passe avec lui, et à quoi,
s'il s'y mêle quelque amour, ce n'est point parce
que m'y ont disposé à l'avance les ritournelles en
vogue... J'habitais ce printemps-là une chambre
d'auberge au bord du Rhin, pleine du tumulte des
eaux en crue ; il fallait crier pour s'y faire entendre ;
on n'y percevait qu'à peine le son d'une longue
viole dont j'ordonnais à mon serviteur de jouer
quand j'étais las, car la musique m'a toujours paru
à la fois un spécifique et une fête. Mais Aleï ne
m'attendait pas ce soir-là, une lanterne à la main,
près de l'écurie où je logeais ma mule. Frère Henri,
vous avez, je suppose, déploré le sort de statues
blessées par la pioche et rongées par la terre ; vous
avez pris à partie le Temps qui malmène la beauté.
Et pourtant, je puis m'imaginer que le marbre,
fatigué d'avoir gardé si longtemps l'apparence
humaine, se réjouisse de redevenir simplement
pierre... La créature au contraire redoute le retour à
la substance informe... Dès le seuil, une fétidité
m'avertit, et ces efforts de la bouche aspirant et
revomissant l'eau que le gosier n'avale plus, et ce
sang qu'éjaculent les poumons malades. Mais ce
qu'on nomme âme subsistait, et les yeux de chien
confiant qui ne doute point que son maître lui
puisse venir en aide... Ce n'était certes pas la
première fois que mes juleps s'avéraient inutiles,
mais chaque mort n'avait guère été jusque-là qu'un
pion perdu dans ma partie de médecin. Bien plus, à

force de combattre Sa Majesté noire, il se forme d'elle à nous une sorte d'obscure complicité; un capitaine finit ainsi par connaître et par admirer la tactique de l'ennemi. Il vient toujours un moment où nos malades s'aperçoivent que nous La connaissons trop bien pour ne pas nous résigner pour eux à l'inévitable; tandis qu'ils supplient et se débattent encore, ils lisent dans nos yeux un verdict qu'ils n'y veulent pas voir. Il faut chérir quelqu'un pour s'apercevoir qu'il est scandaleux que la créature meure... Mon courage me faillit, ou du moins cette impassibilité qui nous est si nécessaire. Mon métier me parut vain, ce qui est presque aussi absurde que de le croire sublime. Non que je souffrisse : je savais au contraire que j'étais fort incapable de me représenter la douleur de ce corps qui se tordait sous mes yeux; mon domestique mourait comme au fond d'un autre règne. J'appelai, mais l'aubergiste se garda de venir à mon aide. Je soulevai le cadavre pour le déposer sur le plancher en attendant l'arrivée des fossoyeurs qu'au petit jour j'irais chercher; je brûlai poignée par poignée le matelas de paille dans le poêle de la chambre. Le monde du dedans et le monde du dehors, le macrocosme et le microcosme étaient encore les mêmes qu'au temps des dissections de Montpellier, mais ces grandes roues s'emboîtant les unes dans les autres tournaient en plein vide; ces mécaniques fragiles ne m'émerveillaient plus... J'ai honte d'avouer que la mort d'un valet suffit à produire en moi une révolution si noire, mais on se fatigue, frère Henri,

et je ne suis plus jeune : j'ai plus de quarante ans.
J'étais las de mon métier de rapetasseur de corps ;
un dégoût me prit à l'idée de retourner au matin
tâter le pouls de M. l'Échevin, rassurer Mme la
Baillive, et regarder à contre-jour l'urinal de M. le
Pasteur. Je me promis cette nuit-là de ne plus
soigner personne.

— L'hôte de *L'Agneau d'Or* m'a mis au fait de
cette fantaisie, fit gravement le capitaine. Mais vous
traitez la goutte du Nonce, et voici sur ma joue
votre charpie et votre emplâtre.

— Six mois ont passé, repartit Zénon qui traçait
du bout du tison des figures dans la cendre. La
curiosité renaît, et l'envie d'user du talent qu'on
possède, et celle de secourir, s'il se peut, les
compagnons engagés avec nous dans cette étrange
aventure. La vision de la nuit noire est derrière
moi. A force de ne parler à personne de ces choses,
on les oublie.

Henri-Maximilien, se levant, s'approcha de la
fenêtre et fit remarquer :

— Il pleut toujours.

Il pleuvait toujours. Le capitaine tambourinait
sur la vitre. Tout à coup, redescendant vers son
hôte :

— Savez-vous que Sigismond Fugger, mon
parent de Cologne, a été mortellement blessé dans
une bataille au pays des Incas ? Cet homme, dit-on,
avait cent captives, cent corps de cuivre rouge avec
diverses incrustations de corail et des cheveux
huilés qui sentaient les épices. Quand il vit qu'il

allait mourir, Sigismond fit couper les cent cheve-
lures des prisonnières; il ordonna qu'on les étalât
sur un lit, et voulut qu'on le couchât pour rendre
l'âme sur cette toison qui sentait la cannelle, la
sueur et la femme.

— J'ai peine à croire que ces tresses si belles
étaient nettes de vermine, dit aigrement le philosophe.

Et, prévenant un mouvement irrité du capitaine :

— Je sais ce que vous pensez. Oui, j'ai parfois
épouillé tendrement des boucles noires.

Le Flamand continuait à marcher au hasard,
moins, semblait-il, pour se dégourdir les jambes
que pour secouer ses pensées.

— Votre humeur se gagne, fit-il en revenant
enfin s'installer dans l'âtre, votre récit de tout à
l'heure me dispose à remâcher ma vie. Je ne me
plains point; mais tout diffère de ce que j'avais cru.
Je sais que je n'ai pas l'étoffe d'un grand capitaine,
mais j'ai vu de près ceux qui passent pour l'être : ils
m'ont bien surpris. J'ai coulé par goût un bon tiers
de mes jours dans la Péninsule; il y fait plus beau
qu'en Flandre, mais on y mange plus mal. Mes
poemes ne méritent pas de survivre au papier sur
lequel mon libraire les imprime à mes frais, quand
par hasard j'ai les moyens de m'offrir comme un
autre un frontispice et un faux titre. Les lauriers
d'Hippocrène ne sont pas pour moi; je ne traverse-
rai pas les siècles relié en veau. Mais quand je vois
combien peu de gens lisent *L'Iliade* d'Homère, je
prends plus gaiement mon parti d'être peu lu. Des

Dames m'ont aimé; mais c'était rarement celles
pour l'amour desquelles j'eusse donné ma vie...
(Mais je me regarde : quelle arrogance de croire
que les belles pour qui je soupire aient envie de ma
peau...) La Vanina à Naples, dont je suis quasiment
l'époux, est une fort bonne fille, mais son odeur
n'est pas celle de l'ambre, et ses torsades de
cheveux roux ne sont pas toutes à elle. Je suis
retourné passer quelque temps au pays natal : ma
mère est morte, Dieu la garde! la bonne femme
vous voulait du bien. Mon père est en Enfer, je
suppose, avec ses sacs d'or. Mon frère m'a bien
reçu, mais j'ai compris au bout de huit jours qu'il
était temps que je repartisse. Il m'arrive de
regretter de n'avoir pas engendré d'enfants légitimes, mais je ne voudrais pas de mes neveux pour
fils. J'ai de l'ambition tout comme un autre, mais
qu'un puissant du jour nous refuse un brevet ou
une pension, et quelle joie de quitter l'antichambre
sans avoir à remercier Monseigneur, et de marcher
à son gré dans les rues les mains dans ses poches
vides... J'ai beaucoup joui : je remercie l'Éternel
que chaque année amène son contingent de filles
nubiles et qu'on fasse le vin chaque automne; je me
dis parfois que j'aurai eu la bonne vie d'un chien au
soleil, avec pas mal de rixes et quelques os à ronger.
Et pourtant, il m'advient rarement de quitter une
maîtresse sans ce petit soupir de soulagement de
l'écolier qui sort de l'école, et je crois bien que ce
sera un soupir du même genre que je pousserai à
l'heure de ma mort. Vous parlez de statues; je sais

peu de plaisir plus exquis que celui de contempler
la Vénus de marbre, celle que mon bon ami le
cardinal Caraffa conserve dans sa galerie napoli-
taine : ses formes blanches sont si belles qu'elles
nettoient le cœur de tout désir profane et donnent
envie de pleurer. Mais que je m'efforce à la
regarder une moitié de quart d'heure, et ni mes
yeux ni mon esprit ne la voient plus. Frère, il y a
dans presque toutes les choses terrestres je ne sais
quelle lie ou quel déboire qui vous en dégoûtent, et
les rares objets qui par hasard ont la perfection en
partage sont mortellement tristes. La philosophie
n'est pas mon fait, mais je me dis parfois que
Platon a raison, et le chanoine Campanus aussi. Il
doit exister ailleurs je ne sais quoi de plus parfait
que nous-mêmes, un Bien dont la présence nous
confond et dont nous ne supportons pas l'absence.

— *Sempiterna Temptatio,* fit Zénon. Je me dis
souvent que rien au monde, sauf un ordre éternel
ou une bizarre velléité de la matière à faire mieux
qu'elle-même, n'explique pourquoi je m'efforce
chaque jour de penser un peu plus clairement que
la veille.

Il restait assis, le menton baissé, dans la chambre
envahie par l'humide crépuscule. Le rougeoiement
de l'âtre teignait ses mains tachées d'acides, mar-
quées çà et là de pâles cicatrices de brûlures et l'on
voyait qu'il considérait attentivement ces étranges
prolongements de l'âme, ces grands outils de chair
qui servent à prendre contact avec tout.

— Loué sois-je! dit-il enfin avec une sorte

d'exaltation dans laquelle Henri-Maximilien eût pu reconnaître le Zénon ivre de rêveries mécaniques partagées avec Colas Gheel. Je ne cesserai jamais de m'émerveiller que cette chair soutenue par ses vertèbres, ce tronc joint à la tête par l'isthme du cou et disposant autour de lui symétriquement ses membres, contiennent et peut-être produisent un esprit qui tire parti de mes yeux pour voir et de mes mouvements pour palper... J'en sais les limites, et que le temps lui manquera pour aller plus loin, et la force, si par hasard lui était accordé le temps. Mais il est, et, en ce moment, il est Celui qui Est. Je sais qu'il se trompe, erre, interprète souvent à tort les leçons que lui dispense le monde, mais je sais aussi qu'il a en lui de quoi connaître et parfois rectifier ses propres erreurs. J'ai parcouru au moins une partie de cette boule où nous sommes; j'ai étudié le point de fusion des métaux et la génération des plantes; j'ai observé les astres et examiné l'intérieur des corps. Je suis capable d'extraire de ce tison que je soulève la notion de poids et de ces flammes la notion de chaleur. Je sais que je ne sais pas ce que je ne sais pas; j'envie ceux qui sauront davantage, mais je sais qu'ils auront tout comme moi à mesurer, peser, déduire, et se méfier des déductions produites, faire dans le faux la part du vrai et tenir compte dans le vrai de l'éternelle admixtion du faux. Je ne me suis jamais entêté à une idée par crainte du désarroi où je tomberais sans elle. Je n'ai jamais assaisonné un fait vrai à la sauce du mensonge, pour m'en rendre à

moi-même la digestion plus facile. Je n'ai jamais
déformé les vues de l'adversaire pour en avoir plus
aisément raison, pas même, au cours de notre débat
sur l'antimoine, celles de Bombast, qui ne m'en sut
pas gré. Ou plutôt si : je me suis surpris à le faire,
et me suis chaque fois réprimandé comme on
réprimande un valet malhonnête, ne me rendant
confiance que sur ma promesse de faire mieux. J'ai
rêvé mes songes ; je ne les tiens pas pour autre
chose que des songes. Je me suis gardé de faire de
la vérité une idole, préférant lui laisser son nom
plus humble d'exactitude. Mes triomphes et mes
dangers ne sont pas ceux qu'on pense ; il y a
d'autres gloires que la gloire et d'autres bûchers
que le bûcher. J'ai presque réussi à me défier des
mots. Je mourrai un peu moins sot que je ne suis
né.

— Voilà qui va bien, dit en bâillant l'homme de
guerre. Mais le bruit public vous prête une réussite
plus solide. Vous faites de l'or.

— Non, dit l'alchimiste, mais d'autres en feront.
C'est affaire de temps et d'outils adéquats pour
mener à bien l'expérience. Qu'est-ce que quelques
siècles ?

— Fort longtemps, s'il s'agit de payer l'écot de
L'Agneau d'Or, fit plaisamment le capitaine.

— Faire de l'or sera peut-être un jour aussi
facile que souffler du verre, continua Zénon. A
force de creuser de nos dents l'écorce des choses,
nous finirons bien par trouver la raison secrète des
affinités et des désaccords... Qu'est-ce qu'une

broche mécanique ou qu'une bobine qui se remplit
d'elle-même, et pourtant cette chaîne de minces
trouvailles pourrait nous mener plus loin que
Magellan et qu'Améric Vespuce leurs voyages.
J'enrage quand je pense que l'invention humaine
s'est arrêtée depuis la première roue, le premier
tour, la première forge; on s'est à peine soucié de
diversifier les emplois du feu volé au ciel. Et
cependant, il suffirait de s'appliquer pour déduire
de quelques principes simples toute une série
d'ingénieuses machines propres à accroître la
sagesse ou la puissance de l'homme : des engins qui
par le mouvement produiraient la chaleur, des
conduits qui propageraient le feu comme d'autres
propagent l'eau et tourneraient au profit des
distillations et des fontes le dispositif des anciens
hypocaustes et des étuves d'Orient... Riemer à
Ratisbonne croit que l'étude des lois de l'équilibre
permettrait de construire pour la guerre et la paix
des chars allant dans l'air et nageant sous l'eau.
Votre poudre à canon qui relègue au rang de jeux
d'enfants les exploits d'Alexandre est née ainsi des
cogitations d'une cervelle...

— Halte-là! dit Henri-Maximilien. Quand nos
pères ont mis le feu à la mèche pour la première
fois, on eût pu croire que cette bruyante trouvaille
allait mettre sens dessus dessous l'art de la guerre
et abréger les combats faute de combattants. Il n'en
est rien, Dieu merci! On tue davantage (et encore
j'en doute) et mes soudards manient l'arquebuse au
lieu de l'arbalète. Mais le vieux courage, la vieille

couardise, la vieille ruse, la vieille discipline et la
vieille insubordination sont ce qu'ils étaient, et avec
eux l'art d'avancer, de reculer ou de rester sur
place, de faire peur, et de paraître n'avoir pas peur.
Nos gens de guerre en sont encore à plagier
Hannibal et à compulser Végèce. Nous continuons
comme autrefois à nous traîner au cul des maîtres.

— Il y a longtemps que je sais qu'une once
d'inertie pèse plus qu'un boisseau de sagesse, dit
Zénon avec dépit. Je n'ignore pas que la science
n'est pour vos princes qu'un arsenal d'expédients
moins sérieux que leurs carrousels, leurs panaches
et leurs brevets. Et cependant, frère Henri, je
connais çà et là dans divers coins de la terre cinq ou
six gueux plus fous, plus démunis et plus suspects
que moi, et qui rêvent en secret d'une puissance
plus terrible que n'en détiendra jamais le César
Charles. Si Archimède avait eu un point d'appui, il
aurait pu non seulement soulever le monde, mais le
faire retomber à l'abîme comme une coquille
brisée... Et franchement, en Alger, en présence des
bestiales férocités turques, ou encore au spectacle
des folies et des fureurs qui partout font rage dans
nos chrétiens royaumes, je me suis dit parfois
qu'ordonnancer, instruire, enrichir ou instrumenter
notre espèce n'était peut-être qu'un pis-aller dans
notre universel désordre, et que c'est de plein gré et
non par malencontre qu'un Phaéton pourrait un
jour faire flamber la terre. Qui sait si quelque
comète ne finira point par sortir de nos cucurbites?
Quand je vois jusqu'où nos spéculations nous

entraînent, frère Henri, je suis moins surpris qu'on nous brûle.

Et, se levant tout à coup :

— J'ai eu vent que les poursuites causées par mes *Prognostications* reprennent de plus belle. Rien n'est encore décidé contre moi, mais les jours qui viennent promettent des alertes. Je couche rarement dans cette forge, préférant chercher pour la nuit de moins présumables gîtes. Sortons ensemble, mais si vous craignez le coup d'œil de certains curieux, vous feriez sagement en vous séparant de moi sur le seuil.

— Pour qui me prenez-vous? dit le capitaine, montrant peut-être plus de désinvolture qu'il n'en avait.

Il reboutonna sa casaque en sacrant contre les mouchards qui mettent le nez dans les affaires d'autrui. Zénon remit sa houppelande à peu près séchée. Les deux hommes se partagèrent avant de sortir un reste de vin au fond d'une cruche. L'alchimiste ferma la porte et suspendit l'énorme clef sous une poutre où son valet saurait la trouver. Il ne pleuvait plus. La nuit tombait, mais les faibles lueurs du couchant se reflétaient encore sur la neige fraîche des pentes de montagnes, par-dessus l'ardoise des toits gris. Zénon tout en marchant scrutait les coins d'ombre.

— Je suis à court d'espèces, dit le capitaine. Si pourtant, eu égard à vos présentes difficultés...

— Non, frère, dit l'alchimiste. En cas de danger, le Nonce me fournira l'argent pour plier bagage.

Gardez vos quibus pour pallier vos propres maux.

Un coche escorté de gardes qui menait sans doute quelque grand personnage au château impérial d'Ambras s'engouffra à fond de train dans la rue étroite. Ils se garèrent pour lui laisser place. Le fracas passé, Henri reprit méditativement :

— Nostradamus à Paris prédit l'avenir et exerce en paix. Que vous reproche-t-on ?

— Il confesse le faire grâce à une aide d'en haut ou d'en bas, dit le philosophe en essuyant d'un revers de manche les éclaboussures. Ces messieurs trouvent apparemment plus impie encore l'hypothèse toute nue, et l'absence de tout cet attirail de démons ou d'anges dans des chaudrons qui chantent... Puis, les quatrains de Michel de Notre-Dame, dont je ne fais pas fi, tiennent en haleine la curiosité des foules par l'annonce de calamités publiques et de morts royales. Quant à moi, les présents soucis du roi Henri II me touchent trop peu pour que j'essaie de dessiner leur issue future... Une idée m'était venue au cours de mes voyages : à force de rôder sur les routes de l'espace, de savoir Ici que Là m'attendait, bien que je n'y fusse pas encore, j'ai voulu à ma manière m'aventurer sur les routes du temps. Combler le fossé entre la prédiction catégorique du calculateur d'éclipses et le pronostic déjà plus ondoyant du médecin, me risquer précautionneusement à étayer l'une par l'autre la prémonition et la conjecture, tracer dans ce continent où nous ne sommes pas encore la carte

des océans et celle des terres déjà émergées... Je me
suis fatigué à cette tentative.

— Vous aurez le même sort que le Docteur
Faustus des marionnettes de la foire, dit par gaieté
le capitaine.

— Que non! fit l'alchimiste. Laissez aux vieilles
femmes ce sot conte de pacte et de perdition du
docte docteur. Un Faustus véritable aurait d'autres
vues sur l'âme et l'Enfer.

Ils ne s'occupèrent plus que d'éviter les flaques.
Ils longeaient les quais, Henri-Maximilien ayant
pris logement près du pont. Soudain :

— Où passerez-vous la nuit? dit le capitaine.

Zénon lança un regard en dessous à son compagnon :

— Je ne sais encore, dit-il avec circonspection.

Le silence retomba : tous deux avaient épuisé
leur sac de paroles. Brusquement Henri-Maximilien s'arrêta, tira de sa poche un calepin et
commença à lire à la lueur d'une chandelle placée
derrière un grand globe plein d'eau à la devanture
d'un orfèvre qui travaillait tard cette nuit-là.

... *Stultissimi, inquit Eumolpus, tum Encolpii, tum
Gitonis aerumnae, et precipue blanditiarum Gitonis
non immemor, certe estis vos qui felices esse potestis,
vitam tamen aerumnosam degitis et singulis diebus vos
ultro novis torquetis cruciatibus. Ego sic semper et
ubique vixi, ut ultimam quamque lucem tanquam non
reditura consumarem, id est in summa tranquilli-
tate...*

— Laissez-moi rendre ceci en français, dit le

capitaine, car je pense que pour vous le latin de la pharmacie a chassé l'autre. Ce vieux paillard d'Eumolpe adresse aux deux mignons Encolpe et Giton des propos que j'ai jugés dignes d'être inscrits en mon bréviaire : « Sots que vous êtes, dit Eumolpe, se souvenant des maux d'Encolpe, de ceux de Giton, et surtout des gentillesses de ce dernier. Vous pourriez être heureux et menez pourtant une vie misérable, soumis chaque jour à une gêne pire que la veille. Pour moi, j'ai vécu chaque journée comme si ce jour que je vivais devait être le dernier, c'est-à-dire, *en toute tranquillité.* » Pétrone, expliqua-t-il, est l'un de mes saints intercesseurs.

— Le beau de la chose, approuva Zénon, est que votre auteur n'imagine même pas que le dernier jour d'un sage puisse être vécu autrement qu'en paix. Nous ferons en sorte de nous en souvenir à notre heure.

Ils débouchèrent au tournant d'une rue devant une chapelle illuminée où se célébrait une neuvaine. Zénon se disposa à y entrer.

— Qu'allez-vous faire parmi ces cagots ? dit le capitaine.

— Ne vous l'ai-je point déjà expliqué ? fit Zénon. Me rendre invisible.

Il se faufila derrière le rideau de cuir pendu en travers du seuil. Henri-Maximilien s'attarda un instant, repartit, revint sur ses pas, puis s'éloigna pour tout de bon en sifflant sa vieille ritournelle :

Nous étions deux compagnons
Qui allions delà les monts.
Nous pensions faire grand chère...

Rentré chez lui, il y trouva un message du Sieur Strozzi mettant fin aux entretiens secrets concernant les affaires siennoises. Henri-Maximilien pensa que le vent était à la guerre, ou peut-être l'avait-on desservi auprès du maréchal florentin, persuadant ainsi Son Excellence d'employer un autre agent. Pendant la nuit, la pluie recommença, puis tourna à la neige. Le lendemain, ses paquets faits, le capitaine partit à la recherche de Zénon.

Les maisons drapées de blanc faisaient penser à des visages cachant leurs secrets sous l'uniformité d'une cagoule. Henri-Maximilien retrouva avec plaisir *L'Agneau d'Or*, où le vin était bon. L'hôte en lui apportant à boire lui apprit que le valet de Zénon était venu de grand matin rendre la clef et payer le loyer de la forge. Vers l'heure de midi, un officier de l'Inquisition chargé d'arrêter Zénon avait requis le tavernier de lui prêter main-forte. Mais un démon sans doute avait prévenu à temps l'alchimiste. On n'avait rien trouvé chez lui de plus insolite qu'un tas de fioles de verre soigneusement brisées.

Henri-Maximilien se leva précipitamment, laissant sur la table la monnaie de sa pièce. Quelques jours plus tard, il regagnait l'Italie par la vallée du Brenner.

LA CARRIÈRE
D'HENRI-MAXIMILIEN

Il avait brillé à Cérisoles, mis à défendre
quelques branlantes bicoques milanaises autant de
génie, se plaisait-il à dire, que feu César à
s'impatroniser maître du monde ; Blaise de Montluc lui savait gré de ses bons mots qui donnaient du
cœur aux hommes. Sa vie s'était passée à servir
alternativement le Roi Très Chrétien et le Roi
Catholique, mais la gaieté française s'accordait
mieux à son humeur. Poète, il excusait la faiblesse
de ses rimes par les soucis des campagnes ; capitaine, il expliquait ses erreurs de tactique par la
poésie travaillant sa cervelle ; estimé d'ailleurs dans
l'un et l'autre métier, dont la réunion n'apporte pas
fortune. Ses vagabondages dans la Péninsule
l'avaient désabusé de l'Ausonie de ses rêves ; il avait
appris à se méfier des courtisanes romaines, après
leur avoir une fois payé son écot, et à choisir avec
discrimination les melons aux échoppes du Traste-
vere, jetant négligemment au Tibre leurs écorces
vertes. Il n'ignorait pas que le cardinal Maurizio

Caraffa ne le considérait guère que comme un
soudard point trop sot, à qui on fait l'aumône en
temps de paix d'un poste mal payé de capitaine des
gardes; sa maîtresse Vanina, à Naples, lui avait
soutiré une bonne somme pour un enfant qui
n'était peut-être pas de lui; peu importait. Madame
Renée de France, dont le palais était l'Hôtel-Dieu
des déshérités, lui aurait volontiers offert une
sinécure dans son Duché de Ferrare, mais elle y
accueillait les premiers dépenaillés venus, pourvu
qu'ils se grisassent avec elle du petit vin aigrelet des
Psaumes. Le capitaine n'avait que faire de ces gens-
là. Il vivait de plus en plus avec sa piétaille et
comme elle, réendossant chaque matin sa casaque
rapiécée avec le même plaisir que l'on retrouve un
vieil ami, avouant gaiement ne se laver qu'à la
pluie, partageant avec son ramassis d'aventuriers
picards, de mercenaires albanais et de bannis
florentins le lard rance, la paille moisie et les
caresses du chien jaune qui suivait la troupe. Mais
sa rude vie n'était pas dépourvue de délices. Il lui
restait l'amour des beaux noms antiques qui
mettent sur le moindre pan de mur de l'Italie la
poudre d'or ou le lambeau de pourpre d'un grand
souvenir; le plaisir de déambuler par les rues,
tantôt à l'ombre et tantôt au soleil, d'interpeller en
toscan une belle fille dans l'attente d'un baiser ou
d'une bordée d'injures, de boire aux fontaines en
secouant de ses gros doigts les gouttelettes sur la
poussière des dalles, ou encore de déchiffrer du

coin de l'œil un bout d'inscription latine en pissant distraitement contre une borne.

Il n'avait recueilli de l'opulence paternelle que quelques parts de la raffinerie de Maestricht dont les revenus trouvaient rarement le chemin de sa poche, et une des moindres terres familiales, un certain lieu dit de Lombardie en Flandre, dont le seul nom faisait rire cet homme qui avait eu l'occasion d'arpenter en tous sens la Lombardie véritable. Les chapons et les cordées de bois de cette seigneurie allaient aux fourneaux et au bûcher de son frère; c'était bien ainsi; il avait joyeusement, un certain jour de sa seizième année, renoncé à son droit d'aînesse en échange du plat de lentilles du soldat. Les brèves et cérémonieuses lettres qu'il recevait parfois de ce frère à l'occasion d'une mort ou d'un mariage se terminaient toujours, il est vrai, par des offres de service en cas de besoin, mais Henri-Maximilien savait fort bien qu'on n'ignorait pas en les formulant qu'il ne s'en prévaudrait point. Philibert Ligre d'ailleurs ne manquait guère de faire allusion aux obligations énormes et aux vastes débours de sa place de membre du Conseil des Pays-Bas, de sorte que finalement c'était le capitaine, libre de tout souci, qui semblait faire figure d'homme riche, et l'homme tout chargé d'or de particulier dans la gêne dans les coffres duquel on aurait eu honte de puiser.

Une seule fois, le soldat de fortune était retourné chez les siens. On l'avait beaucoup exhibé, comme s'il s'agissait de faire assavoir à chacun que ce

prodigue était après tout montrable. Le fait même
que ce confident du maréchal d'Estrosse était à peu
près sans emploi visible et sans grade lui conférait
une sorte de lustre, comme s'il devenait considérable à force d'obscurité. Les quelques années qu'il
avait de plus que son puîné avaient fait de lui, il le
sentait, une relique d'un autre âge; il se trouvait
naïf à côté de cet homme jeune, prudent et glacé.
Peu avant son départ, Philibert lui souffla que
l'Empereur, à qui les tortils ne coûtaient pas cher,
appendrait volontiers un titre à la terre de Lombardie, si les talents guerriers et diplomatiques du
capitaine étaient dorénavant mis au service du seul
Saint Empire. Son refus offensa : à supposer
qu'Henri-Maximilien dédaignât de traîner derrière
soi une telle queue, ce titre eût ajouté à l'illustration
de la famille. Henri-Maximilien répondit en
conseillant à son frère de mettre l'illustration de la
famille là où il pensait. Il en eut vite assez des
magnifiques lambris du domaine de Steenberg, que
son cadet préférait désormais à celui, plus suranné,
de Dranoutre, mais dont les peintures à sujets tirés
de la Fable paraissaient grossières à cet homme
habitué au plus fin de l'art italien. Il avait sa
suffisance de la vue de sa maussade belle-sœur sous
ses harnais de joyaux, et de la bande des sœurs et
des beaux-frères établis dans des gentilhommières
du voisinage, avec leurs garnements d'enfants tenus
en laisse par de tremblants précepteurs. Les petites
querelles, les intrigues, les fades compromis sous
les fronts de ces gens-là lui faisaient rapprécier la

société des soudards et des vivandières où du moins
on peut jurer et roter à l'aise, et qui sont tout au
plus une écume et non une lie cachée.

Du duché de Modène, où son camarade Lanza
del Vasto lui avait trouvé emploi, la paix durant
trop pour sa bourse, Henri-Maximilien surveillait
du coin de l'œil le résultat de ses négociations sur
les affaires toscanes : des agents de Strozzi ayant
finalement décidé les Siennois à se révolter contre
les Impériaux par amour de la liberté, ces patriotes
s'étaient aussitôt donné une garnison française
chargée de les défendre contre Sa Majesté Germa-
nique. Henri reprit du service sous Monsieur de
Montluc : un siège était une aubaine à ne pas laisser
passer. L'hiver était rude ; les canons sur les
remparts étaient recouverts le matin d'une mince
couche de givre ; les olives et les salaisons coriaces
des chiches rations rebutaient les appétits français.
Monsieur de Montluc ne se montrait à l'habitant
qu'après avoir frotté de vin ses joues hâves, comme
un acteur se met du fard avant d'entrer en scène, et
dissimulait derrière sa main bien gantée les bâille-
ments de la faim. Henri-Maximilien parlait en vers
burlesques de mettre à la broche l'Aigle impériale
elle-même ; en fait, tout cela n'était qu'artifices et
reparties de théâtre, comme on en trouve chez
Plaute ou sur les tréteaux des comédiens de Ber-
game. L'Aigle dévorerait une fois de plus les oisons
italiens après avoir allongé çà et là quelques bons
coups au présomptueux coq français ; quelques
braves gens mourraient, dont c'était le métier ;

l'Empereur ferait chanter un *Te Deum* pour la
victoire de Sienne; et de nouveaux emprunts,
négociés aussi savamment qu'un traité entre deux
princes souverains, assujettiraient davantage Sa
Majesté à la Maison Ligre, qui d'ailleurs, depuis
quelques années, portait discrètement un autre
nom, ou à quelque comptoir rival d'Anvers ou
d'Allemagne. Vingt-cinq ans de guerre et de paix
armée avaient appris au capitaine en quoi consiste
l'envers des cartes.

Mais ce Flamand mal nourri s'enchantait des
jeux, des ris, des processions galantes de nobles
dames siennoises paradant sur la place déguisées en
Nymphes ou en Amazones aux cottes de satin rose.
Ces rubans, ces bannières peintes, ces jupes
agréablement troussées par la bise s'engouffrant au
tournant des sombres rues pareilles à des sapes,
ragaillardissaient les troupes, et à un moindre degré
les bourgeois déconcertés par le marasme des
affaires et la cherté des vivres. Le cardinal de
Ferrare portait aux nues la Signora Fausta, bien
que la tramontane donnât la chair de poule à ses
opulentes épaules découvertes; Monsieur de Ter-
nes décernait le prix à la Signora Fortinguerra, qui
du haut des remparts exhibait galamment à l'ennemi les longues jambes de Diane; Henri-Maximilien en tenait pour les nattes blondes de la Signora
Piccolomini, beauté fière, mais qui jouissait sans
contrainte du doux état de veuve. Il s'était pris
pour cette déesse d'une épuisante passion d'homme
mûr. A l'heure des hâbleries ou des confidences,

l'homme de guerre ne se privait pas d'adopter
parmi ces Messieurs l'air discrètement glorieux
d'un amant satisfait, maladroites grimaces dont
chacun sait ce qu'elles valent, mais qu'on accepte
entre camarades pour être aussi charitablement
écouté le jour où l'on voudra se vanter à son tour
d'illusoires bonnes fortunes. Il savait pourtant que
la belle se gaussait de lui avec ses galants. Mais il
n'avait jamais été beau; il n'était plus jeune; le
soleil et le vent donnaient à son teint les tons
recuits d'une brique siennoise; assis aux pieds de sa
dame, en amoureux transi, il lui venait parfois à
l'esprit que ces manèges de soupirant d'une part et
de coquetté de l'autre n'étaient pas moins sots que
celui de deux armées en présence et qu'il eût
somme toute préféré la voir embrasser nue à nu un
jeune Adonis, ou se livrer aux petits jeux avec une
servante, plutôt que de faire accepter à ce beau
corps le poids rebutant du sien. Mais, la nuit,
couché sous sa maigre couverture, il se rappelait
brusquement un petit geste de cette longue main
baguée, une manière bien à elle qu'avait son adorée
de se lisser les cheveux, et, rallumant sa chandelle,
il écrivait avec une jalousie poignante des vers
compliqués.

Un jour où les garde-manger de Sienne étaient,
s'il se pouvait, plus vides encore qu'à l'ordinaire, il
osa présenter à sa blonde Nymphe quelques
tranches d'un jambon assez mal acquis. La jeune

veuve était couchée sur son lit de repos, protégée
du froid par une courtepointe, jouant distraitement
avec le gland d'or d'un coussin. Elle se redressa, les
paupières soudain tremblantes, et, rapidement,
d'un geste presque furtif, se pencha vers le dona-
teur et lui baisa la main. Il en éprouva un
éblouissement de bonheur que ne lui auraient pas
donné les complaisances les plus abandonnées de
cette même belle. Il se retira doucement pour la
laisser manger.

Il s'était souvent demandé quels seraient le mode
et les circonstances de sa mort : un coup d'arquebuse qui le laisserait brisé, sanglant, noblement
porté sur le pompeux débris des lances espagnoles,
regretté par les princes et pleuré par ses frères
d'armes, enterré enfin sous une éloquente inscription latine au pied d'un mur d'église; un coup
d'épée au cours d'un duel en l'honneur d'une
dame; un couteau dans une rue sombre; une
recrudescence de la vérole d'autrefois; ou encore,
passé soixante ans, l'apoplexie dans quelque
château où il aurait trouvé une place d'écuyer pour
finir ses jours. Jadis, pris de malaria, et grelottant
sur le grabat d'une auberge de Rome, à deux pas
du Panthéon, il s'était consolé d'avoir à crever dans
ce pays de fièvres, en songeant qu'après tout les
morts y sont en meilleure compagnie qu'ailleurs;
ces retombées de voûtes aperçues par sa lucarne, il
les avait peuplées d'aigles, de faisceaux renversés,

de vétérans en larmes, de torches éclairant les
funérailles d'un empereur qui n'était pas lui-même,
mais une sorte de grand homme éternel auquel il
participait. A travers les volées de cloches de la
fièvre tierce, il avait cru entendre les fifres déchi-
rants et les sonores trompettes annonçant au
monde le trépas du prince; il avait ressenti dans
son propre corps le feu qui dévore le héros et
l'emporte au ciel. Ces morts, ces obsèques imagi-
naires furent sa vraie mort, son enterrement
véritable. Il succomba au cours d'une expédition
fourragère durant laquelle ses cavaliers s'efforcèrent
d'emporter à deux pas des remparts une grange
mal   gardée;   le   cheval   d'Henri-Maximilien
s'ébrouait gaiement sur le sol tapissé d'herbe sèche;
l'air frais de février était plaisant sur les pentes
ensoleillées de la colline, après les rues venteuses et
obscures de Sienne. Une attaque imprévue des
Impériaux débanda la troupe qui fit demi-tour
vers les murs; Henri-Maximilien poursuivit ses
hommes en hurlant des jurons. Une balle l'atteignit
à l'épaule; il tomba la tête contre une pierre. Il eut
le temps de sentir la secousse, mais non la mort. Sa
monture délestée caracola dans les champs, où un
Espagnol la captura pour la mener ensuite à petits
pas vers le camp de César. Deux ou trois reîtres se
partagèrent les armes et les hardes du défunt. Il
avait dans la poche de sa casaque le manuscrit de
son *Blason du Corps Féminin;* ce recueil de petits
vers enjoués et tendres dont il attendait un peu de
gloire, ou du moins quelque succès auprès des

belles, finit au creux du fossé, enseveli avec lui sous quelques pelletées de terre. Une devise qu'il avait gravée tant bien que mal en l'honneur de la Signora Piccolomini resta longtemps visible sur la margelle de Fontebranda.

LES DERNIERS VOYAGES
DE ZÉNON

C'était une de ces époques où la raison humaine se trouve prise dans un cercle de flammes. Échappé d'Innsbruck, Zénon avait vécu quelque temps retiré à Wurzburg chez son disciple Bonifacius Kastel, qui pratiquait l'art hermétique dans une maisonnette au bord du Main dont le reflet glauque emplissait les vitres. Mais l'inaction et l'immobilité lui pesaient, et Bonifacius n'était assurément pas homme à courir longtemps des risques pour un ami en danger. Zénon passa en Thuringe, poussa ensuite jusqu'en Pologne, où il s'engagea en qualité de chirurgien dans les armées du roi Sigismond, qui se préparait avec l'aide des Suédois à chasser les Moscovites de Courlande. Au bout du deuxième hiver de campagne, la curiosité des plantes et des climats nouveaux le décida à s'embarquer pour la Suède à la suite d'un certain capitaine Guldenstarr qui le présenta à Gustave Vasa. Le Roi cherchait un homme de l'art capable de soulager les douleurs laissées dans son vieux corps par l'humidité des camps et le froid des nuits passées sur la glace aux temps aventureux de sa jeunesse, les effets des anciennes blessures et du mal français. Zénon se fit bien voir en composant une potion réconfortante pour le monarque las d'avoir fêté Noël avec sa jeune et troisième épouse, en son blanc château de Vadsténa. Tout l'hiver, accoudé à une haute fenêtre, entre le ciel froid et les plaines gelées du lac, il s'occupa à computer les positions des étoiles susceptibles d'apporter le bonheur ou le malheur à la maison des Vasa, aidé dans cette tâche par le jeune prince Erik qui avait pour ces sciences dangereuses une faim maladive. En vain, Zénon lui rappelait que les astres inclinent nos destinées, mais n'en décident pas, et qu'aussi fort, aussi mysté-rieux, réglant notre vie, obéissant à des lois plus compliquées que les nôtres, est cet astre rouge qui palpite dans la nuit du corps, suspendu dans sa cage d'os et de chair. Mais Erik était de ceux qui préfèrent recevoir leur destin du dehors, soit par orgueil, parce qu'il trouvait beau que le ciel lui-même s'occupât de son sort, soit par indolence, pour n'avoir à répondre ni du bien ni du mal qu'il portait en lui. Il croyait aux astres, comme, en dépit de la foi réformée qu'il avait reçue de son père, il priait les saints et les anges. Tenté d'exercer une influence sur une âme royale, le philosophe essayait çà et là l'effet d'une instruction, d'un conseil, mais les pensées d'autrui s'enlisaient comme dans un marécage dans le jeune cerveau qui dormait derrière ces pâles yeux gris. Quand le froid

devenait par trop extrême, l'élève et le philosophe
se rapprochaient de l'énorme feu captif sous la
hotte de la cheminée, et Zénon s'émerveillait
chaque fois que cette chaleur bienfaisante, ce
démon domestiqué qui chauffait docilement un pot
de bière placé dans les cendres, fût ce même dieu
enflammé qui circule au ciel. D'autres soirs, le
prince ne venait pas, occupé avec ses frères à boire
dans les tavernes en compagnie des filles de joie, et
le philosophe, si les pronostics cette nuit-là s'avéraient néfastes, les rectifiait alors avec un haussement d'épaules.

Quelques semaines avant la Saint-Jean d'été, il se
fit donner congé de remonter vers le Nord, pour
observer par soi-même les effets du jour polaire.
Tantôt à pied, tantôt empruntant l'aide d'un cheval
ou d'une barque, il erra de paroisse en paroisse,
s'expliquant grâce au truchement du pasteur chez
qui survivait encore l'usage du latin d'Église,
recueillant parfois des recettes efficaces auprès des
guérisseuses de village qui connaissent la vertu des
herbes et des mousses de la forêt, ou chez les
nomades qui soignent leurs malades par des bains,
des fumigations, et l'interprétation des songes.
Lorsqu'il rejoignit la cour à Upsal, où Sa Majesté
Suédoise ouvrait l'assemblée d'automne, il s'aperçut que la jalousie d'un confrère allemand l'avait
perdu dans l'esprit du Roi. Le vieux monarque
craignait que ses fils ne se servissent des computa-
tions de Zénon pour calculer trop exactement la
durée de la vie de leur père. Zénon comptait sur

l'appui de l'héritier du trône dont il s'était fait un
ami et presque un disciple, mais quand il rencontra
par hasard Erik dans les corridors du château, le
jeune prince passa sans le voir, comme si le
philosophe eût acquis subitement le pouvoir d'être
invisible. Zénon s'embarqua en secret sur un
bateau de pêche du lac Malar par le moyen duquel
il gagna Stockholm, et de là prit passage pour
Kalmar, puis vogua vers l'Allemagne.

Pour la première fois de sa vie, il éprouvait
l'étrange besoin de remettre les pieds dans la trace
de ses pas, comme si son existence se mouvait le
long d'une orbite préétablie, à la façon des étoiles
errantes. Lübeck, où il exerça avec succès, le retint
quelques mois à peine. L'envie lui était venue de
faire imprimer en France ses *Prothéories* dont il
s'était occupé de façon intermittente toute sa vie. Il
ne se souciait pas d'y exposer une doctrine quelconque, mais d'établir une nomenclature des opinions humaines, indiquant leurs raccrocs, leurs
emboîtures, et leurs secrètes tangentes ou latents
rapports. A Louvain, où il s'arrêta en route,
personne ne le reconnut sous le nom de Sébastien
Théus, dont il s'était affublé. Comme les atomes
d'un corps qui sans cesse se renouvelle, mais garde
jusqu'au bout les mêmes linéaments et les mêmes
verrues, les maîtres et les étudiants avaient plus
d'une fois changé, mais ce qu'il entendit en
s'aventurant dans une salle ne lui parut pas fort
différent de ce qu'il y avait jadis impatiemment, ou
au contraire ardemment, écouté. Il ne prit pas la

peine d'aller voir dans une tissuterie récemment
établie aux environs d'Audenarde des machines fort
semblables à celles qu'il avait dans sa jeunesse
construites avec Colas Gheel, et qui y fonction-
naient à la satisfaction des intéressés. Mais il écouta
avec curiosité la description détaillée que lui en fit
un algébriste de la Faculté. Ce professeur, qui par
exception ne dédaignait pas les problèmes pratiques, pria à dîner le savant étranger et le garda la
nuit sous son toit.

A Paris, Ruggieri, que Zénon avait autrefois
rencontré à Bologne, le reçut à bras ouverts ;
l'homme à tout faire de la reine Catherine se
cherchait un assistant sûr, assez compromis pour
qu'on eût barre sur lui en cas de danger, et qui
l'aiderait à médicamenter les jeunes princes et à
prédire leur avenir. L'Italien mena Zénon au
Louvre pour le présenter à sa maîtresse, avec
laquelle il parlait rapidement dans la langue de leur
pays, non sans force courbettes et force sourires. La
Reine examina l'étranger de ses yeux étincelants
dont elle jouait avec habileté, tout comme en
gesticulant elle se plaisait à allumer des feux dans
les diamants à ses doigts. Ses mains pommadées,
un peu bouffies, s'agitaient comme des marionnettes dans son giron de soie noire. Elle fit
descendre sur son visage l'équivalent d'un voile de
crêpe, pour parler du fatal accident qui avait causé
trois ans plus tôt la mort du défunt monarque :

— Que n'ai-je mieux entendu vos *Prognostications,* où j'ai vu naguère des calculs sur la longueur

de la vie communément accordée aux princes! Et nous aurions peut-être évité au feu Roi le fer de lance qui me fit veuve... Car je pense, ajouta-t-elle avec grâce, que vous n'êtes pas sans avoir part à cet ouvrage réputé dangereux pour les cervelles faibles, et qu'on met sur le compte d'un certain Zénon.

— Parlons comme si j'étais ce Zénon, dit l'alchimiste. *Speluncam exploravimus...* Votre Majesté sait comme moi que l'avenir est gros de plus d'occurrences qu'il n'en peut mettre au monde. Et il n'est point impossible d'en entendre bouger quelques-unes au fond de la matrice du temps. Mais l'événement seul décide laquelle de ces larves est viable et arrive à terme. Je n'ai jamais vendu au marché des catastrophes et des bonheurs accouchés d'avance.

— Dépréciiez-vous ainsi votre art auprès de Sa Majesté Suédoise?

— Je n'ai pas de raisons de mentir à la plus habile femme de France.

La Reine sourit.

— *Parla per divertimento,* protesta l'Italien inquiet de voir un compère ravaler leur science. *Questo honorato viatore ha studiato anche altro che cose celesti ; sa le virtudi di veleni e piante benefiche di altre parti che possano sanare gli accessi auricolari del Suo Santissimo Figlio.*

— Je puis sécher un abcès, mais non guérir le jeune Roi, dit laconiquement Zénon. J'ai vu de loin Sa Majesté dans la galerie à l'heure de l'audience : il ne faut pas grand art pour reconnaître la toux et

les suées d'un pulmonique. Le ciel vous a heureusement donné plus d'un fils.

— Dieu nous le conserve! dit la Reine avec un
machinal signe de croix. Ruggieri vous établira près
du Roi, et nous comptons sur vous pour soulager
au moins une partie de ses maux.

— Qui soulagera les miens? dit âprement le
philosophe. La Sorbonne menace de faire saisir
mes *Prothéories*, qu'imprime en ce moment un
libraire de la rue Saint-Jacques. La Reine peut-elle
empêcher que la fumée de mes écrits brûlés en
place publique ne vienne m'incommoder dans mon
galetas du Louvre?

— Ces Messieurs de la Sorbonne trouveraient
mauvais que je me mêlasse de leurs querelles, dit
evasivement l'Italienne.

Avant de le congédier, elle s'enquit longuement
de l'état du sang et des entrailles du roi de Suède.
Elle pensait parfois faire épouser à l'un de ses fils
une princesse du Nord.

Sitôt après la visite au petit Roi malade, les deux
hommes sortirent ensemble du Louvre et prirent
par les quais. L'Italien déversait tout en marchant
un flot d'anecdotes de cour. Zénon préoccupé
l'interrompit :

— Vous verrez à ce que ces emplâtres soient
appliqués cinq jours de suite à ce pauvre enfant.

— N'y retournerez-vous pas vous-même? dit le
charlatan avec surprise.

— Que non! Ne voyez-vous pas qu'elle ne lèvera pas le doigt pour me tirer du péril où mes productions m'ont mis? Je n'ambitionne pas l'honneur d'être appréhendé dans la suite des princes.

— *Peccato!* dit l'Italien. Votre rudesse avait su plaire.

Et tout à coup, s'arrêtant en pleine foule, prenant son compagnon par le coude et baissant la voix :

— *E questi veleni? Sarà vero che ne abbia tanto e quanto?*

— Ne me faites pas croire que la voix populaire a raison qui vous accuse d'expédier les ennemis de la Reine?

— On exagère, bouffonna Ruggieri. Mais pourquoi Sa Majesté n'aurait-elle pas son arsenal de poisons comme elle a ses arquebuses et ses bombardes? Songez qu'elle est veuve, étrangère en France, traitée de Jézabel par les luthériens, d'Hérodias par nos catholiques, et qu'elle a cinq petits enfants sur les bras.

— Dieu la garde! répondit l'athée. Mais s'il m'arrive jamais de me servir de poisons, ce sera pour mon bien, non celui de la Reine.

Il prit néanmoins logement chez Ruggieri, dont la faconde semblait le distraire. Depuis qu'Étienne Dolet, son premier libraire, avait été étranglé et jeté au feu pour opinions subversives, Zénon n'avait plus publié en France. Il surveillait lui-même avec d'autant plus de soin l'impression de son livre dans

la boutique de la rue Saint-Jacques, corrigeant çà et
là un mot, ou une notion derrière un mot,
éliminant une obscurité, ou parfois à regret en
ajoutant une au contraire. Un soir, à l'heure du
souper, qu'il prenait seul chez Ruggieri, tandis que
l'Italien s'affairait au Louvre, Maître Langelier, son
présent libraire, vint tout effaré lui apprendre que
décidément ordre était donné pour la saisie des
Prothéories et leur destruction par la main du
bourreau. Le marchand déplorait la perte de ses
denrées sur lesquelles l'encre séchait à peine. Une
épître dédicatoire à la Reine Mère pourrait peut-
être tout replâtrer à la dernière heure. Toute la
nuit, Zénon écrivit, ratura, écrivit de nouveau,
ratura encore. Au petit matin, il se leva de son
siège, s'étira, bâilla et jeta au feu ses feuillets et la
plume dont il s'était servi.

Il n'eut pas de mal à assembler quelques hardes
et sa trousse de médecin, le reste de son bagage
ayant été prudemment laissé à Senlis dans un
grenier d'auberge. Ruggieri ronflait à l'entresol
dans les bras d'une fille. Zénon glissa sous sa porte
un billet où il lui annonçait son départ pour le
Languedoc. En réalité, il avait pris le parti de
regagner Bruges et de s'y faire oublier.

Un objet apporté d'Italie pendait au mur de
l'étroite antichambre. C'était un miroir florentin au
cadre d'écaille, formé d'un assemblage d'une vingtaine de petits miroirs bombés, pareils aux cellules
hexagonales des ruches d'abeilles, chacun enfermé
à son tour dans sa mince bordure qui avait été

autrefois la carapace d'une bête vivante. A la lueur grise d'une aube parisienne, Zénon s'y regarda. Il y aperçut vingt figures tassées et rapetissées par les lois de l'optique, vingt images d'un homme en bonnet de fourrure, au teint hâve et jaune, aux yeux luisants qui étaient eux-mêmes des miroirs. Cet homme en fuite, enfermé dans un monde bien à soi, séparé de ses semblables qui fuyaient aussi dans des mondes parallèles, lui rappela l'hypothèse du Grec Démocrite, une série infinie d'univers identiques où vivent et meurent une série de philosophes prisonniers. Cette fantaisie le fit amèrement sourire. Les vingt petits personnages du miroir sourirent aussi, chacun pour soi. Il les vit ensuite détourner à demi la tête et se diriger vers la porte.

DEUXIÈME PARTIE

La Vie immobile

Obscurum per obscurius
Ignotum per ignotius
Devise alchimique.

Aller vers l'obscur et l'inconnu par
ce qui est plus obscur et inconnu encore.

LE RETOUR A BRUGES

A Senlis il trouva place dans la voiture du prieur
des Cordeliers de Bruges qui revenait de Parıs où il
avait assisté au chapitre général de son ordre. Ce
prieur était plus instruit que son habit n'eût porté à
le croire, curieux des gens et des choses, point
démuni d'une certaine connaissance du monde ; les
deux voyageurs causèrent librement tandis que les
chevaux peinaient contre le vent aigre des plaines
picardes. Zénon ne cacha guère à son compagnon
que son nom véritable et les poursuites dont son
livre était l'objet ; la finesse du prieur était telle
qu'on pouvait d'ailleurs se demander s'il n'en
devinait pas plus sur le docteur Sébastien Théus
qu'il n'eût trouvé courtois de le laisser voir. La
traversée de Tournai fut ralentie par la présence
d'une foule encombrant les rues ; renseignements
pris, il se trouva que ces gens se rendaient sur la
grand-place pour voir pendre un certain tailleur
nommé Adrian convaincu de calvinisme. Sa femme

était également coupable, mais comme il est
indécent qu'une créature du sexe se balance en
plein ciel, les jupes ballottantes sur la tête des
passants, on allait selon l'ancien usage l'enterrer
vivante. Cette brutale sottise fit horreur à Zénon,
qui d'ailleurs endigua son dégoût derrière un visage
impassible, ayant pris pour règle de ne jamais
donner son sentiment dans tout ce qui touchait aux
querelles entre le Missel et la Bible. Tout en
détestant convenablement l'hérésie, le prieur trouva
le châtiment un peu rude, et cette prudente
remarque fit ressentir à Zénon à l'égard de son
compagnon de voyage cet élan presque excessif de
sympathie que cause la moindre opinion modérée
exprimée par un homme dont la position ou la robe
ne permettait pas d'en espérer autant.

La voiture roulait de nouveau en pleine campagne, et le prieur parlait d'autre chose, que Zénon
croyait encore étouffer sous le poids de pelletées de
terre. Il se rappela soudain qu'un quart d'heure
avait passé, et que cette créature dont il souffrait
les angoisses avait déjà elle-même cessé de les
éprouver.

On longeait les grilles et les balustrades assez
négligées du domaine de Dranoutre; le prieur
mentionna en passant Philibert Ligre, qui, à l'en
croire, faisait à Bruxelles la pluie et le beau temps
au Conseil de la nouvelle Régente, ou Gouvernante,
qui commandait aux Pays-Bas. Il y avait longtemps
que l'opulente famille Ligre n'habitait plus Bruges;
Philibert et sa femme vivaient presque continuelle-

ment dans leur domaine de Pradelles en Brabant, où ils étaient plus à même de faire les valets auprès des maîtres étrangers. Ce mépris de patriote pour l'Espagnol et sa séquelle fit dresser l'oreille à Zénon. Un peu plus loin, des gardes-wallonnes coiffés de fer et culottés de cuir réclamèrent arrogamment les sauf-conduits des voyageurs. Le prieur les leur fit passer avec un dédain glacé. Il y avait décidément quelque chose de changé en Flandre. Sur la Grand-Place de Bruges, les deux hommes enfin se séparèrent avec des civilités et des offres de service réciproques pour l'avenir. Le prieur se fit conduire dans son coche de louage jusqu'à son couvent, et Zénon, content de se dégourdir après la longue immobilité du voyage, prit sous son bras ses paquets. Il s'étonna de se retrouver sans difficulté dans les rues de cette ville, qu'il n'avait pas revue depuis plus de trente ans.

Il avait prévenu de son arrivée Jean Myers, son ancien maître et compère, qui lui avait plusieurs fois proposé de venir partager avec lui sa bonne maison du Vieux-Quai-au-Bois. Une servante tenant une lanterne reçut le visiteur sur le seuil. En s'engouffrant dans l'embrasure de la porte, Zénon frôla rudement cette grande femme maussade qui ne s'effaçait pas pour lui livrer passage.

Jean Myers était assis dans son fauteuil, ses jambes goutteuses étendues à une distance convenable du feu. Le maître de maison et le visiteur réprimèrent habilement, chacun de son côté, un mouvement de surprise : le sec Jean Myers s'était

changé en un petit vieillard replet, dont les yeux
vifs et le sourire narquois se perdaient dans des plis
de chair rose ; l'éclatant Zénon d'autrefois était un
homme hagard au poil gris. Quarante ans de
pratique avaient permis au médecin brugeois
d'amasser ce qu'il faut pour vivre à l'aise ; sa table
et sa cave étaient bonnes, trop bonnes même pour
le régime d'un podagre. Sa servante Catherine,
qu'il avait quelque peu lutinée naguère, était fort
bornée, mais diligente, fidèle, point bavarde, et
n'installait pas dans sa cuisine des galants amateurs
de fins morceaux et de vieilles bouteilles. Jean
Myers lâcha à table quelques-unes de ses plaisanteries favorites sur le clergé et les dogmes ; Zénon se
souvenait de les avoir jadis trouvées divertissantes ;
elles lui parurent maintenant assez plates ; toutefois,
repensant au tailleur Adrian à Tournai, à Dolet à
Lyon et à Servet à Genève, il se dit à part soi qu'en
un temps où la foi portait à la fureur, le scepticisme
au gros sel du bonhomme avait bien son prix ; pour
lui, plus avancé dans la voie qui consiste à tout nier,
pour voir si l'on peut ensuite réaffirmer quelque
chose, à tout défaire, pour regarder ensuite tout se
refaire sur un autre plan ou à une autre guise, il ne
se sentait plus capable de ces risées faciles. Des
superstitions se mélangeaient bizarrement chez
Jean Myers à ce pyrrhonisme de chirurgien-
barbier. Il se piquait de curiosités hermétiques,
bien que ses travaux en la matière fussent des jeux
d'enfant ; Zénon eut grand-peine à éviter de se
laisser entraîner dans des explications sur la triade

ineffable ou le Mercure lunaire, qui lui paraissaient un peu longues pour ce soir d'arrivée. En médecine, le vieux Jean était friand de nouveautés, tout en ayant par prudence pratiqué selon les méthodes reçues ; il espérait de Zénon un spécifique pour sa goutte. Quant aux écrits suspects de son visiteur, le vieillard ne craignait pas, si l'identité véritable du docteur Sébastien Théus venait à se découvrir, que le bruit fait autour d'eux gênât beaucoup leur auteur à Bruges. Dans cette ville préoccupée de querelles de murs mitoyens, souffrant de son port ensablé comme un malade de sa gravelle, personne n'avait pris la peine de feuilleter ses livres.

Zénon s'étendit sur le lit qu'on avait garni pour lui de draps dans la pièce d'en haut. La nuit d'octobre était froide. Catherine entra avec une brique chauffée dans l'âtre et enveloppée de chiffons de laine. Agenouillée dans la ruelle, elle introduisit le brûlant paquet sous les couvertures, toucha les pieds du voyageur, puis ses chevilles, les massa longuement, et soudain, sans une parole, couvrit ce corps nu de caresses avides. A la lueur du lumignon posé sur un coffre, le visage de cette femme était sans âge, pas très différent de celui de la servante qui, près de quarante ans plus tôt, lui avait enseigné à faire l'amour. Il ne l'empêcha pas de s'étendre lourdement à son côté sous la courtepointe. Cette grande créature était comme la bière et le pain dont on prend sa part avec indifférence, sans dégoût et sans délices. Quand il se réveilla, elle vaquait déjà en bas à son travail de servante.

Elle ne leva pas les yeux sur lui au cours de la
journée mais le servait abondamment aux repas
avec une sorte de sollicitude grossière. Il verrouilla
sa porte la nuit venue, et entendit les lourds pas de
la servante s'éloigner après qu'elle eut sans bruit
essayé le loquet. Elle ne se comporta pas le
lendemain envers lui différemment de la veille; il
semblait qu'elle l'eût une fois pour toutes installé
parmi les objets qui peuplaient son existence,
comme les meubles et les ustensiles de la maison
du médecin. Par mégarde, plus d'une semaine plus
tard, il oublia de verrouiller sa porte : elle entra
avec un sourire niais, troussant haut ses jupons
pour faire valoir ses pesants appas. Le grotesque de
cette tentation eut raison de ses sens. Jamais il
n'avait éprouvé ainsi la puissance brute de la chair
elle-même, indépendamment de la personne, du
visage, des linéaments du corps, et même de ses
propres préférences charnelles. Cette femme qui
haletait sur son oreiller était une Lémure, une
Lamie, une de ces femelles de cauchemar qu'on
voit sur les chapiteaux d'église, à peine apte,
semblait-il, à se servir du langage humain. En plein
plaisir, pourtant, une kyrielle de mots obscènes,
qu'il n'avait plus eu l'occasion d'entendre ni
d'employer en flamand depuis l'âge de l'école,
s'échappaient comme des bulles d'air de cette
bouche épaisse; il la bâillonnait alors d'un revers de
main. Le matin suivant, la répulsion prit le dessus;
il s'en voulait de s'être commis avec cette créature
comme on s'en veut d'avoir consenti à coucher

dans un douteux lit d'auberge. Il n'oublia plus de s'enfermer chaque soir.

Il n'avait compté rester chez Jean Myers que le temps nécessaire pour laisser passer l'orage amassé par la saisie et la destruction de son livre. Mais il lui semblait parfois qu'il demeurerait à Bruges jusqu'à la fin de ses jours, soit que cette ville fût une trappe creusée pour lui au bout de ses voyages, soit qu'une sorte d'inertie l'empêchât de repartir. L'impotent Jean Myers lui confia les quelques patients qu'il traitait encore ; cette mince clientèle n'était pas de nature à allumer l'envie d'autres médecins de la ville, comme ç'avait été le cas à Bâle où Zénon avait mis le comble à l'irritation de ses confrères en professant publiquement son art devant un cercle choisi d'étudiants. Cette fois, ses rapports avec ses collègues se bornaient à de rares consultations durant lesquelles le sieur Théus déférait poliment à l'avis des plus âgés ou des plus notoires, ou encore à de brefs propos qui ne touchaient qu'au vent ou à la pluie, ou à quelque incident local. Les entretiens avec les malades tournaient bien entendu sur les malades eux-mêmes. Nombre de ceux-ci n'avaient jamais entendu parler d'un Zénon ; il n'était pour d'autres qu'un vague on-dit parmi les bruits de leur passé. Le philosophe qui avait naguère consacré un opuscule à la substance et aux propriétés du temps put constater que son sable enlisait vite la mémoire des hommes. Ces trente-cinq ans auraient pu être un demi-siècle. D'usages ou de règlements qui

avaient été neufs et débattus au temps de ses écoles,
on disait aujourd'hui qu'ils avaient toujours existé.
De faits qui alors avaient secoué le monde, il n'était
plus question. Des morts d'il y avait vingt ans
étaient déjà confondus avec ceux d'une génération
precedente. L'opulence du vieux Ligre avait laissé
quelques souvenirs ; on disputait pourtant s'il avait
eu un ou deux fils. Il y avait aussi un neveu, ou un
bâtard d'Henri-Juste, qui avait mal tourné. Le pere
du banquier passait pour avoir été Trésorier des
Flandres, comme son fils, ou rapporteur au Conseil
de la Régente, comme le Philibert d'aujourd'hui.
De la maison Ligre, inoccupée depuis longtemps,
le rez-de-chaussee était loue à des artisans ; Zénon
revisita la fabrique qui était naguère le domaine de
Colas Gheel ; une corderie l'occupait. Personne
parmi les artisans ne se souvenait plus de cet
homme vite assoté par les chopes, mais qui avant
les mutineries d'Oudenove et la pendaison de son
mignon avait ete à sa façon un meneur et un
prince. Le chanoine Bartholommé Campanus
vivait encore, mais sortait peu, étant accablé par les
infirmités qui viennent avec l'âge, et, par bonheur,
Jean Myers n'avait jamais été appelé à le soigner.
Zénon toutefois évitait prudemment l'église de
Saint-Donatien, où son ancien maître assistait
encore aux offices dans une stalle du chœur.

Par prudence aussi, il avait renfermé dans une
cassette de Jean Myers son diplôme de Montpellier, qui portait son vrai nom, et ne gardait par-
devers soi qu'un parchemin acheté jadis à tout

hasard à la veuve d'un médicastre allemand
nommé Gott, qu'il avait aussitôt, pour mieux
brouiller les cartes, gréco-latinisé en Théus. Avec
l'aide de Jean Myers, il s'était inventé autour de cet
inconnu une de ces biographies confuses et banales
qui ressemblent à ces demeures dont le principal
mérite est qu'on peut y entrer ou en sortir par
plusieurs issues. Il y ajoutait, pour la vraisem-
blance, des incidents de sa propre vie soigneusement choisis de manière à n'étonner ou à n'intéres-
ser personne, et dont l'investigation, si elle avait
lieu, ne mènerait pas loin. Le docteur Sébastien
Théus était né à Zutphen dans l'évêché d'Utrecht,
fils naturel d'une femme du pays et d'un médecin
bressan attaché à la maison de Madame Marguerite
d'Autriche. Élevé à Clèves aux frais d'un protecteur
qui se voulait anonyme, il avait d'abord pensé
entrer dans cette ville dans un couvent d'Augustins,
mais le goût de la profession paternelle l'avait
emporté ; il avait étudié à l'Université d'Ingolstadt,
puis à Strasbourg, et avait exercé quelque temps
dans cette dernière ville. Un ambassadeur de
Savoie l'avait emmené à Paris et à Lyon, de sorte
qu'il avait quelque peu vu la France et la cour.
Rentré en terre d'Empire, il s'était proposé de
retourner s'installer à Zutphen, où sa bonne mère
vivait encore, mais, bien qu'il n'en dît rien, il avait
sans doute eu à souffrir de gens de la religion
prétendue réformée, qui maintenant abondaient là.
C'est alors qu'il avait accepté pour vivre ce poste de
substitut que lui proposait Jean Myers, qui avait

autrefois connu son père à Malines. Il convenait
aussi avoir été chirurgien dans les armées du
catholique roi de Pologne, mais antidatait cet
engagement de dix bonnes années. Enfin, il était
veuf d'une fille de médecin de Strasbourg. Ces
fables, auxquelles il ne recourait d'ailleurs qu'en cas
de questions indiscrètes, amusaient fort le vieux
Jean. Mais le philosophe sentait parfois lui coller au
visage le masque insignifiant du docteur Théus.
Cette vie imaginaire aurait aussi bien pu être la
sienne. Quelqu'un un jour lui demanda s'il n'avait
pas rencontré un certain Zénon au cours de ses
voyages. Ce fut presque sans mentir qu'il répondit
non.

Peu à peu, du gris de ces journées monotones
saillaient des reliefs ou se détachaient des points de
repère. Chaque soir, au souper, Jean Myers entrait
par le menu dans l'histoire des intérieurs que
Zénon avait visités ce matin-là, narrait une anecdote comique ou tragique en elle-même banale,
mais qui montrait dans cette ville ensommeillée
autant de brigues qu'au Grand Sérail, autant de
débauches que dans un bourdeau de Venise. Des
tempéraments, des caractères émergeaient de ces
vies tout unies de rentiers ou de marguilliers
d'église; des groupes s'établissaient, formés comme
partout par le même appétit pour le lucre ou
l'intrigue, la même dévotion au même saint, les
mêmes maux ou les mêmes vices. Les soupçons
des pères, les frasques des enfants, les aigreurs
entre vieux époux n'étaient pas différents de ce

qu'on voyait dans la famille Vasa ou en Italie chez
les princes, mais la petitesse des enjeux donnait par
contraste aux passions une carrure énorme. Ces
vies liées faisaient sentir au philosophe le prix d'une
existence sans attaches. Il en était des opinions
comme des êtres : elles rentraient bientôt dans une
catégorie établie d'avance. On devinait ceux qui
allaient attribuer tous les maux du siècle aux
libertins ou aux réformés, et pour qui Madame la
Gouvernante avait toujours raison. Il aurait pu
terminer pour eux leurs propos, inventer à leur
place le mensonge au sujet du mal italien contracté
dans leur jeunesse, la dérobade ou le petit sursaut
offensé quand il réclamait de la part de Jean Myers
des honoraires oubliés. Il pariait à coup sûr, sans se
tromper jamais, ce qui sortirait du gaufrier.

Le seul lieu de la ville où lui parût brûler une
pensée libre était paradoxalement la cellule du
prieur des Cordeliers. Il avait continué à fréquenter
celui-ci à titre d'ami, et bientôt de médecin. Ces
visites étaient rares, ni l'un ni l'autre n'ayant
beaucoup de temps à leur donner. Zénon choisit le
prieur pour confesseur, quand il lui parut nécessaire d'en avoir un. Ce religieux était chiche
d'homélies dévotes. Son français exquis reposait
l'oreille de la bouillie flamande. La conversation
touchait à tout, sauf aux matières de la foi, mais
c'était surtout à la chose publique que s'intéressait
cet homme d'oraison. Fort lié avec quelques
seigneurs qui s'efforçaient de lutter contre la
tyrannie de l'étranger, il les approuvait, tout en

redoutant pour la nation belgique un bain de sang.
Quand Zénon lui rapportait ces pronostics, le vieux
Jean haussait les épaules : on avait toujours vu les
petits se faire tondre et les puissants s'emparer de
la laine. Il était pourtant fâcheux que l'Espagnol
parlât d'établir de nouveaux impôts sur les victuailles, et pour un chacun une taxe d'un pour cent.

Sébastien Théus regagnait tard le logis du Vieux-
Quai-au-Bois, préférant au parloir surchauffé l'air
humide des rues et les longues marches hors des
murs au bord des champs gris. Un certain soir,
rentrant à l'époque où la nuit tombe de bonne
heure, il vit en traversant l'antichambre Catherine
occupée à inspecter des draps dans le bahut placé
sous l'escalier. Elle ne s'interrompit pas pour
l'éclairer, comme elle le faisait d'ordinaire, profi-
tant chaque fois du même tournant du corridor
pour frôler furtivement le pan de son manteau.
Dans la cuisine, l'âtre était éteint. Zénon tâtonna
pour allumer une chandelle. Le corps tiède encore
du vieux Jean Myers était proprement étendu sur
la table de la salle voisine. Catherine entra avec le
drap choisi pour l'ensevelir.

— Le maître est mort d'un coup de sang, dit-
elle.

Elle ressemblait à ces laveuses de morts voilées
de noir qu'il avait vues opérer dans les demeures de
Constantinople, du temps qu'il servait le Sultan.

La fin du vieux médecin le surprenait peu. Jean Myers lui-même s'était attendu à ce que sa goutte remontât au cœur. Quelques semaines plus tôt, il avait fait devant le notaire de la paroisse un testament enrobé des pieuses formules habituelles qui laissait son bien à Sébastien Théus, et à Catherine une chambre sous les combles de la maison jusqu'à la fin de ses jours. Le philosophe regarda de plus près le visage convulsé et gonflé du mort. Une odeur suspecte, une tache brune au coin de la lèvre éveillèrent ses soupçons ; il monta dans sa chambre et fouilla son coffre. Le contenu d'une mince fiole de verre avait diminué d'un doigt. Zénon se souvint d'avoir un soir montré au vieil homme cette mixture de venins et de poisons végétaux qu'il s'était procurée dans une officine de Venise. Un faible bruit lui fit tourner la tête ; Catherine l'observait, debout sur le pas de la porte, comme elle l'avait sans doute épié à travers le vantail de sa cuisine, quand il avait fait voir à son maître ces quelques objets rapportés de ses voyages. Il lui saisit le bras ; elle tomba sur les genoux en déversant un torrent confus de paroles et de pleurs :

— *Voor u heb ik het gedaan!* J'ai fait cela pour vous, répétait-elle entre deux hoquets.

Il l'écarta brutalement et redescendit veiller le mort. A sa façon, le vieux Jean avait savamment dégusté la vie ; ses maux n'étaient pas si violents qu'il n'eût pu jouir encore pendant quelques mois de sa douillette existence : un an peut-être, ou deux

ans à tout mettre au mieux. Ce sot crime le
frustrait sans raison du modeste plaisir d'être au
monde. Ce vieillard ne lui avait jamais voulu que
du bien : Zénon se sentait pris pour lui d'une
amère et atroce pitié. Il éprouvait envers l'empoi-
sonneuse une vaine rage que le mort n'eût pas sans
doute à ce degré ressentie lui-même. Jean Myers
avait toujours employé son ingéniosité, qui n'était
pas petite, à tourner en dérision les inepties de ce
monde; cette servante débauchée se hâtant d'enrichir un homme qui ne se souciait pas d'elle lui eût
fourni matière à un bon conte, s'il avait vécu. Tel
qu'il était, couché tranquillement sur cette table, il
semblait à cent lieues de sa propre mésaventure; du
moins l'ancien chirurgien-barbier s'était-il toujours
moqué de ceux qui s'imaginent qu'on pense ou
qu'on souffre encore, quand on ne marche ni ne
digère plus.

On enterra le vieil homme dans sa paroisse de
Saint-Jacques. Au retour des obsèques, Zénon
s'aperçut que Catherine avait transporté dans la
chambre du maître ses hardes et sa trousse de
médecin; elle y avait fait du feu et soigneusement
apprêté le grand lit. Il rapporta sans rien dire ses
effets dans le réduit qu'il occupait depuis son
arrivée. Sitôt entré en possession de son bien, il
s'en dépouilla par acte notarié en faveur de l'ancien
hospice de Saint-Cosme, situé rue Longue, et qui
attenait au couvent des Cordeliers. Dans cette ville

où n'abondaient plus les grandes fortunes d'autrefois, les donations pieuses se faisaient rares; la
générosité du sieur Théus fut admirée, comme il
l'escomptait. La maison de Jean Myers serait
dorénavant un asile de vieillards infirmes; Catherine y logerait en qualité de servante. L'argent
comptant serait employé à réparer une partie des
bâtiments du vétuste hospice de Saint-Cosme;
dans les salles encore habitables, le prieur des
Cordeliers, dont dépendait cette institution, chargeait Zénon d'établir un dispensaire pour les
pauvres du quartier et les paysans affluant en ville
les jours de marché. Deux moines furent délégués
pour le seconder dans l'officine. Ce poste était de
nouveau trop peu glorieux pour attirer sur le
docteur Théus la jalousie de ses confrères; pour le
moment, la niche était sûre. La vieille mule de Jean
Myers fut installée dans l'écurie de Saint-Cosme, et
le jardinier du couvent chargé de la soigner. On
dressa un lit pour Zénon dans une pièce à l'étage,
où il transporta une partie des livres de l'ancien
chirurgien-barbier; ses repas lui étaient apportés du
réfectoire.

L'hiver se passa à ce changement de quartier et à
ces aménagements; Zénon persuada le prieur de lui
laisser établir une étuve à la mode allemande, et lui
remit quelques notes sur le traitement des rhumatiques et des vérolés par la vapeur chaude. Ses
connaissances mécaniques le servirent pour l'établissement des conduites et l'économique agence-
ment d'un poêle. Rue aux Laines, un forgeron

s'était installé dans les anciennes écuries des Ligre ;
Zénon s'y rendait sur le soir, et limait, rivait,
soudait, martelait, en perpétuelle consultation avec
le maître-ferrant et ses aides. Les garçons du
quartier, réunis là pour passer le temps, s'émerveillaient de l'habileté de ses maigres mains.

C'est durant cette période sans incidents qu'il fut
reconnu pour la première fois. Il se trouvait seul à
l'officine, comme toujours après le départ des deux
moines ; c'était jour de marché, et le défilé habituel
des pauvres avait duré depuis l'heure de none.
Quelqu'un encore frappa à la porte ; c'était une
vieille femme qui venait chaque samedi vendre son
beurre en ville, et qui désirait du médecin un
remède pour sa sciatique. Zénon chercha sur
l'étagère un pot de grès plein d'un révulsif puissant.
Il s'approcha d'elle pour lui en expliquer l'emploi.
Soudain, il vit dans ses yeux bleus délavés une
expression d'étonnement joyeux qui la lui fit
reconnaître à son tour. Cette femme avait travaillé
dans les cuisines de la maison Ligre, à l'époque où
il était encore tout enfant. Greete (il se rappela
subitement son nom) était mariée au valet qui
l'avait ramené au logis après sa première fugue. Il
se souvenait qu'elle l'avait traité avec bonté quand
il se faufilait au milieu de ses marmites et de ses
écuelles ; elle l'avait laissé prendre sur la table le
pain chaud et la pâte crue prête à être enfournée.
Elle allait s'exclamer, quand il posa son doigt sur
ses lèvres. La vieille Greete avait un fils voiturier
qui avait fait à l'occasion la contrebande avec la

France; son pauvre vieux, maintenant à peu près
paralytique, avait eu maille à partir avec le seigneur
de l'endroit pour quelques sacs de pommes volées
dans le verger adjacent à leur ferme. Elle savait
qu'il est parfois opportun de se cacher, même
quand on est un riche et un noble, espèces
humaines dans lesquelles elle plaçait encore Zénon.
Elle se tut, mais en se retirant, lui baisa la main.

Cet incident aurait dû l'inquiéter, en lui prou-
vant qu'il risquait chaque jour d'autres reconnais-
sances du même genre; il en éprouva au contraire
un plaisir qui l'étonna lui-même. A coup sûr, il se
disait qu'il y avait là, près des murs de la ville, du
côté de Saint-Pierre-de-la-Digue, une petite ferme
où l'on pourrait passer la nuit en cas de danger, et
un voiturier dont le cheval et la carriole pourraient
être utiles. Mais ce n'étaient là que des prétextes
qu'il se donnait à soi-même. Cet enfant auquel il ne
pensait plus, cet être puéril qu'il était à la fois
raisonnable, et en un sens absurde, d'assimiler au
Zénon d'aujourd'hui, quelqu'un s'en souvenait
assez pour l'avoir reconnu en lui, et le sentiment de
sa propre existence en était comme fortifié. Entre
lui et une créature humaine, un lien, si mince qu'il
fût, s'était formé, qui ne passait pas par l'esprit,
comme dans ses rapports avec le prieur, ni, comme
c'était le cas dans les rares connexions sensuelles
qu'il se permît encore, par la chair. Greete revint
presque chaque semaine pour faire soigner ses
misères de vieille femme; mais elle ne manquait
guère d'apporter un présent, du beurre dans une

feuille de chou, une part de galette fabriquée par elle, du sucre candi, ou une poignée de châtaignes. Elle le regardait de ses vieux yeux rieurs tandis qu'il mangeait. Il y avait entre eux l'intimité d'un secret bien gardé.

L'ABÎME

Peu à peu, comme un homme qui absorbe chaque jour une certaine nourriture finit par en être modifié dans sa substance, et même dans sa forme, engraisse ou maigrit, tire de ces mets une force, ou contracte en les ingérant des maux qu'il ne connaissait pas, des changements presque imperceptibles se faisaient en lui, fruit d'habitudes nouvelles qu'il s'était acquises. Mais la différence entre hier et aujourd'hui s'annulait dès qu'il y portait le regard : il exerçait la médecine, comme il l'avait toujours fait, et il n'importait guère que ce fût sur des loqueteux ou sur des princes. Sébastien Théus était un nom de fantaisie, mais ses droits à celui de Zénon n'étaient pas des plus clairs. *Non habet nomen proprium :* il était de ces hommes qui ne cessent pas jusqu'au bout de s'étonner d'avoir un nom, comme on s'étonne en passant devant un miroir d'avoir un visage, et que ce soit précisément ce visage-là. Son existence était clandestine et soumise à certaines contraintes : elle l'avait toujours été. Il taisait les pensées qui pour lui comptaient le plus, mais il savait de longue date que celui qui s'expose par ses propos n'est qu'un sot, quand il est si facile de laisser les autres se servir de leur gosier et de leur langue pour former des sons. Ses rares accès de paroles n'avaient jamais été que l'équivalent des débauches d'un homme chaste. Il vivait à peu près claquemuré dans son hospice de Saint-Cosme, prisonnier d'une ville, et dans cette ville d'un quartier, et dans ce quartier d'une demi-douzaine de chambres donnant d'un côté sur le jardin potager et les dépendances d'un couvent, et de l'autre sur un mur nu. Ses pérégrinations, assez peu fréquentes, à la recherche de spécimens botaniques, passaient et repassaient par les mêmes champs labourés et les mêmes chemins de halage, les mêmes boqueteaux et la lisière des mêmes dunes, et il souriait, non sans amertume, de ces allées et venues d'insecte qui circule incompréhensiblement sur un empan de terre. Mais ce rétrécissement du lieu, ces répétitions quasi mécaniques des mêmes gestes se produisaient chaque fois qu'on harnachait les facultés en vue de l'accomplissement d'une seule tâche délimitée et utile. Sa vie sédentaire l'accablait comme une sentence d'incarcération qu'il eût par prudence prononcée sur soi-même, mais la sentence restait révocable : bien des fois déjà, et sous d'autres ciels, il s'était installé ainsi, momentanément ou, croyait-il, pour toujours, en homme qui a partout et n'a nulle part droit de cité. Rien ne prouverait qu'il ne repren-

drait pas demain l'existence errante qui avait été
son lot et son choix. Et pourtant, son destin
bougeait : un glissement s'opérait à l'insu de lui-
même. Comme un homme nageant à contre-
courant et par une nuit noire, les repères lui
manquaient pour calculer exactement la dérive.

Naguère encore, en retrouvant son chemin dans le
lacis des venelles de Bruges, il avait cru que cette
halte à l'écart des grandes routes de l'ambition et du
savoir lui procurerait quelque repos après les agitations de trente-cinq ans. Il comptait éprouver l'inquiète sécurité d'un animal rassuré par l'étroitesse et
l'obscurité du gîte où il a choisi de vivre. Il s'était
trompé. Cette existence immobile bouillonnait sur
place ; le sentiment d'une activité presque terrible
grondait comme une rivière souterraine. L'angoisse
qui l'étreignait était autre que celle d'un philosophe
persécuté pour ses livres. Le temps, qu'il avait
imaginé devoir peser entre ses mains comme un
lingot de plomb, fuyait et se subdivisait comme les
grains du mercure. Les heures, les jours, et les
mois, avaient cessé de s'accorder aux signes des
horloges, et même au mouvement des astres. Il lui
semblait parfois être resté toute sa vie à Bruges, et
parfois y être rentré de la veille. Les lieux aussi
bougeaient : les distances s'abolissaient comme les
jours. Ce boucher, ce crieur de denrées auraient
aussi bien pu être à Avignon ou à Vadsténa ; ce
cheval fouetté, il l'avait vu s'abattre dans les rues
d'Andrinople ; cet ivrogne avait commencé à Montpellier son juron ou son jet de vomissure ; cet

enfant qui vagissait dans les bras d'une nourrice était né à Bologne il y avait vingt-cinq ans; cette messe du dimanche, à laquelle il ne manquait jamais d'assister, il en avait entendu l'*Introït* dans une église de Cracovie cinq hivers plus tôt. Il pensait peu aux incidents de sa vie passée, déjà dissous comme des songes. Parfois, sans raison apparente, il revoyait cette femme grosse qu'il avait consenti à faire avorter, en dépit du serment hippocratique, pour lui épargner une mort ignominieuse au retour d'un mari jaloux, dans un bourg du Languedoc, ou encore la grimace de Sa Majesté Suédoise avalant une potion, ou son valet Aleï aidant leur mule à passer le gué d'une rivière, entre Ulm et Constance, ou le cousin Henri-Maximilien, qui peut-être était mort. Un chemin creux, où des flaques ne séchaient pas, même en plein été, lui rappela un certain Perrotin qui l'avait guetté sous la pluie, au bord d'une route solitaire, au lendemain d'une querelle dont les motifs n'apparaissaient plus. Il recréait deux corps agrippés dans la boue, une lame brillante tombée à terre, et Perrotin dagué par son propre couteau lâchant prise, devenu lui-même boue et terre. Cette vieille histoire n'importait plus, et n'eût pas importé davantage si ce cadavre mou et chaud avait été celui d'un clerc de vingt ans. Ce Zénon qui marchait d'un pas précipité sur le pavé gras de Bruges sentait passer à travers lui, comme à travers ses vêtements usés le vent venu du large, le flot des milliers d'êtres qui s'étaient déjà tenus sur ce point de la sphère, ou y viendraient jusqu'à cette catastrophe que nous appelons la fin du monde; ces fantômes traversaient sans le voir le corps de cet homme qui de leur vivant n'était pas encore, ou lorsqu'ils seraient n'existerait plus. Les quidams rencontrés l'instant plus tôt dans la rue, perçus d'un coup d'œil, puis rejetés aussitôt dans la masse informe de ce qui est passé, grossissaient incessamment cette bande de larves. Le temps, le lieu, la substance perdaient ces attributs qui sont pour nous leurs frontières; la forme n'était plus que l'écorce déchiquetée de la substance; la substance s'égouttait dans un vide qui n'était pas son contraire; le temps et l'éternité n'étaient qu'une même chose, comme une eau noire qui coule dans une immuable nappe d'eau noire. Zénon s'abîmait dans ces visions comme un chrétien dans une méditation sur Dieu.

Les idées glissaient elles aussi. L'acte de penser l'intéressait maintenant plus que les douteux produits de la pensée elle-même. Il s'examinait pensant, comme il eût pu compter du doigt à son poignet les pulsations de l'artère radiale, ou sous ses côtes le va-et-vient de son souffle. Toute sa vie, il s'était ébahi de cette faculté qu'ont les idées de s'agglomérer froidement comme des cristaux en d'étranges figures vaines, de croître comme des tumeurs dévorant la chair qui les a conçues, ou encore d'assumer monstrueusement certains linéaments de la personne humaine, comme ces masses inertes dont accouchent certaines femmes, et qui ne sont en somme que de la matière qui rêve. Bon nombre des produits de l'esprit n'étaient eux aussi que de difformes veaux-de-lune. D'autres notions, plus propres et plus nettes, forgées comme par un maître ouvrier, étaient de ces objets qui font illusion à distance ; on ne se lassait pas d'admirer leurs angles et leurs parallèles ; elles n'étaient néanmoins que les barreaux dans lesquels l'entendement s'enferme lui-même, et la rouille du faux mangeait déjà ces abstraites ferrailles. Par instants, on tremblait comme sur le bord d'une transmutation : un peu d'or semblait naître dans le creuset de la cervelle humaine ; on n'aboutissait pourtant qu'à une équivalence ; comme dans ces expériences malhonnêtes par lesquelles les alchimistes de cour s'efforcent de prouver à leurs clients princiers qu'ils ont trouvé quelque chose, l'or au fond de la cornue n'était que celui d'un banal ducat ayant passé par toutes les mains, et qu'avant la cuisson le souffleur y avait mis. Les notions mouraient comme les hommes : il avait vu au cours d'un demi-siècle plusieurs générations d'idées tomber en poussière.

Une métaphore plus fluide s'insinuait en lui, produit de ses anciennes traversées marines. Le philosophe qui tentait de considérer dans son ensemble l'entendement humain voyait sous lui une masse soumise à des courbes calculables, striée de courants dont on eût pu dresser la carte, creusée de plis profonds par les poussées de l'air et la pesante inertie des eaux. Il en allait des figures assumées par l'esprit comme de ces grandes formes nées de l'eau indifférenciée qui s'assaillent ou se

relaient à la surface du gouffre; chaque concept
s'affaissait finalement dans son propre contraire,
comme deux houles qui se heurtent s'annihilent en
une seule et même écume blanche. Zénon regardait
fuir ce flot désordonné, emportant comme des
épaves le peu de vérités sensibles dont nous nous
croyons sûrs. Parfois, il lui semblait entrevoir sous
le flux une substance immobile, qui serait aux idées
ce que les idées sont aux mots. Mais rien ne
prouvait que ce substratum fût la dernière couche,
ni que cette fixité ne cachât point un mouvement
trop rapide pour l'intellect humain. Depuis qu'il
avait renoncé à confier de vive voix sa pensée ou à
la consigner par écrit sur l'étal des libraires, ce
sevrage l'avait induit à descendre plus profondément que jamais à la recherche de purs concepts.
Maintenant, en faveur d'un examen plus poussé, il
renonçait temporairement aux concepts eux-
mêmes; il retenait son esprit, comme on retient son
souffle, pour mieux entendre ce bruit de roues
tournant si vite qu'on ne s'aperçoit pas qu'elles
tournent.

Du monde des idées, il rentrait dans le monde
plus opaque de la substance contenue et délimitée
par la forme. Rencogné dans sa chambre, il
n'employait plus ses veillées à s'efforcer d'acquérir
de plus justes vues des rapports entre les choses,
mais à une méditation informulée sur la nature des
choses. Il corrigeait de la sorte ce vice de l'entende-

ment qui consiste à appréhender les objets afin
de s'en servir, ou au contraire à les rejeter, sans
entrer assez avant dans la substance individuée
dont ils sont faits. Ainsi, l'eau avait été pour lui une
boisson qui désaltère et un liquide qui lave, une
partie constituante d'un univers créé par le chrétien
Démiurge dont l'avait entretenu le chanoine Bartholommé Campanus parlant de l'Esprit flottant
sur les eaux, l'élément essentiel de l'hydraulique
d'Archimède ou de la physique de Thalès, ou
encore le signe alchimique d'une des forces qui
vont vers le bas. Il avait calculé des déplacements,
mesuré des doses, attendu que des gouttelettes se
reformassent dans le tuyau des cucurbites. Maintenant, renonçant pour un temps à l'observation qui,
du dehors, distingue et singularise, en faveur de la
vision interne du philosophe hermétique, il laissait
l'eau qui est dans tout envahir la chambre comme
la marée du déluge. Le coffre et l'escabeau flottaient; les murs crevaient sous la pression de l'eau.
Il cédait à ce flux qui épouse toutes les formes et
refuse de se laisser comprimer par elles; il expérimentait le changement d'état de la nappe d'eau qui
se fait buée et de la pluie qui se fait neige; il faisait
siens l'immobilité temporaire du gel ou le glissement de la goutte claire obliquant inexplicablement
sur la vitre, fluide défi au pari des calculateurs. Il
renonçait aux sensations de tiédeur ou de froid qui
sont liées au corps; l'eau l'emportait cadavre aussi
indifféremment qu'une jonchée d'algues. Rentré
dans sa chair, il y retrouvait l'élément aqueux,

l'urine dans la vessie, la salive au bord des lèvres, l'eau présente dans le liquide du sang. Puis, ramené à l'élément dont il s'était de tout temps senti une parcelle, il tournait sa méditation vers le feu, sentait en soi cette chaleur modérée et béate que nous partageons avec les bêtes qui marchent et les oiseaux qui traversent le ciel. Il pensait au feu dévorant des fièvres qu'il avait souvent en vain essayé d'éteindre. Il percevait le bond avide de la flamme qui naît, la rouge joie du brasier et sa fin en cendres noires. Osant aller plus loin, il ne faisait qu'un avec cette implacable ardeur qui détruit ce qu'elle touche ; il songeait aux bûchers, tels qu'il en avait vu à l'occasion d'un Acte-de-Foi dans une petite ville de Léon, au cours duquel avaient péri quatre Juifs accusés d'avoir hypocritement embrassé la religion chrétienne sans cesser pour autant d'accomplir les rites hérités de leurs pères, et un hérétique qui niait l'efficacité des sacrements. Il imaginait cette douleur trop aiguë pour le langage humain ; il était cet homme ayant dans ses narines l'odeur de sa propre chair qui brûle ; il toussait, entouré d'une fumée qui ne se dissiperait pas de son vivant. Il voyait une jambe noircie se levant toute droite, les articulations léchées par la flamme, comme une branche se tordant sous la hotte d'une cheminée ; il se pénétrait en même temps de l'idée que le feu et que le bois sont innocents. Il se souvenait, le lendemain de l'Acte-de-Foi célébré à Astorga, d'avoir marché avec le vieux moine alchimiste Don Blas de Vela sur cette

aire calcinée qui lui rappelait celle des charbonniers ; le savant Jacobite s'était incliné pour recueillir soigneusement parmi les tisons éteints de petits
os légers et blanchis, cherchant parmi eux le *luz* de
la tradition hébraïque qui résiste aux flammes et
sert de semence à la résurrection. Il avait souri
autrefois de ces superstitions de cabbaliste. Suant
d'angoisse, il levait la tête, et, si la nuit était assez
claire, considérait à travers le carreau, avec une
sorte de froid amour, le feu inaccessible des astres.

Quoi qu'il fît, sa méditation le ramenait au corps,
son principal sujet d'étude. Il savait que son
équipement de médecin se composait à parts égales
d'habileté manuelle et de recettes empiriques,
supplémentées de trouvailles expérimentales elles
aussi, menant à leur tour à des conclusions théo-
riques toujours provisoires : une once d'observation
raisonnée valait en ces matières plus qu'une tonne
de songes. Et pourtant, après tant d'années passées
a anatomiser la machine humaine, il s'en voulait de
ne pas s'être hasardé plus audacieusement dans
l'exploration de ce royaume aux frontières de peau,
dont nous nous croyons les princes, et où nous
sommes prisonniers. A Eyoub, le derviche Darazi
avec qui il avait fait amitié lui avait communiqué
ses méthodes acquises en Perse dans un couvent
heretique, car Mahomet a ses dissidents comme le
Christ. Il reprenait dans sa soupente de Bruges des
recherches commencées jadis au fond d'une cour

où bruissait une source. Elles le menaient plus loin
que ne l'avait fait aucune de ses expérimentations
dites *in anima vili*. Couché sur le dos, rétractant les
muscles du ventre, dilatant la cage du thorax où va
et vient cette bête vite effrayée que nous appelons
un cœur, il gonflait soigneusement ses poumons, se
réduisait sciemment à n'être qu'un sac d'air faisant
équilibre aux forces du ciel. Darazi lui avait ainsi
conseillé de respirer jusqu'aux racines de l'être. Il
avait fait aussi avec le derviche l'expérience
contraire, celle des premiers effets de la strangula-
tion lente. Il levait le bras, s'ébahissant que le
commandement fût donné et reçu, sans savoir
exactement quel maître mieux servi que soi-même
contresignait cet ordre : mille fois, en effet, il avait
constaté que la volonté simplement pensée, le fût-
elle avec toute la puissance mentale rassemblée en
lui, n'était pas plus capable de le faire ciller ou
froncer le sourcil que les objurgations d'un enfant
ne le sont de faire mouvoir des pierres. Il y fallait
l'acquiescement tacite d'une part de soi déjà plus
voisine de l'abîme du corps. Méticuleusement,
comme on sépare les fibres d'une tige, il séparait
les unes des autres ces diverses formes de volonté.

Il réglait de son mieux les mouvements compliqués de son cerveau à l'œuvre, mais comme un
ouvrier touche précautionneusement les rouages
d'une machine qu'il n'a pas montée et dont il ne
saurait réparer les avaries : Colas Gheel était plus
au fait de ses métiers à tisser que lui sous son crâne
des délicates bougées de sa machine à peser les

choses. Son pouls, dont il avait si assidûment
étudié les battements, ignorait tout des ordres
émanant de sa faculté pensante, mais s'agitait sous
l'effet de craintes ou de douleurs auxquelles son
intellect ne s'abaissait pas. L'engin du sexe obéis-
sait à sa masturbation, mais ce geste délibérément
accompli le jetait pour un moment dans un état
que son vouloir ne contrôlait plus. De même, une
ou deux fois dans sa vie, avait jailli scandaleusement et malgré soi la source des larmes. Plus
alchimistes qu'il ne l'avait jamais été lui-même, ses
boyaux opéraient la transmutation de cadavres de
bêtes ou de plantes en matière vivante, séparant
sans son aide l'inutile de l'utile. *Ignis inferioris
Naturae* : ces spirales de boue brune savamment
lovées, fumant encore des cuissons qu'elles avaient
subies dans leur moule, ce pot d'argile plein d'un
fluide ammoniaqué et nitré étaient la preuve visible
et puante du travail parachevé dans des officines où
nous n'intervenons pas. Il semblait à Zénon que le
dégoût des raffinés et le rire sale des ignares étaient
moins dus à ce que ces objets offusquent nos sens,
qu'à notre horreur devant l'inéluctable et secrète
routine du corps. Descendu plus avant dans cette
opaque nuit intérieure, il portait son attention sur
la stable armature des os cachés sous la chair, qui
dureraient plus que lui, et seraient dans quelques
siècles les seuls témoins attestant qu'il avait vécu. Il
se résorbait à l'intérieur de leur matière minérale
réfractaire à ses passions ou à ses émotions
d'homme. Ramenant ensuite sur lui comme un

rideau sa chair provisoire, il se considérait étendu
tout d'une pièce sur le drap grossier du lit, tantôt
dilatant volontairement l'image qu'il se faisait de
cette île de vie qui était son domaine, ce continent
mal exploré dont ses pieds représentaient l'anti-
pode, tantôt au contraire se réduisant à n'être qu'un
point dans l'immense Tout. Usant des recettes de
Darazi, il essayait de faire glisser sa conscience du
cerveau à d'autres régions de son corps, à peu près
comme on déplace dans une province éloignée la
capitale d'un royaume. Il tentait çà et là de projeter
quelques lueurs dans ces galeries noires.

Jadis, avec Jean Myers, il s'était gaussé des
dévots qui voient dans la machine humaine la
preuve patente d'un Dieu Ouvrier, mais le respect
des athées pour ce fortuit chef-d'œuvre qu'est à
leurs yeux la nature de l'homme lui paraissait
maintenant un aussi beau sujet de risée. Ce corps si
riche en obscurs pouvoirs était défectible ; lui-
même, en ses heures d'audace, il s'était pris à rêver
d'ingénier un automate moins rudimentaire que
nous. Tournant et retournant sous son œil intérieur
le pentagone de nos sens, il avait osé postuler
d'autres constructions, plus savantes, en qui se
réfracterait plus complètement l'univers. La liste
de neuf portes de la perception ouvertes dans
l'opacité du corps, que Darazi lui avait autrefois
récitée, pliant l'une après l'autre les dernières
phalanges de ses doigts jaunâtres, lui avait paru
d'abord une grossière tentative de classification
d'anatomiste à demi barbare ; elle avait pourtant

attiré son attention sur la précarité des chenaux
dont nous dépendons pour connaître et pour vivre.
Notre insuffisance était telle que c'en était assez de
boucher deux pertuis pour fermer le monde des
sons, et deux autres voies d'accès pour que s'établît
la nuit. Qu'un bâillon pressât trois de ces ouvertures, si rapprochées les unes des autres que la
paume d'une main peut sans peine les couvrir, et
c'en était fait de cet animal dont la vie tient à un
souffle. Cette encombrante enveloppe qu'il lui
fallait laver, remplir, réchauffer au coin du feu ou
sous la toison d'une bête morte, coucher le soir
comme un enfant ou comme un vieillard imbécile,
servait contre lui d'otage à la nature entière et, pis
encore, à la société des hommes. C'est par cette
chair et par ce cuir qu'il souffrirait peut-être les
affres de la torture; c'est l'affaiblissement de ces
ressorts qui l'empêcherait un jour de finir congrû-
ment l'idée ébauchée. S'il tenait parfois pour
suspectes les opérations de son esprit, qu'il isolait
par commodité du reste de sa matière, c'était
surtout parce que cet infirme dépendait des services du corps. Il était las de ce mélange de feu
instable et d'épaisse argile. *Exitus rationalis :* une
tentation s'offrait, aussi impérieuse que le prurit
charnel; un dégoût, une vanité peut-être, le poussait à faire le geste qui conclut tout. Il secouait la
tête, gravement, comme devant un malade qui
réclamerait trop tôt un remède ou une nourriture.
Il serait toujours temps de périr avec ce pesant
support, ou de continuer sans lui une vie insubstan-

tielle et imprévisible, pas nécessairement plus
favorisée que celle que nous menons dans la chair.

Rigoureusement, presque à contrecœur, ce voyageur au bout d'une étape de plus de cinquante ans
s'obligeait pour la première fois de sa vie à retracer
en esprit les chemins parcourus, distinguant le
fortuit du délibéré ou du nécessaire, s'efforçant de
faire le tri entre le peu qui semblait venir de soi et
ce qui appartenait à l'indivis de sa condition
d'homme. Rien n'était tout à fait pareil, ni non
plus tout à fait contraire, à ce qu'il avait d'abord
voulu ou préalablement pensé. L'erreur naissait
tantôt de l'action d'un élément dont il n'avait pas
suspecté la présence, tantôt d'une bévue dans la
supputation du temps, qui s'était avéré plus rétrac-
tile ou plus extensible que sur les horloges. A vingt
ans, il s'était cru libéré des routines ou des préjugés
qui paralysent nos actes et mettent à l'entendement
des œillères, mais sa vie s'était passée ensuite à
acquérir sou par sou cette liberté dont il avait cru
d'emblée posséder la somme. On n'est pas libre
tant qu'on désire, qu'on veut, qu'on craint, peut-
être tant qu'on vit. Médecin, alchimiste, artificier,
astrologue, il avait porté bon gré mal gré la livrée
de son temps; il avait laissé le siècle imposer à son
intellect certaines courbes. Par haine du faux, mais
aussi par l'effet d'une fâcheuse âcreté d'humeur, il
s'était engagé dans des querelles d'opinions où à un
Oui inane répond un Non imbécile. Cet homme

sur ses gardes s'était surpris à trouver plus odieux
les crimes, plus sottes les superstitions des répu-
bliques ou des princes qui menaçaient sa vie ou
brûlaient ses livres; conversement, il lui était arrivé
de s'exagérer le mérite d'un benêt mitré, couronné
ou tiaré, dont la faveur lui eût permis de passer des
idées aux actes. L'envie d'agencer, de modifier ou
de régenter au moins un segment de la nature des
choses l'avait entraîné à la remorque des grands de
ce monde, édifiant des châteaux de cartes ou
chevauchant des fumées. Il faisait le compte de ses
chimères. Au Grand Sérail, l'amitié du puissant et
malheureux Ibrahim, le vizir de Sa Hautesse, lui
avait fait espérer mener à bien son plan d'assai-
nissement des marécages aux alentours d'Andrinople; il avait eu à cœur une réforme rationnelle de
l'hôpital des Janissaires; on avait commencé par ses
soins à racheter çà et là les précieux manuscrits de
médecins et d'astronomes grecs, acquis jadis par les
savants arabes, et qui, parmi beaucoup de fatras,
contiennent parfois une vérité à redécouvrir. Il y
avait eu surtout un certain Dioscoride contenant
des fragments, plus anciens, de Crateüas, qui se
trouvait appartenir au Juif Hamon, son collègue
auprès du Sultan... Mais la sanglante chute d'Ibrahim avait entraîné avec elle tout cela, et le dégoût
que lui avait causé cette vicissitude après tant
d'autres lui avait fait perdre jusqu'au souvenir de
ces malencontreux débuts d'entreprise. Il avait
haussé les épaules quand les pusillanimes bourgeois
de Bâle s'étaient finalement refusés à lui accorder

une chaire, effrayés par des bruits qui faisaient de lui un sodomite et un sorcier. (Il avait été à ses heures l'un et l'autre, mais les mots ne correspondaient pas aux choses; ils traduisent seulement l'opinion que le troupeau se fait des choses.) Un goût de fiel lui était néanmoins longtemps venu en bouche à la seule mention de ces gens-là. A Augsbourg, il avait amèrement regretté d'arriver trop tard pour obtenir des Fugger cette place de médecin des mines qui l'eût mis à même d'observer les maladies des ouvriers travaillant sous terre, soumis aux puissantes influences métalliques de Saturne et de Mercure. Il avait entrevu là des possibilités de cures et des combinaisons inouïes. Et certes, il voyait bien que ces ambitions avaient été utiles en véhiculant pour ainsi dire son esprit d'un lieu à un autre : mieux vaut ne pas s'approcher trop tôt des immobilités éternelles. Vues à distance, ces agitations lui faisaient pourtant l'effet d'une tempête de sable.

Il en allait de même du domaine compliqué des plaisirs charnels. Ceux qu'il avait préférés étaient les plus secrets et les plus périlleux, du moins en terre chrétienne, et à l'époque où le hasard l'avait fait naître; peut-être ne les avait-il recherchés que parce que cette occultation et ces défenses en faisaient un sauvage bris des coutumes, une plongée dans le monde qui bouillonne sous-jacent au visible et au permis. Ou peut-être ce choix tenait-il à des appétences aussi simples et aussi inexplicables que celles qu'on a pour un fruit plutôt que pour un autre : peu lui importait. L'essentiel était que ses débauches, comme ses ambitions, avaient somme toute été rares et brèves, comme s'il était dans sa nature d'épuiser rapidement ce que les passions pouvaient apprendre ou donner. Cet étrange magma que les prédicateurs désignent du mot, point mal choisi, de luxure (puisqu'il s'agit bien, semble-t-il, d'une luxuriance de la chair dépensant ses forces) défiait l'examen par la variété des substances qui le composent, et qui à leur tour se défont en d'autres components peu simples. L'amour y entrait, plus rarement qu'on ne le disait peut-être, mais l'amour lui-même n'était pas une notion pure. Ce monde dit bas communiquait avec le plus fin dans la nature humaine. De même que l'ambition la plus crasse était encore un rêve de l'esprit s'efforçant d'agencer ou de modifier les choses, la chair en ses audaces faisait siennes les curiosités de l'esprit et fantastiquait comme il se plaît à le faire ; le vin de la luxure tirait sa force des sucs de l'âme aussi bien que de ceux du corps. Le désir d'une jeune chair, il ne l'avait que trop souvent chimériquement associé au vain projet de se former un jour le parfait disciple. D'autres sentiments s'y étaient mêlés, qu'éprouvent avouablement tous les hommes. Fray Juan à Léon et François Rondelet à Montpellier avaient été des frères perdus jeunes ; il avait eu pour son valet Aleï et plus tard pour Gerhart à Lübeck la sollicitude d'un père pour ses fils. Ces passions si prenantes lui avaient paru une part inaliénable de sa liberté d'homme :

maintenant, c'était sans elles qu'il se sentait libre.

Les mêmes réflexions s'appliquaient aux quelques femmes avec lesquelles il avait entretenu une accointance charnelle. Il se souciait peu de remonter aux causes de ces courts attachements, peut-être plus marquants que les autres, parce qu'il les avait moins spontanément formés. Était-ce soudain désir en présence des linéaments particuliers d'un corps, besoin de ce profond repos que dispense parfois la créature femelle, basse conformité à l'usage, ou encore, mieux caché qu'une affection ou qu'un vice, obscur souci d'essayer l'effet des enseignements hermétiques sur le couple parfait qui reforme en soi l'antique androgyne? Mieux valait dire tout bonnement que le hasard ces jours-là avait pris figure de femme. Trente ans plus tôt, en Alger, et par compassion pour sa jeunesse désolée, il avait acheté une fille de bonne race récemment enlevée par des pirates sur une plage aux environs de Valence; il comptait dès que faire se pourrait la renvoyer en Espagne. Mais, dans l'étroite maison de la côte barbaresque, une intimité s'était établie entre eux qui ressemblait fort à celle du mariage. C'était la seule fois qu'il avait eu affaire à une vierge : il gardait moins de leur premier commerce le souvenir d'une victoire que celui d'une créature qu'il avait fallu rassurer et panser. Pendant quelques semaines, il avait eu au lit et à table cette belle un peu maussade qui avait pour lui la gratitude qu'on a pour un saint d'église. C'était sans regret qu'il l'avait confiée à un prêtre

français sur le point de s'embarquer pour Port-
Vendres avec un petit groupe de captifs des deux
sexes rendus à leur famille et à leur pays. La
modique somme d'argent dont il l'avait pourvue lui
aurait sans doute permis de regagner par faciles
étapes son Gandia natal... Plus tard, sous les murs
de Bude, on lui avait alloué dans sa part de butin
une jeune et rude Hongroise; il l'avait acceptée
pour ne pas se singulariser davantage dans un camp
où son nom et son aspect le signalaient déjà, et où,
quoi qu'il pensât par-devers soi des dogmes de
l'Église, il avait à subir l'infériorité d'être un
chrétien. Il n'eût pas songé à abuser du droit de la
guerre si elle n'avait été si avide de jouer son rôle
de proie. Jamais, lui semblait-il, il n'avait mieux
goûté aux fruits d'Ève... Ce matin-là, il était entré
dans la ville à la suite des officiers du Sultan. Peu
de temps après son retour au camp, il apprit qu'un
ordre était venu en son absence de se débarrasser
des esclaves et des biens meubles qui encombraient
l'armée; des cadavres et des ballots d'étoffe flottaient encore à la surface du fleuve... L'image de ce
corps ardent refroidi si vite l'avait ensuite dégoûté
pour longtemps de toute alliance charnelle. Puis, il
était retourné dans les plaines brûlantes peuplées de
statues de sel et d'anges aux longues boucles...

Dans le Nord, la dame de Frösö l'avait accueilli
noblement au retour de ses pérégrinations à l'orée
des contrées polaires. Tout en elle était beau : sa

haute taille, son teint clair, ses mains habiles à
bander les plaies et à essuyer les sueurs des fièvres,
l'aisance avec laquelle elle marchait sur le sol mou
de la forêt, relevant tranquillement au gué des
cours d'eau sa robe de gros drap sur ses jambes
nues. Instruite dans l'art des sorcières lapones, elle
l'avait emmené dans des huttes au bord des
marécages où se pratiquaient des fumigations et des
bains magiques accompagnés de chants... Le soir,
dans son petit manoir de Frösö, elle lui avait offert
sur la table couverte d'une toile blanche le pain de
seigle et le sel, les baies et la viande séchée; elle
l'avait rejoint dans le grand lit de la chambre haute
avec une sereine impudeur d'épouse. Elle était
veuve, et comptait se choisir pour mari à la Saint-
Martin un fermier libre du voisinage, afin d'éviter
que le domaine ne retombât sous la tutelle de ses
frères aînés. Il n'eût tenu qu'à lui d'exercer son art
dans cette province grande comme un royaume,
d'écrire ses traités au coin d'un poêle, de monter le
soir sur la tourelle observer les astres... Néanmoins,
après huit ou dix de ces journées d'été qui ne sont
là-bas qu'un seul jour sans ombre, il s'était remis
en route pour Upsal, où en cette saison s'était
transportée la cour, espérant encore durer près du
monarque, et se faire du jeune Erik ce disciple-roi
qui est pour les philosophes l'ultime chimère.

Mais l'effort même d'évoquer ces personnes en
exagérait l'importance, et surfaisait celle de l'aven-

ture charnelle. Le visage d'Aleï ne réapparaissait
pas plus souvent que celui de soldats inconnus
gelant sur les routes de Pologne, et que, manque de
temps et de moyens, il n'avait pu essayer de sauver.
La petite bourgeoise adultère de Pont-Saint-Esprit
lui avait répugné avec la rondeur de son ventre
dissimulé sous des fronces de guipure, ses cheveux
frisottants autour de ses traits tirés et jaunis, ses
piteux et grossiers mensonges. Il s'était irrité des
œillades qu'elle lui décochait du fond de son
angoisse, ne connaissant pas d'autres moyens de
subjuguer un homme. Et pourtant, il avait risqué
pour elle son bon renom de médecin; la hâte d'agir
vite avant le retour du mari jaloux, le misérable
reste de la conjonction humaine qu'il avait fallu
enterrer sous un olivier du jardin, l'achat à prix
d'or du silence des servantes qui avaient veillé
Madame et lavé les draps tachés de sang, tout cela
avait créé entre lui et cette malheureuse une
intimité de complices, et il l'avait mieux connue
qu'un amant une quelconque amante. La dame de
Frösö avait été entièrement bénéfique, mais pas
plus que cette boulangère au teint grêlé qui l'avait
secouru un soir où il s'était assis à Salzbourg sous
l'auvent de sa boutique. C'était après sa fuite
d'Innsbruck; il était recru et transi, ayant forcé les
étapes par de mauvais chemins sous la neige. Elle
avait examiné à travers le volet de sa devanture cet
homme rencogné dehors sur le petit banc de pierre,
et, le prenant sans doute pour un mendiant, lui
avait tendu une miche encore chaude. Puis, pru-

demment, elle avait renfoncé le crochet qui assujet-
tissait les vantaux. Il n'ignorait pas que cette
méfiance bienfaitrice eût aussi bien pu, le cas
échéant, lui jeter une brique ou une pelle. Elle n'en
était pas moins un des visages de la bénignité.
L'amitié ou l'aversion comptaient d'ailleurs finalement aussi peu que les blandices charnelles. Des
êtres qui avaient accompagné ou traversé sa vie,
sans rien perdre de leurs particularités bien dis-
tinctes, se confondaient dans l'anonymat de la
distance, comme les arbres de la forêt qui, vus de
loin, semblent rentrer les uns dans les autres. Le
chanoine Campanus se mélangeait avec Riemer
l'alchimiste, dont il eût pourtant abhorré les
doctrines, et même avec le défunt Jean Myers, qui,
s'il vivait encore, aurait également octante ans. Le
cousin Henri dans sa peau de buffle et Ibrahim en
caftan, le prince Erik et ce Laurent l'Assassin avec
lequel il avait jadis passé à Lyon quelques soirées
mémorables n'étaient plus que des faces différentes
d'un même solide, qui était l'homme. Les attributs
du sexe comptaient moins que ne l'eût supposé la
raison ou la déraison du désir : la dame aurait pu
être un compagnon; Gerhart avait eu des délicates-
ses de fille. Il en était des créatures abordées, puis
quittées, au cours de l'existence comme de ces
figures spectrales, jamais vues deux fois, mais
d'une spécificité et d'un relief presque terribles, qui
se détachent sous la nuit des paupières à l'heure qui
précède le sommeil et le songe, et tantôt passent et
fuient à la vitesse d'un météore, et tantôt se

résorbent en elles-mêmes sous la fixité du regard interne. Des lois mathématiques plus complexes et plus inconnues encore que celles de l'esprit ou des sens présidaient à ce va-et-vient de fantômes.

Mais le contraire aussi était vrai. Les événements étaient en réalité des points fixes, bien qu'on eût laissé derrière soi ceux du passé, et qu'un tournant cachât ceux de l'avenir, et il en allait de même des personnes. Le souvenir n'était qu'un regard posé de temps en temps sur des êtres devenus intérieurs, mais qui ne dépendaient pas de la mémoire pour continuer d'exister. A Léon, où Don Blas de Vela lui avait fait endosser temporairement l'habit de novice jacobite, pour être plus à même de s'en faire seconder dans ses travaux d'alchimie, un moine de son âge, Fray Juan, avait été son compagnon de paillasse dans ce couvent encombré où les nouveaux venus se partageaient à deux ou à trois la botte de foin et la couverture. Zénon était arrivé secoué d'une toux hargneuse entre ces murs où s'insinuaient le vent et la neige. Fray Juan avait soigné son camarade de son mieux, volant pour lui des bouillons au frère cuisinier. Un *amor perfectissimus* avait existé quelque temps entre les deux jeunes hommes, mais les blasphèmes et les négations de Zénon étaient comme s'ils n'étaient pas pour ce cœur tendre empreint d'une dévotion spéciale à l'Apôtre Bien-Aimé. Quand Don Blas chassé par ses moines qui voyaient en lui un dangereux sorcier cabbaliste descendit le chemin en pente du monastère, hurlant des malédictions, Fray

Juan avait choisi d'accompagner dans sa déchéance
le vieil homme dont il n'était pourtant ni le familier
ni l'adepte. Pour Zénon, ce coup d'État monastique
avait été au contraire la chance de rompre à jamais
avec une profession dégoûtante, et d'aller sous
l'habit séculier s'instruire ailleurs de sciences moins
engluées dans la matière des songes. Que son
maître eût ou non observé des rites judaïques
laissait froid le jeune clerc pour qui, selon l'auda-
cieuse formule transmise sous le manteau par des
générations d'écoliers, la Loi chrétienne, la Loi
juive et la Loi mahométane n'étaient autre chose
que les Trois Impostures. Don Blas était sans
doute mort sur la route ou dans les cachots de
quelque officialité; il avait fallu trente-cinq ans
pour que son ancien élève reconnût dans sa folie
une inexplicable sagesse. Quant à Fray Juan, s'il
existait encore quelque part, il aurait bientôt
soixante ans. Leur image avait été volontairement
oblitérée avec celle de ces quelques mois passés
sous le froc et la coule. Et cependant, Fray Juan et
Don Blas peinaient encore sur le chemin pierreux,
sous l'aigre vent d'avril, et il n'était pas nécessaire
qu'on s'en souvînt pour qu'ils fussent là. François
Rondelet marchant dans la garrigue, élaborant avec
son condisciple des projets d'avenir, coexistait avec
François couché nu sur la table de marbre du
théâtre universitaire, et le docteur Rondelet expliquant l'articulation du bras semblait plutôt qu'à ses
élèves s'adresser au mort lui-même, et argumenter
à travers le temps avec un Zénon vieilli. *Unus ego et*

multi in me. Rien ne modifiait ces statues fixées à
leur poste, sises pour toujours sur une surface étale
qui était peut-être l'éternité. Le temps n'était
qu'une piste qui les reliait entre elles. Un lien
existait : les services qu'on n'avait pas rendus à
l'un, on les avait rendus à l'autre : on n'avait pas
secouru Don Blas, mais on avait porté secours à
Gênes à Joseph Ha-Cohen, qui n'en avait pas
moins continué à vous considérer comme un chien
de chrétien. Rien ne finissait : les maîtres ou les
confrères dont il avait reçu une idée ou grâce à qui
il s'en était formé une autre, contraire, poursui-
vaient sourdement leur inaccommodable controverse, chacun assis dans sa conception du monde
comme un magicien à l'intérieur de son cercle.
Darazi qui se cherchait un dieu plus voisin de soi
que sa veine jugulaire discuterait jusqu'au bout
avec Don Blas pour qui Dieu était l'Un-non
manifesté, et Jean Myers rirait de ce mot Dieu de
son rire à bouche fermée.

Depuis près d'un demi-siècle, il se servait de son
esprit comme d'un coin pour élargir de son mieux
les interstices du mur qui de toute part nous
confine. Les failles grandissaient, ou plutôt le mur,
semblait-il, perdait de lui-même sa solidité sans
pour autant cesser d'être opaque, comme s'il
s'agissait d'une muraille de fumée au lieu d'une
muraille de pierre. Les objets cessaient de jouer
leur rôle d'accessoires utiles. Comme un matelas

son crin, ils laissaient passer leur substance. Une
forêt remplissait la chambre. Cet escabeau, mesuré
sur la distance qui sépare du sol le cul d'un homme
assis, cette table qui sert à écrire ou à manger, cette
porte qui ouvre un cube d'air entouré de cloisons
sur un cube d'air voisin, perdaient ces raisons
d'être qu'un artisan leur avait données pour n'être
plus que des troncs ou des branches écorchées
comme des saints Barthélemy de tableaux d'église,
chargés de feuilles spectrales et d'oiseaux invisibles,
grinçant encore de tempêtes depuis longtemps
calmées, et où le rabot avait laissé çà et là le
grumeau de la sève. Cette couverture et cette
défroque pendue à un clou sentaient le suint, le lait,
et le sang. Ces chaussures qui bâillaient au bord du
lit avaient bougé au souffle d'un bœuf étendu sur
l'herbe, et un porc saigné à blanc piaillait dans la
graisse dont le savetier les avait enduites. La mort
violente était partout, comme dans une boucherie
ou dans un enclos patibulaire. Une oie égorgée
criaillait dans la plume qui allait servir à tracer sur
de vieux chiffons des idées qu'on croyait dignes de
durer toujours. Tout était autre : cette chemise que
blanchissaient pour lui les sœurs Bernardines était
un champ de lin plus bleu que le ciel, et aussi un
tas de fibres rouissant au fond d'un canal. Ces
florins dans sa poche à l'effigie du défunt empereur
Charles avaient été échangés, donnés et volés, pesés
et rognés mille fois avant que pour un moment il
les crût siens, mais ces virevoltes entre des mains
avares ou prodigues étaient brèves comparées à

l'inerte durée du métal lui-même, instillé dans les
veines de la terre avant qu'Adam eût vécu. Les
murs de brique se résolvaient en boue qu'ils
redeviendraient un jour. L'annexe du couvent des
Cordeliers où il se trouvait raisonnablement au
chaud et au couvert cessait d'être une maison, ce
lieu géométrique de l'homme, abri solide pour
l'esprit encore plus que pour le corps. Elle n'était
tout au plus qu'une hutte dans la forêt, une tente
au bord d'une route, un lambeau d'étoffe jeté entre
l'infinité et nous. Les tuiles laissaient passer la
brume et les incompréhensibles astres. Des morts
par centaines l'occupaient et des vivants aussi
perdus que des morts : des douzaines de mains
avaient posé ces carreaux, moulé ces briques et scié
ces planches, cloué, cousu ou collé : il eût été aussi
difficile de retrouver l'ouvrier encore bien vivant
qui avait tissé ce pan de bure que d'évoquer un
trépassé. Des gens avaient logé là comme un ver
dans son cocon, et y logeraient après lui. Bien
cachés, sinon tout à fait invisibles, un rat derrière
une cloison, un insecte taraudant du dedans une
solive malade voyaient autrement que lui les pleins
et les vides qu'il appelait sa chambre... Il levait les
yeux. Au plafond, une poutre remployée portait un
millésime : 1491. A l'époque où ceci avait été gravé
pour fixer une date qui n'importait plus à personne, il n'existait pas encore, ni la femme dont il
était sorti. Il retournait ces chiffres, comme par
jeu : l'an 1941 après l'Incarnation du Christ. Il
tentait d'imaginer cette année sans rapport avec sa

propre existence, et dont on ne savait qu'une chose, c'est qu'elle serait. Il marchait sur sa propre poussière. Mais il en était du temps comme du grain du chêne : il ne sentait pas ces dates taillées de main d'homme. La terre tournait ignorante du calendrier julien ou de l'ère chrétienne, formant son cercle sans commencement ni fin comme un anneau lisse. Zénon se rappela qu'on était chez le Turc en l'an 973 de l'Hégire, mais Darazi avait compté en secret d'après l'ère de Khosroès. Passant de l'an au jour, il songea qu'en ce moment le soleil naissait sur les toits de Péra. La chambre donnait de la bande; les sangles criaient comme des amarres; le lit glissait d'occident en orient à l'inverse du mouvement apparent du ciel. La sécurité de reposer stablement sur un coin du sol belgique était une erreur dernière; le point de l'espace où il se trouvait contiendrait une heure plus tard la mer et ses vagues, un peu plus tard encore les Amériques et le continent d'Asie. Ces régions où il n'irait pas se superposaient dans l'abîme à l'hospice de Saint-Cosme. Zénon lui-même se dissipait comme une cendre au vent.

SOLVE ET COAGULA... Il savait ce que signifiait cette rupture des idées, cette faille au sein des choses. Jeune clerc, il avait lu dans Nicolas Flamel la description de l'*opus nigrum*, de cet essai de dissolution et de calcination des formes qui est la part la plus difficile du Grand Œuvre. Don Blas de

Vela lui avait souvent solennellement affirmé que
l'opération aurait lieu d'elle-même, qu'on le voulût
ou non, quand les conditions s'en trouveraient
remplies. Le clerc avait avidement médité ces
adages qui lui semblaient tirés d'on ne sait quel
sinistre et peut-être véridique grimoire. Cette
séparation alchimique, si dangereuse que les philosophes hermétiques n'en parlaient qu'à mots couverts, si ardue que de longues vies s'étaient usées en
vain à l'obtenir, il l'avait confondue jadis avec une
rébellion facile. Puis, rejetant ce fatras de rêvasse-
ries aussi antiques que l'illusion humaine, ne
retenant de ses maîtres alchimistes que quelques
recettes pragmatiques, il avait choisi de dissoudre
et de coaguler la matière dans le sens d'une
expérimentation faite avec le corps des choses.
Maintenant, les deux branches de la parabole se
rejoignaient ; la *mors philosophica* s'était accomplie :
l'opérateur brûlé par les acides de la recherche était
à la fois sujet et objet, alambic fragile et, au fond du
réceptacle, précipité noir. L'expérience qu'on avait
cru pouvoir confiner à l'officine s'était étendue à
tout. S'en suivait-il que les phases subséquentes de
l'aventure alchimique fussent autre chose que des
songes, et qu'un jour il connaîtrait aussi la pureté
ascétique de l'Œuvre au Blanc, puis le triomphe
conjugué de l'esprit et des sens qui caractérise
l'Œuvre au Rouge ? Du fond de la lézarde naissait
une Chimère. Il disait Oui par audace, comme
autrefois par audace il avait dit Non. Il s'arrêtait
soudain, tirant violemment sur ses propres rênes.

La première phase de l'Œuvre avait demandé toute sa vie. Le temps et les forces manquaient pour aller plus loin, à supposer qu'il y eût une route, et que par cette route un homme pût passer. Ou ce pourrissement des idées, cette mort des instincts, ce broiement des formes presque insupportables à la nature humaine seraient rapidement suivis par la mort véritable, et il serait curieux de voir par quelle voie, où l'esprit revenu des domaines du vertige reprendrait ses routines habituelles, muni seulement de facultés plus libres et comme nettoyées. Il serait beau d'en voir les effets.

Il commençait à les voir. Les besognes du dispensaire le laissaient sans fatigue : sa main et son coup d'œil n'avaient jamais été plus sûrs. Ses dépenaillés qui attendaient patiemment chaque matin l'ouverture de l'hospice étaient soignés avec autant d'art qu'autrefois les grands de ce monde. La complète absence d'ambition ou de crainte lui permettait d'appliquer plus librement ses méthodes, et presque toujours avec de bons résultats : cette application totale excluait même la pitié. Sa constitution naturellement sèche et nerveuse semblait fortifiée par les approches de l'âge; il souffrait moins du froid; il semblait insensible au gel de l'hiver et à l'humide été; un rhumatisme acquis en Pologne ne le tourmentait plus. Il avait cessé de se ressentir des suites d'une fièvre tierce ramenée autrefois d'Orient. Il mangeait avec indif-

férence ce que l'un des frères que le prieur avait
attachés à l'hospice lui apportait du réfectoire, ou
choisissait à l'auberge des mets à bas prix. La
viande, le sang, les entrailles, tout ce qui a palpité
et vécu lui répugnaient à cette époque de son
existence, car la bête meurt à douleur comme
l'homme, et il lui déplaisait de digérer des agonies.
Depuis l'époque où il avait égorgé lui-même un
porc chez un boucher de Montpellier, pour vérifier
s'il y avait ou non coïncidence entre la pulsation de
l'artère et la systole du cœur, il avait cessé de
trouver utile d'employer deux termes différents
pour désigner la bête qu'on abat et l'homme qu'on
tue, l'animal qui crève et l'homme qui meurt. Ses
préférences en matière d'aliments allaient au pain,
à la bière, aux bouillies qui gardent quelque chose
de la saveur épaisse de la terre, aux aqueuses
verdures, aux fruits rafraîchissants, aux souter-
raines et sapides racines. L'aubergiste et le frère
cuisinier s'émerveillaient de ses abstinences, dont
l'intention leur paraissait pieuse. Parfois, cependant, il s'appliquait à manger pensivement un
morceau de tripe ou un bout de foie saignant, pour
se prouver que son refus venait de l'esprit et non
d'un caprice du goût. Son équipage avait toujours
été négligé : par distraction ou par dédain, il ne le
renouvelait plus. En matière érotique, il était
toujours ce médecin qui avait jadis recommandé à
ses malades les réconforts de l'amour, comme en
d'autres occasions on leur recommande du vin. Ces
brûlants mystères lui semblaient encore pour

nombre d'entre nous la seule accession à ce
royaume igné dont nous sommes peut-être d'in-
fimes étincelles, mais cette remontée sublime était
brève, et il doutait à part soi qu'un acte si sujet aux
routines de la matière, si dépendant des outils de la
génération charnelle ne fût pas pour le philosophe
une de ces expériences qu'on se doit de faire pour
ensuite y renoncer. La chasteté, où il avait vu
naguère une superstition à combattre, lui semblait
maintenant un des visages de sa sérénité : il goûtait
cette froide connaissance qu'on a des êtres quand
on ne les désire plus. Une fois pourtant, séduit par
une rencontre, il s'adonna de nouveau à ces jeux, et
s'étonna de ses propres forces. Il s'emporta un jour
contre un gueux de moine qui vendait en ville les
onguents du dispensaire, mais sa colère était plus
délibérée qu'instinctive. Il se passait même une
bouffée de vanité à la suite d'une opération bien
faite, comme on laisse un chien s'ébrouer sur
l'herbe.

Un matin, au cours d'une de ses promenades
d'herboriste, une occurrence insignifiante et presque grotesque le fit réfléchir; elle eut sur lui un
effet comparable à celui d'une révélation illuminant
pour un dévot quelque saint mystère. Il était sorti
de la ville au point du jour pour se rendre à l'orée
des dunes, emportant avec lui une loupe qu'il avait
fait construire sur ses spécifications par un lunettier
de Bruges, et qui lui servait à examiner de près les

radicelles et les graines des plantes ramassées. Vers le midi, il s'endormit couché à plat ventre dans un creux du sable, la tête contre le bras, sa loupe tombée de sa main reposant sous lui sur une touffe sèche. Au réveil, il crut apercevoir contre son visage une bête extraordinairement mobile, insecte ou mollusque qui bougeait dans l'ombre. Sa forme était sphérique ; sa partie centrale, d'un noir brillant et humide, s'entourait d'une zone d'un blanc rosâtre ou terne ; des poils frangés croissaient sur la périphérie, issus d'une sorte de molle carapace brune striée de crevasses et bossuée de boursouflures. Une vie presque effrayante habitait cette chose fragile. En moins d'un instant, avant même que sa vision pût se formuler en pensée, il reconnut que ce qu'il voyait n'était autre que son œil reflété et grossi par la loupe, derrière laquelle l'herbe et le sable formaient un tain comme celui d'un miroir. Il se redressa tout songeur. Il s'était vu voyant ; échappant aux routines des perspectives habituelles, il avait regardé de tout près l'organe petit et énorme, proche et pourtant étranger, vif mais vulnérable, doué d'imparfaite et pourtant prodigieuse puissance, dont il dépendait pour voir l'univers. Il n'y avait rien de théorique à tirer de cette vision qui accrut bizarrement sa connaissance de soi, et en même temps sa notion des multiples objets qui composent ce soi. Comme l'œil de Dieu dans certaines estampes, cet œil humain devenait un symbole. L'important était de recueillir le peu qu'il filtrerait du monde avant qu'il fît nuit, d'en

contrôler le témoignage et, s'il se pouvait, d'en
rectifier les erreurs. En un sens, l'œil contrebalan-
çait l'abîme.

Il sortait du défilé noir. A la vérité, il en était
déjà sorti plus d'une fois. Il en sortirait encore. Les
traités consacrés à l'aventure de l'esprit se trom-
paient en assignant à celle-ci des phases successi-
ves : toutes au contraire s'entremêlaient ; tout était
sujet à des redites et à des répétitions infinies. La
quête de l'esprit tournait en cercle. A Bâle jadis, et
en bien d'autres lieux, il avait passé par la même
nuit. Les mêmes vérités avaient été réapprises
plusieurs fois. Mais l'expérience était cumulative :
le pas à la longue se faisait plus sûr ; l'œil voyait
plus loin dans certaines ténèbres ; l'esprit constatait
au moins certaines lois. Comme il arrive à un
homme qui gravit, ou peut-être descend, la pente
d'une montagne, il s'élevait ou s'enfonçait sur
place ; tout au plus, à chaque lacet, le même abîme
s'ouvrait tantôt à droite et tantôt à gauche. La
montée n'était mesurable qu'à l'air devenu plus
rare et aux nouvelles cimes pointant derrière celles
qui avaient semblé barrer l'horizon. Mais la notion
d'ascension ou de descente était fausse : des astres
brillaient en bas comme en haut ; il n'était pas plus
au fond du gouffre qu'il n'était au centre. L'abîme
était à la fois par-delà la sphère céleste et à
l'intérieur de la voûte osseuse. Tout semblait avoir
lieu au fond d'une série infinie de courbes fermées.

Il s'était remis à écrire, mais sans projeter de
rendre ses productions publiques. Entre tous les
traités de la médecine ancienne, il avait toujours
admiré le livre III des *Épidémiques* d'Hippocrate,
pour l'exacte description de cas cliniques avec leurs
symptômes, leur progrès jour par jour, et leur
issue. Il tenait un registre analogue en ce qui
concernait les malades traités à l'hospice de Saint-
Cosme. Tel médecin vivant après lui saurait peut-
être tirer parti de ce journal rédigé par un praticien
exerçant en Flandre du temps de Sa Catholique
Majesté Philippe II. Un projet plus hardi l'occupa
quelque temps, celui d'un *Liber Singularis,* où il eût
minutieusement consigné tout ce qu'il savait d'un
homme, qui était soi-même, sa complexion, son
comportement, ses actes avoués ou secrets, fortuits
ou voulus, ses pensées, et aussi ses songes. Réduisant ce plan trop vaste, il se restreignit à une seule
année vécue par cet homme, puis à une seule
journée : la matière immense lui échappait encore,
et il s'aperçut bientôt que de tous ses passe-temps
celui-là était le plus dangereux. Il y renonça.
Parfois, pour se distraire, il mettait par écrit de
prétendues prophéties qui satirisaient en réalité les
erreurs et les monstruosités de son temps en leur
donnant l'aspect inusité d'une nouveauté ou d'un
prodige. A l'occasion, et en guise de divertissement,
il communiquait à l'organiste de Saint-Donatien,
dont il s'était fait un ami depuis qu'il avait opéré sa
bonne femme d'une tumeur bénigne, quelques-

unes de ces bizarres énigmes. L'organiste et sa
moitié se creusaient la tête à en pénétrer le sens,
comme de devinettes, puis en riaient sans y voir
malice.

Un objet qui l'occupa durant ces années-là fut un
plant de tomate, rareté botanique issue d'une
bouture qu'il avait à grand-peine obtenue d'un
spécimen unique apporté du Nouveau Monde.
Cette précieuse plante qu'il gardait dans son
officine lui inspira de se remettre à ses anciennes
études sur le mouvement de la sève : à l'aide d'un
couvercle empêchant l'évaporation de l'eau versée
sur la terre du pot, et en pratiquant chaque matin
de soigneuses pesées, il parvint à mesurer combien
d'onces liquides étaient chaque jour absorbées par
les pouvoirs d'imbibition de la plante ; il tenta plus
tard de calculer algébriquement jusqu'à quelle
hauteur cette faculté pouvait élever les fluides à
l'intérieur d'un tronc et d'une tige. Il correspondait
à ce sujet avec le savant mathématicien qui l'avait
hébergé à Louvain quelque six ans plus tôt. Ils
échangeaient des formules. Zénon attendait impatiemment ses réponses. Il commençait aussi à
penser à de nouveaux voyages.

LA MALADIE DU PRIEUR

Un lundi de mai, le jour de la fête du Saint-Sang, Zénon expédiait comme d'habitude son repas à l'auberge du *Grand Cerf*, assis seul dans son usuel coin sombre. Les tables et les bancs placés près des croisées ouvrant sur la rue étaient au contraire particulièrement achalandés, car on pouvait de là voir défiler la procession. Une maquerelle qui tenait à Bruges une maison célèbre, et qu'à cause de sa corpulence on avait surnommée la Citrouille, occupait l'une de ces tables avec un petit homme blafard qui passait pour son fils et deux belles de l'établissement. Zénon connaissait la Citrouille par les récriminations d'une fille phtisique qui venait parfois lui demander une prescription pour sa toux. Cette créature n'arrêtait pas de parler des vilenies de la patronne qui la grugeait et lui volait son linge fin.

Un petit groupe de gardes-wallonnes qui

venaient de faire la haie au seuil de l'église entrèrent
pour manger. La table de la Citrouille plut à
l'officier, qui ordonna à ces gens-là de décamper.
Le fils et les putains ne se le firent pas dire deux
fois, mais la Citrouille avait le cœur fier et refusa de
bouger. Tiraillée par un garde qui s'efforçait de la
faire lever, elle s'accrocha à la table, renversant les
plats ; un soufflet de l'officier marqua d'une trace
livide sa grosse figure jaune. Piaulant, mordant,
s'agrippant aux bancs et au montant de la porte,
elle se laissa traîner et pousser dehors par les
gardes ; l'un d'eux, pour faire rire, l'aiguillonnait
plaisamment du bout de son estoc. L'officier
installé dans la place conquise donnait dédaigneusement des ordres à la servante qui essuyait le
plancher.

Personne ne fit mine de se lever. Quelques-uns
ricanaient par lâche complaisance, mais la plupart
au contraire détournaient les yeux ou maugréaient,
le nez dans l'assiette. Zénon vit la scène avec une
nausée de dégoût : la Citrouille était décriée de
tous ; à supposer qu'on pût lutter contre la brutalité
soldatesque, l'occurrence était mal choisie, et le
défenseur de la grosse femme n'eût recueilli que
des quolibets. On sut plus tard que la maquerelle
avait été ensuite fouettée pour atteinte à la paix
publique et renvoyée au logis. Huit jours plus tard,
elle faisait comme à l'ordinaire les honneurs de son
bourdeau, montrant à qui le voulait ses cicatrices.

Quand Zénon alla rendre ses devoirs au prieur
qui gardait la chambre, las d'avoir suivi à pied la

procession, il le trouva au courant de l'incident. Il lui conta ce qu'il avait vu de ses yeux. Le religieux soupira, reposant devant soi sa tasse de tisane.

— Cette femme est le rebut de son sexe, fit-il, et je ne vous blâme point d'être resté coi. Mais eussions-nous protesté contre cette indignité s'il se fût agi d'une sainte? Cette Citrouille est ce qu'elle est, et cependant elle avait aujourd'hui la justice pour elle, autant dire Dieu et ses anges.

— Dieu et ses anges ne sont pas intervenus en sa faveur, dit évasivement le médecin.

— Loin de moi de mettre en doute les saints prodiges de l'Écriture, dit le religieux avec quelque chaleur, mais de nos jours, mon ami (et j'ai passé soixante ans), je n'ai jamais vu que Dieu intervînt directement dans nos affaires terrestres. Dieu se délègue. Il n'agit qu'à travers nous pauvres hommes.

Il alla chercher dans le tiroir d'un cabinet deux feuillets d'une écriture serrée et les remit au docteur Théus.

— Voyez, dit-il. Mon filleul, Monsieur de Withem, un patriote, me tient au fait d'atrocités que nous ne connaissons autrement que trop tard, quand l'émotion en est déjà morte, ou tout de suite, mais édulcorées de mensonges. Notre imagination est bien faible, monsieur mon médecin. Nous nous inquiétons, et avec raison, d'une maquerelle maltraitée, parce que ces sévices se sont perpétrés sous nos yeux, mais des monstruosités qui se commettent à dix lieues d'ici ne m'empêchent pas de finir cette infusion de mauve.

— L'imagination de Votre Révérence est assez forte pour faire trembler ses mains et répandre ce reste de tisane, observa Sébastien Théus.

Le prieur épongea de son mouchoir sa robe de laine grise.

— Près de trois cents hommes et femmes déclarés rebelles à Dieu et au prince ont été exécutés à Armentières, murmura-t-il comme à contrecœur. Continuez à lire, mon ami.

— Les pauvres gens que je soigne savent déjà les suites de l'échauffourée d'Armentières, dit Zénon en rendant sa lettre au prieur. Quant aux autres abus dont ces feuilles sont pleines, c'est le fondement des conversations du marché et des tavernes. Ces nouvelles-là volent à ras de terre. Vos bourgeois et vos notables dans leurs bonnes maisons calfeutrées n'entendent tout au plus qu'une vague rumeur.

— Si fait, dit le prieur avec une colère triste. Hier, après la messe, me trouvant sur le parvis Notre-Dame avec mes confrères du clergé, j'ai osé toucher mot des affaires publiques. Aucun de ces saintes gens qui n'approuvât les fins, sinon les moyens des tribunaux d'exception, ou du moins ne protestât que mollement contre leur sanglant excès. Je mets à part le curé de Saint-Gilles : il déclare que nous sommes bien capables de brûler nos hérétiques sans que l'étranger vienne nous enseigner comment.

— Il est dans les bonnes traditions, dit Sébastien Théus avec un sourire.

— Suis-je moins fervent chrétien et pieux catholique? s'écria le prieur. On ne vogue pas sa vie durant sur un beau navire sans détester les rats qui rongent ses œuvres vives. Mais le feu, le fer et la fosse ne servent qu'à endurcir ceux qui les infligent, ceux qui y courent comme à un théâtre, et ceux qui les souffrent. Des opiniâtres font ainsi figure de martyrs. On se moque, monsieur mon médecin. Le tyran s'arrange pour décimer nos patriotes sous couleur de venger Dieu.

— Votre Révérence approuverait ces exécutions si elle les jugeait efficaces à rétablir l'unité de l'Église?

— Ne me tentez pas, mon ami. Je sais seulement que notre père François, qui mourut en tâchant d'apaiser des discordes civiles, eût approuvé nos gentilshommes flamands de travailler à un compromis.

— Ces mêmes seigneurs ont cru pouvoir demander au Roi l'arrachement des placards publiant l'anathème prononcé contre l'hérétique au Concile de Trente, dit dubitativement le médecin.

— Pourquoi non? s'écria le prieur. Ces placards gardés par la troupe insultent à nos libertés civiques. Tout mécontent est étiqueté protestant. Dieu me pardonne! Ils auront suspecté cette maquerelle elle-même d'inclinations évangéliques... Quant au Concile, vous savez comme moi de quel poids ont pesé sur ses délibérations les discrètes volontés de nos princes. L'empereur Charles s'inquiétait avant tout de l'unité de l'Empire, ce qui est naturel. Le roi Philippe pense à la suprématie des Espagnes. Hélas! Si je ne m'étais pas aperçu de bonne heure que toute politique de cour n'est que ruse et contre-ruse, abus de mots et abus de force, je n'aurais peut-être pas trouvé en moi assez de piété pour échanger le monde contre le service de Notre-Seigneur.

— Votre Révérence aura sans doute éprouvé de grands revers, dit le docteur Théus.

— Que non! fit le prieur. J'ai été courtisan bien vu par le maître, négociateur plus heureux que mes faibles talents ne le méritaient, mari fortuné d'une pieuse et bonne femme. J'aurai été privilégié dans ce monde plein de maux.

Son front s'humectait de sueur, ce qui parut au médecin symptomatique de faiblesse. Il tourna vers le docteur Théus un visage préoccupé :

— Ne disiez-vous pas que les petites gens que vous soignez suivent avec sympathie les mouvements de la prétendue Réforme?

— Je n'ai rien dit ni remarqué de pareil, fit précautionneusement Sébastien. Votre Révérence n'ignore pas que ceux qui entretiennent des opinions compromettantes savent d'ordinaire garder le silence, ajouta-t-il avec une pointe d'ironie. Il est vrai que la frugalité évangélique a des attraits pour certains de ces pauvres. Mais la plupart sont bons catholiques, ne serait-ce que par habitude.

— Par habitude, répéta douloureusement le religieux.

— Pour moi, dit d'un ton froid le docteur Théus, choisissant de s'étendre pour laisser aux émotions du prieur le temps de se calmer, ce que je vois surtout dans tout ceci, c'est l'éternelle confusion des affaires humaines. Le tyran fait horreur aux cœurs bien placés, mais nul ne nie que Sa Majesté ne règne légitimement sur les Pays-Bas, qu'elle tient d'une aïeule qui fut l'héritière et l'idole des Flandres. Je n'examine pas s'il est juste qu'on lègue un peuple comme une crédence ; nos lois sont ainsi. Les gentilshommes qui par démagogie prennent le nom de Gueux sont des Janus, traîtres pour le Roi dont ils sont les vassaux, héros et patriotes pour la foule. D'autre part, les brigues entre princes et les dissensions dans les villes sont telles que bien des esprits circonspects préfèrent encore les exactions de l'étranger au désordre qui suivrait sa déconfiture. L'Espagnol persécute sauvagement les soi-disant réformés, mais la majorité des Patriotes sont bons catholiques. Ces réformés s'enorgueillissent de l'austérité de leurs mœurs, mais leur chef en Flandre, Monsieur de Bréderode, est un coquin débauché. La Gouvernante, qui tient à garder sa place, promet la suppression des tribunaux d'Inquisition, et annonce du même coup l'établissement d'autres chambres de justice qui enverront les hérétiques au bûcher. L'Église insiste charitablement pour que ceux qui se confessent *in extremis* ne soient soumis qu'à la mort simple, poussant de la sorte des malheureux au parjure et au mésusage des sacrements. Les évangélistes, de leur côté, égorgent quand ils le peuvent les misérables restes des anabaptistes. L'État ecclésiastique de Liége qui, par définition, est pour la Sainte Église, s'enrichit à fournir ouvertement des armes aux troupes royales, et subrepticement aux Gueux. Chacun déteste les soldats à la paie de l'étranger, et d'autant plus que, cette paie étant faible, ils se rattrapent sur le dos des citoyens, mais les bandes de brigands qui parcourent les campagnes à la faveur des troubles font réclamer aux bourgeois la protection des hallebardes et des piques. Ces bourgeois jaloux de leurs franchises boudent par principe la noblesse et la monarchie, mais les hérétiques se recrutent pour la plupart dans le bas peuple, et tout bourgeois hait les pauvres. Dans ce tintouin de paroles, ce fracas d'armes, et parfois ce bon bruit d'écus, ce qu'on entend encore le moins, ce sont les cris de ceux qu'on rompt ou qu'on tenaille. Tel est le monde, monsieur le prieur.

— Durant la grand-messe, dit mélancoliquement le supérieur, j'ai prié (c'est l'usage) pour la prospérité de la Gouvernante et de Sa Majesté. Pour la Gouvernante, passe encore : Madame est une assez bonne femme qui cherche des accommodements entre la hache et le billot. Mais dois-je prier pour Hérode? Faut-il demander à Dieu la prospérité du cardinal de Granvelle dans sa retraite, qui d'ailleurs est postiche, et d'où il continue à nous harceler? La religion nous oblige à respecter les autorités constituées, et je n'y contredis pas. Mais l'autorité se délègue, elle aussi, et plus on descend plus elle prend des visages grossiers et bas où se marque presque grotesquement la trace de nos crimes. Dois-je y aller de ma prière pour le salut des gardes-wallonnes ?

— Votre Révérence peut toujours prier Dieu d'éclairer ceux qui nous gouvernent, dit le médecin.

— J'ai surtout besoin qu'il m'éclaire moi-même, fit le Cordelier avec componction.

Zénon tourna l'entretien sur les nécessités et les débours de l'hospice, cette conversation au sujet des affaires publiques agitant par trop le religieux. Au moment de prendre congé, toutefois, le prieur le retint, lui faisant signe de refermer par prudence la porte de la cellule :

— Je n'ai pas besoin de vous conseiller la circonspection, dit-il. Vous voyez que nul n'est placé assez haut ou assez bas pour éviter les soupçons et les avanies. Que personne ne sache nos propos.

— A moins de parler à mon ombre, dit le docteur Théus.

— Vous êtes étroitement associé à ce couvent, rappela le religieux. Dites-vous bien qu'il y a pas mal de gens dans cette ville, et même dans ces murs, qui ne seraient pas fâchés d'accuser le prieur des Cordeliers de rébellion ou d'hérésie

Ces entretiens se renouèrent assez fréquemment.
Le prieur en semblait avide. Cet homme si respecté
paraissait à Zénon aussi seul et plus menacé que
soi-même. A chaque visite, le médecin voyait plus
clairement sur le visage du religieux les signes d'un
mal indéfinissable qui sapait ses forces. L'angoisse
et la pitié provoquées chez le prieur par la misère
du temps pouvaient être la seule cause de ce déclin
inexplicable; il se pouvait, au contraire, qu'elles en
fussent l'effet, et la marque d'une constitution trop
ébranlée pour supporter les maux du monde avec
cette robuste indifférence qui est celle de presque
tous les hommes. Zénon persuada Sa Révérence
d'user chaque jour de restauratifs mêlés à du vin;
elle les prenait pour lui complaire.

Le médecin, lui aussi, avait pris goût à ces
échanges de propos courtois, et pourtant presque
exempts de mensonges. Il en sortait néanmoins
avec le sentiment d'une vague imposture. Une fois
de plus, comme on se contraint à parler latin en
Sorbonne, il avait dû adopter, pour se faire
entendre, un langage étranger qui dénaturait sa
pensée, bien qu'il en possédât parfaitement les
inflexions et les tours; dans l'espèce, le langage était
celui du chrétien déférent, sinon dévot, et du sujet
loyal, mais alarmé par l'état présent du monde.
Une fois de plus, et tenant compte des vues du
prieur par respect encore plus que par prudence, il
acceptait de partir de prémisses sur lesquelles, dans
son for intérieur, il eût refusé de rien bâtir;
reléguant ses propres soucis, il s'obligeait à montrer

de son esprit une seule face, toujours la même, celle
qui reflétait son ami. Cette fausseté inhérente aux
rapports humains et devenue pour lui une seconde
nature le troublait dans ce libre commerce entre
deux hommes désintéressés. Le prieur eût été
surpris de constater combien peu de place des
sujets longuement débattus dans sa cellule tenaient
dans les cogitations solitaires du docteur Théus.
Non que les maux des Pays-Bas laissassent Zénon
indifférent, mais il avait trop vécu dans un monde à
feu et à sang pour éprouver devant ces nouvelles
preuves de la fureur humaine le saisissement de
douleur du prieur des Cordeliers.

Quant à ses dangers propres, ils lui semblaient
pour le moment plutôt diminués qu'accrus par les
perturbations publiques. Personne ne pensait à
l'insignifiant Sébastien Théus. Cette clandestinité
que les adeptes de la magie juraient de garder dans
l'intérêt de leur science l'enveloppait par la force
des choses ; il était en vérité invisible.

Un soir du même été, à l'heure du couvre-feu, il
remonta dans sa soupente après avoir donné à la
porte le tour de clef habituel. L'hospice en bonne
règle fermait à l'angélus : une fois seulement, à
l'occasion d'une épidémie durant laquelle l'hôpital
Saint-Jean débordait de malades, le médecin avait
pris sur lui d'installer des paillasses et de garder des
fiévreux dans la salle d'en bas. Le frère Luc chargé
de laver le carrelage venait de repartir avec ses

le tenait à une diète sévère ; Han délirait en demandant à manger. Une nuit, les muscles se contractèrent avec tant de violence que la jambe rompit ses attelles. Zénon s'avoua que par une lâche pitié il n'avait pas suffisamment serré les éclisses ; il fallut de nouveau étendre et réduire. La souffrance en risquait d'être pire qu'aux premiers soins, mais cette fois le malade enveloppé par Zénon d'une fumée d'opium la supporta mieux. Au bout de sept jours, les drains avaient vidé l'abcès, et la fièvre se termina par d'abondantes suées. Zénon sortit de la forge le cœur léger, avec le sentiment d'avoir eu pour lui cette Fortune sans laquelle toute habileté est vaine. Pendant trois semaines, il lui semblait, à travers ses autres préoccupations et travaux, avoir continuellement mis toutes ses forces au service de cette guérison. Cette attention perpétuelle ressemblait fort à ce que le prieur eût appelé l'état d'oraison.

Mais certains aveux avaient échappé au blessé dans son délire. Josse et le forgeron finirent par confirmer et par compléter de leur plein gré la compromettante histoire. Han venait d'un pauvre hameau du côté de Zévecote, à trois lieues de Bruges, où s'étaient passés récemment des incidents sanglants que chacun connaissait. Tout avait commencé par un prédicant dont les prêches avaient échauffé le village ; ces rustres, mécontents du curé qui ne plaisantait pas sur la dîme, avaient envahi l'église le marteau au poing, brisant les statues de l'autel et la Vierge qu'on sortait dans les processions, faisant main basse sur les jupons brodés, le manteau et l'auréole de laiton de Notre-Dame et sur les pauvres trésors de la sacristie. Une escouade commandée par un certain capitaine Julian Vargaz vint aussitôt réprimer ce désordre. La mère de Han, chez qui l'on trouva un lé de satin soutaché de semences de perles, fut assommée après les violences d'usage, bien que pour celles-ci elle n'eût plus tout à fait l'âge qui convînt. Le reste des femmes et des enfants fut chassé et s'égailla par les champs. Tandis que la pendaison des quelques hommes du hameau s'exécutait sur la place, le capitaine Vargaz frappé au front d'une balle d'arquebuse tomba à terre, vidant les étriers. On avait tiré par la lucarne d'une grange; les soldats battirent et piquèrent les meules de foin sans trouver personne, et finalement mirent le feu. Assurés d'avoir fait flamber l'assassin, ils s'étaient ensuite retirés, emportant avec eux le cadavre de leur capitaine au travers d'une selle, et quelques têtes de bétail confisqué.

Han avait sauté du toit, se rompant la jambe dans sa chute. Serrant les dents, il s'était traîné sous un tas de paille et d'immondices au bord de la mare et y était resté caché jusqu'au départ des soldats, craignant que le feu ne se communiquât à son misérable abri. Vers le soir, des paysans d'une ferme voisine, venus voir ce qui restait à grappiller dans le village désert, le découvrirent à ses plaintes qu'il ne retenait plus. Ces maraudeurs avaient le cœur bon ; on décida de placer Han sous la bâche d'une charrette, et de l'envoyer en ville chez son oncle. Il y arriva evanoui. Pieter et son fils se flattaient que personne n'avait vu entrer la carriole dans la cour de la rue aux Laines.

L'histoire de sa mort dans la grange en flammes mettait Han à l'abri de poursuites, mais cette sécurité dépendait du silence des paysans, qui, d'un moment à l'autre, pourraient parler de gré, et surtout de force. Pieter et Josse risquaient leur vie à héberger un rebelle et un briseur d'images, et le danger couru par le médecin n'était pas moindre. Six semaines plus tard, le convalescent sautillait, aidé d'une béquille, mais les adhérences de la cicatrice le faisaient encore cruellement souffrir. Le père et le fils implorèrent le médecin de les débarrasser de ce garçon qui n'était pas, d'ailleurs, de ceux auxquels on s'attache : sa longue réclusion l'avait rendu geignard et hargneux ; on se lassait de l'entendre raconter sans cesse son unique prouesse, et le forgeron, qui lui en voulait d'avoir sifflé son précieux vin et sa bière, enragea d'apprendre que ce vaurien avait demandé à Josse de lui procurer une fille. Zénon s'avisa que Han serait mieux caché dans la grande ville d'Anvers, d'où il pourrait peut-être, une fois tout remis, joindre sur l'autre rive de l'Escaut les petites bandes de rebelles du capitaine Henri Thomaszoon et du capitaine Sonnoy, qui, dans leurs bâtiments embusqués çà et là le long des côtes de la Zélande, harcelaient de leur mieux les troupes royales.

Il pensa au fils de la vieille Greete, qui, en sa qualité de voiturier, faisait chaque semaine le voyage avec ses ballots et ses sacs. Celui-ci, mis partiellement dans la confidence, voulut bien emmener avec soi le garçon et le déposer chez des gens sûrs ; encore fallait-il un peu d'argent pour ce départ. Pieter Cassel, en dépit de sa hâte de voir son neveu déguerpir, disait n'avoir plus un sou à dépenser à son service ; Zénon n'avait rien. Après quelques hésitations, il se rendit chez le prieur.

Le saint homme terminait sa messe dans la chapelle attenante à sa cellule. Après l'*Ite, Missa est* et les prières d'action de grâces, Zénon lui demanda un entretien et lui raconta sans fard l'aventure.

— Vous avez là couru de gros risques, dit gravement le prieur.

— Dans ce monde fort confus, il y a quelques prescriptions assez claires, dit le philosophe. J'ai pour métier de soigner.

Le prieur acquiesça.

— Personne ne pleure Vargaz, continua-t-il. Vous souvenez-vous, Monsieur, des insolents soldats qui encombraient partout les rues à l'époque où vous arrivâtes en Flandre ? Sous divers prétextes, deux ans après la conclusion de la guerre avec la France, le Roi nous imposait encore la

présence de cette armée. Deux ans ! Ce Vargaz avait
repris ici du service pour continuer sur nous ses
brutalités qui l'avaient rendu odieux aux Français.
On ne peut guère louer le jeune David de l'Écriture
sans applaudir l'enfant que vous avez soigné.

— Il faut avouer qu'il est bon tireur, dit le
médecin.

— Je voudrais croire que Dieu a guidé sa
main. Mais un sacrilège est un sacrilège. Ce Han
reconnaît-il avoir pris part au bris des images ?

— Il l'assure, mais je vois surtout dans ces
vanteries l'expression détournée du remords, dit
prudemment Sébastien Théus. J'interprète de
même certaines paroles lâchées dans le délire.
Quelques prêches n'ont pu faire perdre à ce garçon
tout souvenir de ses anciens *Ave Maria*.

— Trouvez-vous ces remords mal fondés ?

— Votre Révérence fait-elle de moi un luthérien ? demanda le philosophe avec un mince sourire.

— Non, mon ami, je crains que vous n'ayez pas
assez de foi pour être hérétique.

— Chacun soupçonne les autorités d'implanter
dans les villages des prédicants vrais ou faux,
poursuivit aussitôt le médecin, ramenant précautionneusement l'entretien sur autre chose que
l'orthodoxie de Sébastien Théus. Nos gouvernants
provoquent des excès pour sévir ensuite plus à
l'aise.

— Je connais certes les astuces du Conseil
d'Espagne, dit le religieux avec quelque impa-

tience. Mais dois-je vous expliquer mes scrupules ?
Je suis le dernier à souhaiter qu'un malheureux
brûle vif pour des finesses théologiques qu'il
n'entend pas. Mais il y a dans ces voies de fait
contre Notre-Dame une violence qui sent l'Enfer.
Encore s'il s'agissait de l'un de ces saints Georges
ou de l'une de ces saintes Catherine dont l'existence
est mise en doute par nos doctes, et qui charment
innocemment la piété du peuple... Est-ce parce que
notre Ordre exalte tout particulièrement cette haute
déesse (un poète que j'ai lu dans ma jeunesse
l'appelait ainsi) et l'assure immune du péché
d'Adam, ou suis-je plus touché qu'il ne faut du
souvenir de ma pauvre femme, qui portait avec
grâce et humilité ce beau nom... Aucun crime
contre la foi ne m'outre autant qu'une offense à
cette Marie qui contint l'Espérance du monde, à
cette créature appointée dès l'aube des temps qui
est notre avocate au ciel...

— Je crois vous suivre, dit Sébastien Théus,
voyant des larmes monter aux yeux du prieur.
Vous souffrez qu'un brutal ose lever la main sur la
forme la plus pure qu'ait prise, selon vous, la Bonté
divine. Les Juifs (j'ai fréquenté des médecins de ce
peuple) m'ont ainsi parlé de leur Shechina qui
signifie la tendresse de Dieu... Il est vrai qu'elle
reste pour eux une face invisible... Mais tant qu'à
donner à l'Ineffable l'apparence humaine, je ne vois
pas pourquoi nous ne lui prêterions pas certains
traits femelles, sans quoi nous réduisons de moitié
la nature des choses. Si les bêtes des bois ont

quelque sens des sacrés mystères (et qui sait ce qui
se passe au-dedans des créatures?) elles imaginent
sans doute auprès du Cerf divin une biche imma-
culée. Cette notion offusque le prieur?

— Pas plus que l'image de l'Agneau sans tache.
Et Marie n'est-elle pas aussi la Colombe très pure?

— De tels emblèmes ont cependant leurs dangers, reprit méditativement Sébastien Théus. Mes
frères alchimistes usent des figures du Lait de la
Vierge, du Corbeau Noir, du Lion Vert Universel
et de la Copulation Métallique pour désigner des
opérations de leur art, là où la virulence ou la
subtilité de celles-ci passe les mots humains. Le
résultat en est que les esprits grossiers s'attachent à
ces simulacres, et que de plus judicieux, au
contraire, méprisent un savoir qui pourtant va loin,
mais qui leur paraît enlisé dans un marécage de
songes... Je ne pousse pas davantage la comparaison.

— La difficulté est insoluble, mon ami, dit le
prieur. Que j'aille dire à des malheureux que la
coiffe d'or de Notre-Dame et son bleu manteau ne
sont qu'un maladroit symbole des splendeurs du
ciel, et le ciel à son tour une pauvre portraiture du
Bien invisible, et ils en concluront que je ne crois ni
à Notre-Dame ni au ciel. Ne serait-ce pas là un pire
mensonge? La chose signifiée authentifie le signe.

— Revenons au garçon que j'ai soigné, insista le
médecin. Votre Révérence ne suppose pas que ce
Han a cru abattre l'avocate appointée de tout temps
par la Miséricorde divine? Il a rompu un billot de

bois atourné d'un habit de velours qu'un prédicant lui représente comme une idole, et j'ose dire que cette impiété qui à bon droit indigne le prieur lui aura semblé conforme au plat bon sens qu'il a reçu du ciel. Ce rustique n'a pas plus insulté l'instrument du salut du monde qu'il n'a pensé en tuant Vargaz venger la patrie belge.

— Il a pourtant fait l'un et l'autre.

— Je me le demande, dit le philosophe. C'est vous et moi qui cherchons à donner un sens aux actions violentes d'un rustre de vingt ans.

— Tenez-vous beaucoup à ce que cet enfant échappe aux poursuites, monsieur le médecin? demanda brusquement le prieur.

— Outre que ma propre sûreté y est intéressée, je préfère qu'on ne jette pas au feu mon chef-d'œuvre, répliqua sur le ton de la plaisanterie Sébastien Théus. Mais ce n'est pas ce que le prieur peut penser.

— Tant mieux, dit le religieux, vous en attendrez l'événement avec plus de calme. Je ne veux pas non plus gâter votre ouvrage, ami Sébastien. Vous trouverez dans ce tiroir ce qu'il vous faudra.

Zénon tira la bourse cachée sous du linge, et y choisit parcimonieusement quelques pièces d'argent. En la remettant à sa place, il accrocha un bout d'étoffe rude qu'il fit de son mieux pour désengager. C'était une haire où séchaient çà et là des grumeaux noirâtres. Le prieur détourna la tête comme embarrassé.

— La santé de Sa Révérence n'est pas assez bonne pour lui permettre des pratiques si dures.

— J'en voudrais redoubler au contraire, protesta le religieux. Vos occupations, Sébastien, continua-t-il, ne vous auront pas laissé le temps de réfléchir aux malheurs publics. Tout ce qu'on colporte n'est que trop exact. Le Roi vient de rassembler en Piémont une armée sous les ordres du duc d'Alve, le vainqueur de Mühlberg, qui passe en Italie pour un homme de fer. Ces vingt mille hommes avec leurs bêtes de somme et leur bagage franchissent en ce moment les Alpes pour fondre ensuite sur nos malheureuses provinces... Nous regretterons peut-être bientôt le capitaine Julian Vargaz.

— Ils se hâtent avant que les routes soient bloquées par l'hiver, dit l'homme qui jadis s'était enfui d'Innsbruck par des chemins de montagne.

— Mon fils est lieutenant du Roi, et c'est miracle s'il ne se trouve pas dans la compagnie du duc, fit le prieur sur le ton de quelqu'un qui s'oblige à un pénible aveu. Nous sommes tous mêlés au mal.

Une toux qui l'avait déjà troublé plusieurs fois le saisit de nouveau. Sébastien Théus lui prit le pouls, rentrant dans ses fonctions de médecin.

— Le souci explique peut-être la mauvaise mine du prieur, dit-il après un silence. Mais cette toux qui persiste depuis quelques jours et cette étisie croissante ont des causes qu'il est de mon devoir de chercher. Sa Révérence consentira-t-elle demain à me laisser examiner sa gorge à l'aide d'un instrument de ma façon?

— Tout ce qu'il vous plaira, mon ami, dit le prieur. L'été pluvieux a sans doute causé cette angine. Et vous voyez vous-même que je n'ai pas la fièvre.

Han partit le soir même avec le voiturier en qualité de valet de chevaux. Un peu de boiterie ne lui nuisait pas dans ce rôle. Son guide le déposa à Anvers chez un facteur des Fugger, secrètement favorable aux idées nouvelles, qui habitait sur le port, et qui l'employa à clouer et à déclouer des caisses d'épices. Vers la Noël, on apprit que le garçon, fermement d'aplomb sur sa jambe remise, s'était embauché comme charpentier sur un négrier appareillant pour la Guinée. On avait toujours besoin sur ces sortes de navires d'ouvriers aptes non seulement à réparer les avaries du bâtiment, mais encore à construire ou à déplacer des cloisons ou à fabriquer des carcans et des entraves, et capables aussi de faire le coup de feu en cas de mutinerie. La paie étant bonne, Han avait préféré cet emploi à la solde incertaine qu'il eût trouvée auprès du capitaine Thomaszoon et de ses Gueux de Mer.

L'hiver revint. Le prieur avait de lui-même renoncé, du fait de son enrouement chronique, à prêcher les sermons de l'Avent. Sébastien Théus obtint de son malade qu'il passât dans l'après-dîner

une heure au lit pour épargner ses forces, ou tout
au moins dans le fauteuil qu'il avait depuis peu
consenti à laisser mettre dans sa cellule. Celle-ci ne
contenant selon la règle ni cheminée ni poêle,
Zénon le convainquit non sans peine d'y faire
placer un brasero.

Il le trouva cet après-midi-là les lunettes sur le
nez occupé à vérifier des chiffres. L'économe du
couvent, Pierre de Hamaere, écoutait debout les
observations de son supérieur. Zénon éprouvait
envers ce religieux, auquel il n'avait pas adressé la
parole dix fois dans sa vie, une inimitié qu'il sentait
réciproque; Pierre de Hamaere sortit après avoir
baisé la main de Sa Révérence avec une de ses
génuflexions à la fois hautaines et serviles. Les
nouvelles du jour étaient particulièrement sombres.
Le comte d'Egmont et son associé le comte de
Hornes, incarcérés à Gand depuis près de trois
mois sous l'inculpation de haute trahison, venaient
de se voir refuser ce jugement par leurs pairs qui
leur eût probablement laissé la vie sauve. La ville
bourdonnait de ce déni de justice. Zénon évita de
parler le premier de cette iniquité, ne sachant pas si
le prieur en était déjà averti. Il lui raconta au
contraire l'issue grotesque de l'histoire de Han.

— Le grand Pie II a jadis condamné les
entreprises des négriers, mais qui y prend garde?
dit le religieux d'un air las. Il est vrai que nous
avons parmi nous des injustices encore plus pres-
santes... Sait-on ce qu'on pense en ville de l'indignité faite au comte?

— On le plaint plus que jamais d'avoir ajouté foi aux promesses du Roi.

— Lamoral a le cœur grand, mais peu de jugement, dit le prieur avec plus de calme que Zénon n'en attendait. Un bon négociateur ne fait pas confiance.

Il prit docilement les gouttes astringentes que lui versait son médecin. Celui-ci le regarda faire avec une secrète tristesse : il ne croyait pas aux vertus de ce remède par trop anodin, mais cherchait en vain à l'angine du prieur un spécifique plus puissant. L'absence de fièvre lui avait fait renoncer à l'hypothèse d'une phtisie. Un polype à la gorge expliquait peut-être cet enrouement, cette toux persistante, cette gêne croissante à respirer et à manger.

— Merci, dit le prieur, lui rendant le verre vide. Ne me quittez pas trop vite aujourd'hui, ami Sébastien.

Ils parlèrent d'abord de choses et d'autres. Zénon s'était assis tout près du religieux pour lui éviter de forcer la voix. Celui-ci revint tout à coup à son principal souci :

— Une iniquité éclatante comme celle que vient de subir Lamoral entraîne avec soi toute une séquelle d'injustices aussi noires, mais qui demeurent inaperçues, reprit-il, ménageant son souffle. Le concierge du comte a été arrêté peu après son maître et rompu à coups de barre de fer dans l'espoir d'en obtenir des aveux. J'ai dit ce matin ma messe à l'intention des deux comtes, et il n'y a sans doute pas de maison en Flandre où l'on ne prie pour leur salut dans ce monde ou dans l'autre. Mais qui songe à prier pour l'âme de ce misérable, lequel d'ailleurs n'a rien pu avouer, n'ayant point part aux secrets de son gentilhomme. Il ne lui restait pas un os ou une veine intacts...

— Je vois ce qui en est, fit Sébastien Théus. Votre Révérence fait l'éloge d'une humble fidélité.

— Ce n'est pas tout à fait cela, dit le prieur. Ce concierge était un prévaricateur, enrichi, dit-on, aux dépens de son maître. Il paraît aussi qu'il détenait un tableau que le duc avait ordre d'acqué- rir pour Sa Majesté, une de nos diableries fla- mandes où l'on voit des démons grotesques qui supplicient des damnés. Notre Roi aime la pein- ture... Que cet homme de rien ait parlé ou non est d'ailleurs sans importance, la cause du comte étant déjà comme jugée. Mais je me dis que ce même comte mourra proprement d'un coup de hache sur un échafaud tendu de noir, consolé par le deuil de la populace qui voit à juste titre en lui un amateur de la patrie belge, ayant reçu les excuses du bourreau qui le frappera, et accompagné par les prières de son aumônier qui l'expédiera au ciel...

— J'y suis, cette fois, dit le médecin. Votre Révérence se dit qu'en dépit de tous les lieux communs des philosophes, le rang et le titre procurent à leurs possesseurs certains avantages solides. C'est quelque chose que d'être grand d'Espagne.

— Je m'explique mal, murmura le prieur. C'est

parce que cet homme a été petit, nul, sans doute
ignoble, pourvu seulement d'un corps accessible à
la douleur et d'une âme pour laquelle Dieu lui-
même a versé son sang, que je m'arrête à contempler son agonie. Je me suis laissé dire qu'au bout de
trois heures on l'entendait encore crier.

— Prenez garde, monsieur le prieur, dit Sébastien Théus pressant de sa main celle du religieux.
Ce misérable a souffert trois heures, mais pendant
combien de jours et combien de nuits Votre
Révérence revivra-t-elle cette fin? Vous vous tourmentez plus que les bourreaux cet infortuné.

— Ne dites pas cela, fit le prieur en secouant la
tête. La douleur de ce concierge et la fureur de ses
tortionnaires emplissent le monde et débordent le
temps. Rien ne peut faire qu'elles n'aient été un
moment de l'éternel regard de Dieu. Chaque peine
et chaque mal est infini dans sa substance, mon
ami, et ils sont aussi infinis en nombre.

— Ce que Votre Révérence dit de la douleur,
elle pourrait aussi le dire de la joie.

— Je sais... J'ai eu mes joies... Chaque joie
innocente est un reste de l'Eden... Mais la joie n'a
pas besoin de nous, Sébastien. La douleur seule
requiert notre charité. Le jour où s'est enfin révélée
à nous la douleur des créatures, la joie devient aussi
impossible qu'au Bon Samaritain une halte dans
une auberge avec du vin et des filles pendant qu'à
côté de lui son blessé saignait. Je ne comprends
même plus la sérénité des saints sur la terre ni leur
béatitude au ciel...

— Si j'entends quelque chose au langage de la
dévotion, le prieur traverse sa nuit obscure.

— Je vous en conjure, mon ami, ne réduisez pas
cette détresse à je ne sais quelle pieuse épreuve sur
le chemin de la perfection, où d'ailleurs je ne
m'imagine pas engagé... Regardons plutôt la nuit
obscure des hommes. Hélas! on craint de se
tromper quand on se plaint de l'ordre des choses!
Et cependant, Monsieur, comment osons-nous
envoyer à Dieu des âmes aux fautes desquelles nous
ajoutons le désespoir et le blasphème, par suite des
tourments que nous faisons subir aux corps?
Pourquoi avons-nous laissé l'opiniâtreté, l'impudence et la rancune se glisser dans des disputes de
doctrine qui, comme celle du Saint Sacrement
peinte par Sanzio dans les appartements du Saint-
Père, auraient dû ne se passer qu'en plein ciel?...
Car enfin, si le Roi l'an dernier avait daigné
entendre la protestation de nos gentilshommes; si,
au temps de notre enfance, le pape Léon avait reçu
avec bonté un ignorant moine augustin... Que
voulait-il de plus que ce dont toutes nos institutions
ont toujours besoin, je veux dire de réformes... Ce
rustre s'offusquait d'abus qui m'ont choqué moi-
même quand j'ai visité la cour de Jules III; il n'a
pas tort de reprocher à nos Ordres une opulence
qui nous encombre, et qui n'est pas toute au service
de Dieu...

— Le prieur ne nous éblouit pas par son luxe,
interrompit avec un sourire Sébastien Théus.

— J'ai toutes mes aises, dit le religieux étendant la main vers les charbons gris.

— Que Votre Révérence ne fasse pas par grandeur d'âme la part trop belle à l'adversaire, fit après réflexion le philosophe. *Odi hominem unus libri :* Luther a propagé une idolâtrie du Livre pire que bien des pratiques jugées par lui superstitieuses, et la doctrine du salut par la foi ravale la dignité de l'homme.

— J'en conviens, dit le prieur étonné, mais, après tout, nous révérons tous, comme lui, l'Écriture, et nous abîmons tous nos faibles mérites aux pieds du Sauveur.

— Certes, Votre Révérence, et c'est peut-être ce qui rendrait ces aigres débats incompréhensibles à un athée.

— N'insinuez pas ce que je ne veux pas entendre, murmura le prieur.

— Je me tais, dit le philosophe. Je constate seulement que les seigneurs réformés d'Allemagne jouant aux boules avec des têtes de paysans révoltés valent bien les lansquenets du duc, et que Luther fit le jeu des princes tout comme le cardinal de Granvelle.

— Il a opté pour l'ordre, comme nous tous, dit le prieur avec fatigue.

Il neigeait dehors par rafales. Le médecin s'étant levé pour regagner son dispensaire, le supérieur lui fit remarquer que peu de malades s'aventuraient par un temps si rude, et que le frère infirmier suffirait.

— Laissez-moi vous avouer ce que je cacherais à un homme d'Église, tout comme vous me feriez part plutôt qu'à un confrère d'une conjecture anatomique hasardeuse, reprit péniblement le prieur. Je n'en puis plus, mon ami... Sébastien, seize cents ans auront bientôt passé depuis l'Incarnation du Christ, et nous nous endormons sur la Croix comme sur un oreiller... On dirait presque que la Rédemption ayant eu lieu une fois pour toutes, il ne reste qu'à s'accommoder du monde comme il va, ou, tout au plus, à faire son salut pour soi seul. Nous exaltons, il est vrai, la Foi; nous la promenons et pavanons par les rues; nous lui sacrifions, s'il le faut, mille vies, y compris la nôtre. Nous faisons aussi grand-fête à l'Espérance; nous ne l'avons que trop fréquemment vendue aux dévots à prix d'or. Mais qui s'inquiète de la Charité, sauf quelques saints, et encore je tremble en pensant aux étroites limites dans lesquelles ils l'exercent... Même à mon âge, et sous ce froc, ma compassion trop tendre m'a paru souvent une tare de ma nature contre laquelle il convenait de lutter... Et je me dis que si l'un de nous courait au martyre, non pour la Foi, qui a déjà assez de témoins, mais pour la seule Charité, s'il grimpait au gibet ou se hissait sur les fagots à la place ou tout au moins à côté de la plus laide victime, nous nous trouverions peut-être sur une autre terre et sous un nouveau ciel... Le pire coquin ou le plus pernicieux hérétique ne sera jamais plus inférieur à moi que je ne le suis à Jésus-Christ.

— Ce dont rêve le prieur ressemble beaucoup à ce que nos alchimistes appellent la voie sèche ou la voie rapide, dit gravement Sébastien Théus. Il s'agit en somme de tout transformer d'un seul coup, et par nos faibles forces... C'est un sentier dangereux, monsieur le prieur.

— Ne craignez rien, dit le malade avec une sorte de honteux sourire. Je ne suis qu'un pauvre homme, et je ménage tant bien que mal soixante moines... Les entraînerais-je de mon plein gré dans je ne sais quelle mésaventure? N'ouvre pas qui veut par un sacrifice la porte du ciel. L'oblation, si elle a lieu, devra se faire autrement.

— Elle se produit d'elle-même quand l'hostie est prête, songea tout haut Sébastien Théus, pensant aux secrètes mises en garde de philosophes hermétiques.

Le prieur le regarda avec étonnement :

— L'hostie... fit-il, pieusement, goûtant ce beau mot. On assure que vos alchimistes font de Jésus-Christ la pierre philosophale, et du sacrifice de la messe l'équivalent du Grand Œuvre.

— Quelques-uns le disent, fit Zénon, ramenant sur les genoux du prieur une couverture glissée à terre. Mais que pouvons-nous tirer de ces équivalences, sinon que l'esprit humain a une certaine pente?

— Nous doutons, dit le prieur de sa voix soudain tremblante, nous avons douté... Pendant combien de nuits ai-je repoussé l'idée que Dieu n'est au-dessus de nous qu'un tyran ou qu'un monarque incapable, et que l'athée qui le nie est le seul homme qui ne blasphème pas... Puis, une lueur m'est venue; la maladie est une ouverture. Si nous nous trompions en postulant Sa toute-puissance, et en voyant dans nos maux l'effet de Sa volonté? Si c'était à nous d'obtenir que Son règne arrive? J'ai dit naguère que Dieu se délègue; je vais plus loin, Sébastien. Peut-être n'est-Il dans nos mains qu'une petite flamme qu'il dépend de nous d'alimenter et de ne pas laisser éteindre; peut-être sommes-nous la pointe la plus avancée à laquelle Il parvienne... Combien de malheureux qu'indigne la notion de Son omnipotence accourraient du fond de leur détresse si on leur demandait de venir en aide à la faiblesse de Dieu?

— Voilà qui s'accorde fort mal avec les dogmes de la Sainte Église.

— Non, mon ami; j'abjure d'avance tout ce qui déchirerait un peu plus la robe sans couture. Dieu règne omnipotent, je le veux bien, dans le monde des esprits, mais nous sommes ici dans le monde des corps. Et sur cette terre où Il a marché, comment L'avons-nous vu, si ce n'est comme un innocent sur la paille, tout pareil aux nourrissons gisant sur la neige dans nos villages de la Campine dévastés par les troupes du Roi, comme un vagabond n'ayant pas une pierre où reposer sa tête, comme un supplicié pendu à un carrefour et se demandant lui aussi pourquoi Dieu l'a abandonné? Chacun de nous est bien faible, mais c'est une consolation de penser qu'Il est plus impuissant et

plus découragé encore, et que c'est à nous de
L'engendrer et de Le sauver dans les créatures... Je
m'excuse, dit-il en toussant. Je vous ai fait le
sermon que je ne peux plus faire en chaire.

Il avait rejeté sur le dossier du fauteuil sa tête
massive et comme soudain vidée de pensée. Sébastien Théus se pencha amicalement sur lui tout en
agrafant sa houppelande :

— Je réfléchirai aux idées qu'a bien voulu
m'exposer le prieur, dit-il. Avant de prendre congé,
puis-je en échange lui faire part d'une hypothèse?
Les philosophes de ce temps postulent pour la
plupart l'existence d'une *Anima Mundi*, sentiente et
plus ou moins consciente, à laquelle participent
toutes choses; j'ai moi-même rêvé aux sourdes
cogitations des pierres... Et pourtant, les seuls faits
connus semblent indiquer que la souffrance, et
conséquemment la joie, et par là même le bien et
ce que nous nommons le mal, la justice, et ce qui
est pour nous l'injustice, et enfin, sous une forme
ou sous une autre, l'entendement, qui sert à
distinguer ces contraires, n'existent que dans le seul
monde du sang et peut-être de la sève, de la chair
sillonnée par les filets nerveux comme par un
réseau d'éclairs, et (qui sait?) de la tige qui croît
vers la lumière, son Souverain Bien, pâtit du
manque d'eau et se rétracte au froid, ou résiste de
son mieux aux empiétements iniques d'autres
plantes. Tout le reste, je veux dire le règne minéral
et celui des esprits, s'il existe, est peut-être insen-
tient et tranquille, par-delà nos joies et nos peines,

ou en deçà d'elles. Nos tribulations, monsieur le prieur, ne sont possiblement qu'une exception infime dans la fabrique universelle, et ceci pourrait expliquer l'indifférence de cette substance immuable que dévotement nous appelons Dieu.

Le prieur réprima un frisson.

— Ce que vous dites épouvante, fit-il. Mais, s'il en est ainsi, nous voilà rengagés plus que jamais dans le monde du froment qu'on broie et de l'Agneau qui saigne. Allez en paix, Sébastien.

Zénon retraversa l'arcade qui rattachait au couvent l'hospice de Saint-Cosme. La neige balayée par le vent s'amoncelait çà et là en grandes gisées blanches. Rentré au logis, il alla droit à la petite chambre où il avait placé sur des rayons les livres hérités de Jean Myers. Le vieux possédait un traité d'anatomie publié vingt ans plus tôt par Andréas Vésalius, qui avait lutté comme Zénon contre la routine galiénique en faveur d'une connaissance plus complète du corps de l'homme. Zénon n'avait rencontré qu'une seule fois le célèbre médecin, qui avait fait depuis une belle carrière de cour avant de mourir de la peste en Orient; cantonné dans sa spécialité médicale, Vésalius n'avait eu à craindre d'autres persécutions que celles des cuistres, qui d'ailleurs ne lui avaient pas manqué. Lui aussi avait volé des cadavres; il s'était fait de l'homme intérieur une idée basée sur des os ramassés sous les potences et sur les bûchers, ou, plus indécemment encore, obtenue grâce aux embaumements de hauts personnages auxquels on prend en cachette un rein ou le contenu d'une couille remplacé par un peu de charpie, rien ensuite n'indiquant que ces préparations viennent de Leurs Altesses.

Plaçant l'in-folio sous la lampe, Zénon chercha la planche où figure une coupe de l'œsophage et du larynx avec l'artère trachée : le dessin lui parut l'un des plus imparfaits du grand démonstrateur, mais il n'ignorait pas que Vésalius, comme lui-même, avait souvent dû travailler trop vite sur des chairs déjà putréfiées. Il posa le doigt sur la place où il soupçonnait chez le prieur l'existence d'un polype qui un jour ou l'autre étoufferait le malade. Il avait eu l'occasion en Allemagne de disséquer un vagabond mort du même mal ; ce souvenir et l'examen à l'aide du *speculum oris* le portaient à diagnostiquer sous les symptômes obscurs de la maladie du prieur l'action néfaste d'une parcelle de chair dévorant peu à peu les structures voisines. On eût dit que l'ambition et la violence, si étrangères à la nature du religieux, s'étaient apostées dans ce recoin de son corps, d'où elles détruiraient finalement cet homme de bonté. S'il ne se trompait point, Jean-Louis de Berlaimont, prieur des Cordeliers de Bruges, ancien grand forestier de la reine douairière Marie de Hongrie, plénipotentiaire au traité de Crespy, mourrait d'ici quelques mois, strangulé par ce nœud qui se formait au fond de la gorge, à moins toutefois que le polype ne rompît sur sa route une veine, noyant l'infortuné dans son propre sang. Exception faite de la possibilité, jamais négligeable, d'une mort accidentelle gagnant pour ainsi dire de vitesse sur la maladie elle-même, le destin du saint homme était aussi scellé que s'il avait déjà vécu.

Le mal trop interne était inaccessible au scalpel ou au cautère. Les seules chances de prolonger la vie de cet ami consistaient à soutenir ses forces par un prudent régime; il faudrait songer à se procurer des aliments semi-liquides, à la fois riches et légers, qu'il avalerait sans trop de peine quand l'angustie croissante aurait rendu inabsorbable l'ordinaire du couvent; il conviendrait aussi de veiller à ce qu'on lui épargnât les saignées et les purgations des praticiens habituels, qui ne font dans les trois quarts des cas qu'épuiser barbarement la substance humaine. Quand le temps viendrait d'endormir d'excessives souffrances, des opiats seraient efficaces, et il serait sage de continuer à l'amuser d'ici là de médicaments anodins, qui lui éviteraient l'angoisse de se sentir abandonné à son mal. L'art du médecin pour le moment ne pouvait pas plus.

Il souffla la lampe. La neige avait cessé, mais sa blancheur mortellement froide remplissait la chambre; les toits inclinés du couvent brillaient comme du verre. Une seule et jaune planète luisait au sud d'un éclat mat dans la constellation du Taureau, non loin du splendide Aldébaran et des liquides Pléiades. Zénon avait renoncé depuis longtemps à dresser des thèmes astrologiques,

tenant nos rapports avec ces lointaines sphères trop
confus pour qu'on pût tirer des calculs certains,
même si çà et là d'étranges résultats s'imposaient.
Accoudé à l'embrasure, il s'enfonçait pourtant dans
des rêveries sombres. Il n'ignorait pas que, d'après
leur nativité à tous deux, le prieur et lui avaient
tout à craindre de cette position de Saturne.

LES DÉSORDRES DE LA CHAIR

Depuis quelques mois, Zénon avait pour frère infirmier un jeune Cordelier de dix-huit ans, qui remplaçait avantageusement l'ivrogne voleur de baumes dont on s'était débarrassé. Le frère Cyprien était un rustique entré au couvent dans sa quinzième année, qui savait à peine assez de latin pour repondre à la messe, et ne parlait que l'épais flamand de son village. On le surprenait souvent à chantonner des ritournelles qu'il avait dû apprendre en piquant les bœufs. Il lui restait des faibles puérils, tels que de plonger la main à la dérobée dans le bocal plein du sucre qui servait à adoucir les juleps. Mais ce garçon indolent avait une dextérité sans pareille pour poser un emplâtre ou enrouler un bandage; aucune plaie, aucune apostume ne l'effrayait ni ne le dégoûtait. Les enfants qui venaient au dispensaire aimaient son sourire. Zénon le chargeait de reconduire au logis les malades trop chancelants qu'il n'osait renvoyer seuls par la ville ; le nez en l'air, jouissant du bruit et du mouvement de la rue, Cyprien courait de l'hospice à l'hôpital Saint-Jean, prêtant ou empruntant des médicaments, obtenant un lit pour quelque gueux qu'on ne pouvait laisser mourir à la dure, ou, faute de mieux, persuadant une dévote du quartier de recueillir ce dépenaillé. Au début du printemps, il se fit une affaire en volant des aubépines pour orner la Bonne Vierge placée sous l'arcade, le jardin du couvent n'étant pas encore en fleurs.

Sa tête ignare était pleine de superstitions héritées de radoteuses du village : il fallait l'empêcher de coller sur les plaies des malades l'image à un sou d'un saint guérisseur. Il croyait au loup-garou qui aboie dans les rues désertes, et voyait partout des sorciers et des sorcières. L'office divin, à l'en croire, ne pourrait s'accomplir sans la discrète présence d'un de ces votataires de Satan. Quand il lui arrivait de servir seul la messe dans la chapelle vide, il soupçonnait l'officiant, ou imaginait dans l'ombre un magicien invisible. Il prétendait qu'à certains jours de l'année le prêtre était obligé de fabriquer des sorciers, ce qui se faisait en récitant à l'envers les prières du baptême, et avançait pour preuve que sa marraine l'avait en hâte retiré des fonts, voyant que Monsieur le Curé tenait sens dessus dessous son bréviaire. On se protégeait en évitant les contacts, ou en posant la main sur les gens suspects de sorcellerie plus haut qu'ils ne l'avaient fait sur vous. Un jour, Zénon l'ayant par hasard touché à l'épaule, il s'arrangea un moment après pour lui frôler le visage.

Ce matin-là, après le dimanche de Quasimodo, ils se tenaient ensemble dans l'officine. Sébastien Théus mettait à jour son registre. Cyprien pilait languissamment des grains de cardamome. Il s'arrêtait parfois pour bâiller.

— Vous dormez debout, dit brusquement le médecin. Dois-je croire que vous avez passé la nuit à prier ?

Le garçon sourit d'un air futé :

— Les Anges se réunissent la nuit, dit-il après un coup d'œil du côté de la porte. La burette de vin circule ; la cuve est prête pour le bain des Anges. Ils s'agenouillent devant la Belle qui les accole et les baise ; la servante de la Belle lui défait ses longues tresses, et toutes deux sont nues comme au Paradis. Les Anges enlèvent leurs vêtements de laine et s'admirent dans les habits de peau que Dieu leur a faits ; les cierges brillent et s'éteignent, et chacun suit le désir de son cœur.

— Voilà de bons contes ! dit le médecin avec mépris.

Mais une sourde inquiétude l'envahit. Il connaissait ces appellations angéliques et ces images doucement lascives : elles avaient été l'apanage de sectes oubliées qu'on se flattait d'avoir détruites en Flandre par le fer et par le feu depuis plus d'un demi-siècle. Il se souvenait, tout enfant, sous le manteau de la cheminée de la rue aux Laines, d'avoir entendu parler à voix basse de ces assemblées où les fidèles se connaissaient dans la chair.

— Où avez-vous ramassé ces fadaises dangereuses? dit-il sévèrement. Faites de meilleurs rêves.

— Ce ne sont point des contes, dit le garçon d'un air offensé. Quand Mynheer le voudra, Cyprien le prendra par la main, et il verra et touchera les Anges.

— Vous voulez rire, dit Sébastien Théus avec trop de fermeté.

Cyprien s'était remis à piler ses cardamomes. De temps à autre, il portait à ses narines une des graines noires pour en mieux sentir la bonne odeur d'épice. La prudence eût été de tenir comme non avenues les paroles du garçon, mais la curiosité de Zénon l'emporta:

— Et où et quand se font vos prétendues conjonctions nocturnes? dit-il avec irritation. Il n'est pas si facile de quitter nuitamment le couvent. Certains moines, je sais, sautent le mur...

— Ce sont des sots, repartit Cyprien d'un air de dédain. Le frère Florian a trouvé un passage par où les Anges vont et viennent. Il aime Cyprien.

— Gardez vos secrets, dit violemment le médecin. Qui prouve que je ne vais point vous trahir?

Le garçon secoua doucement la tête.

— Mynheer ne voudrait pas nuire aux Anges, insinua-t-il avec une impudence de complice.

Un coup de heurtoir les interrompit. Zénon alla ouvrir avec un sursaut qu'il n'avait plus éprouvé depuis les alarmes d'Innsbruck. Ce n'était qu'une fillette souffrant d'un lupus qui se présentait

toujours voilée de noir, non par honte de son mal,
mais parce que Zénon avait remarqué que la
lumière en accroissait les ravages. Ce fut une
diversion de recevoir et de traiter cette malheureuse. D'autres miséreux suivirent. Aucun propos
dangereux ne s'échangea plus pendant quelques
jours entre le médecin et l'infirmier. Mais Zénon
regardait désormais le petit moine d'un autre œil.
Un corps et une âme inquiétants et tentants vivaient
sous ce froc. En même temps, il lui semblait
qu'une lézarde s'était ouverte dans le sol de son
asile. Sans se l'avouer à soi-même, il chercha
l'occasion d'en savoir plus.

Elle se produisit le samedi suivant. Assis à une
table, ils nettoyaient des instruments après la
fermeture de l'hospice. Les mains de Cyprien
remuaient diligemment parmi les pinces aiguës et
les bistouris tranchants. Soudain, s'accoudant des
deux bras parmi cette ferraille, il chantonna en
sourdine sur un air ancien et compliqué :

> *J'appelle et suis appelé,*
> *Je bois et je suis bu,*
> *Je mange et suis mangé,*
> *Je danse, et chacun chante,*
> *Je chante, et chacun danse...*

— Qu'est-ce encore que cette ritournelle? demanda brusquement le médecin.

En réalité, il avait reconnu les versets condamnés
d'un évangile apocryphe, pour les avoir plusieurs

fois entendu réciter par des hermétistes qui leur
attribuaient d'occultes pouvoirs.

— C'est le cantique de saint Jean, dit innocemment le garçon.

Et, se penchant par-dessus la table, il continua
sur un ton de tendre confidence :

— Le printemps est venu, la colombe soupire,
le bain des Anges est tout tiède. Ils se prennent
par la main et chantent à petit bruit, de peur
d'être entendus des méchants. Le frère Florian hier
avait apporté un luth, et il jouait tout bas des
musiques si douces qu'elles faisaient pleurer.

— Êtes-vous nombreux dans cette aventure ? demanda malgré lui Sébastien Théus.

Le garçon compta sur ses doigts :

— Il y a Quirin, mon ami, et le novice François
de Bure, qui a un clair visage et une belle voix
claire. Matthieu Aerts vient de temps à autre,
continua-t-il, ajoutant encore deux noms que le
médecin ne connaissait pas, et le frère Florian
manque rarement l'assemblée des Anges. Pierre de
Hamaere ne vient jamais, mais il les aime.

Zénon ne s'attendait pas à la mention de ce
moine supposé austère. Une inimitié existait entre
eux depuis que l'économe s'était opposé aux
réfections de Saint-Cosme, et avait à plusieurs
reprises tenté de rogner les deniers de l'hospice. Un
instant, il lui sembla que les étranges aveux de
Cyprien n'étaient qu'un piège ourdi par Pierre pour
l'y faire tomber. Mais le garçon reprit :

— La Belle non plus ne vient pas toujours, mais

seulement quand les méchantes ne lui font point peur. Sa noiraude apporte dans un linge du pain bénit des Bernardines. Il n'y a chez les Anges ni honte, ni jalousie, ni défense concernant le doux usage du corps. La Belle donne à tous ceux qui l'en requièrent la consolation de ses baisers, mais elle ne chérit que Cyprien.

— Comment l'appelez-vous? dit le médecin, soupçonnant pour la première fois un nom et un visage sous ce qui lui avait paru jusque-là les amoureuses fabrications d'un garçon privé de filles, depuis qu'il avait dû renoncer aux jeux sous les saules avec les vachères.

— Nous l'appelons Ève, dit doucement Cyprien.

Une poignée de charbons brûlait dans un réchaud sur l'appui de la fenêtre. On s'en servait pour faire fondre la gomme des collyres. Zénon saisit le garçon par la main et l'entraîna vers la petite flamme. Un long instant, il lui maintint le doigt au-dessus de la masse incandescente. Cyprien pâlit jusqu'aux lèvres, qu'il se mordit pour ne pas crier. Zénon était à peine moins pâle. Il lui lâcha aussitôt la main.

— Comment supporterez-vous sur tout votre corps la même flamme? dit-il à voix basse. Trouvez des plaisirs moins dangereux que vos assemblées d'Anges.

De sa main gauche, Cyprien avait atteint sur un rayon un bocal contenant de l'huile de lys dont il se servit pour enduire la partie brûlée. Zénon l'aida silencieusement à bandager son doigt.

A ce moment, le frère Luc entra avec un plateau destiné au prieur, auquel on portait chaque soir une potion calmante. Zénon s'en chargea, et monta seul chez le religieux. Le lendemain, l'incident tout entier ne semblait plus qu'un cauchemar, mais il revit Cyprien dans la salle, occupé à laver le pied d'un enfant blessé. Il portait toujours son bandage. Par la suite, et chaque fois avec la même insupportable angoisse, Zénon détournait son regard de la cicatrice du doigt brûlé. Cyprien semblait s'arranger pour la lui mettre presque coquettement sous les yeux.

Les spéculations alchimiques dans la cellule de Saint-Cosme furent remplacées par le va-et-vient anxieux d'un homme qui voit le danger et cherche une issue. Peu à peu, comme des objets émergeant de la brume, des faits perçaient sous les divagations de Cyprien. Le bain des Anges et leurs licencieuses assemblées s'expliquaient sans peine. Le sous-sol de Bruges était un lacis de passages souterrains s'embranchant de magasin en magasin et de cave en cave. Une maison abandonnée séparait seule les dépendances du couvent des Cordeliers de celui des Bernardines; le frère Florian, un peu maçon, un peu peintre, dans ses travaux de réfection de la chapelle et des cloîtres, avait pu trouver d'anciennes étuves ou d'anciens lavoirs devenus pour ces fols une chambre secrète et un tendre asile. Ce

Florian était un drôle de vingt-quatre ans dont la première jeunesse s'était passée à errer gaiement par le pays, portraiturant les nobles dans leurs châteaux et les bourgeois dans leurs maisons de ville et recevant d'eux en échange la paillasse et le manger. Les troubles d'Anvers ayant fait évacuer le couvent où il avait subitement pris le froc, on l'avait casé depuis l'automne chez les Cordeliers de Bruges. Plaisant, ingénieux, portant beau, il était toujours entouré d'une bande d'apprentis voltigeant sur ses échelles. Ce cerveau fêlé avait pu rencontrer quelque part un reste de ces Béguins ou de ces Frères du Saint-Esprit exterminés au début du siècle, et attraper d'eux, comme une contagion, ce langage fleuri et ces appellations séraphiques qu'il aurait ensuite transmis à Cyprien. A moins toutefois que le jeune rustique n'eût lui-même recueilli ce dangereux jargon parmi les superstitions de son village, comme ces germes d'une peste oubliée qui continuent à couver secrètement au fond d'une armoire.

Depuis la maladie du prieur, Zénon avait remarqué dans le couvent une tendance à l'irrégularité et au désordre : les offices de nuit n'étaient plus, disait-on, qu'inexactement suivis par certains des frères ; tout un groupe résistait sourdement aux réformes établies par le prieur en conformité avec les recommandations du Concile ; les plus débauchés des moines détestaient Jean-Louis de Berlaimont pour l'austérité dont il donnait l'exemple; les plus rigides, au contraire, le méprisaient pour sa bénignité jugée excessive. Des brigues se formaient déjà en vue de l'élection du prochain supérieur. Les audaces des Anges avaient sans doute été facilitées par cette atmosphère d'interrègne. L'extraordinaire était qu'un homme prudent comme Pierre de Hamaere leur laissât courir le risque mortel d'assemblées nocturnes, et commettre la folie encore plus grande d'y mêler deux filles, mais Pierre n'avait sans doute rien à refuser à Florian et à Cyprien.

Ces filles elles-mêmes n'avaient d'abord semblé à Sébastien Théus que d'astucieux sobriquets, ou tout simplement des songes. Puis, il se souvint qu'on parlait beaucoup dans le quartier d'une demoiselle de bonne extraction qui vers Noël avait pris logement chez les Bernardines, pendant une absence de son père, avoyer au Conseil des Flandres, parti rendre des comptes à Valladolid. Sa beauté, ses affiquets coûtex, le teint sombre et les anneaux d'oreilles de sa petite servante alimentaient les propos des boutiques et de la rue. La demoiselle de Loos sortait avec sa moricaude pour se rendre aux églises ou faire des emplettes chez le passementier ou le pâtissier. Rien n'empêchait que Cyprien durant l'une de ses courses n'eût échangé des regards, puis des paroles avec ces belles, ou que Florian réparant les fresques du chœur n'eût trouvé moyen de les persuader pour lui-même ou pour son ami. Deux filles hardies pouvaient fort bien se glisser de nuit, par un dédale de corridors, jusqu'aux assemblées nocturnes des Anges, et fournir à leur imagination farcie d'images de l'Écriture une Sulamite et une Ève.

Peu de jours après les révélations de Cyprien, Zénon se rendit chez le pâtissier de la rue Longue acheter un vin d'hypocras qui entrait pour un tiers dans la potion du prieur. Idelette de Loos choisissait des merveilles et des échaudés sur le comptoir. C'était une fille de quinze ans à peine, mince comme un roseau, avec de longs cheveux d'un blond presque blanc et des yeux de source. Cette chevelure pâle et ces yeux d'eau claire rappelèrent à Zénon le jouvenceau qui avait été à Lübeck son compagnon inséparable. C'était à l'époque où il s'adonnait avec le père, le savant Aegidius Friedhof, riche orfèvre de la Breitenstrasse, expert lui aussi ès arts du feu, à certains essais sur le rivetage et le titre des métaux nobles. Cet enfant réfléchi avait été à la fois un objet délicieux et un studieux disciple... Gerhart s'était engoué de l'alchimiste au point de vouloir l'accompagner dans ses voyages vers la France, et son père avait consenti à ce qu'il commençât ainsi son tour d'Allemagne; mais le philosophe avait craint pour ce garçon délicatement nourri la rudesse des routes et leurs autres dangers. Ces fréquentations de Lübeck, semblables à une sorte d'été de la Saint-Martin de sa vie errante, lui revenaient, non plus réduites à une sèche prépara-

tion de la mémoire, comme ces souvenirs charnels
qu'il avait évoqués naguère en méditant sur soi-
même, mais capiteuses comme un vin par lequel il
fallait avant tout ne pas se laisser griser. Elles le
rapprochaient, qu'il le voulût ou non, de la troupe
insensée des Anges. Mais d'autres souvenirs tour-
billonnaient autour du petit visage d'Idelette :
quelque chose d'audacieux et de mutin chez la
demoiselle de Loos ramenait hors de l'oubli cette
Jeannette Fauconnier, mignonne des étudiants de
Louvain, qui avait été sa première conquête
d'homme ; la fierté de Cyprien ne lui semblait plus
si puérile ni si vaine. Sa mémoire se tendit pour
remonter plus loin encore ; mais le fil se cassa ; la
moricaude riait en croquant des dragées, et Idelette
en sortant jeta à cet inconnu aux mèches grises un
de ces sourires qu'elle décochait à tous les passants.
Son ample robe encombrait l'étroite entrée de la
boutique ; le pâtissier, qui aimait les femmes, fit
remarquer à son client comment la demoiselle
savait ramener d'une main le paquet de ses jupes,
découvrant ses chevilles, et plaquant sur ses cuisses
la belle moire.

— Fille qui montre ses formes fait assavoir à
chacun qu'elle a faim d'autre chose que de
brioches, dit-il égrillardement au médecin.

Cette plaisanterie était de celles qu'on se doit
d'échanger entre hommes. Zénon en rit conscien-
cieusement.

Le va-et-vient nocturne reprenait : huit pas entre
le coffre et le lit, douze pas entre la lucarne et la
porte : il usait le plancher dans ce qui était déjà une
promenade de prisonnier. De tout temps, il avait su
que certaines de ses passions, assimilées à une
hérésie de la chair, pouvaient lui valoir le sort
réservé aux hérétiques, c'est-à-dire le bûcher. On se
fait à la férocité des lois de son siècle, comme on se
fait aux guerres suscitées par la sottise humaine, à
l'inégalité des conditions, à la mauvaise police des
routes et à l'incurie des villes. Il allait de soi qu'on
pût brûler pour avoir aimé Gerhart tout comme on
pouvait griller pour lire la Bible en langue vulgaire.
Ces lois inopérantes par la nature même de ce
qu'elles prétendaient punir ne touchaient ni aux
riches ni aux grands de ce monde : le Nonce à
Innsbruck s'était vanté de vers obscènes qui
eussent fait rôtir un pauvre moine; on n'avait
jamais vu un seigneur jeté aux flammes pour avoir
séduit son page. Elles sévissaient sur des individus
plus obscurs, mais l'obscurité même était un asile :
en dépit des hameçons, des filets et des torches, la
plupart des poissons poursuivent dans les profondeurs noires leur route sans sillage, sans guère se
soucier de ceux de leurs compagnons qui tres-
sautent ensanglantés sur le pont d'une barque.
Mais il savait aussi qu'il suffisait de la rancune d'un
ennemi, d'un moment de fureur et de folie d'une
foule, ou tout simplement de l'inepte rigueur d'un
juge, pour perdre des coupables qui peut-être
étaient innocents. L'indifférence tournait en rage,

et la demi-complicité en exécration. Toute sa vie, il avait expérimenté cette crainte mêlée à tant d'autres. Mais on supporte moins facilement pour autrui ce qu'on accepte assez convenablement pour soi-même.

Ces temps de troubles encourageaient la délation en toute chose. Le petit peuple secrètement séduit par les briseurs d'images se jetait avidement sur tout esclandre qui pouvait déconsidérer les puissants Ordres auxquels il reprochait leurs richesses et leur autorité. A Gand, quelques mois plus tôt, neuf moines augustins suspects à tort ou à raison d'amitiés sodomitiques, avaient brûlé après des tortures inouïes pour satisfaire à l'excitation de badauds ameutés contre des gens d'Église; la crainte de paraître étouffer une affaire scandaleuse avait empêché de s'en tenir, comme l'eût recommandé la sagesse, à des peines disciplinaires infligées par l'ordre lui-même. La situation des Anges était plus dangereuse encore. Les jeux amoureux avec les deux filles, qui eussent dû diluer aux yeux de l'homme de la rue ce qu'on jugeait la noirceur de l'aventure, exposaient au contraire davantage ces infortunés. La demoiselle de Loos devenait le point de mire sur qui se fixerait la basse curiosité du peuple; le secret des assemblées nocturnes dépendait désormais du babil féminin ou d'une indue fécondité. Mais le risque le plus grand était dans ces appellations angéliques, ces cierges, ces rites enfantins de vin et de pain bénit, ces récitations de versets apocryphes auxquels personne, pas même leurs auteurs, n'avaient jamais rien compris, cette nudité enfin, qui pourtant ne différait guère de celle de garçons jouant autour d'une mare. Des irrégularités qui méritaient assurément des soufflets mèneraient à la mort ces cœurs fous et ces têtes faibles. Personne n'aurait le sens de trouver tout simple que des enfants ignares découvrant avec émerveillement les joies de la chair se servissent des phrases et des images sacrées qu'on avait de tout temps instillées en eux. Tout comme la maladie du prieur réglait à peu de chose près la date et la nature de sa fin, Cyprien et ses camarades semblaient à Zénon aussi perdus que s'ils avaient déjà crié dans les flammes.

Assis à sa table, dessinant vaguement sur les marges d'un registre des chiffres ou des signes, il se disait que sa propre ligne de repli était singulièrement vulnérable. Cyprien avait tenu à faire de lui un confident, sinon un complice. Un interrogatoire un peu poussé révélerait presque inévitablement son nom et sa personnalité véritables, et il n'était pas plus consolant d'être appréhendé pour athéisme que pour sodomie. Il n'oubliait pas non plus les soins donnés à Han et les précautions prises pour le soustraire à la justice, qui pouvaient d'un jour à l'autre le faire traiter en rebelle simplement pendable. La prudence eût été de partir, et tout de suite. Mais il n'était pas question de quitter en ce moment le chevet du prieur.

Jean-Louis de Berlaimont mourait lentement, conformément à ce qu'on savait du cours habituel de son mal. Il était devenu d'une maigreur presque étique, qui se remarquait davantage chez cet homme jadis de complexion robuste. La difficulté d'avaler ayant augmenté, Sébastien Théus faisait fabriquer par la vieille Greete des aliments légers, coulis et sirops, qu'elle préparait selon d'anciennes recettes autrefois en honneur dans la cuisine de la maison Ligre. Bien que le malade s'efforçât d'y prendre plaisir, il n'y touchait que du bout des lèvres, et Zénon le soupçonnait de souffrir sans cesse de la faim. L'extinction de voix était presque totale; le prieur réservait la parole aux communications les plus nécessaires avec ses subordonnés et son médecin. Le reste du temps, il écrivait ses désirs ou ses ordres sur des bouts de papier placés sur le lit, mais, comme il le fit une fois observer à Sébastien Théus, il n'y avait plus grand-chose à écrire ou à dire.

L'homme de l'art avait demandé qu'on communiquât au malade le moins possible des événements du dehors, tenant à lui épargner le récit des barbaries commises par le Tribunal des Troubles, qui sévissait à Bruxelles. Mais les nouvelles semblaient filtrer jusqu'à lui. Vers la mi-juin, le novice chargé des soins corporels du prieur discutait avec Sébastien Théus du jour où, pour la dernière fois, on lui avait donné le bain de son qui lui rafraîchissait la peau et semblait lui restaurer pour un temps un certain bien-être. Le prieur tourna vers eux son visage gris et marmonna avec effort :

— C'était le lundi six, le jour où les deux comtes ont été exécutés.

Quelques larmes coulaient silencieusement sur ses joues hâves. Zénon apprit par la suite que Jean-Louis de Berlaimont était apparenté à Lamoral par sa défunte femme. Peu de jours plus tard, le prieur confia à son médecin un mot de consolation pour la veuve du comte, Sabine de Bavière, que l'inquiétude et la douleur avaient mise, disait-on, à deux doigts de la tombe. Sébastien Théus ayant emporté ce pli pour le remettre à un messager, Pierre de Hamaere qui rôdait dans un corridor s'interposa, craignant pour le couvent une imprudence de son supérieur. Zénon tendit le billet avec dédain. L'économe le rendit après en avoir pris connaissance : il n'y avait rien de dangereux dans ces condoléances à l'illustre veuve et ces promesses de prier. Madame Sabine était traitée avec déférence par les officiers du Roi eux-mêmes.

A force de penser à l'affaire qui l'occupait, Zénon se persuada qu'il suffirait pour parer au pire d'envoyer le frère Florian restaurer ailleurs des chapelles. Laissés à eux-mêmes, Cyprien et les novices n'oseraient renouveler leurs assemblées nocturnes, et il n'était pas, d'autre part, impossible d'engager les Bernardines à mieux surveiller deux filles. Le déplacement de Florian dépendant du seul prieur, le philosophe se décida à confier à celui-ci le peu qu'il fallait pour le porter à agir sans retard. Il attendit un jour où le malade se sentît moins mal.

Ce fut le cas un certain après-midi du début de juillet où l'évêque était venu en personne prendre des nouvelles du prieur. Monseigneur venait de repartir; Jean-Louis de Berlaimont revêtu de son froc était étendu sur son lit, et l'effort fait pour recevoir courtoisement son hôte semblait lui avoir rendu momentanément de l'animation et des forces. Sébastien vit sur la table un plateau à peu près intact.

— Vous remercierez cette bonne femme, dit le religieux d'une voix moins faible qu'à l'ordinaire. J'ai peu mangé, il est vrai, ajouta-t-il presque gaiement, mais il n'est pas mauvais qu'un moine soit contraint au jeûne.

— L'évêque aura certainement accordé au prieur une dispense, dit le médecin sur le même ton de plaisanterie.

Le prieur sourit.

— Monseigneur est fort cultivé, et je le crois homme de cœur, bien que je sois de ceux qui s'opposèrent à sa nomination par le Roi, lequel passait outre à nos vieux usages. J'ai eu plaisir à lui recommander mon médecin.

— Je ne cherche pas un autre poste, dit Sébastien Théus avec enjouement.

Le visage du malade exprimait déjà la fatigue.

— Je ne veux pas me plaindre, Sébastien, fit-il

patiemment, gêné comme toujours lorsqu'il parlait de ses propres maux. Mes peines sont fort tolérables... Mais il y a des effets pénibles. Ainsi, j'hésite à recevoir la Sainte Communion... Il ne faudrait pas qu'une toux ou qu'un hoquet... Si quelque palliatif pouvait réduire un peu cette angine...

— L'angine peut se guérir, monsieur le prieur, mentit le médecin. Nous comptons beaucoup sur ce bel été...

— Sans doute, fit distraitement le prieur. Sans doute...

Il tendit son maigre poignet. Le moine de garde s'étant momentanément éclipsé, Sébastien Théus dit qu'il venait par hasard de rencontrer le frère Florian.

— Oui, fit le prieur, tenant peut-être à montrer qu'il avait encore la mémoire des noms. On l'occupera à rénover les fresques du chœur. Les fonds manquent pour acheter des peintures plus neuves...

Il semblait croire le moine aux pinceaux et aux godets arrivé de la veille. Contrairement aux bruits qui couraient dans les corridors du couvent. Zénon jugeait Jean-Louis de Berlaimont en possession de ses facultés, mais celles-ci s'étaient pour ainsi dire intériorisées. Soudain, le prieur lui fit signe de se pencher comme s'il avait à chuchoter un secret, mais il n'était déjà plus question du frère peintre.

— ...L'oblation dont nous avons un jour parlé, ami Sébastien... Mais il n'y a rien à sacrifier... Il importe peu qu'un homme de mon âge vive ou meure...

— Il m'importe que le prieur vive, répondit fermement le médecin.

Mais celui-ci avait renoncé à appeler à l'aide. Tout recours risquait de tourner en délation. Ces secrets eussent pu s'échapper par inadvertance d'une bouche fatiguée ; il se pouvait même que cet homme à bout de forces fît preuve d'une rigueur qui autrement n'était pas dans sa nature. Enfin, l'incident du billet prouvait que le prieur n'était plus maître chez lui.

Zénon fit encore une tentative pour effrayer Cyprien. Il lui parla du désastre des Augustins de Gand, dont le moine infirmier devait d'ailleurs savoir quelque chose. Le résultat ne fut pas ce qu'il attendait.

— Les Augustins sont des bêtes, dit laconiquement le jeune Cordelier.

Mais trois jours plus tard, il s'approcha du médecin d'un air inquiet :

— Le frère Florian a perdu un talisman qu'il tenait d'une Égyptienne, dit-il tout troublé. Il paraît que de grands maux pourraient s'ensuivre. Si Mynheer, avec les pouvoirs qu'il a...

— Je ne suis pas marchand d'amulettes, répliqua Sébastien Théus en tournant les talons.

Le lendemain, dans la nuit du vendredi au samedi, le philosophe travaillait parmi ses livres quand un objet léger tomba à travers la fenêtre ouverte. C'était une baguette de coudrier. Zénon s'approcha de la croisée. Une ombre grise dont il ne distinguait que vaguement le visage, les mains et les pieds nus, se tenait en bas dans une attitude d'appel. Au bout d'un moment, Cyprien s'en alla et disparut sous l'arcade.

Zénon revint tremblant s'asseoir à sa table. Un violent désir s'était emparé de lui, auquel il savait d'avance qu'il ne céderait pas, comme dans d'autres cas, en dépit d'une résistance pourtant plus forte, on sait d'avance qu'on s'abandonnera. Il ne s'agissait pas de suivre cet insensé vers quelque vague débauche ou magie nocturne. Mais, dans cette vie sans répit, en présence du lent travail de ruine qui s'accomplissait dans la chair du prieur, et peut-être dans son âme, une envie le prenait d'oublier auprès d'un corps jeune et chaud ces puissances du froid, de la perdition et de la nuit. Fallait-il voir dans l'entêtement de Cyprien le soin de se concilier un homme jugé utile, et cru doué par surcroît d'occultes pouvoirs ? Était-ce un exemple de plus de l'éternelle séduction tentée par Alcibiade sur Socrate ? Une idée plus démente vint à l'esprit de l'alchimiste. Se pouvait-il que ses propres désirs matés au profit de recherches plus savantes que celles de la chair elle-même eussent pris hors de lui cette forme enfantine et nocive ? *Extinctis luminibus :* il souffla la lampe. Vainement, en anatomiste et non en amant, il essayait de se représenter avec mépris les jeux de ces enfants charnels. Il se redit que la bouche, où se distille les baisers, n'est que la caverne des mastications, et que la trace des lèvres qu'on vient de mordre rebute au bord d'un verre. Vainement, il imagina de blanches chenilles pressées l'une sur l'autre ou de pauvres mouches engluées dans le miel. Quoi qu'on fît, Idelette et Cyprien, François de Bure et Matthieu Aerts étaient beaux. L'étuve abandonnée était vraiment une chambre magique; la grande flamme sensuelle transmutait tout comme celle de l'athanor alchimique et valait qu'on risquât celle des bûchers. La blancheur des corps nus luisait comme ces phosphorescences qui attestent les vertus cachées des pierres.

Au matin, la révulsion était venue. La pire débauche au fond d'un bouge valait mieux que les momeries des Anges. En bas, dans la salle grise, en présence d'une vieille femme qui venait chaque samedi faire traiter ses plaies variqueuses, il réprimanda cruellement Cyprien pour avoir laissé choir la boîte de pansements. Rien d'insolite ne se lisait sur ce visage aux paupières un peu bouffies. L'invite nocturne pouvait n'avoir été qu'un songe.

Mais les signes émanés du petit groupe s'imprégnaient maintenant d'hostilité et d'ironie. Un matin, en entrant dans l'officine, le philosophe trouva en évidence sur la table un dessin trop habile pour provenir de Cyprien, qui pouvait à peine se servir d'une plume pour signer son nom. L'esprit fantasque de Florian était présent dans cet amas de figures. C'était un de ces jardins de délices qu'on rencontrait de temps en temps chez les peintres, et où les bonnes gens voyaient la satire du péché, et d'autres, plus malins, la kermesse au contraire des audaces charnelles. Une belle entrait dans une vasque pour s'y baigner, accompagnée par ses amoureux. Deux amants s'embrassaient derrière un rideau, trahis seulement par la position de leurs pieds nus. Un jeune homme écartait d'une main tendre les genoux d'un objet aimé qui lui ressemblait comme un frère. De la bouche et de l'orifice secret d'un garçon prosterné s'élevaient vers le ciel de délicates floraisons. Une moricaude promenait sur un plateau une framboise géante. Le plaisir ainsi allégorisé devenait un jeu sorcier, une risée dangereuse. Le philosophe déchira pensivement la feuille.

Deux ou trois jours plus tard, un autre badinage lascif l'attendait : on avait tiré d'un placard quelques vieilles chaussures qui servaient pour traverser le jardin par la boue et la neige ; ces souliers bien en vue se chevauchaient sur le plancher en un désordre obscène. Zénon les dispersa d'un coup de pied ; la plaisanterie était grossière. Plus inquiétant fut un objet qu'il trouva un soir dans sa propre chambre. C'était un galet sur lequel un visage et des attributs féminins, ou peut-être hermaphrodites, avaient été maladroitement crayonnés; le caillou était entouré d'une mèche blonde. Le philosophe brûla la boucle, et jeta avec dédain dans un tiroir cette espèce de poupée d'envoûtement. Ces persécutions cessèrent; il ne s'était jamais abaissé à en parler à Cyprien. Il commençait à croire que les folies des Anges passeraient d'elles-mêmes, pour la simple raison que tout passe.

Les malheurs publics achalandaient l'hospice de Saint-Cosme. Aux patients attitrés se mêlaient des visiteurs qu'on voyait rarement deux fois : des rustiques traînant avec eux un attirail hétéroclite d'objets ramassés à la veille d'une fuite ou tirés d'une maison qui brûle, couvertures roussies, édredons laissant passer leurs plumes, batterie de cuisine ou pots ébréchés. Des femmes dans des ballots de linge sale portaient des enfants. Ces rustres chassés de hameaux rebelles méthodiquement vidés par la troupe souffraient presque tous de horions ou de blessures, mais leur mal principal était tout simplement la faim. Certains traversaient la ville comme des troupeaux transhumants, ne sachant ce que serait l'étape suivante; d'autres se rendaient chez des parents installés dans cette région moins éprouvée et ayant encore des bêtes et un toit. Avec l'aide du frère Luc, Zénon s'arrangea pour avoir du pain à distribuer aux plus démunis. Moins geignards, mais plus inquiets, voyageant généralement seuls, ou par petits groupes de deux ou trois, on reconnaissait des hommes de profession ou de métier venus des villes de l'intérieur et que recherchait sans doute le Tribunal de Sang. Ces fugitifs arboraient de bons habits bourgeois, mais leurs souliers en loques, leurs pieds gonflés et couverts d'ampoules trahissaient les longues marches dont ces sédentaires n'avaient pas l'habitude ; ceux-là cachaient leur destination, mais Zénon savait par la vieille Greete que des chalutiers partaient presque chaque jour de points isolés de la côte, emmenant ces patriotes en Angleterre ou en Zélande, selon ce que leur permettaient leurs moyens et l'état du vent. On les soignait sans poser de questions.

Sébastien Théus ne quittait plus guère le prieur, mais on pouvait se fier aux deux moines qui avaient fini par apprendre au moins les rudiments de l'art de soigner. Le frère Luc était un homme rassis, attaché à ses devoirs, dont l'esprit n'allait pas plus loin que l'immédiat travail à faire. Cyprien n'était pas dépourvu d'une sorte de gentille bonté.

Il avait fallu renoncer à endormir à l'aide d'opiats les maux du prieur. Celui-ci avait un soir refusé sa potion calmante.

— Comprenez-moi, Sébastien, murmura-t-il anxieusement, craignant sans doute une résistance du médecin. On ne voudrait pas sommeiller au moment où... *Et inveniet dormientes...*

Le philosophe acquiesça d'un signe. Son rôle

auprès du mourant consista désormais à lui faire avaler quelques cuillerées d'un bouillon ou à aider le frère garde-malade à soulever ce grand corps décharné qui déjà sentait la tombe. Revenu tard à Saint-Cosme, il se couchait tout habillé, s'attendant toujours à une crise d'étouffement dont le supérieur ne sortirait pas.

Une nuit, il crut entendre des pas rapides s'approcher de sa cellule le long des dalles du corridor. Il se leva précipitamment et ouvrit la porte. Il n'y avait rien ni personne. Il courut pourtant chez le prieur.

Jean-Louis de Berlaimont se tenait dressé sur son séant, soutenu par le traversin et les oreillers. Ses yeux grands ouverts se tournèrent vers le médecin avec ce qui parut à celui-ci une sollicitude sans bornes.

— Partez, Zénon! articula-t-il. Après ma mort...

Une quinte de toux l'interrompit. Bouleversé, Zénon s'était instinctivement retourné, pour voir si le garde-malade assis sur son escabeau avait pu entendre. Mais ce vieillard somnolait, dodelinant de la tête. Le prieur épuisé était retombé de biais sur ses coussins, en proie à une sorte de torpeur agitée. Zénon s'inclina sur lui, le cœur battant, tenté de le réveiller pour obtenir une parole ou un regard de plus. Il doutait des témoignages de ses sens, et même de sa raison. Au bout d'un instant, il s'assit près du lit. Après tout, il n'était pas impossible que le prieur eût de tout temps su son nom.

Le malade remuait par faibles saccades. Zénon lui massa longuement les pieds et les jambes, comme le lui avait jadis enseigné à le faire la dame de Frösö. Ce traitement valait tous les opiats. Il finit lui-même par s'endormir au bord du lit, la tête dans les mains.

Au matin, il descendit au réfectoire prendre un bol de soupe tiède. Pierre de Hamaere se trouvait là. Le cri du prieur avait presque superstitieusement réveillé toutes les alarmes de l'alchimiste. Il prit Pierre de Hamaere à part et lui dit à brûle-pourpoint :

— J'espère que vous avez mis ordre aux folies de vos amis.

Il allait parler de l'honneur et de la sécurité du couvent. L'économe lui épargna ce ridicule.

— Je ne sais rien de toute cette histoire, dit-il violemment.

Et il s'éloigna dans un grand claquement de sandales.

Le prieur reçut ce soir-là l'Extrême-Onction pour la troisième fois. La petite pièce et la chapelle contiguë étaient bondées de moines tenant des cierges. Quelques-uns pleuraient; d'autres se contentaient d'assister avec décorum à la cérémonie. Le malade à demi engourdi, s'appliquant, semblait-il, à respirer le moins péniblement possible, regardait comme sans les voir les petites flammes jaunes. Quand les prières des agonisants eurent pris fin, les assistants sortirent en file, laissant seulement derrière eux deux moines avec leur rosaire. Zénon qui s'était tenu à l'écart reprit sa place habituelle.

Le temps des communications verbales, même les plus brèves, était passé ; le prieur se bornait à demander par signes un peu d'eau, ou l'urinal accroché au coin du lit. A l'intérieur de ce monde en ruine, comme un trésor sous un tas de décombres, il semblait à Zénon qu'un esprit subsistait encore, avec lequel il était peut-être possible de rester en contact au-delà des mots. Il continuait à tenir le poignet du malade, et ce faible attouchement paraissait suffire pour faire passer au prieur un peu de force, et pour en recevoir en échange un peu de sérénité. De temps à autre, le médecin, pensant à la tradition qui veut que l'âme d'un homme qui s'en va flotte au-dessus de lui comme une flammèche enveloppée de brume, regardait dans la pénombre, mais ce qu'il voyait n'était probablement que le reflet dans la vitre d'une chandelle allumée. Vers le petit matin, Zénon retira sa main ; le moment était venu de laisser le prieur s'avancer seul vers les dernières portes, ou peut-être au contraire accompagné par les figures invisibles qu'il avait dû conjurer dans son agonie. Un peu plus tard, le malade parut s'agiter sur le bord du réveil ; les doigts de sa main gauche semblaient chercher vaguement quelque

chose sur sa poitrine, à l'endroit où jadis, sans
doute, Jean-Louis de Berlaimont avait porté sa
Toison d'or. Zénon aperçut sur l'oreiller un scapu-
laire dont le fil s'était dénoué. Il le remit en place;
le mourant y appuya les doigts d'un air de
contentement. Ses lèvres remuaient sans bruit. A
force de prêter l'oreille, Zénon finit pourtant par
entendre, répétée sans doute pour la millième fois,
la fin d'une prière :

— ... *nunc et in hora mortis nostrae.*

Une demi-heure passa; il demanda aux deux
moines de s'occuper des soins à donner au corps.

Il assista aux funérailles du prieur de l'un des
bas-côtés de l'église. La cérémonie avait attiré
beaucoup de monde. Il reconnut au premier rang
l'évêque et, tout près, appuyé sur une canne, un
vieillard à demi perclus, mais robuste, qui n'était
autre que le chanoine Bartholommé Campanus
ayant acquis de la prestance et de l'assurance avec
le grand âge. Les moines sous leurs capuchons se
ressemblaient tous. François de Bure manœuvrait
l'encensoir; il avait véritablement un visage d'ange.
L'auréole ou la tache vive du manteau d'une sainte
brillaient çà et là dans les fresques rénovées du
chœur.

Le nouveau supérieur était un personnage assez
terne, mais d'une haute piété, et qui passait pour
un habile administrateur. Le bruit courait que, sur
les conseils de Pierre de Hamaere, qui avait

travaillé à son élection, il ferait probablement fermer à brève échéance l'hospice de Saint-Cosme, jugé trop dispendieux. Peut-être aussi avait-on eu vent des services rendus aux fugitifs du Tribunal des Troubles. Aucune observation toutefois n'avait été faite au médecin. Peu lui importait : Zénon s'était décidé à disparaître sitôt après les obsèques du prieur.

Cette fois, il n'emportait rien. Il laisserait derrière lui ses livres, qu'il ne consultait plus d'ailleurs qu'assez peu. Ses manuscrits n'étaient ni assez précieux, ni assez compromettants pour qu'il les prît avec soi, au lieu de les laisser finir un jour ou l'autre dans le poêle du réfectoire. La saison étant chaude, il se décida à abandonner sa houppelande et ses hardes d'hiver ; une simple casaque sur son meilleur vêtement suffirait. Il mettrait dans un sac ses instruments enveloppés d'un peu de linge et quelques médicaments rares et coûteux. Au dernier moment, il y mit aussi ses deux vieux pistolets d'arçon. Chaque détail de cette réduction à l'essentiel avait été l'objet de longues délibérations. L'argent ne manquait pas : outre le peu que Zénon avait économisé pour ce voyage sur les minces émoluments alloués par le couvent, il avait reçu, quelques jours avant la mort du prieur, un paquet apporté par le vieux moine garde-malade qui contenait la bourse où il avait puisé autrefois pour Han. Le prieur depuis ne semblait pas s'en être servi.

Sa première intention avait été d'emprunter la

charrette du fils de Greete jusqu'à Anvers, et de se glisser de là en Zélande ou en Gueldre ouvertement révoltées contre l'autorité royale. Mais si des soupçons se portaient sur lui après son départ, il valait mieux que cette vieille femme et son voiturier de fils ne fussent en rien compromis. Il prit la décision de se rendre à pied sur la côte et de s'y procurer une barque.

La veille de son départ, il échangea pour la dernière fois quelques mots avec Cyprien, qu'il trouva chantonnant dans l'officine. Le garçon avait un air de contentement tranquille qui l'exaspéra.

— J'aime à croire que vous avez renoncé à vos plaisirs par cette période de deuil, lui dit-il sans préambule.

— Cyprien ne se soucie plus guère d'assemblées nocturnes, dit le jeune moine avec ce pli enfantin qu'il avait de parler de soi-même comme s'il s'agissait d'un autre. Il rencontre la Belle seul à seule et en plein soleil.

Il ne se fit pas beaucoup prier pour expliquer qu'il avait découvert le long du canal un jardin abandonné dont il avait forcé la grille, et où Idelette le rejoignait parfois. La moricaude faisait le guet, cachée derrière un mur.

— Avez-vous songé à ménager la Belle? Votre vie peut dépendre d'un bavardage d'accouchée.

— Les Anges ne conçoivent ni n'enfantent,

dit Cyprien du ton faussement assuré dont on récite des formules apprises.

— Ah! Laissez là ce langage de béguin, fit le médecin excédé.

Le soir qui précéda sa sortie de la ville, il soupa comme il le faisait souvent avec l'organiste et sa bonne femme. Après le repas, l'organiste l'emmena selon sa coutume écouter les morceaux qu'il exécuterait le dimanche suivant sur les grandes orgues de Saint-Donatien. L'air enfermé dans les tuyaux sonores se répandait dans la nef vide, plus harmonieux et plus puissant qu'aucune voix humaine. Toute la nuit, couché une dernière fois sur son lit dans sa cellule de Saint-Cosme, Zénon se joua et se rejoua un certain motet de Roland de Lassus, mêlé à ses projets d'avenir. Il était inutile de partir trop tôt, les portes de la ville n'ouvrant qu'au soleil levant. Il écrivit un billet expliquant qu'un de ses amis tombé malade dans une localité voisine l'avait appelé d'urgence, et qu'il serait sans doute de retour dans moins d'une semaine. Il faut toujours se réserver les moyens d'une rentrée possible. Quand il se glissa précautionneusement hors de l'hospice, la rue était déjà pleine d'une aube grise d'été. Le pâtissier rouvrant le volet de sa boutique fut le seul à le voir sortir.

LA PROMENADE SUR LA DUNE

Il arriva à la Porte de Damme au moment où on levait la herse et où on abaissait le pont-levis. Les gardes le saluèrent poliment; ils étaient habitués à ces sorties matinales de l'herboriste; son paquet n'attira pas l'attention.

Il marchait à grands pas rapides le long d'un canal; c'était l'heure où les maraîchers entraient en ville pour vendre leurs légumes; beaucoup de ces gens le connaissaient et lui souhaitèrent bon vent; un homme qui comptait justement venir à l'hospice se faire soigner d'une descente fut affligé d'apprendre que le médecin s'absentait; le docteur Théus l'assura qu'il serait de retour vers la fin de la semaine, mais ce mensonge fut dur à faire.

On avait devant soi une de ces belles matinées où le soleil perce peu à peu les brumes. Un bien-être si actif qu'il était presque une joie emplissait le marcheur. Il semblait suffisant pour jeter derrière

soi, comme d'un coup d'épaule, les angoisses et les
soucis qui avaient agité ces dernières semaines, de
se diriger d'un pas ferme vers un point de la côte
où il trouverait une barque Le matin enterrait les
morts ; l'air libre dissipait le délire. Bruges, une lieue
derrière lui, aurait pu être située dans un autre
siècle ou dans une autre sphère. Il s'étonnait
d'avoir consenti à s'emprisonner pendant près de
six années dans l'hospice de Saint-Cosme, enlisé
dans une routine conventuelle pire que l'état
d'homme d'Église qui lui faisait horreur à vingt
ans, s'exagérant l'importance des petites intrigues
et des petits esclandres inévitables en huis clos. Il
lui semblait presque avoir insulté aux infinies
possibilités de l'existence en renonçant si longuement au monde grand ouvert. La démarche de
l'esprit se frayant un chemin à l'envers des choses
menait à coup sûr à des profondeurs sublimes,
mais rendait impossible l'exercice même qui
consiste à être. Il avait trop longtemps aliéné le
bonheur d'aller droit devant soi dans l'actualité du
moment, laissant le fortuit redevenir son lot, ne
sachant pas où il coucherait ce soir, ni comment
dans huit jours il gagnerait son pain. Le changement était une renaissance et presque une métem-
psycose. Le mouvement alterné des jambes suffisait
à contenter l'âme. Ses yeux se bornaient sans plus à
diriger sa marche, tout en jouissant de la belle
verdeur de l'herbe. L'ouïe enregistrait avec satisfaction le hennissement d'un poulain galopant le long

d'une haie vive ou l'insignifiant grincement d'une
carriole. Une totale liberté naissait du départ.

Il approchait du bourg de Damme, l'ancien port
de Bruges où naguère, avant l'ensablement de cette
côte, abordaient les grands navires d'outre-mer.
Ces temps d'activité étaient révolus ; des vaches
paissaient où on débarquait autrefois les balles de
laine. Zénon se souvint d'avoir entendu l'ingénieur
Blondeel supplier Henri-Juste d'avancer une partie
des fonds nécessaires pour lutter contre l'envahisse-
ment par le sable ; ce riche à courte vue avait
repoussé l'habile homme qui eût sauvé la ville.
Cette gent avaricieuse n'agissait jamais autrement.

Il s'arrêta sur la place pour acheter une miche.
Les maisons bourgeoises entrebâillaient leurs
portes. Une matrone rose et blanche sous sa
pimpante cornette lâcha un barbet qui s'éloigna
gaiement, flairant l'herbe, avant d'aller se figer un
instant dans l'attitude contrite des chiens qui se
soulagent, pour reprendre ensuite ses bonds et ses
jeux. Une bande d'enfants piailleurs allaient à
l'école, gracieux et ronds comme des rouges-gorges
dans leurs vifs habits. C'étaient pourtant là les
sujets du roi d'Espagne qui iraient un jour casser la
tête à ces coquins de Français. Un chat passa,
rentrant au logis ; les pattes pendantes d'un oiseau
lui sortaient de la gueule. Une bonne odeur de pâte
et de graisse émanait de la boutique du rôtisseur,
mêlée à l'odeur fade de la boucherie voisine ; la
patronne rinçait à grande eau le seuil taché de sang.
L'habituelle fourche patibulaire se dressait hors du

bourg, sur un petit mamelon herbu, mais le corps qui pendait là avait été si longtemps exposé à la pluie, au soleil et au vent qu'il avait presque acquis la douceur des vieilles choses à l'abandon; la brise jouait amicalement avec ses loques aux couleurs fanées. Une compagnie d'arbalétriers sortait pour tirer des grives; c'étaient de bons bourgeois réjouis qui se donnaient en causant des claques sur l'épaule; chacun portait en bandoulière la sacoche qui contiendrait bientôt des parcelles de vie ayant un instant plus tôt chanté en plein ciel. Zénon pressa le pas. Il fut seul pendant un long moment sur une route qui serpentait entre deux pâtures. Le monde tout entier semblait composé de ciel pâle et d'herbe verte, saturée de sève, bougeant sans cesse à ras du sol comme une onde. Un instant, il évoqua le concept alchimique de la *viriditas,* l'innocente percée de l'être poussant tranquillement à même la nature des choses, brin de vie à l'état pur, puis renonça à toute notion pour se livrer sans plus à la simplicité du matin.

Au bout d'un quart d'heure, il rejoignit un petit mercier qui marchait devant lui avec son ballot; ils échangèrent un salut; l'homme se plaignait que le commerce allait mal, tant de villages à l'intérieur du pays ayant été pillés par les reîtres. Ici, du moins, c'était calme; il ne se passait pas grand-chose. Zénon continua son chemin et se retrouva seul. Vers midi, il s'assit pour manger son pain sur un talus d'où il voyait déjà briller au loin la ligne grise de la mer.

Un voyageur muni d'une longue gaule vint s'asseoir auprès de lui. C'était un aveugle qui sortit lui aussi de sa besace quelque chose pour rompre le jeûne. Le médecin admira l'habileté avec laquelle l'homme aux yeux blancs se débarrassa de la cornemuse qu'il portait à l'épaule, débouclant la courroie et posant délicatement l'instrument sur l'herbe. L'aveugle se félicitait que la journée fût belle. Il gagnait sa vie en faisant danser les garçons et les filles à l'auberge ou dans les cours de ferme; il coucherait ce soir à Heyst où il jouerait dimanche; il continuerait ensuite du côté de Sluys : grâce à Dieu, il y avait toujours assez de jeunesse pour qu'on trouvât partout son profit, et parfois sa réjouissance. Mynheer le croirait-il? On trouvait çà et là des femmes appréciant les aveugles; il ne fallait point s'exagérer le malheur de n'avoir plus d'yeux. Comme beaucoup de ses pareils, cet aveugle usait et abusait du mot voir : il voyait que Zénon était un homme dans la force de l'âge et qui avait de l'éducation; il voyait que le soleil était encore au milieu du ciel; il voyait que ce qui passait dans le sentier derrière eux était une femme un peu infirme portant un joug d'où pendaient deux seaux. Tout d'ailleurs n'était pas faux dans ces vanteries : ce fut lui qui s'aperçut le premier du glissement d'une couleuvre à travers l'herbe. Il tâcha même à l'aide de son bâton de tuer cette sale bête. Zénon le quitta après une aumône d'un liard, et s'en fut poursuivi par de criardes bénédictions.

Le chemin contournait une assez grande ferme;

c'était la seule dans cette région où l'on sentait déjà sous ses pieds le crissement du sable. Le domaine avait bon air avec ses terres liées çà et là par des taillis de noisetiers, son mur longeant un canal, sa cour ombragée d'un tilleul, et où la femme au joug se reposait dételée sur un banc, gardant près d'elle ses deux seilles. Zénon hésita, puis passa. Ce lieu-dit d'Oudebrugge avait appartenu aux Ligre; il était peut-être encore dans la famille. Cinquante ans plus tôt, sa mère et Simon Adriansen, peu avant leurs noces, étaient allés recueillir pour Henri-Juste la rente de la petite terre; cette visite avait été une partie de plaisir. Sa mère s'était assise au bord du canal, laissant pendre dans l'eau ses pieds qu'elle avait déchaussés, et qui, vus de la sorte, paraissaient encore plus blancs. Simon en mangeant répandait des miettes sur sa barbe grise. La jeune femme avait décortiqué pour l'enfant un œuf dur et lui avait donné la précieuse coquille. Le jeu consistait à courir dans le sens du vent sur les dunes toutes proches, en tenant sur la paume cet objet léger qui s'échappait pour voleter devant vous, puis se posait un instant, comme un oiseau, de sorte qu'il fallait perpétuellement tenter de s'en ressaisir, et que la course se compliquait d'une série de courbes interrompues et de droites brisées. Il lui semblait parfois avoir joué ce jeu toute sa vie.

Il avançait déjà moins rapidement sur le sol plus meuble. La route montait et redescendait à travers les dunes, marquée seulement par des ornières sur le sable. Il croisa deux soldats qui sans doute faisaient partie de la garnison de Sluys, et se félicita d'être armé, car tout soldat rencontré dans un lieu désert tourne aisément au bandit. Mais ils se contentèrent de grommeler une salutation tudesque, et parurent tout réjouis quand il leur répondit dans la même langue. Au haut d'une éminence, Zénon aperçut enfin le village de Heyst, avec son estacade à l'abri de laquelle reposaient quatre ou cinq barques. D'autres se balançaient en mer. Ce hameau au bord de l'immensité possédait en petit toutes les commodités essentielles des villes : une halle, qui servait sans doute à la criée du poisson, une église, un moulin, une esplanade avec une potence, des maisons basses et de hauts greniers. L'auberge de *La Belle Colombelle* que Josse lui avait indiquée comme servant de point de ralliement aux fugitifs était une masure au pied de la dune, avec un colombier dans lequel on avait fiché un balai en guise d'enseigne, ce qui signifiait que cette pauvre hôtellerie était aussi un rustique bourdeau. Il faudrait dans un pareil endroit veiller à son bagage et à l'argent qu'il avait sur soi.

Dans les houblons du jardinet, un client trop bien abreuvé dégorgeait sa bière. Une femme cria quelque chose à l'ivrogne par une lucarne du premier étage, puis retira sa tête ébouriffée et retourna sans doute faire seule un bon somme. Josse avait donné à Zénon le mot de passe, qu'il tenait lui-même d'un ami. Le philosophe entra et salua son monde. La salle commune était enfumée et noire comme une cave. La patronne accroupie

devant la cheminée fabriquait une omelette, aidée
par un jeune garçon qui tenait les soufflets. Zénon
s'assit à une table et dit, gêné d'avoir à débiter cette
phrase toute faite, comme un acteur sur les
tréteaux de la foire :

— Qui veut la fin...

— ... veut les moyens, dit la femme en se
retournant. D'où venez-vous ?

— C'est Josse qui m'envoie.

— Il nous envoie pas mal de monde, fit la
patronne avec un énorme clin d'œil.

— Ne vous trompez pas sur mon compte, dit le
philosophe mécontent d'entrevoir dans le fond de
la salle un sergent à bonnet emplumé qui vidait son
pot. Je suis en règle.

— Alors, qu'est-ce que vous venez faire chez
nous ? protesta la belle hôtesse. Ne vous tourmentez
pas pour Milo, continua-t-elle en désignant du
pouce le soldat. C'est l'amoureux de ma sœur. Il
est d'accord. Vous mangerez bien quelque chose ?

Cette question était presque un ordre. Zénon
accepta de manger quelque chose. L'omelette était
pour le sergent ; l'hôtesse apporta dans une écuelle
un ragoût passable. La bière était bonne. Il se
trouva que l'homme de guerre était Albanais, et
qu'il avait passé les Alpes dans l'arrière-train des
troupes du duc. Il parlait un flamand bigarré
d'italien, dans lequel la patronne semblait se
débrouiller sans trop de peine. Il se plaignait
d'avoir grelotté tout l'hiver, et les profits n'étaient
point ce qu'on avait dit dans le Piémont, car les

luthériens pillables et rançonnables abondaient moins qu'on ne l'avait prétendu là-bas pour allécher les troupes.

— C'est comme ça, dit l'hôtesse d'un ton consolant. On ne gagne jamais ce que les gens croient qu'on gagne. Mariken !

Mariken descendit, coiffée d'un châle. Elle s'assit auprès du sergent. Ils mangeaient la main dans le même plat. Elle lui mettait dans la bouche les bons morceaux de lard qu'elle tirait de l'omelette. L'enfant aux soufflets s'était éclipsé.

Zénon repoussa son écuelle et voulut payer.

— Pourquoi tant se presser ? fit négligemment la belle hôtesse. Mon homme et Niclas Bambeke viendront souper tout à l'heure. Ça mange toujours froid en mer, pauvres créatures !

— J'aime mieux voir tout de suite la barque.

— C'est vingt liards la viande, cinq liards la bière et cinq ducats le laissez-passer du sergent, expliqua-t-elle avec politesse. Le lit est en plus. Ils ne mettront pas à la voile avant demain matin.

— J'ai déjà mon sauf-conduit, protesta le voyageur.

— Il n'y a de sauf-conduit que si Milo est content, repartit la maîtresse femme. Ici, c'est lui le roi Philippe.

— Il n'est pas encore dit que je m'embarque, objecta Zénon.

— Pas de marchandages ! gronda l'Albanais, élevant la voix du fond de la salle. Je ne vais pas m'échiner jour et nuit sur l'estacade à voir qui part ou qui ne part pas.

Zénon paya ce qu'on demandait. Il avait pris la précaution de mettre dans une bourse juste ce qu'il fallait d'argent pour qu'on ne crût pas qu'il en avait davantage caché sur lui.

— Comment s'appelle la barque?

— C'est du pareil au même comme ici, fit l'hôtesse. *La Belle-Colombelle*. Faudrait pas qu'il s'y trompât, hein, Mariken?

— Pour ça non, dit la fille. Avec *Les Quatre-Vents* ils s'égareraient dans la brume et fileraient tout droit sur Vilvorde.

La plaisanterie parut fort drôle aux deux femmes, et même l'Albanais la comprit assez pour rire aux éclats. Vilvorde était une place à l'intérieur des terres.

— Vous pouvez laisser vos paquets ici, remarqua l'hôtesse avec bonne humeur.

— Autant les embarquer tout de suite, dit Zénon.

— Voilà un particulier qui n'a pas confiance, fit moqueusement Mariken tandis qu'il sortait.

Il faillit se heurter sur le seuil à l'aveugle qui venait faire danser la jeunesse. Celui-ci le reconnut et le salua obséquieusement.

Sur la route du port, il rencontra un peloton de soldats remontant vers l'auberge. L'un d'eux lui demanda s'il venait de *La Belle Colombelle;* sur sa

réponse affirmative, on le laissa passer. Milo était
assurément maître ici.

La Belle-Colombelle maritime était une assez
grosse barque à coque ronde posant à marée basse
sur le sable. Zénon put s'approcher à peu près à
pied sec. Deux hommes travaillaient aux gréements
avec l'enfant qui tout à l'heure avait manié les
soufflets devant le feu de la taverne; un chien
courait parmi les tas de cordes. Plus loin, dans une
flaque, une masse sanglante de têtes et de queues
de harengs montrait qu'on avait porté ailleurs le
produit de la pêche. Un des hommes sauta à terre
en voyant venir le voyageur.

— C'est moi Jans Bruynie, dit-il. Josse vous
envoie pour l'Angleterre? Faut encore savoir ce que
vous voudrez payer.

Zénon comprit que l'enfant avait été dépêché là
pour prévenir. On avait dû spéculer sur son degré
d'opulence.

— Josse m'a parlé de seize ducats.

— Monsieur, c'est quand il y a du monde.
L'autre jour, j'avais onze personnes. Plus de onze,
ça ne se peut pas. Seize ducats par luthérien, ça
faisait cent septante-six. Je ne dis pas que pour un
homme seul...

— Je n'appartiens point à la religion réformée,
interrompit le philosophe. J'ai une sœur mariée à
Londres à un marchand...

— Nous en avons beaucoup de ces sœurs-là, dit
facétieusement Jans Bruynie. C'est beau de voir les

gens risquer tout d'un coup le mal de mer pour s'embrasser en famille.

— Dites-moi votre prix, insista le médecin.

— Mon Dieu, Monsieur, je ne veux pas vous dégoûter de faire un tour en Angleterre. Moi, ce voyage ne me plaît point. Étant donné qu'on est comme en guerre...

— Pas encore, dit le philosophe, caressant la tête du chien qui avait suivi son maître sur la plage.

— C'est chou vert et vert chou, fit Jans Bruynie. Le voyage est permis, parce que ce n'est pas encore défendu, mais ce n'est pas tout à fait permis. Du temps de la reine Marie, la femme à Philippe, ça allait ; sauf votre respect, on brûlait les hérétiques comme ici. Maintenant, tout va mal : la reine est bâtarde et fait des poupons en cachette. Elle se dit vierge, mais c'est seulement pour faire pièce à Notre-Dame. On étripe les prêtres dans ce pays-là et on chie dans les vases sacrés. Ça n'est pas beau. J'aime mieux pêcher près des côtes.

— On peut aussi pêcher en haute mer, dit Zénon.

— Quand on pêche, on rentre quand on veut ; si je vais en Angleterre, c'est un voyage qui peut durer. Le vent, savez-vous, ou un calme... Et si des curieux allaient se mêler de ma cargaison, un drôle de gibier à l'aller, et, au retour... Une fois même, ajouta-t-il en baissant la voix, j'ai rapporté de la poudre à mousquet pour Monsieur de Nassau. Il ne faisait pas bon ce jour-là naviguer dans ma coquille.

— Il y a d'autres barques, dit négligemment le philosophe.

— C'est à voir, Monsieur. La *Sainte-Barbe* travaille avec nous d'habitude ; elle a une avarie rien à faire. Le *Saint-Boniface* a eu des ennuis... Il y a des barques en mer, bien sûr, mais malin qui sait quand elles rentrent... Si vous n'êtes pas presse vous pourriez aller voir à Blankenberghe ou a Wenduyne, mais vous trouverez les prix d'ici.

— Et celle-là, dit Zénon, indiquant une embarcation plus légère sur laquelle un petit homme placidement installé à la poupe cuisait son manger

— *Les Quatre-Vents ?* Allez-y si le cœur vous en dit, fit Jans Bruynie.

Zénon réfléchissait, assis sur une caque abandonnée. Le museau du chien reposait sur ses genoux.

— En tout cas, vous partez à l'aube ?

— Pour la pêche, mon bon monsieur, pour la pêche. Bien sûr, si vous aviez autant dire cinquante ducats...

— J'en ai quarante, dit fermement Sébastien Théus.

— Va pour quarante-cinq. Je ne veux pas gruger un client. Si vous n'avez rien de plus pressant que d'aller voir votre sœur à Londres, pourquoi ne pas rester deux ou trois jours à *La Colombelle ?*... Des fuyards qui ont le feu au cul, il en vient tout le temps... Vous ne payeriez que votre quote-part.

— Je préfère partir sans attendre.

— Je m'en doute... Et c'est plus prudent, car à

supposer que le vent change... Vous vous êtes mis
en règle avec l'oiseau qu'elles ont à l'auberge?

— S'il s'agit des cinq ducats qu'ils m'ont extor-
qués...

— C'est point nos oignons, dit dédaigneusement
Jans Bruynie, les femmes s'arrangent avec lui pour
qu'on n'ait pas d'ennuis en terre ferme. Hé, Niclas,
cria-t-il à son camarade, voilà le passager!

Un homme roux à carrure énorme sortit à moitié
par une écoutille.

— C'est Niclas Bambeke, déclara le patron. Il y
a aussi Michiel Sottens, mais il est allé souper au
logis. Vous mangerez bien avec nous à *La Colombelle?* Laissez vos paquets.

— J'en aurai besoin pour la nuit, dit le médecin,
défendant sa sacoche dont Jans voulait s'emparer.
Je suis chirurgien et j'ai avec moi mes instruments,
ajouta-t-il pour expliquer le poids du sac, qui
autrement aurait pu donner lieu à des conjectures.

— Monsieur le chirurgien s'est aussi pourvu
d'armes à feu, fit sarcastiquement le patron, notant
du coin de l'œil les crosses de métal qui faisaient
bâiller les poches du médecin.

— C'est d'un homme prudent, dit Niclas Bambeke en sautant de la barque. On rencontre du
vilain monde, même en mer.

Zénon leur emboîta le pas pour remonter à
l'auberge. Arrivé à l'angle de la halle, il obliqua,
leur laissant croire qu'il s'agissait seulement de
lâcher de l'eau. Les deux hommes continuaient à
marcher en discutant avec animation quelque

chose, escortés du chien et de l'enfant qui couraient
en cercles. Zénon contourna la halle et se retrouva
bientôt sur la plage.

La nuit venait. A deux cents pas, une chapelle à
demi effondrée s'enlisait dans le sable. Il regarda à
l'intérieur. Une flaque laissée par la dernière
grande marée emplissait la nef aux statues rongées
par le sel. Le prieur sans doute se serait recueilli là
et aurait prié. Zénon s'installa sous le porche,
reposant la tête sur sa sacoche. On voyait sur la
droite les coques sombres des barques, avec une
lanterne allumée à la poupe des *Quatre-Vents*. Le
voyageur songea à ce qu'il ferait en Angleterre. Le
premier point serait d'éviter d'y passer pour un
espion papiste jouant au réfugié. Il se vit errant
dans les rues de Londres, sollicitant un poste de
chirurgien de la flotte ou chez un médecin une
place analogue à celle qu'il avait occupée auprès de
Jean Myers. Il ne parlait point l'anglais, mais une
langue s'apprend vite, et d'ailleurs le latin va loin.
Avec un peu de chance, on trouverait à s'employer
chez un grand seigneur curieux d'aphrodisiaques
ou de remèdes pour sa goutte. Il avait l'habitude
des salaires généreux mais pas toujours payés, du
siège au haut bout ou au bas bout de la table, selon
l'humeur qu'aurait Milord ou Son Altesse ce jour-
là, des disputes avec les médicastres du lieu hostiles
au charlatan étranger. A Innsbruck ou ailleurs, il
avait déjà vu tout cela. Il faudrait aussi se rappeler

de ne jamais parler du Pape qu'avec exécration,
comme ici de Jean Calvin, et de trouver le roi
Philippe ridicule, comme l'était en Flandre la reine
d'Angleterre.

La lanterne des *Quatre-Vents* se rapprocha,
balancée au bout du bras d'un homme en marche.
Le petit patron chauve s'arrêta devant Zénon, qui
se redressa à demi.

— J'ai vu Monsieur venir se reposer sous le
porche. Ma maison est ici tout près; si Sa
Seigneurie craint le serein...

— Je suis bien où je suis, dit Zénon.

— Sans vouloir sembler trop curieux, puis-je
demander à Sa Seigneurie combien ils prennent
pour l'Angleterre?

— Vous devez bien savoir leurs prix.

— Ce n'est point que je les blâme, Votre
Seigneurie. La saison est courte : après la Toussaint
il faut que Monsieur se rende compte qu'il n'est
pas toujours commode de mettre à la voile. Mais au
moins qu'ils soient honnêtes... Vous ne supposez
point qu'ils vont pour ce prix-là vous conduire
jusqu'à Yarmouth? Non, Monsieur, ils vous
échangent en mer avec les pêcheurs de là-bas, et
vous recommencez à payer sur de nouveaux frais.

— C'est une méthode comme une autre, fit
distraitement le voyageur.

— Monsieur ne s'est-il point dit que c'est
chanceux pour un homme qui n'est plus jeune de
partir seul avec trois gaillards? Un coup d'aviron

est vite donné. Ils revendent les hardes aux Anglais, et ni vu ni connu.

— Venez-vous me proposer de m'emmener en Angleterre sur *Les Quatre-Vents?*

— Non pas, Monsieur, mon bateau n'a pas l'envergure. Et même la Frise aussi est fort loin. Mais s'il ne s'agit que de changer d'air, Monsieur doit bien savoir que la Zélande coule comme qui dirait hors des mains du Roi. Ça grouille de Gueux, là-bas, depuis que Monsieur de Nassau lui-même a commissionné le capitaine Sonnoy... Je sais les fermes où se ravitaillent Messieurs Sonnoy et de Dolhain... Quelle est la profession de Sa Seigneurie?

— Je soigne mes semblables, dit le médecin.

— Monsieur aura sur les frégates de ces Messieurs l'occasion de soigner de beaux coups et de belles entailles. Et on y est rendu en quelques heures quand on sait prendre le vent. On peut même partir avant la minuit; *Les Quatre-Vents* n'ont pas besoin d'un gros tirant d'eau.

— Comment éviterez-vous les patrouilles de Sluys?

— On connaît du monde, Monsieur. J'y ai des amis. Mais Sa Seigneurie devra quitter ses bons vêtements et s'habiller en pauvre matelot... Si par hasard quelqu'un monte à bord...

— Vous ne m'avez point encore indiqué vos prix.

— Quinze ducats seraient trop pour Sa Seigneurie?

— Le prix est modeste. Êtes-vous sûr dans le noir de ne pas voguer sur Vilvorde?

Le petit homme chauve fit une grimace de damné.

— Foutu calviniste, va! Mangeux de Sainte Vierge! C'est *La Belle-Colombelle* qui vous aura fait croire celle-là?

— Je dis ce qu'on m'a dit, fit laconiquement Zénon.

L'homme s'en alla en jurant. Dix pas plus loin, il se retourna, faisant virevolter sa lanterne. Le visage furieux était redevenu un visage servile.

— Je vois que Monsieur connaît les nouvelles, reprit-il onctueusement, mais il ne faut pas s'en laisser conter. Sa Seigneurie m'excusera d'avoir été un peu vif, mais je n'y suis pour rien, moi, dans l'arrestation de Monsieur de Battenbourg. Ce n'était même pas un pilote d'ici... Et puis, ça ne se comparait pas pour le gain : Monsieur de Battenbourg est un gros morceau. Monsieur sera aussi en sûreté à mon bord que dans la maison de sa sainte mère...

— Il suffit, dit Zénon. Votre barque peut mettre à la voile à minuit; je puis changer d'habits dans votre maison qui est à côté, et votre prix est quinze ducats. Laissez-moi en paix.

Mais le petit homme n'était pas de ceux qu'on décourage facilement. Il n'obéit qu'après avoir assuré Sa Seigneurie que celle-ci, au cas où elle se ressentirait par trop de la fatigue, pourrait se refaire chez lui à bon marché et ne partir qu'à la nuit suivante. Le capitaine Milo fermait l'œil; il n'était pas marié à Jans Bruynie. Zénon laissé seul se demanda comment il se faisait qu'il eût soigné avec dévouement ces coquins malades, puisqu'il les eût volontiers tués bien portants. Quand la lanterne eut repris sa place à la poupe des *Quatre-Vents,* il se leva. La nuit noire couvrait ses mouvements. Il fit lentement un quart de lieue dans la direction de Wenduyne, son paquet sous le bras. Ce serait sans doute partout la même chose. Il était impossible de savoir lequel de ces deux bouffons mentait, ou si par hasard tous deux disaient vrai. Il se pouvait aussi que tous deux mentissent, et qu'il n'y eût là qu'une rivalité de misérables. En déciderait qui voudrait.

Une dune lui cacha les feux de Heyst pourtant tout proche. Il se choisit un creux abrité de la brise, et bien en deçà de la ligne de marée haute qui se devinait, même dans le noir, à l'humidité du sable. La nuit d'été était tiède. Il serait toujours temps d'aviser au petit matin. Il étendit sur lui sa casaque. La brume occultait les étoiles, sauf Véga près du zénith. La mer faisait son bruit éternel. Il dormit sans rêves.

Le froid le réveilla avant l'aube. Une pâleur envahissait le ciel et les dunes. La marée montante lapait presque ses chaussures. Il frissonnait, mais ce froid portait déjà en lui la promesse du beau jour d'été. Frottant doucement ses jambes engourdies par l'immobilité nocturne, il regardait la mer informe enfanter ses vagues vite évanouies. Le bruit qui dure depuis le commencement du monde grondait toujours. Il fit couler entre ses doigts une poignée de sable. *Calculus :* avec cette fuite d'atomes commençaient et s'achevaient toutes les cogitations sur les nombres. Il avait fallu pour émietter ainsi des rochers plus de siècles qu'il n'y avait de journées dans les récits de la Bible. Dès son jeune temps, la méditation des philosophes antiques lui avait appris à regarder de haut ces pauvres six mille ans qui sont tout ce que Juifs et Chrétiens consentent à connaître de la vénérable antiquité du monde, mesurée par eux à la courte durée de la mémoire de l'homme. Des paysans de Dranoutre lui avaient montré dans des tourbières d'énormes troncs d'arbres qu'ils imaginaient apportés là par les marées du Déluge, mais il y avait eu d'autres envahissements par l'eau que celui auquel on appendait l'histoire d'un patriarche amateur de vin, tout comme il y avait eu d'autres destructions par le feu que la grotesque catastrophe de Sodome. Darazi avait parlé de myriades de siècles qui ne sont qu'un temps d'une respiration infinie. Zénon calcula que le vingt-quatre février prochain, s'il vivait encore, il aurait cinquante-neuf ans. Mais il en était de ces onze ou douze lustres comme de cette poignée de sable : le vertige des grands nombres émanait d'eux. Pendant plus d'un milliard et demi d'instants, il avait vécu çà et là sur la terre, tandis que Véga tournait aux alentours du zénith et que la mer faisait son bruit sur toutes les plages du monde. Cinquante-

huit fois, il avait vu l'herbe du printemps et la
plénitude de l'été. Il importait peu qu'un homme
de cet âge vécût ou mourût.

Le soleil était déjà vif quand du haut de la dune
il vit *La Belle-Colombelle* déployer sa voile et
prendre la mer. Le temps eût été beau pour le
voyage. La lourde barque s'éloignait plus rapidement qu'on n'aurait cru. Zénon se recoucha dans sa
bauge de sable, laissant la bonne chaleur éliminer
de lui toute trace de courbature nocturne, contemplant son sang rouge à travers ses paupières
fermées. Il pesait ses chances comme s'il s'agissait
de celles d'un autre. Armé comme il l'était, il
pourrait forcer le coquin assis à la barre des *Quatre-
Vents* de le débarquer sur quelque plage fréquentée
seulement des Gueux de Mer ; il saurait au
contraire lui casser la tête d'une balle s'il faisait
mine de mettre le cap sur un bâtiment du Roi. Il
s'était servi sans componction de cette même paire
de pistolets pour dépêcher un Arnaute qui l'avait
assailli jadis dans la forêt bulgare ; tout comme
après avoir déjoué le guet-apens de Perrotin, il s'en
était senti d'autant plus homme. Mais l'idée d'avoir
à répandre la cervelle de ce fourbe lui semblait
aujourd'hui rebutante sans plus. L'avis de rejoindre
en qualité de chirurgien les équipages de Messieurs
Sonnoy ou de Dolhain était bon ; c'était de ce côté
qu'il avait dirigé Han à l'époque où ces patriotes à
demi pirates n'avaient pas encore l'autorité et les
ressources qu'ils venaient d'acquérir à la faveur des
nouveaux troubles. Une place auprès de Louis de

Nassau n'était pas exclue : ce gentilhomme manquait sûrement d'hommes de l'art à son service. Cette existence de partisan ou d'écumeur de mer différerait peu de ce qu'il avait vécu dans les armées de Pologne ou sur la flotte turque. Acculé au pis, on pouvait même manier pour quelque temps le cautère ou le scalpel dans les troupes du duc. Et le jour où la guerre lui donnerait des haut-le-cœur, il restait l'espoir de gagner à pied un coin du monde où pour le moment la plus féroce des sottises humaines ne sévissait pas. Rien de tout cela n'était infaisable. Mais il fallait se rappeler qu'après tout il ne serait peut-être jamais inquiété à Bruges.

Il bâilla. Ces alternatives ne l'intéressaient plus. Il enleva ses souliers alourdis par le sable, enfonçant avec satisfaction ses pieds dans la couche chaude et fluide, cherchant et trouvant plus bas la fraîcheur marine. Il ôta ses habits, plaça précautionneusement sur eux son bagage et ses pesantes chaussures, et s'avança vers la mer. La marée baissait déjà : de l'eau jusqu'à mi-jambe, il traversa des flaques miroitantes, et s'exposa au mouvement des vagues.

Nu et seul, les circonstances tombaient de lui comme l'avaient fait ses vêtements. Il redevenait cet Adam Cadmon des philosophes hermétiques, placé au cœur des choses, en qui s'élucide et se profère ce qui partout ailleurs est infus et imprononcé. Rien dans cette immensité n'avait de nom : il se retint de penser que l'oiseau qui pêchait, balancé sur une crête, était une mouette, et

l'étrange animal qui bougeait dans une mare ses
membres si différents de ceux de l'homme une
étoile de mer. La marée baissait toujours, laissant
derrière elle des coquillages aux spirales aussi pures
que celles d'Archimède; le soleil montait insensiblement, diminuant cette ombre humaine sur le
sable. Plein d'une révérencieuse pensée qui l'eût
fait mettre à mort sur toutes les places publiques de
Mahomet ou du Christ, il songea que les symboles
les plus adéquats du conjectural Bien Suprême sont
encore ceux qui passent absurdement pour les plus
idolâtres, et ce globe igné le seul Dieu visible pour
des créatures qui dépériraient sans lui. De même,
le plus vrai des anges était cette mouette qui avait
de plus que les Séraphins et les Trônes l'évidence
d'exister. Dans ce monde sans fantômes, la férocité
même était pure : le poisson qui frétillait sous la
vague ne serait dans un instant qu'un sanglant bon
morceau sous le bec de l'oiseau pêcheur, mais
l'oiseau ne donnait pas de mauvais prétextes à sa
faim. Le renard et le lièvre, la ruse et la peur,
habitaient la dune où il avait dormi, mais le tueur
ne se réclamait pas de lois promulguées jadis par
un renard sagace ou reçues d'un renard-dieu; la
victime ne se croyait pas châtiée pour ses crimes et
ne protestait pas en mourant de sa fidélité à son
prince. La violence du flot était sans colère. La
mort, toujours obscène chez les hommes, était
propre dans cette solitude. Un pas de plus sur cette
frontière entre le fluide et le liquide, entre le sable
et l'eau, et la poussée d'une vague plus forte que les

autres lui ferait perdre pied ; cette agonie si brève et
sans témoin serait un peu moins la mort. Il
regretterait peut-être un jour cette fin-là. Mais il en
était de cette possibilité comme des projets d'Angleterre ou de Zélande, nés de craintes de la veille
ou de dangers futurs absents de ce moment sans
ombre, plans formés par l'esprit et non nécessité
s'imposant à l'être. L'heure du passage n'avait pas
encore sonné.

Il revint vers ses vêtements, qu'il eut quelque
peine à retrouver, recouverts comme ils l'étaient
déjà par une légère couche de sable. Le recul de la
mer avait en peu de temps changé les distances. La
trace de ses pas sur la grève humide avait été
immédiatement bue par l'onde ; sur le sable sec, le
vent effaçait toutes les marques. Son corps lavé
avait oublié la fatigue. Une autre matinée au bord
de la mer se raccordait de plain-pied à celle-ci,
comme si ce bref interlude de sable et d'eau durait
depuis dix ans : pendant son séjour à Lübeck, il
s'était rendu à l'embouchure de la Trave avec le fils
de l'orfèvre pour recueillir l'ambre baltique. Les
chevaux aussi s'étaient baignés ; débarrassés de
leurs selles et de leurs housses, mouillés d'eau de
mer, ils redevenaient des créatures existant pour
elles-mêmes, au lieu des paisibles montures habituelles. Un des fragments d'ambre contenait un
insecte pris dans sa résine ; il avait regardé comme à
travers une lucarne cette bestiole enfermée dans un
âge de la terre où il n'avait point accès. Il secoua la
tête, comme on le fait pour écarter une importune

abeille : il revivait maintenant trop souvent des
moments révolus de son propre passé, non par
regret ou par nostalgie, mais parce que les cloisons
du temps semblaient avoir éclaté. La journée de
Travemunde était prise dans la mémoire comme
dans une matière presque impérissable, relique
d'une saison où il avait fait bon exister. S'il vivait
dix ans de plus, il en serait peut-être de même de la
journée d'aujourd'hui.

Il remit sans plaisir sa carapace humaine. Un
reste du pain d'hier et sa gourde à demi pleine de
l'eau d'une citerne lui rappelèrent que sa route
jusqu'au bout serait parmi les hommes. Il fallait se
garer d'eux, mais aussi continuer à en recevoir des
services et à leur en rendre. Il équilibra son sac sur
son épaule, et suspendit par leurs lacets ses souliers
à sa ceinture, pour se donner plus longtemps le
plaisir de marcher pieds nus. Évitant Heyst, qui lui
faisait l'effet d'un ulcère sur la belle peau du sable,
il prit par les dunes. Du haut de l'éminence la plus
proche, il se retourna pour regarder la mer. *Les
Quatre-Vents* reposaient toujours sous l'estacade ;
d'autres barques s'étaient rapprochées du port. Une
voile à l'horizon semblait aussi pure qu'une aile ;
c'était peut-être le bateau de Jans Bruynie.

Il marcha près d'une heure à l'écart des sentiers
tracés. Dans un vallonnement entre deux monti-
cules semés d'herbes coupantes, il vit venir à lui un
groupe de six personnes : un vieillard, une femme,

deux hommes d'âge mûr et deux garçons armés de
bâtons. Le vieillard et la femme avançaient avec
peine dans les fondrières. Tous étaient vêtus en
bourgeois de la ville. Ces gens semblaient préférer
passer sans attirer l'attention. Ils répondirent pourtant quand il leur adressa la parole, vite rassurés
par l'intérêt que leur portait ce voyageur courtois et
parlant français. Les deux jeunes gens venaient de
Bruxelles; c'étaient des patriotes catholiques qui
s'efforçaient de rejoindre les troupes du prince
d'Orange. L'autre groupe était calviniste; le vieillard était un maître d'école de Tournai qui
s'échappait vers l'Angleterre en compagnie de ses
deux fils; la femme qui lui essuyait le front de son
mouchoir était sa bru. La longue route à pied était
plus que le pauvre homme n'en pouvait supporter;
il s'assit un moment sur le sable pour reprendre
haleine; les autres firent cercle autour de lui.

Cette famille s'était jointe à Eeclo aux deux
jeunes bourgeois de Bruxelles : le même danger et
la même fuite faisaient des compagnons de ces gens
qui en d'autres temps eussent été ennemis. Les
garçons parlaient avec admiration du seigneur de
La Marck qui avait juré de laisser croître sa barbe
jusqu'à ce que les Comtes fussent vengés; il avait
pris les bois avec les siens, et branchait sans pitié
les Espagnols qui lui tombaient dans les mains :
c'était d'hommes de sa sorte qu'on avait besoin
dans les Pays-Bas. Zénon apprit aussi des fugitifs
bruxellois les détails de la capture de Monsieur de
Battenbourg et des dix-huit gentilshommes de sa

suite trahis par le pilote qui les transportait en Frise : ces dix-neuf personnes avaient été incarcé- rées dans la forteresse de Vilvorde et décapitées. Les fils du maître d'école pâlissaient à ce récit, s'inquiétant de ce qui les attendait eux-mêmes au bord de la mer. Zénon les calma : Heyst semblait un endroit sûr, pourvu qu'on payât sa dîme au capitaine du port ; des fugitifs quelconques cou- raient peu de risques d'être livrés comme des princes. Il s'informa si les Tournaisiens étaient armés ; ils l'étaient : la femme même avait un couteau. Il les avisa de ne point se séparer : réunis, ils n'avaient guère à craindre d'être dévalisés pendant la traversée ; il convenait néanmoins de ne dormir que d'un œil à l'auberge et sur le pont de la barque. Quant à l'homme des *Quatre-Vents,* il était douteux, mais les deux solides Bruxellois sauraient sans doute le tenir en main et, une fois en Zélande, les chances de rencontrer des bandes d'insurgés semblaient bonnes.

Le maître d'école s'était péniblement mis debout. Zénon interrogé à son tour expliqua qu'il était médecin dans le pays, et qu'il avait lui aussi songé à passer outre-mer. Les questions n'allèrent pas plus loin ; ses affaires ne les intéressaient pas. En se séparant d'eux, il remit au magister un flacon contenant des gouttes qui pour quelque temps lui allongeraient l'haleine. Il prit congé fort remercié.

Il les regarda continuer vers Heyst et décida brusquement de les suivre. A plusieurs, le voyage était moins risqué ; on pouvait même pendant les

premiers jours s'entraider sur l'autre rive. Il fit
derrière eux une centaine de pas, puis ralentit,
laissant la distance augmenter entre la petite bande
et lui. L'idée de se retrouver en face de Milo ou de
Jans Bruynie l'emplissait d'avance d'une lassitude
insupportable. Il s'arrêta net et obliqua vers l'intérieur des terres.

Il repensait aux lèvres bleues et au souffle court
du vieil homme. Ce magister abandonnant son
pauvre état, bravant le glaive, le feu et l'onde pour
attester tout haut sa foi en la prédestination de la
plupart des hommes à l'Enfer lui semblait un bon
spécimen de l'universelle démence ; mais, par-delà
ces dogmatiques folies, il existait sans doute entre
les inquiètes créatures humaines des répulsions et
des haines surgies du plus profond de leur nature,
et qui, le jour où il ne serait plus de mode de
s'exterminer pour cause de religion, se donneraient
cours autrement. Les deux patriotes bruxellois
semblaient plus sensés, mais ces garçons risquant
leur peau pour la liberté se flattaient néanmoins
d'être de loyaux sujets du roi Philippe ; tout irait
bien, à les en croire, dès qu'on se serait débarrassé
du duc. Les maladies du monde étaient plus
invétérées que cela.

Il se retrouva bientôt à Oudebrugge, et cette fois
entra dans la cour de ferme. La même femme s'y
trouvait : assise par terre, elle arrachait l'herbe pour
des lapereaux captifs dans une grande corbeille. Un
enfant en jupon tournait autour d'elle. Zénon
demanda un peu de lait et quelque nourriture. Elle

se leva avec une grimace et le pria de tirer lui-même
du puits la jarre de lait mise à rafraîchir ; ses mains
rhumatiques avaient du mal à tourner la manivelle.
Tandis qu'il manœuvrait la poulie, elle entra dans
la maison et en rapporta du fromage blanc et un
quartier de tarte. Elle s'excusa de la qualité du lait,
qui était mince et bleuâtre.

— La vieille vache est quasi sèche, dit-elle. Elle
est comme fatiguée de donner. Quand on la mène
au taureau, elle n'en veut plus. On sera bientôt
forcé de la manger.

Zénon demanda si la ferme appartenait bien à la
famille Ligre. Elle le regarda d'un air soudain
méfiant.

— Vous ne seriez point l'agent, par hasard ? On
ne doit rien avant la Saint-Michel.

Il la rassura : il herborisait par plaisir et rentrait à
Bruges. La ferme appartenait comme il l'avait cru à
Philibert Ligre, seigneur de Dranoutre et d'Oude-
nove, un gros bonnet au Conseil des Flandres.
Comme l'expliquait la bonne femme, les gens
riches ont toute une ribambelle de noms.

— Je sais, dit-il. Je suis de la famille.

Elle n'eut pas l'air de le croire. Ce voyageur à
pied n'avait rien de précisément magnifique. Il
mentionna être venu une fois à la ferme, il y avait
fort longtemps. Tout était à peu près comme il se
le rappelait, mais plus petit.

— Si vous êtes venu, j'étais là, dit la femme. Il y
a plus de cinquante ans que je ne bouge pas d'ici.

Il lui semblait bien qu'après le repas sur l'herbe

on avait laissé les reliefs aux manants, mais il ne se remémorait plus leurs visages. Elle vint s'asseoir près de lui sur le banc; il l'avait mise sur la voie des souvenirs.

— Les maîtres venaient quelquefois de ce temps-là, continua-t-elle. Je suis la fille de l'ancien fermier; il y avait onze vaches. A l'automne, on envoyait chez eux à Bruges une charrette pleine de pots de beurre salé. Maintenant, ce n'est plus pareil; ils laissent tout tomber... Et puis, avec mes mains, ça me gêne pour travailler dans l'eau froide.

Elle les reposait sur ses genoux, entrecroisant ses doigts déformés. Il lui conseilla de plonger chaque jour les mains dans du sable chaud.

— Le sable, c'est pas ce qui manque ici, dit-elle.

L'enfant continuait à tourner dans la cour comme une toupie en produisant des bruits incompréhensibles. Il était peut-être faible d'esprit. Elle l'appela, et une merveilleuse tendresse illumina son visage ingrat aussitôt qu'elle le vit trottiner vers elle. Soigneusement, elle essuya les bulles de salive au coin des lèvres.

— Voilà mon Jésus, dit-elle doucement. Sa mère travaille aux champs avec les deux qu'elle nourrit.

Zénon s'informa du père. C'était le patron du *Saint-Boniface*.

— Le *Saint-Boniface* a eu des ennuis, fit-il de l'air de quelqu'un qui sait.

— C'est arrangé maintenant, dit la femme, il va travailler pour Milo. Faut bien qu'il gagne : de tous mes garçons, il ne me reste plus qu'une couple Car j'ai eu deux maris, Monsieur, moi, continua-t-elle, et à nous trois dix enfants. Il y en a huit qui sont au cimetière. Toute cette peine pour rien.. Le cadet fait des heures chez le meunier les jours de vent, de sorte qu'on a toujours du pain à manger. Il a droit aussi à la balayure. La terre ici est pauvre pour le blé.

Zénon regardait la grange délabrée. Au haut de la porte, quelqu'un jadis avait, selon l'usage, affixé un hibou sans doute atteint d'un coup de pierre et cloué vivant; ce qui restait des plumes bougeait dans la brise.

— Pourquoi avez-vous supplicié cet oiseau qui vous était bénéfique?, demanda-t-il en montrant du doigt le grand rapace crucifié. Ces créatures mangent les souris qui dévorent le blé.

— Je ne sais point, Monsieur, dit la femme, mais c'est la coutume. Et puis, leur cri annonce la mort.

Il ne répondit rien. Elle voulait évidemment lui demander quelque chose.

— Ces fuyards, Monsieur, qu'on passe sur le *Saint-Boniface*... Bien sûr, c'est du profit pour tout le pays. Aujourd'hui même, à six que j'en ai vendu à manger. Et puis, il y en a qui font peine à voir... Mais on se demande tout de même si c'est là un trafic honnête. Les gens qui s'enfuient, ce n'est pas pour des prunes... Le duc et le Roi doivent bien savoir ce qu'ils font.

— Vous n'êtes pas obligée de vous informer qui sont ces personnes, dit le voyageur.

— Ça, c'est bien vrai, fit-elle en hochant le menton.

Il avait pris sur le tas d'herbe quelques brins qu'il passait entre les barreaux de la corbeille et que mâchonnaient les lapereaux.

— Si ces bêtes-là vous plaisent, Monsieur, continua-t-elle d'un ton obligeant. C'est gras, c'est doux, c'est à point... On les aurait apprêtées dimanche C'est seulement cinq sous par tête.

— Moi? dit-il, surpris. Que mangeriez-vous dimanche à dîner?

— Monsieur, fit-elle, l'œil suppliant, il n'y a pas que la mangeaille... Avec ça et les trois sous du casse-croûte, j'enverrai ma bru chercher la goutte à *La Belle Colombelle*. Il faut bien de temps en temps se réchauffer le cœur. On lèvera le coude à votre santé.

Elle n'avait point de monnaie pour lui changer son florin. Il s'en était douté. Peu importait. Le contentement l'avait rajeunie : après tout, c'était peut-être elle, cette fille de quinze ans qui avait fait la révérence quand Simon Adriansen lui avait donné quelques sous. Il prit son sac et se dirigea vers la grille avec les compliments d'usage

— Ne les oubliez pas, Monsieur, dit-elle en lui tendant la corbeille. Ça fera plaisir à votre dame y en a pas de pareils à la ville. Et puisque vous êtes un peu de la famille, vous leur direz qu'ils nous

réparent avant l'hiver. Ça pleut dedans toute
l'année.

Il sortit, le panier au bras, comme un paysan qui
va au marché. Le chemin s'engagea bientôt dans un
bocage, puis déboucha dans des guérets. Il s'assit
sur le rebord du fossé et plongea avec précaution la
main dans la corbeille. Longuement, presque
voluptueusement, il caressa les bêtes aux doux
pelage, à l'échine souple, aux flancs mous sous
lesquels battaient à grands coups les cœurs. Les
lapereaux pas même craintifs continuaient à manger ; il se demandait quelle vision du monde et de
lui-même se mirait dans leurs gros yeux vifs. Il
leva le couvercle et les laissa prendre les champs.
Jouissant de leur liberté, il regarda disparaître dans
les broussailles les connils lascifs et voraces, les
architectes de labyrinthes souterrains, les créatures
timides, et qui pourtant jouent avec le danger,
désarmées, sauf pour la force et l'agilité de leurs
reins, indestructibles seulement de par leur inépuisable fécondité. Si elles parvenaient à échapper aux
lacs, aux bâtons, aux fouines et aux éperviers, elles
continueraient encore quelque temps leurs bonds et
leurs jeux ; leur fourrure l'hiver blanchirait sous la
neige ; elles recommenceraient au printemps à se
nourrir de bonne herbe verte. Il poussa du pied la
corbeille dans le fossé.

Le reste de la route fut sans incidents. Il dormit
cette nuit-là sous un bouquet d'arbres. Il arriva le

lendemain d'assez bonne heure aux portes de
Bruges, et fut comme toujours salué avec respect
par le corps de garde.

Sitôt en ville, l'angoisse momentanément étouffée remonta à la surface; malgré lui, il prêtait
l'oreille aux propos des passants, mais n'entendait
rien d'insolite concernant quelques jeunes moines
ou ayant trait aux amours d'une belle fille noble.
Personne ne parlait non plus d'un médecin ayant
soigné des rebelles et déguisé sous un faux nom. Il
arriva à l'hospice à temps pour soulager le frère
Luc et le frère Cyprien qui faisaient face à la presse
des malades. Le bout de papier laissé avant son
départ traînait sur la table; il le froissa entre ses
doigts; oui, son ami d'Ostende allait mieux. Ce
soir-là, il s'offrit à l'auberge un souper plus long et
plus soigné que d'habitude.

LA SOURICIÈRE

Plus d'un mois passa sans encombre. Il était entendu que l'hospice fermerait ses portes peu avant la Noël, mais le sieur Sébastien Théus partirait cette fois ouvertement pour l'Allemagne où il avait vécu et exercé jadis. En son privé, et sans mentionner publiquement ces régions acquises au luthéranisme, Zénon se proposait de remonter vers Lübeck. Il y aurait plaisir à revoir le judicieux Aegidius Friedhof et à retrouver Gerhart arrivé à l'âge d'homme. Peut-être serait-il possible d'obtenir cette place de régent de l'hôpital du Saint-Esprit que l'opulent orfèvre lui avait à peu près assurée autrefois.

De Ratisbonne, son confrère alchimiste, Riemer, à qui Zénon avait fini par communiquer de ses nouvelles, lui annonçait une bonne fortune inespérée. Un exemplaire des *Prothéories* échappé au feu de joie parisien avait fait son chemin vers l'Allemagne ; un docteur de Wittenberg avait traduit l'ouvrage en latin, et cette publication ramenait autour du philosophe un bruit de gloire. Le Saint-Office en prenait ombrage, comme naguère la Sorbonne, mais le savant homme de Wittenberg et ses confrères découvraient au contraire dans ces textes entachés d'hérésie aux yeux des catholiques l'application du libre examen ; et les aphrorismes expliquant le miracle par l'effet de la ferveur chez le miraculé semblaient à la fois propres à combattre les superstitions papistes et à étayer leur propre doctrine de la foi qui sauve. Les *Prothéories* devenaient entre leurs mains un instrument légèrement faussé, mais on doit s'attendre à ces biaisements tant qu'un livre existe et agit sur l'esprit des hommes. Il était même question de proposer à Zénon, si toutefois on retrouvait sa trace, une chaire de philosophie naturelle dans cette université saxonne. L'honneur n'allait pas sans risque, et il serait prudent de le décliner en faveur d'autres et plus libres travaux, mais le contact direct avec les esprits était tentant après ce long repli sur soi-même, et voir tressaillir une œuvre crue morte faisait éprouver au philosophe dans toutes ses fibres la joie d'une résurrection. En même temps, le *Traité du monde physique*, négligé depuis la catastrophe survenue à Dolet, avait reparu chez un libraire de Bâle, où il semblait bien qu'on eût oublié les préventions et les aigres querelles d'autrefois. La présence corporelle de Zénon devenait presque moins utile : ses idées avaient essaimé sans lui.

Depuis son retour de Heyst, il n'entendait plus

parler du petit groupe des Anges. Il évitait avec le
plus grand soin les tête-à-tête avec Cyprien, de
sorte que le flot des confidences était endigué.
Certaines mesures que Sébastien Théus avait souhaité faire prendre à l'ancien prieur pour éviter à
tous des désastres s'étaient accomplies d'elles-
mêmes. Le frère Florian partait bientôt pour
Anvers où l'on reconstruisait son couvent brûlé
naguère par les briseurs d'images ; il y peindrait à
fresque les arceaux du cloître. Pierre de Hamaere
visitait diverses filiales de la province dont il
apurait les comptes. La nouvelle administration
avait ordonné des travaux dans les sous-sols du
couvent ; on en avait condamné certaines parties
menaçant ruine, ce qui enlevait aux Anges leur
secret asile. Les réunions nocturnes avaient presque
assurément cessé ; des imprudences scandaleuses
retombaient sans doute désormais au rang de
banals et furtifs péchés du cloître. Quant aux
rendez-vous de Cyprien et de la Belle dans le jardin
abandonné, la saison leur était peu favorable, et
Idelette s'était peut-être procuré un galant plus
prestigieux qu'un jeune moine.

Pour toutes ces raisons peut-être la contenance
de Cyprien s'était assombrie. Il ne chantait plus ses
ritournelles de paysan et accomplissait ses tâches
d'un air morne. Sébastien Théus avait d'abord
supposé que le jeune infirmier, tout comme le frère
Luc, s'affligeait de la prochaine fermeture de
l'hospice. Un matin, il s'aperçut que le visage du
garçon était sillonné de traces de larmes.

Il le fit entrer dans l'officine et ferma la porte. Ils se retrouvaient là seul à seul comme ils l'avaient été le lendemain du dimanche de Quasimodo, à l'époque des dangereux aveux de Cyprien Zénon parla le premier :

— Est-il arrivé malheur à la Belle? fit-il brusquement.

— Je ne la vois plus, répondit le garçon d'une voix qui s'étranglait. Elle se renferme avec la noiraude dans sa chambre et se dit malade pour dissimuler son fardeau.

Il expliqua que les seules nouvelles qu'il reçût passaient par la bouche d'une converse, un peu corrompue par de petits présents, un peu attendrie par l'état de la Belle qu'elle était chargée de soigner. Mais il était difficile de communiquer à travers cette femme simple jusqu'à la bêtise. Les issues secrètes d'autrefois n'existaient plus, et de toute façon les deux filles maintenant effrayées d'une ombre n'eussent plus osé tenter de sorties nocturnes. Le frère Florian, il est vrai, avait comme peintre ses entrées dans l'oratoire des Bernardines, mais il se lavait les mains de cette affaire.

— Nous nous sommes querellés, dit sombrement Cyprien.

Les femmes attendaient la délivrance d'Idelette pour l'époque de la Sainte-Agathe. Le médecin calcula qu'il s'en fallait encore de près de trois mois. A cette époque, il serait depuis longtemps à Lübeck.

— Ne désespérez pas, dit-il, s'efforçant de lutter

contre l'accablement du jeune moine. L'ingéniosité et le courage des femmes sont grands en ces matières. Les Bernardines, si elles découvrent cette mésaventure, n'ont aucun intérêt à l'ébruiter. Un nouveau-né est facilement placé dans un tour et confié à la charité publique.

— Ces jarres et ces bocaux sont pleins de poudres et de racines, dit avec agitation Cyprien. La peur la tuera si on ne lui vient en aide. Si Mynheer voulait...

— Ne voyez-vous pas qu'il est trop tard et que je n'ai point accès auprès d'elle? N'ajoutons pas à tant de désordres un sanglant malheur.

— Le curé d'Ursel a jeté le froc et s'est enfui en Allemagne avec sa mignonne, fit subitement Cyprien. Ne pourrions-nous point...

— Avec une fille de ce rang, et dans cet état, vous seriez reconnus avant d'être sortis du territoire du Franc de Bruges. N'y pensez plus. Mais personne ne s'étonnera qu'un jeune Cordelier coure les routes en mendiant son pain. Partez seul. Je puis vous fournir de quelques ducats pour le voyage.

— Je ne peux pas, dit Cyprien en sanglotant.

Il s'était affalé sur la table, la tête dans les mains. Zénon le contemplait avec une compassion infinie. La chair était une trappe où ces deux enfants s'étaient pris. Il caressa affectueusement la tête tondue du jeune moine, et quitta la pièce.

La foudre tomba plus tôt qu'on n'aurait cru.
Vers la Sainte-Lucie, il se trouvait à l'auberge,
quand il entendit ses voisins discuter d'une nouvelle avec ces chuchotements excités qui ne signifient jamais rien de bon, car il s'agit presque
toujours du malheur de quelqu'un. Une fille noble
qui logeait chez les Bernardines avait étranglé un
enfant prématurément né, mais viable, dont elle
venait d'accoucher. Le crime ne s'était découvert
que grâce à la petite servante moresque de la
demoiselle qui s'était enfuie épouvantée de la
chambre de sa maîtresse et avait erré comme folle
dans les rues. De bonnes gens poussés aussi par une
honnête curiosité avaient recueilli la moricaude ;
dans son babil difficile à comprendre, elle avait fini
par tout expliquer. Il n'avait plus ensuite été
possible aux Sœurs d'empêcher que le guet ne
s'emparât de leur pensionnaire. De grasses plaisanteries sur la chaleur de sang des filles nobles et sur
les petits secrets des nonnes se mêlaient à des
exclamations indignées. Dans la plate existence de
la petite ville, où le bruit même des grands
événements du jour n'arrivait qu'assourdi, ce scandale était plus intéressant qu'une histoire rebattue
d'église brûlée ou de protestants pendus.

Quand Zénon sortit de l'auberge, il vit passer
dans la rue Longue Idelette couchée au fond de la
charrette du guet. Elle était fort pâle, d'une pâleur
d'accouchée, mais ses pommettes et ses yeux
brûlaient de fièvre. Quelques personnes la regardaient avec pitié, mais la plupart s'excitaient à la

huer. Le pâtissier et sa femme étaient de ce nombre. Les petites gens du quartier se revanchaient des splendides vêtements et des folles dépenses de cette belle poupée. Deux des filles de la Citrouille, qui par hasard se trouvaient là, étaient des plus acharnées, comme si la demoiselle leur eût gâté le métier.

Zénon rentra chez lui le cœur serré, comme s'il venait de voir une biche abandonnée aux chiens courants. Il chercha Cyprien à l'hospice, mais le jeune moine ne s'y trouvait pas, et Zénon n'osa s'informer de lui au couvent, de peur de le faire remarquer.

Il espérait encore qu'Idelette interrogée par le prévôt ou les greffiers aurait la présence d'esprit de s'inventer un galant imaginaire. Mais cette enfant qui toute la nuit s'était mordu les mains pour ne pas crier, de peur que ses gémissements ne donnassent l'éveil, était au bout de son courage. Elle parla et pleura abondamment, ne cachant ni les rendez-vous avec Cyprien au bord de l'eau, ni les jeux et les ris dans l'assemblée des Anges. Ce qui fit le plus horreur aux scribes qui enregistraient ces aveux, et ensuite au public qui en reçut avidement les échos, ce fut cette consommation de pain bénit et de vin volé à l'autel, mangé et bu à la lueur de bouts de cierges. Les abominations de la chair semblaient s'aggraver d'on ne savait quels sacrilèges. Cyprien fut arrêté le lendemain; le tour de François de Bure, de Florian, du frère Quirin et de deux autres novices impliqués vint ensuite.

Matthieu Aerts fut arrêté lui aussi, mais immédiatement élargi à la suite d'un verdict d'erreur sur
la personne. Un de ses oncles était échevin au
Franc de Bruges.

Pendant quelques jours, l'hospice de Saint-
Cosme, déjà à demi fermé, et que le médecin était
supposé quitter pour l'Allemagne la semaine suivante, s'emplit d'une cohue de curieux. Le frère
Luc leur faisait visage de bois ; il refusait de croire à
toute cette affaire. Zénon les traitait en dédaignant
de répondre aux questions. Une visite de Greete
l'émut presque jusqu'aux larmes : la vieille femme
s'était contentée de hocher la tête en disant que
c'était bien triste.

Il la garda tout le jour en la priant de laver et de
réparer son linge. Il avait irritablement fait fermer
par le frère Luc la porte de l'hospice avant l'heure ;
la vieille femme cousant ou repassant près d'une
fenêtre le calmait tantôt par son amical silence et
tantôt par ses propos empreints d'une tranquille
sagesse. Elle lui raconta de petits faits qu'il ignorait
de la vie d'Henri-Juste, de basses lésines ou des
privautés obtenues de gré ou de force avec des
servantes : c'était d'ailleurs un assez brave homme,
ayant dans ses bons jours la plaisanterie et même la
gratification faciles. Elle se souvenait du nom et du
visage de nombreux parents dont il ne savait rien :
c'est ainsi qu'elle était capable de réciter toute une
liste de frères et de sœurs morts jeunes échelonnés

entre Henri-Juste et Hilzonde. Il rêva un instant à ce qu'eussent pu être ces destinées vite interrompues, ces pousses du même arbre. Pour la première fois de sa vie, il écouta attentivement un long récit concernant son père, dont il connaissait le nom et l'histoire, mais auquel il n'avait entendu faire que d'amères allusions durant son enfance. Ce jeune cavalier italien, prélat pour la forme et pour satisfaire à ses ambitions et à celles de sa famille, avait donné des fêtes, promené avec arrogance dans Bruges sa cape de velours rouge et ses éperons d'or, joui d'une fille aussi jeune mais moins infortunée somme toute qu'Idelette aujourd'hui, et il en était résulté ces travaux, ces aventures, ces méditations, ces projets qui duraient depuis cinquante-huit ans. Tout dans ce monde, qui est le seul où nous ayons accès, était plus étrange que l'habitude ne nous porte à le croire. Finalement, Greete remit dans sa poche ses ciseaux, son fil et son étui à aiguilles, et fit remarquer que le linge de Zénon était en état pour le voyage.

Après qu'elle l'eut quitté, il chauffa le poêle pour le bain d'eau et de vapeur installé par lui dans un recoin de l'hospice à l'instar de celui qu'il avait eu jadis à Péra, mais dont il s'était peu servi pour ses malades, souvent rétifs à de tels soins. Il fit de longues ablutions, se coupa les ongles, se rasa méticuleusement. A plusieurs reprises, par nécessité aux armées ou sur le grand chemin, ailleurs pour mieux se déguiser ou du moins pour ne pas surprendre en contrevenant à la mode, il avait laissé croître sa barbe, mais préférait la netteté d'un visage nu. L'eau et la buée lui rappelèrent le bain cérémonieusement pris à son arrivée à Frösö, après son expédition en terre lapone. Sign Ulfsdatter l'avait servi elle-même selon l'usage des dames de son pays. Elle avait été d'une dignité de reine dans ces prévenances de servante. Il revit en pensée le grand cuveau cerclé de cuivre et le dessin des serviettes brodées.

Il fut appréhendé le jour suivant. Cyprien, pour s'éviter la torture, avait avoué tout ce qu'on lui demandait, et bien davantage. Il en résulta un mandat d'amener contre Pierre de Hamaere, qui se trouvait alors à Audenarde. Quant à Zénon, les témoignages du jeune moine étaient de nature à le perdre : le médecin, à l'en croire, aurait dès le début été le confident et le complice des Anges. Ce serait lui qui aurait fourni à Florian les philtres nécessaires pour séduire Idelette au profit de Cyprien, et plus tard proposé de noires potions pour lui faire passer son fruit. L'inculpé inventait entre le médecin et lui une intimité hors la loi. Zénon par la suite eut l'occasion de réfléchir à ces allégations qui prenaient exactement le contre-pied des faits : l'hypothèse la plus simple était que le garçon éperdu cherchait à s'innocenter en accablant autrui; ou peut-être, ayant souhaité obtenir de Sébastien Théus des services et des caresses, il avait fini par croire les avoir reçus. On tombe toujours dans une trappe quelconque : autant valait que ce fût celle-là.

En tout cas, Zénon se tenait prêt. Il se livra sans résistance. En arrivant au greffe, il surprit tout le monde en donnant son vrai nom.

TROISIÈME PARTIE

La Prison

Non è viltà, ne da viltà procede
S'alcun, per evitar più crudel sorte,
Odia la propria vita e cerca morte...

Meglio è morir all'anima gentile
Che supportar inevitabil danno
Che lo farria cambiar animo e stile.
Quanti ha la morte già tratti d'affanno!
Ma molti ch'hanno il chiamar morte a vile
Quanto talor sia dolce ancor non sanno.

Julien de Médicis.

Ce n'est point vilenie, ni de vilenie procède,
Si tel, pour eviter un sort plus cruel,
Hait sa propre vie, recherchant la mort...

Mieux vaut mourir, pour l'être au cœur noble,
Que supporter l'inévitable mal
Qui lui fait perdre et vertu et style...
Qu'ils sont nombreux, ceux dont la mort a guéri l'angoisse!
Mais beaucoup vilipendent ce recours à la mort,
Ignorant encor qu'il est doux de mourir...

L'ACTE D'ACCUSATION

Il ne passa qu'une nuit dans la prison de la ville. Dès le lendemain, il fut transféré, non sans certains égards, dans une chambre donnant sur la cour du vieux greffe, munie de barreaux et de verrous solides, mais qui offrait à peu près toutes les commodités auxquelles un incarcéré de marque peut prétendre. On y avait naguère retenu un échevin accusé de malversations et, plus anciennement, un seigneur gagné à prix d'or au parti français ; rien n'était plus convenable qu'un tel lieu de détention. La nuit au cachot avait d'ailleurs suffi pour encombrer Zénon d'une vermine dont il mit plusieurs jours à se débarrasser. A son étonnement, on lui permit de se faire apporter son linge ; au bout de quelques jours, on lui rendit même son écritoire. On lui refusa pourtant des livres. Il eut bientôt la permission de se promener quotidiennement dans la cour au sol tantôt gelé, tantôt boueux, en compagnie du drôle qu'il avait pour geôlier. Une peur néanmoins ne le quittait pas, celle de la torture. Que des hommes fussent payés pour tourmenter méthodiquement leurs semblables avait toujours scandalisé cet homme dont c'était le métier de soigner. De longue date, il s'était cuirassé, non contre la peine, guère pire en elle-même que celle du blessé opéré par un chirurgien, mais contre l'horreur qu'elle fût sciemment infligée. Il s'était fait par degré à l'idée d'avoir peur. S'il lui arrivait un jour de gémir, de crier, ou d'accuser mensongèrement quelqu'un comme l'avait fait Cyprien, la faute en serait à ceux qui réussissent à disloquer l'âme d'un homme. Mais cette épreuve tant crainte ne vint pas. De puissantes protections entraient évidemment en jeu. Elles ne purent empêcher que la terreur du chevalet ne durât quelque part en lui jusqu'à la fin, l'obligeant à refréner un sursaut chaque fois qu'on ouvrait la porte.

Quelques années plus tôt, en arrivant à Bruges, il avait cru trouver son souvenir dissous dans l'ignorance et l'oubli. Il avait fondé là-dessus son incertaine sécurité. Mais un spectre de lui avait dû survivre tapi au fond des mémoires; il en ressortait à la faveur de cet esclandre, plus réel que l'homme qu'on avait indifféremment coudoyé si longtemps. De vagues on-dit se coagulaient tout à coup, amalgamés aux grossières images du magicien, du renégat, du bougre, de l'espion de l'étranger qui flottent partout et toujours dans les imaginations ignares. Personne n'avait reconnu Zénon dans Sébastien Théus; tout le monde rétrospectivement le reconnaissait. Personne non plus n'avait lu autrefois ses écrits à Bruges ; ils n'étaient sans doute pas davantage feuilletés aujourd'hui, mais savoir qu'ils avaient été condamnés à Paris et suspectés à Rome permettait maintenant à un chacun de décrier ces dangereux grimoires. Quelques curieux un peu perspicaces avaient dû, certes, soupçonner de bonne heure son identité ; Greete n'était pas seule à avoir de la mémoire et des yeux. Mais ces gens-là s'étaient tus, ce qui semblait en faire des amis plutôt que des ennemis, ou peut-être avaient-ils attendu leur heure. Zénon douta toujours si quelqu'un avait averti le prieur des Cordeliers, ou si au contraire celui-ci en offrant à un voyageur de monter dans son coche à Senlis savait avoir affaire au philosophe dont on brûlait sur la place publique un ouvrage fort controversé. Il penchait pour la seconde alternative, tenant à avoir le plus d'obligation possible à cet homme de cœur.

Quoi qu'il en fût, sa catastrophe avait changé de face. Il avait cessé d'être l'obscur comparse d'une débauche impliquant une poignée de novices et deux ou trois mauvais moines ; il redevenait le protagoniste de sa propre aventure. Les chefs d'accusation se multipliaient, mais au moins il ne serait pas l'insignifiant personnage balayé en toute hâte par une justice expéditive, comme probablement Sébastien Théus l'eût été. Son procès menaçait de traîner du fait d'épineuses questions de compétence. Les magistrats bourgeois jugeaient en dernier ressort les crimes de droit commun, mais l'évêque tenait à dire le mot final dans une complexe cause d'athéisme et d'hérésie. Cette prétention choquait chez un homme récemment établi par le Roi dans une ville où l'on s'était jusque-là passé d'évêché, et qui semblait à beaucoup un suppôt de l'Inquisition savamment implanté à Bruges. En fait, ce prélat se proposait de justifier avec éclat son pouvoir en conduisant ce procès avec équité. Le chanoine Campanus, malgré son grand âge, se dépensa dans cette affaire ; il proposa, et finalement obtint, que deux théologiens de l'Université de Louvain, d'où l'accusé tenait son degré de droit canon, fussent admis en qualité d'auditeurs ; on ignorait si cet arrangement était pris en accord avec l'évêque ou contre lui. Une opinion outrée, qui avait cours chez quelques esprits excessifs, était qu'un impie dont il importait à ce point de confondre les doctrines relevait directement du tribunal romain du Saint-Office, et qu'il serait expédient de l'envoyer sous bonne garde réfléchir dans quelque geôle du couvent de Sainte-Marie-sur-Minerve à Rome. Les gens sensés tenaient au contraire à juger sur place ce mécréant né à Bruges, et revenu sous un faux nom dans la ville, où sa présence au sein d'une pieuse communauté avait favorisé des désordres. Ce Zénon qui avait passé deux ans à la cour de Sa Majesté Suédoise était peut-être un espion des puissances du Nord ; on n'oubliait pas qu'il avait jadis séjourné chez le Turc infidèle ; il s'agissait de savoir s'il y avait ou non apostasié comme le bruit en avait couru. On

s'installait dans un de ces procès à charges multiples qui menacent de durer des années et servent
d'abcès de fixation aux humeurs d'une ville.

Dans ce brouhaha, les allégations qui avaient
amené l'arrestation de Sébastien Théus passaient
au second rang. L'évêque opposé par principe aux
charges de magie méprisait l'histoire des philtres
amoureux, qu'il regardait comme une billevesée,
mais certains magistrats bourgeois y croyaient
fermement, et pour le petit peuple le vif de la chose
était là. Peu à peu, comme dans tous les procès qui
pour un temps affolent les badauds, on voyait se
dessiner sur deux plans deux affaires étrangement
dissemblables ; la cause telle qu'elle apparaît aux
hommes de loi et aux gens d'Église dont c'est le
métier de juger, et la cause telle que l'invente la
foule qui veut des monstres et des victimes. Le
lieutenant chargé des poursuites au criminel avait
d'emblée éliminé la familiarité avec le petit groupe
adamique et béatifique des Anges ; les imputations
de Cyprien étaient contredites par les six autres
incarcérés ; ceux-là ne connaissaient le médecin que
pour l'avoir aperçu sous les arcades du couvent ou
dans la rue Longue. Florian se flattait d'avoir
séduit Idelette à l'aide de promesses de baisers, de
douces musiques, et de rondes dans lesquelles on se
tient par les mains, sans qu'il fût besoin de racine
de mandragore ; le crime même d'Idelette infirmait
l'histoire de la potion abortive, que la demoiselle
jurait saintement n'avoir jamais sollicité ou eu à
refuser ; enfin, et mieux encore, Zénon semblait à

Florian un particulier déjà sur l'âge, adonné, il est vrai, à la sorcellerie, mais hostile par malignité aux jeux des Anges, et qui avait voulu détacher d'eux Cyprien. On pouvait tout au plus conclure de ces dires peu cohérents que le prétendu Sébastien Théus avait su par son infirmier quelque chose des débauches dans l'étuve, sans avoir accompli son devoir, qui était de dénoncer.

Une intimité détestable avec Cyprien restait plausible, mais le quartier portait aux nues les bonnes mœurs et belles vertus du médecin; il y avait même on ne savait quoi de louche dans une réputation si hors pair. On enquêta sur ce point de sodomie qui irritait la curiosité des juges : à force de chercher, on crut trouver le fils d'un malade de Jean Myers avec lequel l'inculpé avait lié amitié au début de son séjour à Bruges; on en resta là par respect pour une bonne famille, et ce jeune chevalier fort réputé pour sa belle mine était depuis longtemps à Paris où il terminait ses études. Cette découverte eût fait rire Zénon : la liaison s'était bornée à des échanges de livres. Des accointances plus basses, s'il en était, aucune trace n'était restée. Mais le philosophe avait souvent dans ses écrits préconisé l'expérimentation avec les sens et la mise en œuvre de toutes les possibilités du corps, et les plus noirs plaisirs peuvent se déduire d'un tel précepte. La présomption demeurait, mais on retombait faute de preuve au crime d'opinion.

D'autres accusations étaient, s'il se pouvait, plus immédiatement dangereuses. Des Cordeliers eux-

mêmes imputaient au médecin d'avoir tourné
l'hospice en lieu de ralliement pour fuyards se
dérobant à la justice. Le frère Luc fut fort utile sur
ce sujet comme sur beaucoup d'autres ; son opinion
était des plus nettes : tout était faux dans cette
affaire. On avait beaucoup exagéré les dissipations
dans l'étuve ; Cyprien n'était qu'un béjaune qui
s'était laissé enjôler par une trop belle fille ; le
médecin était irréprochable. Quant aux fuyards
rebelles ou calvinistes, si quelques-uns avaient
passé le seuil de l'hospice, ils ne portaient pas de
pancarte autour du cou, et des gens occupés avaient
mieux à faire qu'à leur tirer les vers du nez. Ayant
fait ainsi le plus long discours de sa vie, il se retira.
Il rendit à Zénon un autre service insigne. En
rangeant dans l'hospice désert, il tomba sur le galet
à figure humaine mis au rebut par le philosophe, et
jeta dans le canal cet objet qui n'était point à laisser
traîner. L'organiste au contraire fut préjudiciable à
l'inculpé ; on n'avait certes que du bien à en dire,
mais ça leur avait donné un coup, à lui et à son
épouse, que Sébastien Théus ne fût pas Sébastien
Théus. La mention la plus nuisible fut celle des
prophéties comiques dont les deux bonnes gens
avaient tant ri ; on les retrouva à Saint-Cosme dans
un placard de la chambre aux livres, et les ennemis
de Zénon surent s'en servir.

Tandis que des scribes recopiaient avec des
pleins et des déliés les vingt-quatre chefs d'accusa-

tion rassemblés contre Zénon, l'aventure d'Idelette
et des Anges touchait à son terme. Le crime de la
demoiselle de Loos était patent et sa punition la
mort ; la présence même de son père ne l'eût pas
sauvée, et celui-ci, retenu avec d'autres Flamands
comme otage en Espagne, ne sut que plus tard la
nouvelle de sa catastrophe. Idelette fit une bonne et
pieuse fin. On avait avancé de quelques jours
l'exécution, pour ne pas tomber dans les fêtes de la
Nativité. L'opinion publique s'était retournée :
touché qu'on était par la contenance repentante et
les yeux éplorés de la Belle, on plaignait cette fille
de quinze ans. En bonne règle, Idelette eût dû
brûler vive pour infanticide, mais sa noble naissance lui valut d'être décapitée. Par malheur, le
bourreau, intimidé par ce cou délicat, n'eut pas la
main sûre : il dut s'y reprendre à trois fois et
s'échappa, justice faite, hué par la foule, poursuivi
par une grêle de sabots et une averse de choux
ramassés dans les paniers du marché.

Le procès des Anges dura plus longtemps : on
s'efforçait d'obtenir des aveux qui eussent mis au
jour des ramifications secrètes, remontant peut-être
jusqu'à cette secte des Frères du Saint-Esprit,
exterminée au début du siècle, et qui avait,
prétendait-on, confessé et pratiqué de pareilles
erreurs. Mais ce fol de Florian était intrépide ; vain
jusque dans la torture, il déclarait ne rien devoir
aux enseignements hérétiques d'un certain Grand
Maître Adamique Jacob van Almagien, juif par
surcroît, et mort quelque cinquante ans plus tôt.

C'était à lui seul et sans théologie qu'il avait découvert le pur paradis des délices du corps. Toutes les tenailles du monde ne lui feraient pas dire autrement. Le seul qui échappa à la sentence de mort fut le frère Quirin, qui avait eu la constance de faire sans cesse le fou, même au milieu des tourments, et fut conséquemment séquestré comme tel. Les cinq autres condamnés firent comme Idelette une pieuse fin. Par l'entremise de son geôlier, qui avait l'habitude de ce genre de négociations, Zénon avait payé les bourreaux pour que ces jeunes gens fussent étranglés avant d'être touchés par le feu, petit accommodement fort en usage, et qui arrondissait très opportunément le maigre salaire des exécuteurs. Le stratagème réussit pour Cyprien, François de Bure et l'un des novices; il les sauva du pire, sans avoir pu, bien entendu, leur épargner l'épouvante dont ils avaient préalablement pâti. Mais l'arrangement faillit au contraire pour Florian et l'autre novice, auxquels le bourreau n'eut pas le temps d'aller discrètement porter secours; on les entendit crier pendant près de deux quarts d'heure.

L'économe était de la partie, mais mort. Sitôt ramené d'Audenarde et écroué à Bruges, il s'était fait porter du poison par des amis qu'il avait en ville, et on l'avait suivant la coutume incinéré défunt puisqu'on ne pouvait le brûler vif. Zénon n'aimait guère ce cauteleux personnage, mais il fallait reconnaître que Pierre de Hamaere avait su prendre en main son destin et finir en homme.

Zénon sut tous ces détails par son geôlier à la
langue trop bien pendue ; le coquin s'excusait du
contretemps survenu en ce qui concernait deux des
condamnés ; il proposait même de rendre une
partie de l'argent, bien que ce ne fût la faute de
personne. Zénon haussa les épaules. Il s'était revêtu
d'une mortelle indifférence : l'important était de
ménager jusqu'au bout ses forces. Cette nuit-là se
passa pourtant sans dormir. Cherchant dans sa
pensée un antidote à cette horreur, il songea que
Cyprien ou Florian se fussent assurément jetés au
feu pour sauver quelqu'un : l'atrocité était comme
toujours moins dans les faits que dans l'ineptie
humaine. Soudain, il buta sur un souvenir : dans sa
jeunesse, il avait vendu à l'émir Nourreddin sa
recette de feu liquide dont on s'était servi en Alger
dans un combat naval, et qu'on avait peut-être
continué à utiliser depuis. L'acte en lui-même était
banal : tout artificier en eût fait autant. Cette
invention qui avait brûlé des centaines d'hommes
avait même paru une avance dans l'art de la guerre.
Fureurs pour fureurs, les violences d'un combat
dans lequel chacun tue aussi bien qu'il meurt ne se
comparaient certes pas à l'abomination méthodique
d'un supplice ordonné au nom d'un Dieu de bonté ;
néanmoins il était lui aussi auteur et complice
d'outrages infligés à la misérable chair de l'homme,
et il avait fallu trente ans pour qu'un remords lui
vînt, qui eût probablement fait sourire des amiraux
ou des princes. Autant sortir bientôt de cet enfer.

On ne pouvait se plaindre que les théologiens chargés d'énumérer les propositions impertinentes, hérétiques, ou franchement impies tirées des écrits de l'accusé n'eussent pas fait honnêtement leur tâche. On s'était procuré en Allemagne la traduction des *Prothéories;* les autres ouvrages se trouvaient dans la bibliothèque de Jean Myers. Pour le plus grand étonnement de Zénon, le prieur avait possédé ses *Prognostications des choses futures.* En réunissant entre elles ces propositions, ou plutôt leurs censures, le philosophe se plut à dessiner la carte des opinions humaines, en cet an de grâce 1569, du moins en ce qui concernait les abstruses régions où son esprit s'était promené. Le système de Copernic n'était pas proscrit par l'Église bien que les plus entendus parmi les gens à rabat et à bonnet carré secouassent la tête d'un air fin, assurant qu'il ne pouvait manquer de l'être bientôt, mais l'assertion qui consiste à placer le soleil et non la terre au centre du monde, tolérée à condition d'être présentée comme une timide hypothèse, n'en blessait pas moins Aristote, la Bible, et plus encore l'humain besoin de mettre notre habitacle au mitan du Tout. Il était naturel qu'une vue s'éloignant des grosses évidences du bon sens déplût au vulgaire : sans aller plus loin, Zénon savait par lui-même combien la notion d'une terre qui bouge fracture les habitudes que chacun de nous s'est faites pour vivre; il s'était grisé d'appartenir à un monde qui n'était plus seulement la mesure humaine; au plus

grand nombre cet élargissement donnait la nausée.
Pire encore que l'audace de remplacer la terre par
le soleil au centre des choses, l'erreur de Démocrite, c'est-à-dire la croyance en l'infinité des
mondes, qui enlève au soleil lui-même sa place
privilégiée et dénie l'existence d'un centre, paraissait à la majorité des esprits une impiété noire.
Loin de s'élancer avec joie, comme le philosophe,
crevant la sphère des fixes, dans ces froids et
ardents espaces, l'homme s'y sentait perdu, et
l'audacieux qui se risquait à en démontrer l'existence devenait un transfuge. Les mêmes règles
valaient pour le domaine plus scabreux encore des
idées toutes pures. L'erreur d'Averroès, l'hypothèse
d'une divinité froidement agente à l'intérieur d'un
monde éternel, semblait enlever au dévot la res-
source d'un dieu fait à son image et réservant à
l'homme seul ses colères et ses bontés. L'éternité
de l'âme, l'erreur d'Origène, indignait parce qu'elle
réduisait à peu de chose l'immédiate aventure :
l'homme voulait bien que s'ouvrît devant lui une
immortalité heureuse ou malheureuse dont il était
responsable, mais non que s'étalât de toutes parts
une durée éternelle où il était tout en n'étant pas.
L'erreur de Pythagore, qui permettait d'attribuer
aux bêtes une âme semblable à la nôtre en nature et
en essence, choquait plus encore le bipède sans
plumes qui tient à être le seul vivant à durer
toujours. L'énoncé de l'erreur d'Épicure, c'est-à-
dire l'hypothèse que la mort est une fin, bien que la
plus conforme à ce que nous observons auprès des

cadavres et dans les cimetières, blessait à vif, non
seulement notre avidité d'être au monde, mais
l'orgueil qui sottement nous assure que nous
méritons d'y rester. Toutes ces opinions passaient
pour offenser Dieu; en fait, on leur reprochait
surtout d'ébranler l'importance de l'homme. Il
était donc naturel qu'elles menassent en prison ou
plus loin leurs propagateurs.

Qu'on redescendît des pures idées aux chemins
tortueux de la conduite humaine, et la peur, encore
plus que l'orgueil, devenait le premier moteur des
exécrations. La hardiesse du philosophe qui préco-
nise le libre jeu des sens et traite sans mépris des
plaisirs charnels enrageait la multitude, sujette dans
ce domaine à beaucoup de superstition et à plus
d'hypocrisie. Peu importait que l'homme qui s'y
risquât fût ou non plus austère et parfois même
plus chaste que ses acharnés détracteurs : il était
convenu qu'aucun feu ni supplice au monde n'était
capable d'expier une si atroce licence, précisément
parce que l'audace de l'esprit semblait aggraver
celle du simple corps. L'indifférence du sage pour
qui tout pays est patrie et toute religion un culte
valable à sa manière exaspérait mêmement cette
foule de prisonniers; si ce philosophique renégat,
qui ne reniait pourtant aucune de ses croyances
véritables, était pour eux tous un bouc émissaire,
c'est que chacun, un jour, secrètement ou parfois
même à son insu, avait souhaité sortir du cercle où
il mourrait enfermé. Le rebelle qui se levait contre
son prince provoquait chez les gens d'ordre

quelque chose de la même envieuse furie : son Non
dépitait leur incessant Oui. Mais les pires de ces
monstres qui pensaient singulièrement étaient ceux
qui pratiquaient quelque vertu : ils faisaient bien
plus peur quand on ne pouvait les mépriser tout
entiers.

DE OCCULTA PHILOSOPHIA : l'insistance de certains
juges sur les pratiques magiques auxquelles il se
serait jadis ou récemment adonné disposa le captif,
qui, pour économiser ses forces, ne pensait presque
plus, à méditer sur ce sujet irritant qui l'avait
accessoirement préoccupé toute sa vie. Dans ce
domaine surtout, les vues des doctes contredisaient
celles du vulgaire. Par le commun bétail, le
magicien était à la fois révéré et haï pour ses
pouvoirs, qu'on supposait immenses : l'oreille de
l'envie pointait encore là. C'est avec désappointement qu'on n'avait trouvé chez Zénon que l'ouvrage d'Agrippa de Nettesheim, que possédaient
aussi le chanoine Campanus et l'évêque, et celui
plus récent de Gian-Battista della Porta, que
Monseigneur avait également sur sa table. Puisqu'on s'obstinait sur ces matières, l'évêque tint par
équité à interroger l'accusé. Tandis que pour les
sots la magie était la science du surnaturel, ce
système inquiétait au contraire le prélat parce qu'il
niait le miracle. Zénon fut sur ce point à peu près
sincère. L'univers dit magique était constitué d'at-
tractions et de répulsions obéissant à des lois encore

mystérieuses, mais point nécessairement impéné-
trables à l'entendement humain. L'aimant et
l'ambre, parmi les substances connues, semblaient
les seules à révéler à demi ces secrets que personne
encore n'avait explorés et qui un jour peut-être
élucideraient tout. Le grand mérite de la magie, et
de l'alchimie, sa fille, était de postuler l'unité de la
matière, à telles enseignes que certains philosophes
de l'alambic avaient cru pouvoir assimiler celle-ci à
la lumière et à la foudre. On s'engageait ainsi dans
une voie qui menait loin, mais dont tous les adeptes
dignes de ce nom reconnaissaient les dangers. Les
sciences mécaniques, dont Zénon s'était fort mêlé,
s'apparentaient à ces poursuites en ce qu'elles
s'efforçaient de transformer la connaissance des
choses en pouvoir sur les choses, et indirectement
sur l'homme. En un sens, tout était magie : magie
la science des herbes et des métaux qui permettait
au médecin d'influencer la maladie et le malade;
magique la maladie elle-même, qui s'impose au
corps comme une possession dont celui-ci parfois
ne veut pas guérir; magique le pouvoir des sons
aigus ou graves qui agitent l'âme ou au contraire
l'apaisent; magique surtout la virulente puissance
des mots presque toujours plus forts que les choses
et qui explique à leur sujet les assertions du *Sepher
Yetsira*, pour ne pas dire de l'*Évangile selon saint
Jean*. Le prestige qui entoure les princes et se
dégage des cérémonies d'église était magie, et
magie les noirs échafauds et les tambours lugubres
des exécutions qui fascinent et terrifient les

badauds encore plus que les victimes. Magiques enfin l'amour, et la haine, qui impriment dans nos cerveaux l'image d'un être par lequel nous consentons à nous laisser hanter.

Monseigneur secoua pensivement la tête : un univers organisé de la sorte ne laissait plus de place à la volonté personnelle de Dieu. Zénon agréa, non sans savoir quel risque il courait. On échangea ensuite quelques arguments sur ce que c'est que la volonté personnelle de Dieu, par quels intermédiaires elle s'exerce, et si elle est nécessaire à l'opération des miracles. L'évêque, par exemple, ne trouvait rien de fâcheux dans l'interprétation que l'auteur du *Traité du monde physique* avait donnée des stigmates de saint François, représentés par lui comme un extrême effet du puissant amour, qui partout modèle l'amant à la semblance de l'aimé. L'indécence dont le philosophe s'était rendu coupable était d'offrir cette explication comme exclusive et non inclusive. Zénon nia l'avoir fait. Abondant, par une sorte de politesse de dialecticien, dans le sens de l'adversaire, Monseigneur rappela ensuite que le très pieux cardinal Nicolas de Cusa avait naguère découragé l'enthousiasme autour des statues miraculeuses et des hosties qui saignent ; ce vénérable savant (qui avait postulé lui aussi un univers infini) semblait presque avoir accepté d'avance la doctrine de Pomponace, pour qui les miracles sont entièrement l'effet de la force imaginative, comme Paracelse et Zénon voulaient que le fussent les apparitions de la magie. Mais le saint cardinal, qui avait jadis contenu de son mieux les erreurs des Hussites, tairait peut-être aujourd'hui des vues si hardies, pour ne point paraître donner des gages aux hérétiques et aux impies plus nombreux que de son temps.

Zénon ne put qu'acquiescer : le vent était certainement moins que jamais à la liberté d'opinion. Il ajouta même, rendant à l'évêque sa politesse dialectique, que dire d'une apparition qu'elle est tout entière dans l'imagination ne signifie pas qu'elle soit imaginaire au sens grossier du terme : les dieux et les démons qui résident en nous sont fort réels. L'évêque fronça le sourcil au premier de ces deux pluriels, mais il était lettré, et savait qu'il faut passer quelque chose aux gens qui ont lu leurs auteurs grecs et latins. Déjà, le médecin continuait en décrivant la solliciteuse attention qu'il avait de tout temps portée aux hallucinations de ses malades : le plus vrai des êtres s'y faisait jour, et parfois un ciel authentique et un véritable enfer. Pour en revenir à la magie, et autres doctrines analogues, ce n'était point seulement contre la superstition qu'il fallait lutter, mais contre l'épais scepticisme qui nie témérairement l'invisible et l'inexpliqué. Sur ce point, le prélat et Zénon furent d'accord sans arrière-pensée. On toucha pour finir aux chimères de Copernic : ce terrain tout hypothétique était pour l'inculpé sans théologique danger. Tout au plus pouvait-on l'accuser de présomption pour avoir présenté comme la plus plausible une obscure théorie contredisant l'Écriture. Sans égaler Luther et Calvin dans leurs dénonciations d'un système qui tournait en moquerie l'histoire de Josué, l'évêque le jugeait moins recevable pour les bons chrétiens que celui de Ptolémée. Il y fit d'ailleurs une objection mathématique fort juste basée sur les parallaxes. Zénon convint que bien des choses restaient à prouver.

En rentrant chez soi, c'est-à-dire en prison, et sachant fort bien que l'issue de cette maladie d'incarcération serait fatale, Zénon las d'arguties s'arrangeait pour réfléchir le moins possible. Mieux valait fournir à son esprit des occupations machinales qui lui éviteraient de tomber dans la terreur ou la fureur : il était lui-même le patient qu'il s'agissait de soutenir et de ne pas désespérer. Sa connaissance des langues lui vint en aide : il avait su les trois ou quatre langages savants qu'on apprend à l'école et s'était en cours de route et de vie familiarisé tant bien que mal avec une bonne demi-douzaine des différents parlers vulgaires. Souvent, il avait regretté de traîner avec soi ce bagage de mots dont il n'usait plus : il y avait quelque chose de grotesque à savoir le bruit ou le signe dont on se sert pour désigner l'idée de vérité ou l'idée de justice en dix ou douze langues. Ce fatras devint un passe-temps : il établit des listes, forma des groupes, compara des alphabets et des règles de grammaire. Il joua plusieurs jours avec le projet d'un idiome logique, aussi net que la notation musicale, capable d'exprimer avec ordre tous les faits possibles. Il s'inventa des langages chiffrés, comme s'il avait quelqu'un à qui adresser des messages secrets. Les mathématiques aussi furent utiles : il supputait par-dessus le toit de la prison la déclinaison des astres ; il refit minutieusement les calculs concernant la quantité d'eau bue et évaporée chaque jour par la plante qui sans doute se desséchait dans son officine.

Il repensa longuement aux machines volantes et plongeantes, aux enregistrements de sons par des mécaniques imitant la mémoire humaine dont Riemer et lui avaient jadis dessiné les dispositifs, et qu'il lui arrivait encore de profiler sur ses calepins. Mais une méfiance l'avait pris de ces rallonges artificielles à ajouter aux membres de l'homme : peu importait qu'on pût s'enfoncer dans l'océan sous une cloche de fer et de cuir tant que le plongeur réduit à ses seules ressources étoufferait dans l'onde ; ou encore qu'on montât au ciel à l'aide de pédales et de machines tant que le corps humain resterait cette lourde masse qui choit comme une pierre. Peu importait surtout qu'on trouvât moyen d'enregistrer la parole humaine, qui déjà ne remplissait que trop le monde de son bruit de mensonge. Des fragments de tables alchimiques apprises par cœur à Léon sortirent brusquement de l'oubli. Auscultant tantôt sa mémoire, tantôt son jugement, il s'obligea à retracer point par point certaines de ses opérations de chirurgien : cette transfusion du sang, par exemple, qu'il avait tentée deux fois. Le premier essai avait réussi par-delà son attente, mais le second avait amené la mort subite, non de celui qui versait le sang, mais de celui qui l'avait reçu, comme s'il y avait vraiment entre deux liquides rouges coulant d'individus différents des haines et des amours dont nous ne sommes pas instruits. Les mêmes accords et les mêmes répulsions expliquaient sans doute chez les couples la stérilité ou la fécondité. Ce dernier mot le ramena malgré lui à Idelette emmenée par le guet. Des brèches se faisaient dans ses défenses si bien dressées : un soir, assis à sa table, regardant vaguement la flamme de sa chandelle, il se rappela tout à coup les jeunes moines jetés au bûcher, et l'horreur, la pitié, l'angoisse, et une colère qui devenait de la haine lui firent à sa honte verser un flot de larmes. Il ne savait plus très bien sur qui ni sur quoi il pleurait ainsi. La prison l'affaiblissait.

Au chevet des malades, il avait eu souvent l'occasion d'entendre raconter des rêves. Il avait aussi songé ses songes. On se contentait presque toujours de tirer de ces visions des présages parfois vrais, puisqu'ils révèlent les secrets du dormeur, mais il se disait que ces jeux de l'esprit livré à lui-même pourraient surtout nous renseigner sur la manière dont l'âme perçoit les choses. Il énumérait les qualités de la substance vue en rêve : la légèreté, l'impalpabilité, l'incohérence, la liberté totale à l'égard du temps, la mobilité des formes de la personne qui fait que chacun y est plusieurs et que plusieurs se réduisent en un, le sentiment quasi

platonicien de la réminiscence, le sens presque
insupportable d'une nécessité. Ces catégories fanto-
males ressemblaient fort à ce que les hermétistes
prétendaient savoir de l'existence d'outre-tombe,
comme si le monde de la mort eût continué pour
l'âme le monde de la nuit. Toutefois, la vie elle-
même, vue par un homme prêt à la quitter,
acquérait elle aussi l'étrange instabilité et la bizarre
ordonnance des songes. Il passait de l'un à l'autre,
comme de la salle du greffe où on l'interrogeait à sa
cellule bien verrouillée, et de sa cellule au préau
sous la neige. Il se vit à la porte d'une étroite
tourelle où Sa Majesté Suédoise le logeait à
Vadsténa. Un grand élan que le prince Erik avait la
veille poursuivi dans la forêt se tenait devant lui,
immobile et patient comme les bêtes qui attendent
une aide. Le rêveur sentait qu'il lui incombait de
cacher et de sauver la créature sauvage, mais sans
savoir par quels moyens lui faire franchir le seuil de
ce gîte humain. L'élan était d'un noir luisant et
mouillé, comme s'il était venu à lui à travers une
rivière. Une autre fois, Zénon était dans une barque
qui débouchait d'un fleuve vers le large. C'était un
beau jour de soleil et de vent. Des poissons par
centaines filaient et nageaient autour de l'étrave,
emportés par le courant et le devançant à leur tour,
allant de l'eau douce vers les eaux amères, et cette
migration et ce départ étaient pleins de joie. Mais
rêver devenait inutile. Les choses prenaient d'elles-
mêmes ces couleurs qu'elles n'ont que dans les
songes, et qui rappellent le vert, le pourpre et le

blanc purs des nomenclatures alchimiques : une pomme d'orange, qui vint un jour luxueusement orner sa table, brilla longtemps comme une boule d'or; son parfum et sa sapidité aussi furent un message. A plusieurs reprises, il crut entendre une musique solennelle qui ressemblait à celle des orgues, si celle des orgues pouvait s'épandre en silence; l'esprit plutôt que l'ouïe recevait ces sons. Il effleura du doigt les faibles aspérités d'une brique couverte de lichen et crut explorer des mondes. Un matin, en tournant dans la cour avec son gardien Gilles Rombaut, il vit sur le pavé inégal une couche de glace transparente sous laquelle courait et palpitait une veine d'eau. La mince coulée cherchait et trouvait sa pente.

Une fois au moins, il fut l'hôte d'une apparition diurne. Un bel et triste enfant d'une dizaine d'années s'était installé dans la chambre. Tout de noir vêtu, il avait l'air d'un infant sorti d'un de ces châteaux magiques qu'on visite en rêve, mais Zénon l'eût cru réel s'il ne s'était brusquement et silencieusement trouvé là sans avoir eu à entrer et à marcher. Cet enfant lui ressemblait, et n'était pourtant pas celui qui avait grandi rue aux Laines. Zénon chercha dans son passé, qui contenait peu de femmes. Il avait prudemment ménagé Casilda Perez, se souciant peu de renvoyer cette pauvre fille en Espagne grosse de ses œuvres. La captive sous les murs de Bude était morte peu après qu'il l'eut prise, et il ne s'en souvenait que pour cette raison. Les autres femmes n'avaient guère été que des ribaudes contre lesquelles l'avaient jeté les hasards de la route : il avait peu apprécié ces paquets de jupons et de chair. Mais la dame de Frösö s'était montrée différente : elle l'avait assez aimé pour souhaiter lui offrir un durable asile ; elle avait voulu de lui un enfant ; il ne saurait jamais si s'était réalisé ou non ce vœu qui va plus loin que le désir du corps. Se pouvait-il que ce jet de semence, traversant la nuit, eût abouti à cette créature, prolongeant et peut-être multipliant sa substance, grâce à cet être qui était et n'était pas lui ? Il éprouva le sentiment d'une infinie fatigue, et malgré lui quelque orgueil. Si cela était, il avait partie liée, comme il l'avait d'ailleurs déjà par ses écrits et ses actes ; il ne sortirait du labyrinthe qu'à la fin des temps. L'enfant de Sign Ulfsdatter, l'enfant des nuits blanches, possible entre les possibles, contemplait cet homme épuisé de ses yeux étonnés, mais graves, comme prêt à lui poser des questions auxquelles Zénon n'avait point de réponses. Il eût été difficile de dire lequel regardait l'autre avec le plus de pitié. La vision se défit d'un seul coup, comme elle s'était formée ; l'enfant peut-être imaginaire disparut. Zénon s'obligea à n'y plus penser ; ce n'était sans doute qu'une hallucination de prisonnier.

Le gardien de nuit, un certain Hermann Mohr, était un grand et gros homme taciturne, qui dormait d'un œil au fond du corridor, et semblait n'avoir d'autre passion que d'huiler et d'astiquer les verrous. Mais Gilles Rombaut était un plaisant

coquin. Il avait vu le monde, ayant fait le colpor-
tage et la guerre; son intarissable bavardage rensei-
gnait Zénon sur ce qui se disait ou se faisait en
ville. C'était lui qui avait la disposition des
soixante sols par jour alloués au captif, comme à
tous les prisonniers de condition honorable, sinon
noble. Il le gorgeait de victuailles, sachant fort bien
que son pensionnaire y toucherait à peine, et que
ces pâtés et ces salaisons iraient finir sur la table des
époux Rombaut et de leurs quatre enfants. Cette
abondance de mangeaille et son linge assez bien
blanchi par la femme Rombaut charmaient peu le
philosophe, qui avait entrevu l'enfer de la commune geôle, mais une certaine camaraderie s'était
formée entre lui et le luron, comme il ne manque
guère d'arriver quand un homme apporte à un
autre sa nourriture, le promène, lui fait la barbe et
vide son baquet. Les réflexions du drôle étaient un
agréable antidote au style théologique et judiciaire :
Gilles n'était pas très sûr qu'il y eût un Bon Dieu,
vu le vilain état de ce bas monde. Les malheurs
d'Idelette lui coûtaient une larme : c'était dommage qu'on n'eût pas laissé vivre une si belle petite.
Il trouvait ridicule l'aventure des Anges, tout en
déclarant qu'on se distrait comme on peut, et que
des goûts et des couleurs il ne faut point juger.
Pour lui, il aimait les filles, ce qui est un plaisir
moins dangereux, mais cher, qui lui amenait parfois
du trouble au logis. Quant aux affaires publiques, il
s'en foutait. Zénon et lui jouaient aux cartes; Gilles
gagnait toujours. Le médecin médicamentait la

famille Rombaut. Une grande part de galette que Greete déposa au greffe le jour des Rois à l'intention de Zénon donna dans l'œil du vaurien qui la confisqua au profit des siens, ce qui d'ailleurs n'était point mal faire, puisque le prisonnier avait de toute façon trop à manger. Zénon ne sut jamais que Greete lui avait donné cette timide preuve de fidélité.

Quand vint le moment, le philosophe se défendit assez bien. Certaines des charges finalement retenues étaient ineptes : il n'avait sûrement pas embrassé en Orient la foi de Mahomet; il n'était même pas circoncis. Se blanchir d'avoir servi le Barbare infidèle à une époque où ses flottes et ses armées combattaient l'Empereur était une tâche moins aisée; Zénon fit valoir que, fils d'un Florentin, mais établi et exerçant en ce temps-là en Languedoc, il se considérait alors comme un sujet du Roi Très Chrétien, lequel entretenait de bons rapports avec la Porte Ottomane. L'argument n'était guère solide, mais des fables fort propices à l'accusé se répandirent sur cette visite dans le Levant. Zénon aurait été un des agents secrets de l'Empereur en pays barbaresque, et seule la discrétion lui fermait la bouche. Le philosophe ne contredit pas cette notion, et quelques autres non moins romanesques, pour ne pas décourager des amis inconnus qui, évidemment, les faisaient cou-

rir. Les deux années passées près du roi de Suède
étaient plus dommageables encore, parce que plus
récentes, et qu'aucune buée de légende ne pouvait
les embellir. Il s'agissait de savoir s'il avait vécu
catholiquement dans ce pays prétendu réformé.
Zénon nia avoir abjuré, mais n'ajouta pas qu'il était
allé au prêche, d'ailleurs le moins souvent possible.
Le grief d'espionnage au profit de l'étranger
reparut à la surface; l'accusé se fit mal voir en
arguant que s'il avait eu souci d'apprendre et de
transmettre à quelqu'un quelque chose, il se fût
installé dans une ville moins à l'écart des grandes
affaires que ne l'était Bruges.

Mais précisément ce long séjour de Zénon dans
sa ville natale sous un nom d'emprunt plissait le
front des juges : on y voyait des abîmes. Qu'un
mécréant condamné par la Sorbonne se fût caché
quelques mois auprès d'un chirurgien-barbier de
ses amis, peu noté pour sa piété chrétienne, on
l'admettait, mais qu'un habile homme qui avait eu
des pratiques royales eût adopté pour longtemps
l'existence impécunieuse d'un médecin d'hospice
était trop étrange pour être innocent. L'accusé resta
sur ce point à court de réponse : il ne comprenait
plus lui-même pourquoi il s'était attardé à Bruges
si longtemps. Par une sorte de décence, il ne fit pas
allusion à l'affection qui l'avait lié de plus en plus
étroitement avec le défunt prieur : cette raison du
reste n'en eût semblé une que pour lui. Quant aux
relations abominables avec Cyprien, l'accusé les
niait tout plat, mais chacun s'aperçut que son

langage manquait de cette vertueuse indignation
qui eût été de mise. On ne revint pas sur la charge
d'avoir soigné et restauré des fugitifs à Saint-
Cosme; le nouveau prieur des Cordeliers, jugeant
sainement que son couvent avait déjà trop pâti de
toute cette affaire, insista pour qu'on ne ravivât
point autour du médecin de l'hospice ces rumeurs
de déloyauté. Le prisonnier qui s'était jusque-là
fort bien comporté, éclata en fureur lorsque Pierre
Le Cocq, le procureur de Flandre, remettant sur le
tapis le vieux sujet des influences indues et
magiques, fit remarquer que l'infatuation de Jean-
Louis de Berlaimont pour le médecin pouvait
s'expliquer par un maléfice. Zénon après avoir
exposé à l'évêque qu'en un sens tout est magie
enrageait qu'on ravalât ainsi le commerce de deux
esprits libres. Le révérendissime évêque ne releva
pas l'apparente contradiction.

En matière de doctrine, l'accusé fut aussi agile
que peut l'être un homme ligoté de puissantes
toiles d'araignée. La question de l'infinité des
mondes préoccupait plus particulièrement les deux
théologiens appelés en qualité d'auditeurs; on
disputa longuement si infini et illimité signifient la
même chose. La passe d'armes au sujet de l'éternité de l'âme, ou de sa survie seulement partielle ou
seulement temporaire qui équivaudrait en fait pour
le chrétien à une mortalité pure et simple, dura
davantage encore : Zénon rappela ironiquement la
définition des parties de l'âme chez Aristote, sur
laquelle avaient ensuite intelligemment raffiné les

docteurs arabes. Postulait-on l'immortalité de l'âme végétative ou de l'âme animale, de l'âme rationnelle ou de l'âme intellectuelle, et finalement de l'âme prophétique, ou celle d'une entité qui sous-gît à toutes celles-là? A un moment donné, il fit valoir que certaines de ses hypothèses rappelaient en somme la théorie hylémorphique de saint Bonaventure, qui implique une certaine corporalité des âmes. On nia la conséquence, mais le chanoine Campanus qui assistait à ce débat et se souvenait d'avoir enseigné jadis à son élève ces subtilités scolastiques, éprouva de cette argumentation une bouffée d'orgueil.

Ce fut au cours de cette séance qu'on lut, un peu trop longuement au gré des juges, qui estimaient qu'on en savait assez pour juger, des cahiers où Zénon quarante ans plus tôt avait transcrit des citations de païens ou d'athées notoires, ou de Pères de l'Église se contredisant les uns les autres. Jean Myers par malheur avait soigneusement conservé cet arsenal d'écolier. Ces arguments assez rebattus impatientèrent presque également l'accusé et Monseigneur, mais les non-théologiens en furent plus choqués que des hardiesses des *Prothéories*, trop abstruses pour être facilement comprises. Enfin, dans un silence lugubre, on fit lecture des *Prophéties comiques* dont Zénon avait naguère régalé l'organiste et sa femme comme de devinettes inoffensives. Ce monde grotesque comme celui que l'on voit dans les tableaux de certains peintres parut brusquement redoutable. Avec le malaise qu'ins-

pire la folie, on écouta l'histoire de l'abeille qu'on
dépouille de sa cire pour honorer des morts privés
d'yeux, devant qui vainement se consument des
cierges, et qui sont non moins démunis d'oreilles
pour entendre les suppliques et de mains pour
donner. Bartholommé Campanus lui-même pâlit à
la mention des peuples et des princes de l'Europe
pleurant et gémissant à chaque équinoxe de printemps sur un rebelle condamné jadis en Orient, ou
encore à celle des fourbes et des fols qui menacent
ou promettent au nom d'un Seigneur invisible et
muet dont ils se disent sans preuves les intendants.
On ne rit pas non plus de l'image des Saints
Innocents égorgés et embrochés chaque jour par
milliers en dépit de leurs bêlements pitoyables, ni
de celle des hommes endormis sur des plumes
d'oiseaux et transportés au ciel des songes, ni des
osselets des morts décidant de la fortune des
vivants sur des planches de bois tachées du sang de
la vigne, ni encore moins des sacs percés aux deux
bouts et juchés sur des échasses, répandant sur le
monde un sale vent de paroles et dans leur gésier
digérant la terre. Par-delà l'intention blasphéma-
toire visible en plus d'un endroit à l'égard des
institutions chrétiennes, on sentait dans ces élucubrations un refus plus total encore et qui laissait
dans la bouche un vague écœurement.

Au philosophe lui aussi cette lecture faisait l'effet
d'une régurgitation amère, et sa suprême mélanco-
lie était que les auditeurs s'indignassent contre
l'audacieux qui montrait dans son absurdité la

pauvre condition humaine, et non contre cette condition elle-même qu'ils avaient cependant pour une petite partie le pouvoir de changer. L'évêque ayant proposé qu'on laissât là ces sornettes, le docteur en théologie Hiéronymus van Palmaert, qui évidemment détestait l'accusé, revint aux citations anthologisées par Zénon, et opina que la ruse qui consiste à tirer d'anciens auteurs des assertions impies et nocives était plus méchante encore qu'une affirmation directe. Monseigneur trouva cette vue excessive. Le visage apoplectique du docteur s'enflamma, et il demanda fort haut pourquoi on l'avait dérangé pour donner son avis sur des erreurs en matière de mœurs et de doctrine qui n'eussent pas fait hésiter un instant un juge de village.

Deux faits fort préjudiciables à l'inculpé se produisirent durant cette séance. Une grande femme aux traits grossiers se présenta avec agitation. C'était l'ancienne servante de Jean Myers, Catherine, qui s'était vite dégoûtée de tenir le ménage des infirmes établis par Zénon dans la maison du Vieux-Quai-au-Bois, et qui lavait maintenant la vaisselle de la Citrouille. Elle accusa le médecin d'avoir empoisonné Jean Myers à l'aide de ses panacées; se chargeant elle-même pour perdre le prisonnier, elle avouait avoir aidé Zénon dans cette tâche. Ce vilain homme avait préalablement allumé ses sens à l'aide de potions vénéfiques, de sorte que corps et âme elle avait été son esclave. Elle ne tarissait pas sur les prodigieux détails de son commerce charnel avec le médecin ; il fallait croire que sa familiarité avec les filles et les clients de la Citrouille l'avait entre-temps fort instruite. Zénon nia fermement avoir empoisonné le vieux Jean, mais admit avoir connu par deux fois cette femme. Les aveux hurlants et gesticulants de Catherine ranimèrent aussitôt l'intérêt languissant des juges ; leur effet fut énorme sur le public qui se pressait à l'entrée de la salle ; tous les bruits sinistres concernant le sorcier en furent confirmés d'autant. Mais la maritorne lancée à fond n'arrêtait plus ; on la fit taire ; chantant pouilles aux juges, elle fut jetée hors de la salle et envoyée chez les folles où elle put se déchaîner tout à l'aise. Les magistrats pourtant demeuraient perplexes. Que Zénon n'eût pas conservé l'héritage du chirurgien-barbier prouvait son désintéressement et enlevait tout mobile au crime ; le remords, d'autre part, avait pu lui inspirer cette conduite.

Pendant qu'on en délibérait, une dénonciation plus redoutable encore, dans l'état présent des affaires publiques, parvint aux juges par lettre anonyme. Le message émanait évidemment des voisins du vieux forgeron Cassel. On assurait que le médecin deux mois durant se serait rendu chaque jour à la forge pour soigner un blessé qui n'était autre que l'assassin du défunt capitaine Vargaz ; le même médecin aurait fort habilement fait évader le meurtrier. Par bonheur pour Zénon, Josse Cassel, qui eût pu parler sur bien des points, se trouvait en Gueldre au service du Roi, dans le régiment de

Monsieur de Landas sous les ordres duquel il venait de s'engager. Le vieux Pieter laissé seul avait mis la clef sous la porte et s'en était retourné dans un village où il avait du bien, personne ne savait exactement où. Zénon nia comme il convenait et trouva à l'improviste un allié dans le prévôt qui avait naguère porté sur ses registres la mort de l'assassin de Vargaz dans une grange à foin et ne se souciait pas qu'on vînt l'accuser d'avoir négligemment instruit cette déjà lointaine affaire. L'auteur de la lettre ne fut point découvert, et les voisins de Josse, interrogés, firent des réponses mi-figue, mi-raisin : personne dans son bon sens n'eût avoué avoir attendu deux ans avant de dénoncer pareil crime. Mais l'accusation était grave, et rendait du poids à celle d'avoir secouru des fugitifs dans l'hospice.

Pour Zénon, le procès n'était plus guère que l'équivalent d'une de ces parties de cartes avec Gilles, que par distraction ou par indifférence il perdait toujours. Tout comme les bouts de carton bariolé qui ruinent ou enrichissent les joueurs, chaque pièce du jeu légal avait une valeur arbitraire ; exactement comme à la blanque ou à l'hombre il était convenu qu'on se gardât à carreau, qu'on brouillât les cartes ou qu'on passât la main, qu'on se couvrît et qu'on mentît. La vérité, si on l'eût dite, eût d'ailleurs dérangé tout le monde. Elle se distinguait fort peu du mensonge. Là où il disait vrai, ce vrai incluait du faux : il n'avait abjuré ni la religion chrétienne ni la foi catholique, mais il l'eût fait, s'il l'eût fallu, avec une tranquille bonne conscience, et fût peut-être devenu luthérien s'il était retourné, comme il l'avait espéré, en Allemagne. Il niait à bon droit les relations charnelles avec Cyprien, mais il avait un soir désiré ce corps maintenant évanoui ; en un sens, les allégations de ce malheureux enfant étaient moins fausses que Cyprien lui-même en les faisant ne l'avait peut-être cru. Personne ne l'accusait plus d'avoir proposé à Idelette une potion abortive, et il avait honnêtement nié l'avoir fait, mais avec cette restriction mentale qu'il l'eût secourue si elle l'en avait imploré à temps, et qu'il regrettait n'avoir pu lui épargner de la sorte sa lamentable fin.

D'autre part, là où ses dénégations n'étaient littéralement qu'un mensonge, comme dans l'affaire des soins donnés à Han, la vérité pure eût non moins menti. Les services rendus aux rebelles ne prouvaient pas, comme le pensaient avec indignation le procureur, et avec admiration les patriotes, qu'il eût embrassé la cause de ces derniers : personne d'entre ces acharnés n'eût compris son froid dévouement de médecin. Les escarmouches avec les théologiens avaient eu leur charme, mais il savait fort bien qu'il n'existe aucun accommodement durable entre ceux qui cherchent, pèsent, dissèquent, et s'honorent d'être capables de penser demain autrement qu'aujourd'hui, et ceux qui croient ou affirment croire, et obligent sous peine de mort leurs semblables à en faire autant. Une fastidieuse irréalité régnait dans ces colloques où les

questions et les réponses ne s'emboîtaient pas. Il lui
advint de s'endormir durant l'une des dernières
séances ; une bourrade de Gilles, qui se tenait à son
côté, le rappela à l'ordre. En fait, un des juges aussi
dormait. Ce magistrat se réveilla croyant la sentence de mort déjà donnée, ce qui fit rire tout le
monde, y compris l'accusé.

Non seulement au tribunal, mais en ville, les
opinions s'étaient alignées dès le début en schémas
compliqués. La position de l'évêque n'était pas
claire, mais il incarnait évidemment la modération,
sinon l'indulgence. Monseigneur étant *ex officio* un
des soutiens du pouvoir royal, nombre de gens en
place imitaient son attitude ; Zénon devenait
presque le protégé du parti de l'ordre. Mais
certaines des charges contre le prisonnier étaient si
graves que la modération à son égard avait ses
dangers. Les parents et amis que Philibert Ligre
gardait à Bruges hésitaient : l'accusé somme toute
appartenait à la famille, mais ils doutaient si c'était
là une raison pour l'accabler ou le défendre. Ceux
au contraire qui avaient eu à pâtir des dures
manœuvres des banquiers Ligre englobaient Zénon
dans leur rancœur : ce nom leur mettait le mors
aux dents. Les patriotes qui abondaient chez les
bourgeois et composaient la meilleure part du petit
peuple eussent dû soutenir ce malheureux qui
passait pour avoir secouru leurs pareils ; quelques-
uns le firent en effet, mais la plupart de ces

enthousiastes inclinaient vers les doctrines évangéliques et détestaient plus que tout autre le seul
soupçon d'athéisme ou de débauche; de plus, ils
haïssaient les couvents, et ce Zénon leur semblait
avoir eu à Bruges partie liée avec les moines. Seuls,
quelques hommes, amis inconnus du philosophe,
rattachés à lui par des sympathies dont pour
chacun la cause était différente, s'efforçaient discrètement de le servir, sans attirer sur eux l'attention de la Justice, dont presque tous avaient des
raisons de se méfier. Ceux-là ne laissaient passer
aucune occasion d'embrouiller les choses, comptant
sur cette confusion pour obtenir quelque gain pour
le prisonnier, ou tout au moins pour ridiculiser ses
persécuteurs.

Le chanoine Campanus se souvint longtemps
qu'au début de février, peu avant la fatale séance où
avait fait irruption Catherine, Messieurs les Juges
étaient restés un instant sur le seuil du greffe à
échanger des points de vue après la sortie de
l'évêque. Pierre Le Cocq, qui était en Flandre
l'homme à tout faire du duc d'Alve, fit remarquer
qu'on avait perdu près de six semaines à des
vétilles, alors qu'il eût été si simple d'appliquer les
sanctions de la loi. Néanmoins, il se félicitait que ce
procès fort dénué d'importance, puisqu'il ne se
reliait à aucun des grands intérêts du jour, offrît par
là même au public une diversion des plus utiles :
les petites gens de Bruges s'inquiétaient moins de
ce qui se passait à Bruxelles au Tribunal des
Troubles, quand ils se préoccupaient sur place du

sieur Zénon. De plus, il n'était pas mauvais, en ce moment où chacun reprochait à la Justice son prétendu arbitraire, de montrer qu'en Flandre on savait encore en matière légale observer les formes. Il ajouta en baissant la voix que le révérendissime évêque avait sagement fait usage de la légitime autorité que quelques-uns lui contestaient bien à tort, mais qu'il seyait peut-être de distinguer entre la fonction et l'homme : il y avait chez Monseigneur certains scrupules dont il faudrait qu'il se défît s'il voulait continuer à se mêler du métier de juger. Le populaire tenait beaucoup à voir brûler ce particulier, et il est dangereux de retirer à un mâtin l'os qu'on a fait danser sous ses yeux.

Bartholommé Campanus n'ignorait pas que l'influent procureur était fort endetté envers ce qu'on continuait encore à Bruges d'appeler la banque Ligre. Il dépêcha le lendemain un courrier à son neveu Philibert et à la dame Martha, sa femme, en leur demandant de disposer Pierre Le Cocq à trouver quelque biais favorable au prisonnier.

UNE BELLE DEMEURE

La somptueuse résidence de Forestel avait été
assez récemment construite par Philibert et sa
femme à la mode italienne; on admirait les
enfilades de pièces au parquet luisant et les hautes
fenêtres ouvrant sur le parc où ce matin de février
tombaient la pluie et la neige. Des peintres ayant
étudié dans la Péninsule avaient couvert le plafond
des salles d'apparat de belles scènes de l'histoire
profane et de la Fable : la générosité d'Alexandre,
la clémence de Titus, Danaé inondée par la pluie
d'or et Ganymède montant au ciel. Un cabinet
florentin incrusté d'ivoire, de jaspe et d'ébène,
auquel les trois règnes avaient contribué, était orné
de colonnettes torses et de nus féminins que
multipliaient des miroirs; des ressorts ouvraient
des tiroirs secrets. Mais Philibert était trop fin pour
confier ses papiers d'État à ces trappes compliquées
comme l'intérieur d'une conscience, et quant aux
lettres d'amour, il n'en avait jamais rédigé, ni reçu,
ses passions, d'ailleurs fort modérées, allant à de

belles filles à qui on n'écrit pas. Dans la cheminée
décorée de médaillons représentant les Vertus
Cardinales, du feu brûlait entre deux froids et
luisants pilastres; les grosses souches prises à la
forêt voisine étaient dans cette splendeur les seuls
objets naturels qui n'eussent pas été polis, rabotés,
vernis de main d'ouvrier. Rangés sur une crédence,
quelques tomes montraient leurs dos de vélin ou de
basane estampée d'or fin; c'étaient des ouvrages de
dévotion que n'ouvrait personne; il y avait longtemps que Martha avait sacrifié *L'Institution chrétienne* de Calvin, ce livre hérétique étant, comme le
lui avait poliment fait remarquer Philibert, par trop
compromettant. Philibert lui-même possédait une
collection de traités généalogiques, et, dans un
tiroir, un bel Arétin qu'il montrait de temps en
temps à ses hôtes, tandis que les dames parlaient
bijoux ou fleurs des parterres.

Un ordre parfait régnait dans ces pièces qu'on
venait de ranger après la réception de la veille. Le
duc d'Alve et son aide de camp Lancelot de
Berlaimont avaient consenti à souper et à passer
la nuit de retour d'une inspection au pays de
Mons; le duc étant trop las pour monter sans
fatigue les grands escaliers, on avait dressé son
lit dans une des salles d'en bas, sous une tente de
tapisserie qui le protégeait des vents coulis et que
soutenaient des piques et des trophées d'argent; il
ne restait déjà pas trace de ce lit de repos héroïque
où le visiteur de marque avait regrettablement mal
dormi. La conversation au souper avait été à la fois

solide et prudente; on avait parlé des affaires publiques sur le ton de gens qui y participent et savent à quoi s'en tenir; par bon goût, on n'avait d'ailleurs insisté sur rien. Le duc montrait pleine confiance en ce qui concernait la situation en Germanie Inférieure et en Flandre : les troubles étaient matés; la monarchie espagnole n'avait pas à craindre qu'on lui enlevât jamais Middelbourg ou Amsterdam, non plus d'ailleurs que Lille ou Bruxelles. Il pouvait prononcer son *Nunc dimittis,* et implorait le Roi de lui donner un remplaçant. Il n'était plus jeune, et son teint attestait sa maladie de foie; son manque d'appétit obligea ses hôtes à rester sur leur faim. Lancelot de Berlaimont, toutefois, mangeait fort à l'aise, tout en donnant des détails sur la vie aux armées. Le prince d'Orange était battu; il était seulement fâcheux pour la discipline que les troupes fussent si irrégulièrement payées. Le duc fronça le sourcil et parla d'autre chose; il lui semblait peu stratégique d'étaler à ce moment les plaies pécuniaires de la cause royale. Philibert, qui savait parfaitement à quoi se montait le déficit, préférait lui aussi qu'on ne parlât point d'argent à table.

Sitôt leurs hôtes repartis sous une grise aurore, Philibert, peu satisfait d'avoir dû débiter des compliments si matineux, était remonté se mettre au lit, où il travaillait de préférence, eu égard à sa jambe goutteuse. Pour sa femme au contraire, qui se levait chaque jour à l'aube, cette heure n'avait rien d'insolite. Martha marchait de son pas égal dans les pièces vides, rectifiant çà et là sur un bahut une babiole d'or ou d'argent légèrement déplacée par un domestique, ou grattant de l'ongle sur une console une imperceptible coulée de cire. Au bout d'un moment, un secrétaire lui apporta d'en haut la lettre décachetée du chanoine Campanus. Une petite note ironique de Philibert l'accompagnait, indiquant qu'elle y trouverait des nouvelles de leur cousin et d'un sien frère.

Assise devant la cheminée, protégée du feu trop vif par un écran brodé, Martha prit connaissance de cette longue missive. Les feuillets couverts d'une petite écriture noire crissaient dans ses mains maigres sortant de leurs manchettes de dentelle. Elle s'interrompit bientôt pour songer. Bartholommé Campanus lui avait appris l'existence de ce frère utérin dès son arrivée en Flandre en qualité de nouvelle épousée; le chanoine lui avait même recommandé de prier pour cet impie, ne sachant pas que Martha s'abstenait de prier. L'histoire de ce fils illégitime avait été pour elle une souillure de plus sur sa mère déjà si salie. Il ne lui avait pas été difficile d'identifier le philosophe-médecin qui s'était rendu célèbre par les soins donnés aux pestiférés d'Allemagne avec l'homme vêtu de rouge qu'elle avait reçu au chevet de Bénédicte, et qui l'avait si étrangement questionnée sur leurs parents défunts. Bien des fois, elle avait pensé à ce passant redoutable, et elle en avait rêvé. Tout autant que Bénédicte sur son lit de mort, il l'avait vue nue : il avait deviné le vice mortel de lâcheté qu'elle portait

en soi, invisible à tous ceux qui la prenaient pour
une femme forte. L'idée de son existence lui était
une écharde. Il avait été ce rebelle qu'elle n'avait
pas su être; tandis qu'il errait sur les routes du
monde, son chemin à elle ne l'avait menée que de
Cologne à Bruxelles. Maintenant, il était tombé
dans cette prison obscure qu'elle avait jadis abjec-
tement crainte pour soi-même; le châtiment qui
le menaçait lui semblait juste : il avait vécu à sa
guise; les risques qu'il courait étaient de son choix.

Elle tourna la tête, dérangée par un souffle froid :
le feu à ses pieds ne parvenait à échauffer qu'une
faible partie de la grande salle. Ce froid de glace
était celui qu'on ressent, paraît-il, au passage d'un
fantôme : cet homme désormais si proche de sa fin
en avait toujours été un pour elle. Mais il n'y avait
rien derrière Martha que le salon magnifique et
vide. Le même vide somptueux avait régné dans sa
vie. Les seuls souvenirs un peu doux étaient ceux
de cette Bénédicte que Dieu lui avait reprise, à
supposer qu'il y eût un Dieu, et qu'elle n'avait
même pas su soigner jusqu'au bout; la foi évangélique qui l'avait brûlée dans sa jeunesse, elle l'avait
étouffée sous le boisseau : il n'en restait qu'une
immense cendre. Depuis plus de vingt ans, la
certitude de sa damnation ne l'avait pas quittée;
c'était tout ce qu'elle retenait de cette doctrine
qu'elle n'avait pas osé confesser tout haut. Mais
cette notion de son propre enfer avait fini par
prendre quelque chose de rassis et de flegmatique :
elle se savait damnée comme elle se savait femme

d'un homme riche auquel elle avait uni sa fortune,
et mère d'un écervelé bon tout au plus à ferrailler
et à boire en compagnie de jeunes gentilshommes,
ou encore comme elle savait que Martha Ligre
mourrait un jour. Elle avait été sans peine vertueuse, n'ayant jamais eu de galants à éconduire;
les faibles ardeurs de Philibert avaient cessé de
s'adresser à elle après la naissance de leur fils
unique, de sorte qu'elle n'avait même pas eu à
pratiquer les plaisir permis. Elle seule était au fait
des désirs qui parfois lui avaient passé sous la peau;
elle les avait moins domptés que traités par le
mépris, comme on traite par le mépris une
passagère indisposition du corps. Elle avait été pour
son fils une mère juste sans vaincre l'insolence
naturelle de ce garçon ni s'en faire aimer; on la
disait dure jusqu'à la cruauté envers ses valets et ses
servantes, mais il fallait bien se faire respecter de
cette racaille. Son attitude à l'église édifiait tout le
monde, mais elle méprisait tout bas ces momeries.
Si ce frère qu'elle n'avait vu qu'une seule fois avait
passé six ans sous un faux nom, cachant ses vices et
exerçant des vertus feintes, c'était peu de chose
comparé à ce qu'elle avait fait toute la vie. Elle prit
la lettre du chanoine et monta chez Philibert.

Comme toujours, lorsqu'elle entrait dans la
chambre de son mari, elle plissa les lèvres avec
dédain en constatant ses erreurs de comportement
et de régime. Philibert enfonçait dans de mols
oreillers qui étaient préjudiciables à sa goutte, et
son drageoir à portée de main ne l'était pas moins.

Il eut le temps de fourrer sous son drap un Rabelais qu'il tenait près de lui pour se distraire entre deux dictées. Elle s'assit, le buste très droit, sur un siège placé assez loin du lit. Le mari et la femme échangèrent quelques propos sur la visite de la veille; Philibert loua Martha de l'excellente ordonnance du repas, auquel par malheur le duc avait peu touché. Tous deux commisérèrent sa mauvaise mine. Pour le bénéfice du secrétaire qui ramassait ses papiers avant d'aller copier dans la pièce voisine, le gros Philibert observa révérencieusement qu'on parlait beaucoup du courage des rebelles exécutés par ordre du duc (on en doublait d'ailleurs le nombre), mais pas assez de la fortitude de cet homme d'État et de guerre mourant sous le harnois pour son maître. Martha acquiesça d'un signe.

— Les affaires publiques me paraissent moins assurées que le duc ne le croit, ou ne veut le faire croire, ajouta-t-il plus sèchement une fois la porte refermée. Tout dépendra de la poigne de son successeur.

Martha au lieu de répondre lui demanda s'il trouvait bien nécessaire de suer sous tant d'édredons.

— J'ai besoin des bons avis de ma femme sur autre chose que mes oreillers, dit Philibert sur ce ton de légère dérision qu'il adoptait avec elle. Avez-vous lu la lettre de notre oncle?

— C'est une affaire assez sale, fit Martha avec hésitation.

— Toutes celles où la Justice met le nez sont ainsi, et elle les rend telles si elles ne le sont pas, dit le conseiller. Le chanoine, qui prend la chose fort à cœur, trouve peut-être que c'est trop de deux exécutions publiques dans une famille.

— Chacun sait que ma mère est morte à Münster victime des troubles, dit Martha dont les yeux noircirent de colère.

— C'est tout ce qu'il importe qu'on sache, et c'est ce que je vous ai conseillé moi-même de faire graver sur un mur d'église, reprit Philibert avec une douce ironie. Mais je vous parle pour le moment du fils de cette irréprochable mère... Il est certain que le procureur de Flandre est inscrit pour une grosse somme sur nos livres, je veux dire sur ceux des héritiers Tucher, et qu'il pourrait trouver agréable qu'on grattât certaines inscriptions... Mais l'argent n'arrange pas tout, du moins pas aussi facilement que le croient ceux qui comme le chanoine en ont peu. L'affaire me paraît déjà fort engagée, et Le Cocq a peut-être ses raisons à lui pour passer outre. Êtes-vous très touchée par tout cela ?

— Songez que je ne connais pas cet homme, dit froidement Martha, qui au contraire se rappelait fort bien le moment où cet étranger avait ôté dans l'obscur vestibule de la maison Fugger son masque réglementaire de médecin de la peste. Mais il était vrai qu'il en savait sur elle plus qu'elle n'en savait sur lui, et, de toute façon, ce recoin de son passé

était de ceux qui n'importaient qu'à elle seule, et
Philibert n'y avait pas droit d'accès.

— Notez que je n'ai rien contre mon cousin et
votre frère, que je souhaiterais fort avoir ici pour
soigner ma goutte, reprit le conseiller en se calant
dans ses coussins. Mais quelle idée lui a pris d'aller
se fourrer à Bruges comme un lièvre sous le ventre
des chiens et encore sous un faux nom qui ne
trompe que des sots... Le monde ne demande de
nous qu'un peu de discrétion et un peu de
prudence. A quoi sert de publier des opinions qui
déplaisent à la Sorbonne et au Saint-Père?

— Le silence est lourd à porter, fit soudaine-
ment Martha comme malgré elle.

Le conseiller la regarda avec un étonnement
narquois.

— Fort bien, dit-il, aidons ce quidam à se tirer
d'affaire. Mais remarquez que si Pierre Le Cocq y
consent, je deviens son obligé au lieu qu'il soit le
mien, et que si par hasard il n'y consent point,
j'aurai à avaler un *non*. Il se peut que Monsieur de Berlaimont me sache gré d'éviter une fin
scandaleuse à un homme que protégeait son père,
mais, ou je me trompe fort, ou il s'inquiète peu de
ce qui se fait à Bruges. Que propose ma chère
femme?

— Rien que vous puissiez me reprocher après
l'événement, fit-elle d'une voix sèche.

— Voilà qui va bien, dit le conseiller avec le
contentement d'un homme qui voit s'éloigner la
chance d'une querelle. Mes mains goutteuses m'in-

terdisant de tenir la plume, vous aurez la complaisance d'écrire pour moi à notre oncle en nous recommandant à ses saintes prières...

— Sans mentionner l'article principal ? fit pertinemment Martha.

— Notre oncle est assez fin pour comprendre une omission, approuva-t-il en inclinant la tête. Il importe que le courrier ne reparte pas les mains vides. Vous avez sûrement des provisions de bouche à envoyer pour le Carême (des pâtés de poisson feraient l'affaire), et quelque lé d'étoffe pour son église.

Le mari et la femme échangèrent un regard. Elle admirait Philibert pour sa circonspection, comme d'autres femmes admirent leur homme pour son courage ou sa virilité. Tout allait si bien qu'il eut l'imprudence d'ajouter :

— Tout le mal vient de mon père qui fit élever ce neveu bâtard comme un fils. Nourri dans une famille obscure et sans fréquenter l'école...

— Vous parlez sur ce sujet des bâtards en homme d'expérience, dit-elle avec un pesant sarcasme.

Il put sourire tout à l'aise, car déjà elle lui tournait le dos et s'approchait de la porte. Cet enfant naturel qu'il avait eu d'une chambrière (et qui d'ailleurs n'était peut-être pas de lui) avait facilité ses rapports conjugaux plutôt qu'il ne les avait dérangés. Elle revenait toujours à ce seul grief, et en laissait passer de plus considérables sans mot

dire et (qui sait?) sans même les remarquer. Il la
rappela.

— Je vous réserve une surprise, dit-il. J'ai reçu
ce matin quelque chose de mieux qu'un courrier de
notre oncle. Voici les lettres d'entérinement de
l'érection de la terre de Steenberg en vicomté. Vous
savez que j'ai fait substituer Steenberg à Lombardie, ce titre risquant de faire rire chez un fils et
petit-fils de banquiers.

— Ligre et Foulcre sonnent assez bien à mes
oreilles, dit-elle avec un froid orgueil, francisant
selon l'usage le nom des Fugger.

— Ils font un peu trop penser à des étiquettes
sur des sacs d'écus, dit le conseiller. Nous vivons en
un temps où un beau nom est indispensable pour
se pousser dans une cour. Il faut hurler avec les
loups, ma chère femme, et crier avec les paons.

Quand elle fut sortie, il étendit la main vers le
dragéoir et s'emplit la bouche. Il n'était pas dupe
de son dédain des titres : toutes les femmes aiment
le clinquant. Quelque chose lui gâtait un peu le
goût des dragées. C'était dommage qu'on ne pût
rien faire pour ce pauvre bougre sans se compro-
mettre.

Martha redescendit l'escalier d'honneur. Malgré
elle, ce titre tout neuf lui bourdonnait agréablement
aux oreilles; leur fils en tout cas leur en saurait gré
un jour. Par comparaison, la lettre du chanoine en
diminuait d'importance. La réponse à faire était
une corvée; elle se reprit à penser avec amertume
que Philibert somme toute en faisait toujours à sa

guise, et qu'elle n'aurait été toute sa vie que la riche intendante d'un homme riche. Par une étrange contradiction, ce frère qu'elle abandonnait à son sort était en ce moment plus proche d'elle que son mari et son fils unique : avec Bénédicte et sa mère, il faisait partie d'un monde secret où elle restait enfermée. En un sens, elle se condamnait en lui. Elle fit appeler son majordome pour lui donner l'ordre d'assembler les cadeaux qu'on remettrait au courrier, lequel se gobergeait dans les cuisines.

Le majordome avait une petite affaire dont il aurait voulu parler à Madame. Une merveilleuse occasion s'offrait. Comme Madame ne l'ignorait pas, les biens de Monsieur de Battenbourg avaient été confisqués après son exécution. Ils étaient encore sous séquestre, la vente au profit de l'État ne devant avoir lieu qu'après le payement des dettes aux particuliers. On ne pouvait pas dire que les Espagnols ne fissent pas les choses dans les règles. Mais, grâce à l'ancien concierge du supplicié, il avait eu vent de l'existence d'un lot de tapisseries qui ne figuraient pas sur l'inventaire et dont on pourrait disposer à part. C'étaient de beaux Aubussons représentant des épisodes de l'Histoire sainte, *L'Adoration du Veau d'or*, *Le Reniement de saint Pierre*, *L'Incendie de Sodome*, *Le Bouc émissaire*, *Les Hébreux jetés dans la fournaise ardente*. Le méticuleux majordome remit sa petite liste dans son gousset. Madame avait justement mentionné qu'elle aimerait assez rénover les tentures du Salon de Ganymède. Et, de toute façon, ces pièces augmentaient de valeur avec le temps.

Elle y réfléchit un instant et acquiesça du menton. Ce n'étaient pas là des sujets profanes, comme ceux dans lesquels Philibert donnait un peu trop. Et elle croyait bien avoir vu jadis ces tentures dans l'hôtel de Monsieur de Battenbourg, où elles faisaient un effet fort noble. C'était une affaire à ne pas manquer.

LA VISITE DU CHANOINE

L'après-dîner qui suivit la condamnation de Zénon, le philosophe apprit que le chanoine Bartholommé Campanus l'attendait dans le parloir du greffe. Il descendit accompagné de Gilles Rombaut. Le chanoine demanda au geôlier qu'on les laissât seuls. Pour plus de sûreté, Rombaut en s'en allant donna un tour de clef à la porte.

Le vieux Bartholommé Campanus était lourdement assis dans un fauteuil à haut dossier près d'une table; ses deux cannes reposaient près de lui à terre. En son honneur, on avait allumé dans la cheminée un bon feu, dont la lueur suppléait au jour avare et froid de cet après-midi de février. Le large visage du chanoine, sillonné de centaines de petites rides, semblait dans cette lumière presque rose, mais Zénon nota ses yeux rougis et le tremblement réprimé des lèvres. Les deux hommes hésitaient sur la manière de s'aborder. Le chanoine fit un vague mouvement pour se lever, mais son âge et ses infirmités mettaient cette politesse hors

de question, et il n'était point sûr qu'il n'y eût pas
on ne savait quoi d'inconvenant dans cet hommage
rendu à un condamné. Zénon resta à une distance
de quelques pas.

— *Optime pater*, dit-il, reprenant une appellation
dont il s'était servi pour le chanoine au temps de
ses écoles, je vous remercie des services petits et
grands que vous m'avez rendus durant ma capti-
vité. J'ai bientôt deviné d'où venaient ces atten-
tions. Votre visite en est une que je n'espérais pas.

— Que ne vous êtes-vous découvert plus tôt! fit
le vieillard avec un affectueux reproche. Vous avez
toujours eu moins confiance en moi qu'en ce
chirurgien-barbier...

— Vous étonnez-vous que je me sois méfié?
répliqua le philosophe.

Il frottait méthodiquement ses doigts gourds. Sa
chambre, bien que située à l'étage, était d'une
humidité insidieuse par ce temps d'hiver. Il s'assit
sur un siège placé près du feu et tendit ses paumes.

— *Ignis noster*, fit-il doucement, employant une
formule alchimique que Bartholommé Campanus
avait été le premier à lui enseigner.

Le chanoine fut traversé d'un frisson.

— Ma part dans les services qu'on a essayé de
vous rendre se réduit à peu de chose, dit-il,
s'efforçant de poser sa voix. Vous vous souviendrez
peut-être qu'un grave différend avait opposé
naguère Monseigneur et l'ancien prieur des Cordeliers. Mais ces deux saintes personnes avaient fini
par s'apprécier. Le feu prieur vous recommanda au

révérendissime évêque sur son lit de mort. Monseigneur a tenu à ce que vous fussiez jugé avec équité.

— Je l'en remercie, fit le condamné.

Le chanoine sentit dans cette réponse une pointe d'ironie.

— Rappelez-vous que ce n'était pas à Monseigneur seul à porter le verdict. Il a jusqu'au bout recommandé l'indulgence.

— N'est-ce point l'usage? dit Zénon avec quelque âcreté. *Ecclesia abhorret a sanguine.*

— C'était sincère cette fois, dit le chanoine blessé. Mais, par malheur, les crimes d'athéisme et d'impiété sont patents, et vous avez voulu qu'il en soit ainsi. En matière de droit commun, rien, grâce à Dieu, n'a été prouvé contre vous, mais vous savez comme moi que dix présomptions équivalent à une conviction pour le populaire, et même pour la plupart des juges. Les accusations de ce déplorable enfant dont je ne veux même pas me rappeler le nom vous avaient tout d'abord beaucoup nui...

— Vous ne m'imaginiez pourtant pas me mêlant aux ris et aux jeux dans l'étuve à la lueur de cierges volés?

— Personne ne l'a fait, dit gravement le chanoine. N'oubliez pas qu'il est d'autres espèces de complicité.

— Il est étrange que pour nos chrétiens les prétendus désordres de la chair constituent le mal par excellence, dit méditativement Zénon. Personne ne punit avec rage et dégoût la brutalité, la sauvagerie, la barbarie, l'injustice. Nul demain ne s'avisera de trouver obscènes les bonnes gens qui viendront regarder mes tressautements dans les flammes.

Le chanoine se couvrit le visage d'une de ses mains.

— Excusez-moi, mon père, dit Zénon. *Non decet*. Je ne commettrai plus l'indécence qui consiste à essayer de montrer les choses comme elles sont.

— Oserais-je dire que ce qui confond dans l'aventure dont vous êtes la victime est l'étrange solidarité du mal, fit le chanoine presque à voix basse. L'impureté sous toutes ses formes, des enfantillages peut-être intentionnellement sacrilèges, la violence contre un nouveau-né innocent, et finalement cette violence contre soi-même, la pire de toutes, qu'a perpétrée ce Pierre de Hamaere. Je confesse que d'abord toute cette noire affaire m'avait paru démesurément grossie par les ennemis de l'Église, sinon inventée par eux. Mais un chrétien et un moine qui se donne la mort est un mauvais chrétien et un mauvais moine, et ce crime n'est sûrement pas son premier crime... Je ne me console pas de retrouver votre grand savoir mêlé à tout cela.

— La violence commise contre son enfant par cette malheureuse ressemble fort à celle d'une bête se rongeant un membre pour s'arracher à la trappe où la cruauté des hommes l'a fait choir, dit amèrement le philosophe. Quant à Pierre de Hamaere...

Il s'interrompit prudemment, se rendant compte que la seule chose qu'il eût trouvée à louer chez ce défunt était justement sa mort volontaire. Dans sa destitution totale de condamné, il lui restait encore une chance à conserver soigneusement et un secret à garder.

— Vous n'êtes pas venu ici pour refaire devant moi le procès de quelques infortunés, dit-il. Employons mieux ces précieux moments.

— La gouvernante de Jean Myers vous fit aussi grand tort, reprit tristement le chanoine avec l'entêtement du grand âge. Nul n'honorait ce méchant, que je tenais d'ailleurs pour fort oublié. Mais le soupçon de poison l'a remis dans toutes les bouches. J'ai scrupule à préconiser le mensonge, mais mieux eût valu nier tout commerce charnel avec cette domestique éhontée.

— J'admire qu'une des plus dangereuses actions de ma vie aura été de coucher deux soirs avec une servante, dit Zénon avec dérision.

Bartholommé Campanus soupira : cet homme qu'il aimait chèrement semblait barricadé contre lui.

— Vous ne saurez jamais de quel poids votre naufrage pèse sur ma conscience, hasarda-t-il, essayant d'une autre approche. Je ne parle pas de vos actes, dont je sais peu de chose, et que je veux croire innocents, bien que le confessionnal m'enseigne que de pires peuvent s'allier à des vertus comme les vôtres. Je parle de cette fatale révolte de l'esprit qui transformerait en vice la perfection elle-même, et dont j'ai peut-être sans le vouloir mis en vous les germes. Que le monde est changé, et que les sciences et l'Antiquité paraissaient bénéfiques au temps où j'étudiais les lettres et les arts... Quand je pense que je fus le premier à vous enseigner cette Écriture dont vous faites fi, je me demande si un maître plus ferme ou plus instruit que je n'étais...

— Ne vous affligez pas, *optime pater*, dit Zénon. La révolte qui vous inquiète était en moi, ou peut-être dans le siècle.

— Vos dessins de bombes volantes et de chariots mus par le vent qui prêtaient à rire aux juges m'ont fait songer à Simon le Magicien, dit le chanoine levant sur lui des yeux inquiets. Mais j'ai pensé aussi aux chimères mécaniques de votre jeune âge, qui n'ont produit que trouble et tumulte. Hélas! Ce fut ce jour-là que j'obtins pour vous de la Régente l'assurance d'une place qui vous eût ouvert une carrière d'honneurs...

— Elle m'eût possiblement amené au même point par d'autres voies. Nous en savons moins sur les routes et le but d'une vie d'homme que sur ses migrations l'oiseau.

Bartholommé Campanus perdu dans une rêverie revoyait le clerc de vingt ans. C'était lui dont il eût voulu sauver le corps, ou tout au moins l'âme.

— N'attachez pas plus de prix que moi à ces fantaisies mécaniques qui ne sont en elles-mêmes ni fastes ni néfastes, reprit dédaigneusement Zénon. Il en est d'elles comme des trouvailles du souffleur qui le distraient de la science pure, mais

qui parfois activent ou fécondent celle-ci. *Non
cogitat qui non experitur.* Même dans l'art du
médecin, auquel je me suis surtout appliqué,
l'invention vulcanique et alchimique joue son rôle.
Mais j'avoue que la race étant ce qu'elle restera
sans doute jusqu'à la fin des siècles, il est mauvais
de mettre des fols à même de renverser la machine
des choses et des furieux de monter au ciel. Quant
à moi, et dans l'état où le Tribunal m'a mis, ajouta-
t-il avec un rire sec qui fit horreur à Bartholommé
Campanus, j'en suis venu à blâmer Prométhée
d'avoir donné le feu aux mortels.

— J'ai vécu octante ans sans me douter jusqu'où
allait la malignité des juges, dit avec indignation le
chanoine. Hiéronymus van Palmaert se réjouit
qu'on vous mande explorer vos mondes infinis, et
Le Cocq, cet homme de boue, propose par moquerie qu'on vous envoie combattre Guillaume de Nassau sur un bombardier céleste.

— Il a tort de rire. Ces chimères se réaliseront le
jour où l'espèce s'y acharnera comme à bâtir ses
Louvres et ses églises cathédrales. Il descendra du
ciel, le Roi des Frayeurs, avec ses armées de
sauterelles et ses jeux d'hécatombe... O bête
cruelle! Rien ne restera sur terre, sous terre ou dans
l'eau qui ne soit persécuté, gâté ou détruit... Ouvre-
toi, gouffre éternel, et engloutis pendant qu'il en est
temps encore la race effrénée...

— Plaît-il? dit le chanoine alarmé.

— Rien, fit distraitement le philosophe. Je me
récitais une de mes *Prophéties grotesques.*

Bartholommé Campanus soupira. L'angoisse avait été trop forte pour ce cerveau pourtant solide. L'approche de la mort le faisait délirer.

— Vous avez bien perdu votre foi dans la sublime excellence de l'homme, dit-il en secouant tristement la tête. On commence par douter de Dieu...

— L'homme est une entreprise qui a contre elle le temps, la nécessité, la fortune, et l'imbécile et toujours croissante primauté du nombre, dit plus posément le philosophe. Les hommes tueront l'homme.

Il tomba dans un long silence. Cet accablement sembla bon signe au chanoine qui ne craignait rien plus que l'intrépidité d'une âme trop sûre d'elle-même, cuirassée à la fois contre le repentir et la peur. Il reprit précautionneusement :

— Dois-je donc croire, comme vous l'avez dit à l'évêque, que le Grand Œuvre n'a pour vous d'autre but que de perfectionner l'âme humaine ? S'il en est ainsi, continua-t-il d'un ton involontairement déçu, vous seriez plus près de nous que Monseigneur et moi ne l'osions croire, et ces magiques arcanes que je n'ai jamais contemplés que de loin se réduisent à ce que la Sainte Église enseigne journellement à ses fidèles.

— Oui, dit Zénon. Depuis seize cents ans.

Le chanoine hésita si cette réponse ne contenait pas la pointe d'un sarcasme. Mais les moments étaient précieux. Il passa outre.

— Mon cher fils, dit-il, imaginez-vous que je

suis venu pour engager avec vous un débat qui n'est plus de saison? J'ai de meilleures raisons d'être ici. Monseigneur me fait observer qu'il ne s'agit pas chez vous à proprement parler d'hérésie, comme chez ces sectaires détestables qui à notre époque font la guerre à l'Église, mais d'impiétés savantes dont le danger n'est somme toute évident qu'aux doctes. Le révérendissime évêque m'assure que vos *Prothéories,* justement condamnées pour ravaler nos saints dogmes au rang de vulgaires notions disséminées jusque chez les pires idolâtres, pourraient tout aussi bien servir à une nouvelle *Apologétique* : il suffirait que les mêmes propositions montrassent dans nos vérités chrétiennes le couronnement des intuitions infuses dans l'humaine nature. Vous savez comme moi que tout n'est qu'affaire de direction...

— Je crois comprendre où tend ce discours, dit Zénon. Si la cérémonie de demain était remplacée par celle d'une rétractation...

— N'espérez pas trop, dit le chanoine avec prudence. Ce n'est pas la liberté qu'on vous offre. Mais Monseigneur se fait fort d'obtenir votre rétention *in loco carceris* dans une maison religieuse de son choix; vos aises futures dépendront des gages que vous aurez su donner à la bonne cause. Vous savez que les prisons perpétuelles sont celles dont on s'arrange presque toujours pour sortir.

— Vos secours viennent bien tard, *optime pater,* murmura le philosophe. Il eût mieux valu museler plus tôt mes accusateurs.

— Nous ne nous flattions pas d'amadouer le procureur de Flandre, dit le chanoine, ravalant l'amertume que lui causait sa vaine démarche auprès des riches Ligre. Un homme de cette espèce condamne comme un chien se jette sur une proie. Force nous a été de laisser aller la procédure, quitte à user ensuite des pouvoirs qui nous sont laissés. Les ordres mineurs que vous avez reçus jadis vous désignent aux censures de l'Église, mais vous garantissent aussi des protections que la grossière justice séculière n'offre pas. J'ai, il est vrai, tremblé jusqu'au bout que vous ne fissiez par défi quelque aveu irréparable...

— Force vous eût été pourtant de m'admirer, si je l'avais fait par contrition.

— Je vous saurais gré de ne pas confondre le tribunal de Bruges avec les assises de la pénitence, dit le chanoine avec impatience. Ce qui compte ici c'est que le déplorable frère Cyprien et ses complices se soient contredits, que nous nous soyons délivrés des infamies de la laveuse de vaisselle en l'enfermant chez les folles, et que les malveillants qui vous accusaient d'avoir soigné l'assassin d'un capitaine espagnol se soient éclipsés... Les crimes qui ne concernent que Dieu sont de notre ressort.

— Placez-vous parmi les forfaits ces soins donnés à un blessé?

— Mon avis est sans pertinence, dit évasivement le chanoine. Mon opinion, si vous la voulez, est que tout service rendu au prochain doit être jugé méritoire, mais qu'il s'y mêle dans votre cas une rébellion qui ne l'est jamais. Le défunt prieur, qui pensait parfois mal, n'aura sans doute que trop approuvé cette charité séditieuse. Félicitons-nous du moins qu'on n'en ait pu produire la preuve.

— On l'eût fait sans peine si vos bons soins ne m'eussent épargné la torture, dit le prisonnier avec un haussement d'épaules. Je vous en ai déjà remercié.

— Nous nous sommes retranchés derrière l'adage *Clericus regulariter torqueri non potest per laycum,* fit le chanoine de l'air d'un homme qui enregistre un triomphe. Rappelez-vous pourtant que sur certains points, comme celui des mœurs, vous demeurez véhémentement soupçonné, et auriez à comparaître *novis survenientibus inditiis.* Il en va de même en matière de rébellion. Pensez ce qu'il vous plaira des pouvoirs de ce monde, mais songez que les intérêts de l'Église et ceux de l'ordre continueront à ne faire qu'un tant que les rebelles auront partie liée avec l'hérésie.

— J'entends tout cela, fit le condamné en inclinant la tête. Ma précaire sûreté dépendrait entièrement du bon vouloir de l'évêque dont le pouvoir peut décroître ou le point de vue changer. Rien ne prouve que dans six mois je ne me retrouve pas exactement aussi près des flammes que je suis.

— N'est-ce pas là une crainte que vous avez dû avoir toute la vie ? dit le chanoine.

— A l'époque où vous m'enseigniez les rudiments des lettres et des sciences, un quidam

convaincu d'un crime vrai ou faux a été brûlé à
Bruges, et un de nos valets m'a raconté son
supplice, dit le prisonnier en guise de réponse. Pour
augmenter l'intérêt du spectacle, on l'avait lié au
poteau par une longue chaîne, ce qui lui permit de
courir tout embrasé jusqu'à ce qu'il tombât la face
contre terre, ou, pour parler net, dans les braises. Je
me suis souvent dit que cette horreur pourrait
servir d'allégorie à l'état d'un homme qu'on laisse
presque libre.

— Croyez-vous que nous n'en soyons pas tous
là? dit le chanoine. Mon existence a été paisible, et
j'ose dire, innocente, mais on n'a pas vécu quatre-
vingts ans sans savoir ce que c'est que la contrainte.

— Paisible, oui, dit le philosophe. Innocente,
non.

L'entretien des deux hommes reprenait sans cesse
malgré eux le ton quasi hargneux de leurs anciens
débats de maître et d'élève. Le chanoine décidé à
tout supporter pria intérieurement que lui fussent
donnés les mots qui convainquent.

— *Iterum peccavi*, dit enfin Zénon d'une voix
plus égale. Mais ne vous étonnez pas, mon père,
que vos bontés puissent paraître un piège. Mes
quelques rencontres avec le révérendissime évêque
ne m'ont pas montré un homme plein de pitié.

— L'évêque ne vous aime pas plus que Le Cocq
ne vous hait, dit le chanoine étouffant des larmes.
Moi seul... Mais outre que vous êtes un pion dans
la partie qui se joue entre eux, continua-t-il d'un
ton plus rassis, Monseigneur n'est pas dépourvu

d'humaine vanité, et s'honore de ramener à Dieu un impie capable de persuader ses pareils. La cérémonie de demain sera pour l'Église une victoire plus sensible que votre mort ne l'eût été.

— L'évêque doit se rendre compte que les vérités chrétiennes auraient en moi un apologiste fort compromis.

— C'est ce qui vous trompe, repartit le vieillard. Les raisons qu'un homme a de se rétracter s'oublient vite, et ses écrits restent. Déjà, certains de vos amis représentent dans votre suspect séjour à Saint-Cosme l'humble pénitence d'un chrétien qui se repent d'avoir mal vécu et change de nom pour s'adonner obscurément aux bonnes œuvres. Dieu me pardonne, ajouta-t-il avec un faible sourire, si je n'ai pas cité moi-même l'exemple de saint Alexis revenu vivre déguisé en pauvre dans le palais où il était né.

— Saint Alexis risquait à chaque instant d'être reconnu par sa pieuse épouse, plaisanta le philosophe. Ma force d'âme n'aurait pas été jusque-là.

Bartholommé Campanus fronça le sourcil, choqué de nouveau par cette désinvolture. Zénon lut sur ce vieux visage une peine qui lui fit pitié. Il reprit doucement :

— Ma mort semblait sûre, et je n'avais plus qu'à couler quelques heures *in summa serenitate*... A m'en supposer capable, poursuivit-il avec un hochement amical qui sembla fou au chanoine, mais qui s'adressait à un promeneur lisant Pétrone dans une rue d'Innsbruck. Mais vous me tentez, mon père :

je me vois expliquant en toute sincérité à mes
lecteurs que le rustre qui ricanait d'avoir dans son
champ de blé des infinités de Jésus-Christ est un
bon sujet de facéties, mais que le drôle serait à coup
sûr mauvais alchimiste, ou encore que les rites et
les sacrements de l'Église ont autant et parfois plus
de vertus que mes spécifiques de médecin. Je ne
vous dis pas que je crois, fit-il prévenant un
mouvement de joie du chanoine, je dis que le
simple *non* a cessé de me paraître une réponse, ce
qui ne signifie pas que je sois prêt à prononcer un
simple *oui*. Enfermer l'inaccessible principe des
choses à l'intérieur d'une Personne taillée sur
l'humain modèle me paraît encore un blasphème,
et cependant je sens malgré moi je ne sais quel dieu
présent dans cette chair qui demain sera fumée.
Oserais-je dire que c'est ce dieu qui m'oblige à
vous dire non? Et pourtant, toute vue de l'esprit
s'étaie sur des fondements arbitraires : pourquoi
pas ceux-là? Toute doctrine qui s'impose aux
foules donne des gages à l'ineptie humaine : il en
irait de même si par hasard Socrate prenait demain
la place de Mahomet ou du Christ. Mais s'il en est
ainsi, dit-il, passant la main sur son front avec une
soudaine fatigue, pourquoi renoncer au salut corpo-
rel et aux délices du commun accord? Il me semble
que voilà quelques siècles que j'ai déjà considéré et
reconsidéré tout cela...

— Laissez-moi vous guider, fit presque tendrement le chanoine. Dieu seul sera juge du degré
d'hypocrisie que contiendra demain votre rétrac-

tation. Vous ne l'êtes pas vous-même : ce que vous prenez pour un mensonge est peut-être une authentique profession de foi qui se formule à votre insu. La vérité a des secrets pour s'insinuer dans une âme qui ne se barricade plus contre elle.

— Dites-en autant de l'imposture, fit le philosophe avec calme. Non, mon excellent père, j'ai parfois menti pour vivre, mais je commence à perdre mon aptitude au mensonge. Entre vous et nous, entre les idées de Hiéronymus van Palmaert, celles de l'évêque et les vôtres, d'une part, et les miennes de l'autre, il y a çà et là similitude, souvent compromis, et jamais constant rapport. Il en est d'elles comme de courbes tracées à partir d'un plan commun, qui est l'humain intellect, divergeant aussitôt pour se rapprocher ensuite, puis s'éloignant de nouveau les unes des autres, s'intersectant parfois dans leurs trajectoires ou se confondant au contraire sur un segment de celles-ci, mais dont nul ne sait si elles se rejoignent ou non en un point qui est au-delà de notre horizon. Il y a fausseté à les déclarer parallèles.

— Vous dites *nous*, murmura le chanoine avec une sorte d'effroi. Vous êtes pourtant seul.

— En effet, dit le philosophe. Je n'ai heureusement pas de listes de noms à fournir à qui que ce soit. Chacun de nous est son seul maître et son seul adepte. L'expérience se refait chaque fois à partir de rien.

— Le défunt prieur des Cordeliers, qui, bien que trop facile, était un bon chrétien et un religieux exemplaire, n'a pas pu savoir dans quel abîme de révolte vous choisissiez de vivre, dit presque acrimonieusement le chanoine. Vous lui aurez sans doute beaucoup et souvent menti.

— Vous vous trompez, fit le prisonnier, jetant un regard presque hostile à cet homme qui avait voulu le sauver. Nous nous retrouvions au-delà des contradictions.

Il se leva comme si c'était à lui de donner congé. Le chagrin du vieillard devint de la colère.

— Votre opiniâtreté est une foi impie dont vous vous croyez le martyr, dit-il avec indignation. Vous semblez vouloir obliger l'évêque à se laver les mains...

— Le mot est malheureux, remarqua le philosophe.

Le vieil homme se pencha pour ramasser les deux cannes qui lui servaient de béquilles, traînant avec bruit son fauteuil. Zénon s'inclina et les lui tendit. Le chanoine se mit debout avec effort. Le geôlier Hermann Mohr qui se tenait aux aguets dans le couloir, alerté par ce bruit de pas et de sièges remués, tournait déjà la clef dans la serrure, croyant l'entretien terminé, mais Bartholommé Campanus éleva la voix et lui cria d'attendre un moment. La porte entrebâillée se referma.

— J'ai mal rempli ma mission, dit le vieux prêtre avec une soudaine humilité. Votre constance me fait horreur, parce qu'elle équivaut à une insensibilité totale à l'égard de votre âme. Que vous le sachiez ou non, la fausse honte seule vous fait

préférer la mort à la remontrance publique qui
précède la rétractation...

— Avec cierge allumé, et réponse en latin au
discours latin de Monseigneur, fit sarcastiquement
le prisonnier. C'eût été, je l'admets, un mauvais
quart d'heure à passer...

— La mort aussi, dit le vieillard navré.

— Je vous avoue qu'à un certain degré de folie,
ou de sagesse au contraire, il semble peu important
que ce soit moi ou le premier venu qu'on brûle, dit
le prisonnier, ni que cette exécution ait lieu demain
ou dans deux siècles. Je ne me flatte pas que des
sentiments si nobles tiennent devant l'appareil du
supplice : nous verrons sous peu si j'ai vraiment en
moi cette *anima stans et non cadens* que définissent
nos philosophes. Mais peut-être attache-t-on trop
de prix au degré de fermeté dont fait preuve un
homme qui meurt.

— Ma présence ne fait que vous endurcir, dit
douloureusement le vieux chanoine. Je tiens pourtant avant de vous quitter à vous signaler un
avantage légal que nous vous avons soigneusement
laissé et dont vous ne vous êtes peut-être pas
aperçu. Nous n'ignorons pas que vous vous êtes
naguère enfui d'Innsbruck après avoir été secrètement prévenu d'un mandat d'arrêt lancé par
l'officialité du lieu. Nous gardons le silence sur ce
fait qui vous placerait, s'il était connu, dans la
position désastreuse de *fugitivus,* et rendrait ardue,
sinon impossible, votre réconciliation avec l'Église.
Vous n'auriez donc pas à craindre de faire inutile-

ment certaines soumissions... Vous avez encore
pour réfléchir toute une nuit devant vous...

— Voilà qui me prouve que j'aurai été toute ma
vie épié de plus près encore que je n'avais cru, dit
mélancoliquement le philosophe.

Ils s'étaient peu à peu dirigés vers la porte que le
geôlier avait rouverte. Le chanoine rapprocha son
visage de celui du condamné.

— En ce qui concerne la douleur corporelle, dit-
il, je puis vous promettre qu'en tout cas vous
n'avez rien à craindre. Monseigneur et moi avons
pris toutes les dispositions...

— Je vous en rends grâces, fit Zénon, se
rappelant non sans amertume avoir en vain fait de
même pour Florian et l'un des novices.

Une lourde fatigue avait pris possession du vieil
homme. L'idée de faire fuir le prisonnier lui
traversa l'esprit; elle était absurde; il n'y fallait pas
penser. Il eût voulu donner à Zénon sa bénédiction,
mais craignait qu'elle ne fût mal reçue, et pour la
même raison n'osait l'embrasser. Zénon de son côté
fit un mouvement pour baiser la main de son
ancien maître, mais se retint, redoutant que ce
geste eût quelque chose de servile. Ce que le
vieillard avait tenté pour lui ne parvenait pas à le
lui faire aimer.

Pour se rendre au greffe, le chanoine par ce
mauvais temps avait fait usage d'une litière; les
porteurs transis attendaient dehors. Hermann

Mohr tint à ce que Zénon remontât dans sa cellule
avant qu'on ne reconduisît le visiteur sur le seuil.
Bartholommé Campanus vit son ancien élève gravir
l'escalier en compagnie du geôlier. Le concierge du
greffe, ouvrant et fermant l'une après l'autre une
série de portes, aida ensuite l'homme d'Église à
monter en litière et tira sur lui le rideau de cuir.
Bartholommé Campanus, la tête appuyée à un
coussin, récitait ardemment les prières des agonisants, mais cette ardeur n'était que machinale ; les
mots roulaient sur ses lèvres sans que sa pensée pût
les suivre. La route du chanoine passait par la
Grand-Place. L'exécution y aurait lieu le lendemain, si la nuit entre-temps ne portait pas conseil
au prisonnier, et Bartholommé Campanus en doutait, connaissant ce luciférien orgueil. Il se souvint
que, le mois précédent, les prétendus Anges avaient
été suppliciés hors de la ville, aux abords de la
Porte Sainte-Croix, les crimes charnels étant considérés comme si abominables que leur punition
même devait être tenue quasi clandestine, mais la
mort d'un homme convaincu d'impiété et
d'athéisme était au contraire un spectacle en tout
point édifiant pour le peuple. Pour la première fois
de sa vie, ces arrangements dus à la sagesse des
ancêtres parurent contestables au vieillard.

C'était la veille du Mardi gras ; des gens en joie
parcouraient déjà les rues, faisant et disant les
impertinences habituelles. Le chanoine n'ignorait
pas que l'annonce d'un supplice ajoutait en pareil
cas à l'excitation de la canaille. Par deux fois, des

bambocheurs arrêtèrent la litière et ouvrirent le rideau pour regarder à l'intérieur, déçus sans doute de n'y pas trouver quelque belle dame à effaroucher. L'un de ces sots avait un masque en trogne d'ivrogne et régala Bartholommé Campanus de cris incongrus; le second passa sans rien dire entre les courtines une face livide de fantôme. Derrière lui, un carême-prenant à tête de cochon y allait d'un petit air de flûte.

Arrivé sur le pas de sa porte, le vieillard fut reçu avec empressement par sa nièce adoptive, Wiwine, qu'il avait prise pour gouvernante à la mort du curé Cleenwerck, et qui l'attendait comme toujours dans le petit passage voûté de leur maison bien tiède, épiant à un judas si l'oncle viendrait bientôt pour souper. Elle était devenue grasse et sotte comme autrefois sa tante Godelièvre, ayant d'ailleurs eu sa part des espoirs et des désappointements de ce monde : on l'avait fiancée sur le tard à un sien cousin nommé Nicolas Cleenwerck, petit seigneur des environs de Caestre qui avait de bons biens au soleil et le fort bon poste de lieutenant général au bailliage de Flandre; par malheur, ce promis si avantageux s'était noyé peu avant la noce en traversant l'étang de Dickebusch à l'époque de la fonte des glaces. La tête de Wiwine ne s'était pas remise de ce coup, mais elle demeurait soigneuse ménagère et cuisinière habile comme autrefois sa tante; personne ne l'égalait pour les vins cuits et les confitures. Le chanoine avait tenté sans succès ces jours-là de la faire prier pour Zénon, dont elle ne se

souvenait plus, mais il l'avait persuadée de temps à
autre d'apprêter un panier pour un pauvre prisonnier.

Il refusa le souper de bœuf rôti qu'elle lui avait
préparé et monta aussitôt se mettre au lit. Il
tremblait de froid; elle s'affaira avec une bassinoire
remplie de bonnes cendres chaudes. Il mit longtemps à s'endormir sous sa couette brodée.

LA FIN DE ZÉNON

Quand la porte de sa cellule se fut refermée sur lui à grand bruit de ferraille, Zénon pensif tira l'escabeau et s'assit devant la table. Il faisait encore grand jour, l'obscure prison des allégories alchimiques étant dans son cas une prison fort claire. A travers le réseau serré du grillage qui protégeait la croisée, une blancheur plombée montait de la cour couverte de neige. Gilles Rombaut avant de céder la place au gardien de nuit avait comme toujours laissé sur un plateau le souper du prisonnier ; il était ce soir-là encore plus copieux que d'habitude. Zénon le repoussa : il semblait absurde et quasi obscène de transformer ces aliments en chyle et en sang qu'il n'utiliserait plus. Mais il se versa distraitement quelques gorgées de bière dans un gobelet d'étain et but la liqueur amère.

Son entretien avec le chanoine avait mis fin à ce qui avait été pour lui depuis le verdict du matin la solennité de la mort. Son sort cru fixé oscillait de nouveau. L'offre qu'il avait rejetée restait valable quelques heures de plus : un Zénon capable de finir par dire oui se terrait peut-être dans un coin de sa conscience, et la nuit qui allait s'écouler pouvait donner à ce pleutre l'avantage sur soi-même. Il suffisait qu'une chance sur mille subsistât : l'avenir si court et pour lui si fatal en acquérait malgré tout un élément d'incertitude qui était la vie même, et, par une étrange dispensation qu'il avait constatée aussi au chevet de ses malades, la mort gardait ainsi une sorte de trompeuse irréalité. Tout fluctuait : tout fluctuerait jusqu'au dernier souffle. Et cependant, sa décision était prise : il le reconnaissait moins aux signes sublimes du courage et du sacrifice qu'à on ne sait quelle obtuse forme de refus qui semblait le fermer comme un bloc aux influences du dehors, et presque à la sensation elle-même. Installé dans sa propre fin, il était déjà Zénon *in aeternum*.

D'autre part, et placée pour ainsi dire en repli derrière la résolution de mourir, il en était une autre, plus secrète, et qu'il avait soigneusement cachée au chanoine, celle de mourir de sa propre main. Mais là aussi une immense et harassante liberté lui restait encore : il pouvait à son gré s'en tenir à cette décision ou y renoncer, faire le geste qui termine tout ou au contraire accepter cette *mors ignea* guère différente de l'agonie d'un alchimiste enflammant par mégarde sa longue robe aux braises de son athanor. Ce choix entre l'exécution et la fin volontaire, suspendu jusqu'au bout dans une fibrille de sa substance pensante, n'oscillait plus entre la mort et une espèce de vie, comme

celui d'accepter ou de refuser de se rétracter l'avait
fait, mais concernait le moyen, le lieu, et l'exact
moment. A lui de décider s'il finirait sur la Grand-
Place parmi les huées ou tranquillement entre ces
murs gris. A lui, ensuite, de retarder ou de hâter de
quelques heures l'action suprême, de choisir, s'il le
voulait, de voir se lever le soleil d'un certain dix-
huit février 1569, ou de finir aujourd'hui avant la
nuit close. Les coudes sur les genoux, immobile,
presque paisible, il regardait devant lui dans le
vide. Comme au milieu d'un ouragan, quand
s'établit redoutablement un calme, le temps ni
l'esprit ne bougeaient plus.

La cloche de Notre-Dame sonna : il compta les
coups. Brusquement, une révolution se fit : le
calme cessa, emporté par l'angoisse comme par un
vent tournant en cercle. Des bribes d'images se
tordaient dans cette tempête, arrachées à l'autodafé
d'Astorga trente-sept ans plus tôt, aux récents
détails du supplice de Florian, aux rencontres
fortuites avec les hideux résidus de la justice
exécutive sur les carrefours de villes traversées. On
eût dit que la nouvelle de ce qui allait être atteignait
subitement en lui l'entendement du corps, fournis-
sant chaque sens de leur quote-part d'horreur : il
vit, sentit, flaira, entendit ce que seraient demain
sur la place du Marché les incidents de sa fin.
L'âme charnelle, prudemment tenue à l'écart des
délibérations de l'âme raisonnable, apprenait tout à
coup et du dedans ce que Zénon lui avait caché.
Quelque chose en lui cassa comme une corde ; sa

salive sécha; les poils des poignets et du dos de la
main se dressèrent; il claquait des dents. Ce
désordre jamais expérimenté sur lui-même l'épou-
vanta plus que tout le reste de sa mésaventure :
pressant des deux mains ses mâchoires, respirant
longuement pour freiner son cœur, il réussit à
réprimer cette espèce d'émeute du corps. C'en était
trop : il s'agissait d'en finir avant qu'une débâcle de
sa chair ou de sa volonté l'eût rendu incapable de
remédier à ses propres maux. Des risques non
prévus jusque-là et qui menaçaient d'empêcher sa
sortie rationnelle se présentèrent en foule à son
esprit redevenu lucide. Il jeta sur sa situation le
coup d'œil du chirurgien qui cherche autour de soi
ses instruments et suppute ses chances.

Il était quatre heures; son repas était servi, et on
avait poussé l'obligeance jusqu'à lui laisser l'ordinaire chandelle. Le porte-clef qui l'avait verrouillé
à son retour de la salle du greffe ne reparaîtrait
qu'après le couvre-feu, pour ne repasser ensuite
qu'à l'aube. Il semblait donc qu'il eût le choix de
deux longs intervalles durant lesquels accomplir sa
tâche. Mais cette nuit différait des autres : un
importun message pouvait venir de l'évêque ou du
chanoine, nécessitant qu'on rouvrît la porte; une
féroce pitié installait parfois au côté du condamné
un frocard quelconque ou un membre d'une
Confrérie de la Bonne Mort chargé de sanctifier le
mourant en le persuadant de prier. Il se pouvait
aussi qu'on prévînt son intention; on allait peut-
être d'un moment à l'autre lui lier les mains. Il

guetta autour de lui des grincements, des pas; tout
était calme, mais les moments étaient plus chers
qu'ils ne l'avaient jamais été au cours des départs
forcés d'autrefois.

D'une main tremblante encore, il souleva le
couvercle de l'écritoire posée sur la table. Entre
deux fines planchettes qui à l'œil semblaient
jointes, le trésor qu'il avait caché là s'y trouvait
toujours : une lame souple et mince, longue de
moins de deux pouces, qu'il avait portée d'abord
dans la doublure de son pourpoint, puis transférée
dans cette cachette après que l'écritoire qu'on lui
avait rendue eut été dûment visitée par ses juges.
Chaque jour, à vingt reprises, il s'était assuré de la
présence de cet objet qu'il n'eût pas jadis daigné
ramasser dans le ruisseau. Dès son appréhension
dans l'officine de Saint-Cosme, puis par deux fois,
après la mort de Pierre de Hamaere, et lorsque
Catherine avait ramené sur le tapis la question des
poisons, on l'avait fouillé à la recherche de fioles ou
de dragées suspectes, et il se félicitait d'avoir par
prudence renoncé à s'encombrer de ces denrées inestimables, mais détériorables ou fragiles,
presque impossibles à conserver sur soi ou à
dissimuler longtemps dans une cellule nue, et qui
eussent immanquablement dénoncé son projet de
mourir. Il y perdait le privilège d'une de ces fins
foudroyantes qui sont les seules miséricordieuses,
mais ce bout de rasoir soigneusement effilé lui
éviterait au moins d'avoir à déchirer son linge pour
former des nœuds parfois inefficaces ou de s'éver-

tuer peut-être sans profit avec un tesson de poterie brisée.

Le passage de la peur avait bouleversé ses entrailles. Il alla au baquet placé dans un coin de la chambre et se vida. L'odeur des matières cuites et rejetées par la digestion humaine emplit un instant ses narines, lui rappelant une fois de plus les connexions intimes entre la pourriture et la vie. Ses aiguillettes furent rajustées d'une main sûre. Le broc sur la planchette était plein d'eau glacée; il s'humecta le visage, retenant sur sa langue une gouttelette. *Aqua permanens :* pour lui, ce serait l'eau pour la dernière fois. Quatre pas le ramenèrent au lit sur lequel il avait dormi ou veillé soixante nuits : parmi les pensées qui traversaient vertigineusement son esprit était celle que la spirale des voyages l'avait ramené à Bruges, que Bruges s'était restreinte à l'aire d'une prison, et que la courbe s'achevait enfin sur cet étroit rectangle. Un murmure sortit derrière lui des ruines d'un passé plus dédaigné et plus aboli que les autres, la voix rauque et douce de Fray Juan parlant latin avec un accent castillan dans un cloître envahi par l'ombre : *Eamus ad dormiendum, cor meum.* Mais il ne s'agissait pas de dormir. Jamais il ne s'était senti de corps et d'âme plus alerte : l'économie et la rapidité de ses gestes étaient celles de ses grands moments de chirurgien. Il déplia la grossière couverture de laine, épaisse comme du feutre, et en forma à terre, le long du lit, une sorte d'auge qui retiendrait et imbiberait au moins en partie le liquide versé. Pour plus de sûreté, il ramassa sa chemise de la veille et la tordit en guise de bourrelet devant la porte. Il fallait éviter qu'une coulée sur le sol légèrement en pente n'atteignît trop vite le corridor, et qu'Hermann Mohr levant par hasard la tête de dessus son établi ne remarquât sur le carreau une tache noire. Sans bruit, il enleva ensuite ses chaussures. Tant de précaution n'était pas nécessaire, mais le silence semblait une sauvegarde.

Il s'étendit sur le lit, calant sa tête sur le dur oreiller. Il eut un retour vers le chanoine Campanus que cette fin remplirait d'horreur, et qui pourtant avait été le premier à lui faire lire les Anciens dont les héros périssaient de la sorte, mais cette ironie crépita à la surface de son esprit sans le distraire de son seul but. Rapidement, avec cette dextérité de chirurgien-barbier dont il s'était toujours fait gloire parmi les qualités plus prisées et plus incertaines du médecin, il se plia en deux, relevant légèrement les genoux, et coupa la veine tibiale sur la face externe du pied gauche, à l'un des endroits habituels de la saignée. Puis, très vite, redressé, et reprenant appui sur l'oreiller, se hâtant pour prévenir la syncope toujours possible, il chercha et taillada à son poignet l'artère radiale. La brève et superficielle douleur causée par la peau tranchée fut à peine perçue. Les fontaines jaillirent; le liquide s'élança comme il le fait toujours, anxieux, eût-on dit, d'échapper aux labyrinthes obscurs où il circule enfermé. Zénon laissa pendre le bras gauche pour favoriser la coulée. La victoire n'était pas encore complète; il pouvait se faire qu'on entrât par hasard, et qu'on le traînât demain sanglant et bandagé au bûcher. Mais chaque minute qui passait était un triomphe. Il jeta un coup d'œil sur la couverture déjà noire de sang. Il comprenait maintenant qu'une notion grossière fît de ce liquide l'âme elle-même, puisque l'âme et le sang s'échappaient ensemble. Ces antiques erreurs contenaient une vérité simple. Il songea, avec l'équivalent d'un sourire, que l'occasion était belle pour compléter ses vieilles expériences sur la systole et la diastole du cœur. Mais les connaissances acquises ne comptaient désormais pas plus que le souvenir des événements ou des créatures rencontrées; il se rattachait pour quelques moments encore au mince fil de la personne, mais la personne délestée ne se distinguait plus de l'être. Il se redressa avec effort, non parce qu'il lui importait de le faire, mais pour se prouver que ce mouvement était encore possible. Il lui était souvent arrivé de rouvrir une porte, simplement pour attester qu'il ne l'avait pas derrière lui fermée à jamais, de se retourner vers un passant quitté pour nier la finalité d'un départ, se démontrant ainsi à soi-même sa courte liberté d'homme. Cette fois, l'irréversible était accompli.

Son cœur battait à grands coups; une activité violente et désordonnée régnait dans son corps comme dans un pays en déroute, mais où tous les combattants n'ont pas encore mis bas les armes; une sorte d'attendrissement le prenait pour ce corps qui l'avait bien servi, qui aurait pu vivre, à tout prendre, une vingtaine d'années de plus, et qu'il détruisait ainsi sans pouvoir lui expliquer qu'il lui épargnait de la sorte de pires et plus indignes maux. Il avait soif, mais aucun moyen d'étancher cette soif. De même que les quelque trois quarts d'heure qui s'étaient écoulés depuis son retour dans cette chambre avaient été bondés d'une infinité presque inanalysable de pensées, de sensations, de gestes se succédant à une vitesse d'éclair, l'espace de quelques coudées qui séparait le lit de la table s'était dilaté à l'égal de celui qui s'approportionne entre les sphères : le gobelet d'étain flottait comme au fond d'un autre monde. Mais cette soif cesserait bientôt. Il avait la mort d'un de ces blessés réclamant à boire à l'orée d'un champ de bataille, et qu'il englobait avec soi dans la même froide pitié. Le sang de la veine tibiale ne coulait plus que par saccades ; péniblement, comme on soulève un poids énorme, il parvint à déplacer son pied pour le laisser pendre hors du lit. Sa main droite continuant à serrer la lame s'était légèrement coupée à son tranchant, mais il ne sentait pas la coupure. Ses doigts s'agitaient sur sa poitrine, cherchant vaguement à déboutonner le col de son pourpoint ; il s'efforça en vain de réprimer cette agitation inutile, mais ces crispations et cette angoisse étaient bon signe. Un frisson glacial le traversa comme au début d'une nausée : c'était bien ainsi. A travers les bruits de cloches, de tonnerre et de criards oiseaux regagnant leurs nids qui frappaient du dedans ses

oreilles, il entendit au-dehors le son précis d'un
égouttement : la couverture saturée ne retenait plus
le sang qui s'écoulait sur le carreau. Il essaya de
calculer le temps qu'il faudrait pour que la flaque
rouge s'allongeât de l'autre côté du seuil, par-delà
la frêle barrière de linge. Mais peu importait : il
était sauvé. Même si par malchance Hermann
Mohr ouvrait bientôt cette porte aux verrous lents à
tirer, l'étonnement, la peur, la course le long des
escaliers à la recherche de secours laisseraient à
l'évasion le temps de s'accomplir. On ne brûlerait
demain qu'un cadavre.

L'immense rumeur de la vie en fuite continuait :
une fontaine à Eyoub, le ruissellement d'une source
sortant de terre à Vaucluse en Languedoc, un torrent
entre Ostersund et Frösö se pensèrent en lui sans
qu'il eût besoin de se rappeler leurs noms. Puis,
parmi tout ce bruit, il perçut un râle. Il respirait
par grandes et bruyantes aspirations superficielles
qui n'emplissaient plus sa poitrine; quelqu'un qui
n'était plus tout à fait lui, mais semblait placé un
peu en retrait sur sa gauche, considérait avec
indifférence ces convulsions d'agonie. Ainsi respire
un coureur épuisé qui atteint au but. La nuit était
tombée, sans qu'il pût savoir si c'était en lui ou
dans la chambre : tout était nuit. La nuit aussi
bougeait : les ténèbres s'écartaient pour faire place
à d'autres, abîme sur abîme, épaisseur sombre sur
épaisseur sombre. Mais ce noir différent de celui
qu'on voit par les yeux frémissait de couleurs issues
pour ainsi dire de ce qui était leur absence : le noir

tournait au vert livide, puis au blanc pur; le blanc
pâle se transmutait en or rouge sans que cessât
pourtant l'originelle noirceur, tout comme les feux
des astres et l'aurore boréale tressaillent dans ce qui
est quand même la nuit noire. Un instant qui lui
sembla éternel, un globe écarlate palpita en lui ou
en dehors de lui, saigna sur la mer. Comme le soleil
d'été dans les régions polaires, la sphère éclatante
parut hésiter, prête à descendre d'un degré vers le
nadir, puis, d'un sursaut imperceptible, remonta
vers le zénith, se résorba enfin dans un jour
aveuglant qui était en même temps la nuit.

Il ne voyait plus, mais les bruits extérieurs
l'atteignaient encore. Comme naguère à Saint-
Cosme, des pas précipités résonnèrent le long du
couloir : c'était le porte-clef qui venait de remarquer sur le sol une flaque noirâtre. Un moment
plus tôt, une terreur eût saisi l'agonisant à l'idée
d'être repris et forcé à vivre et à mourir quelques
heures de plus. Mais toute angoisse avait cessé : il
était libre; cet homme qui venait à lui ne pouvait
être qu'un ami. Il fit ou crut faire un effort pour se
lever, sans bien savoir s'il était secouru ou si au
contraire il portait secours. Le grincement des clefs
tournées et des verrous repoussés ne fut plus pour
lui qu'un bruit suraigu de porte qui s'ouvre. Et
c'est aussi loin qu'on peut aller dans la fin de
Zénon.

DES DEUX GIRAFES

NOTE DE L'AUTEUR

Le roman qu'on vient de lire a pour point de départ un récit d'une cinquantaine de pages, *D'après Dürer,* publié avec deux autres nouvelles, également à arrière-plan historique, dans le volume intitulé *La Mort conduit l'Attelage,* chez Grasset, en 1934. Ces trois récits, unifiés et en même temps contrastés entré eux par des titres trouvés après coup (*D'après Dürer, D'après Greco, D'après Rembrandt*), n'étaient d'ailleurs que trois fragments isolés d'un énorme roman conçu et en partie fiévreusement composé entre 1921 et 1925, entre ma dix-huitième et ma vingt-deuxième année. De ce qui eût été une ample fresque romanesque s'étalant sur plusieurs siècles et sur plusieurs groupes humains reliés entre eux soit par les liens du sang, soit par ceux de l'esprit, les quelque quarante pages d'abord simplement intitulées *Zénon* formaient le premier chapitre. Ce roman trop ambitieux fut pour quelque temps mené de pair avec les premières ébauches d'un autre ouvrage, celui qui allait devenir plus tard *Mémoires d'Hadrien*. Je renonçai provisoirement à tous deux vers 1926, et les trois fragments déjà cités, devenus à eux seuls *La Mort conduit l'Attelage*, parurent à peu près inchangés en 1934, augmentés seulement, en ce qui concerne l'épisode de Zénon, d'une dizaine de pages beaucoup plus récentes, brève esquisse de la rencontre d'Henri-Maximilien et de Zénon à Innsbruck dans *L'Œuvre au Noir* d'aujourd'hui.

La Mort conduit l'Attelage fut à l'époque très bien reçue par la critique; certains de ces articles, relus, m'emplissent encore de gratitude. Mais l'auteur d'un livre a ses raisons d'être plus sévère que ses juges : il voit de plus près les failles; il est seul à savoir ce qu'il aurait voulu et dû faire. En 1955, quelques années après l'achèvement de *Mémoires d'Hadrien*, je repris ces trois récits avec l'intention de les retoucher en vue d'une réimpression. De nouveau, le personnage du médecin philosophe et alchimiste s'imposa à moi. Le chapitre *La conversation à Innsbruck*, qui date de 1956, fut le premier résultat de cette rentrée en contact; le reste de l'ouvrage ne fut finalement rédigé qu'en 1962 et 1965. Une douzaine de pages tout au plus sur les cinquante d'autrefois subsistent modifiées et comme émiettées dans le long roman d'aujourd'hui, mais l'affabulation qui mène Zénon de sa naissance illégitime à Bruges à sa mort dans une geôle de cette même ville est dans ses grandes lignes demeurée telle quelle. La première partie de

L'Œuvre au Noir (*La vie errante*) suit d'assez près le plan du *Zénon-D'après Dürer* de 1921-1934 ; la seconde et la troisième partie (*La vie immobile* et *La prison*) sont tout entières déduites des six dernières pages de ce texte d'il y a plus de quarante ans [1].

Je n'ignore pas que des indications comme celles-ci peuvent déplaire quand elles proviennent de l'auteur lui-même et sont offertes de son vivant. Je me décide cependant à les donner pour les quelques lecteurs qu'intéresse la genèse d'un livre. Ce que je tiens surtout à souligner ici, c'est que *L'Œuvre au Noir* aura été, tout comme *Mémoires d'Hadrien*, un de ces ouvrages entrepris dans la première jeunesse, abandonnés et repris au gré des circonstances, mais avec lesquels l'auteur aura vécu toute sa vie. La seule différence, tout accidentelle, aura été qu'une ébauche de ce qui devait être *L'Œuvre au Noir* a paru trente et un ans avant l'achèvement du texte définitif, tandis que les premières versions de *Mémoires d'Hadrien* n'ont

1. Le titre du premier récit dans le volume paru en 1934 avait le tort, comme d'ailleurs ceux des deux autres nouvelles du même recueil, de présenter ces récits comme imitant systématiquement l'œuvre de trois peintres, ce qui n'était pas le cas. *D'après Dürer* avait été choisi à cause de l'illustre *Melancholia*, dans laquelle un sombre personnage qui est sans doute le génie humain médite amèrement parmi ses outils, mais un lecteur d'esprit littéral me fit remarquer que l'histoire de Zénon était plus flamande qu'allemande. La remarque est plus vraie aujourd'hui qu'autrefois, puisque la seconde et la troisième partie, alors inexistantes, se passent tout entières en Flandre, et que les thèmes boschiens et breughéliens du désordre et de l'horreur du monde envahissent l'ouvrage, ce qu'ils ne faisaient pas dans l'ancienne esquisse.

pas eu cette chance ou cette malchance. Pour le reste, et de la même façon, les deux romans se sont construits au cours des années par travaux de terrassement successifs, jusqu'à ce qu'enfin, dans les deux cas, l'ouvrage ait été composé et parachevé d'un seul élan. J'ai exprimé ailleurs ce que je pense des avantages, du moins en ce qui me concerne, de ces longs rapports d'un auteur avec un personnage choisi ou imaginé dès l'adolescence, mais qui ne nous révèle tous ses secrets qu'à partir de notre propre maturité. La méthode est en tout cas assez rarement suivie pour justifier l'insertion des quelques détails qui précèdent, ne fût-ce que dans l'intention d'éviter certaines confusions bibliographiques.

*

Encore bien plus que la libre recréation d'un personnage réel ayant laissé sa trace dans l'histoire, comme l'empereur Hadrien, l'invention d'un personnage « historique » fictif, comme Zénon, semble pouvoir se passer de pièces à l'appui. En fait, les deux démarches sont sur bien des points comparables. Dans le premier cas, le romancier, pour essayer de représenter dans toute son ampleur le personnage tel qu'il a été, n'étudiera jamais avec assez de minutie passionnée le dossier de son héros, tel que la tradition historique l'a constitué ; dans le second cas, pour donner à son personnage fictif cette réalité spécifique, conditionnée par le temps et le lieu, faute de quoi le « roman historique » n'est qu'un bal costumé réussi ou non, il n'a à son service que les faits et dates de la vie passée, c'est-à-dire l'Histoire.

Zénon, supposé né en 1510, aurait eu neuf ans à l'époque où le vieux Léonard s'éteignait dans son exil d'Amboise, trente et un ans au décès de Paracelse, dont je le fais l'émule et parfois l'adversaire, trente-trois à celui de Copernic, qui ne publia son grand ouvrage qu'à son lit de mort, mais dont les théories circulaient de longue date sous forme manuscrite dans certains milieux aux idées avancées, ce qui explique que j'en montre le jeune clerc renseigné sur les bancs de l'école. A l'époque de l'exécution de Dolet, représenté par moi comme son premier « libraire », Zénon aurait eu trente-six ans, et quarante-trois à celle de Servet, comme lui médecin, et s'occupant comme lui de recherches sur la circulation du sang. Contemporain à peu près exact de l'anatomiste Vésale, du chirurgien Ambroise Paré, du botaniste Césalpin, du mathématicien et philosophe Jérôme Cardan, il meurt cinq ans après la naissance de Galilée, un an après celle de Campanella. A l'époque de son suicide, Giordano Bruno, destiné à mourir par le feu trente et un ans plus tard, aurait eu à peu près vingt ans. Sans qu'il s'agît de composer mécaniquement un personnage synthétique, ce qu'aucun romancier consciencieux n'accepte de faire, d'assez nombreux

points de suture rattachent l'imaginaire philosophe
à ces authentiques personnalités échelonnées le long
de ce même siècle, et aussi à quelques autres ayant
vécu dans les mêmes lieux, couru des aventures
analogues, ou cherché à atteindre les mêmes buts.
J'indique ici certains rapprochements, tantôt consciemment cherchés et ayant servi à l'imagination de
mise en marche, tantôt au contraire notés après
coup en guise de vérification.

C'est ainsi que la naissance illégitime de Zénon
et son éducation en vue d'une carrière ecclésiastique ne sont pas sans évoquer celles d'Érasme, fils
d'un homme d'Église et d'une bourgeoise de
Rotterdam, et commençant sa vie d'homme sous
l'habit de moine augustin. L'algarade causée par
l'installation chez des artisans ruraux d'un métier à
tisser perfectionné rappelle des faits de ce genre
survenus vers le milieu du siècle, dès 1529 à
Dantzig, où l'auteur d'une semblable machine fut,
dit-on, mis à mort, puis en 1533 à Bruges où les
magistrats interdirent un nouveau procédé pour
teindre les laines, un peu plus tard à Lyon avec le
progrès des presses d'imprimerie. Certains aspects
violents du caractère de Zénon jeune pourraient
faire penser à Dolet, le meurtre de Perrotin, par
exemple, rappelant, d'ailleurs de loin, celui de
Compaing. Les stages du jeune clerc auprès de
l'abbé mitré de Saint-Bavon, à Gand, supposé ici
préoccupé d'alchimie, ensuite auprès du marrane
Don Blas de Vela, ressemblent d'une part aux
instructions reçues par Paracelse de l'évêque de

Settgach et de l'abbé de Spanheim, de l'autre aux
études cabbalistiques de Campanella sous la direction du Juif Abraham. Les voyages de Zénon, sa
triple carrière d'alchimiste, de médecin et de
philosophe, et jusqu'à ses ennuis à Bâle, suivent de
très près ce qu'on sait ou ce qu'on raconte de ce
même Paracelse, et l'épisode du séjour en Orient,
presque de rigueur dans la biographie des philosophes hermétiques, s'inspire aussi des pérégrinations réelles ou légendaires du grand chimiste
suisse allemand. L'histoire de la captive rachetée en
Alger sort d'épisodes quasi rebattus des romans
espagnols de l'époque; celle de Sign Ulfsdatter,
dame de Frösö, tient compte de la réputation de
guérisseuses et d'« herboristes » des femmes scan-
dinaves du temps. La vie de cour de Zénon en
Suède s'étaie pour une part sur celle de Tycho-
Brahé à la cour de Danemark, pour le reste de ce
qu'on rapporte d'un certain docteur Théophilus
Homodei, qui fut médecin de Jean III de Suède
une génération plus tard. L'opération chirurgicale
accomplie sur Han est calquée sur le récit d'une
intervention du même genre dans les *Mémoires*
d'Ambroise Paré. Dans un domaine plus secret,
peut-être vaut-il la peine de noter que le soupçon
de sodomie (et parfois sa réalité, cachée autant que
possible, et niée quand il le fallait) a tenu sa place
dans les vies de Léonard de Vinci et de Dolet, de
Paracelse et de Campanella, tout comme je le
montre dans celle, imaginaire, de Zénon. De
même, les précautions du philosophe alchimiste se

cherchant des protecteurs, tantôt chez les réformés, tantôt au sein même de l'Église, se retrouvent à l'époque chez nombre d'athées ou de déistes plus ou moins persécutés. En dépit de ceci, dans le débat entre l'Église et la Réforme, Zénon, comme tant d'autres esprits libres du même siècle, comme Bruno, qui mourra pourtant condamné par le Saint-Office, ou comme Campanella, malgré ses trente et un ans de prison inquisitoriale, reste plutôt situé sur le versant catholique [1].

Sur le plan des idées, ce Zénon marqué encore par la scolastique, et réagissant contre elle, à mi-chemin entre le dynamisme subversif des alchimistes et la philosophie mécanistique qui allait avoir pour elle l'immédiat avenir, entre l'hermétisme qui place un Dieu latent à l'intérieur des choses et un athéisme qui ose à peine dire son nom, entre l'empirisme matérialiste du praticien et l'imagination quasi visionnaire de l'élève des cabbalistes, prend également appui sur d'authentiques philosophes ou hommes de science de son siècle. Ses recherches scientifiques ont été imaginées en grande partie d'après les *Cahiers* de Léonard : il en est ainsi, en particulier, pour les expérimentations

1. Il ne m'appartient pas de discuter ici les raisons de cette attitude, admirablement analysée par Léon Blanchet, *Campanella*, Paris, 1920, en ce qui concerne un grand nombre de philosophes du XVIe siècle. Le livre de J. Huizinga sur Érasme, parti d'un tout autre point de vue, montre dans un cas particulier les mêmes effets des mêmes causes. Disons seulement que le prieur des Cordeliers n'a pas tort de discerner dans les critiques adressées par Zénon à Luther une attaque de biais contre le christianisme lui-même.

sur le fonctionnement du muscle cardiaque, qui préludent à celles de Harvey. Celles qui concernent la montée de la sève et les « pouvoirs d'imbibition » de la plante, anticipant les travaux de Hales, se fondent sur une remarque de Léonard, et eussent représenté, de la part de Zénon, un effort de vérification d'une théorie formulée à la même époque par Césalpin[1]. Les hypothèses sur les changements de l'écorce terrestre viennent aussi des *Cahiers,* mais il faut bien dire qu'inspirées des philosophes et des poètes antiques, des méditations de ce genre sont quasi banales dans la poésie du temps. Les opinions sur les fossiles sont très proches de celles exprimées non seulement par Vinci, mais par Fracastor dès 1517, et par Bernard Palissy une quarantaine d'années plus tard. Les projets hydrauliques du philosophe, ses « utopies mécaniques », en particulier les dessins de machines volantes, et enfin l'invention d'une formule de feu liquide utilisable dans les combats navals, sont bien entendu calqués sur des inventions analogues de Vinci et de quelques autres chercheurs du XVIᵉ siècle ; ils exemplifient les curiosités et les recherches d'un type d'esprits,

1. Pour les expérimentations médicales et chirurgicales de Zénon, voir *Les Dissections anatomiques de Léonard de Vinci,* par E. Belt, et *Léonard de Vinci, biologiste,* par F. S. Bodenheimer, dans *Léonard de Vinci et l'expérience scientifique au seizième siècle,* Presses Universitaires de France, 1953. Pour l'énoncé de la théorie de Césalpin, et en général pour les recherches des botanistes de la Renaissance, lire entre autres la première partie de l'ouvrage de E. Guyénot, *Les Sciences de la vie aux dix-septième et dix-huitième siècles,* Paris, 1941.

point rares à l'époque, mais qui auront pour ainsi dire traversé souterrainement la Renaissance, plus proches à la fois du Moyen Age et des temps modernes, et pressentant déjà nos triomphes et nos dangers [1]. Les mises en garde contre le mauvais emploi des inventions techniques par la race humaine, qui risquent aujourd'hui de paraître prémonitoires, abondent dans les traités alchimiques ; on les rencontre aussi, dans un tout différent contexte, chez Léonard et chez Cardan.

Dans quelques cas, l'expression même d'un sentiment ou d'une pensée a été empruntée à d'historiques contemporains du personnage, comme pour mieux authentifier que de telles vues sont à leur place au XVIe siècle. Une réflexion sur la folie de la guerre est tirée d'Érasme, une autre de Léonard de Vinci. Le texte des *Prophéties grotesques* est emprunté aux *Profezie* de Léonard, à l'exception de deux lignes tirées d'un quatrain de Nostradamus. La phrase sur l'identité de la matière, de la lumière et de la foudre résume deux curieux

1. En ce qui concerne le « feu liquide », qui fut longtemps l'arme secrète de Byzance, puis contribua à la conquête mongole, son interdiction en Occident par le second concile du Latran (1139) fut respectée, en partie parce que le naphte, matière première indispensable, était à peu près hors de portée des ingénieurs militaires occidentaux ; la poudre à canon le relégua ensuite jusqu'à nos jours parmi les « progrès » oubliés. L'invention de Zénon eût donc consisté à reprendre la vieille formule byzantine et à l'associer à des procédés balistiques nouveaux. Voir sur ce sujet R. J. Forbes, *Studies in Ancient Technology*, vol. 1, Leyde, 1964.

passages de Paracelse [1]. La discussion sur la magie s'inspire d'auteurs du temps, tels qu'Agrippa de Nettesheim et Gian-Battista della Porta, nommés d'ailleurs en cours de route. Les citations en latin de formules alchimiques sortent presque toutes de trois grands ouvrages modernes sur l'alchimie : Marcelin Berthelot, *La Chimie au Moyen Age*, 1893 ; C. G. Jung, *Psychologie und Alchemie*, 1944 (éd. revisée, 1952), et J. Evola, *La Tradizione ermetica*, 1948, placés chacun à un point de vue différent, et formant à eux trois une utile voie d'accès au domaine encore énigmatique de la pensée alchimique. La formule *L'Œuvre au Noir*, donnée comme titre au présent livre, désigne dans les traités alchimiques la phase de séparation et de dissolution de la substance qui était, dit-on, la part la plus difficile du Grand Œuvre. On discute encore si cette expression s'appliquait à d'audacieuses expériences sur la matière elle-même ou s'entendait symboliquement des épreuves de l'esprit se libérant des routines et des préjugés. Sans doute a-t-elle signifié tour à tour ou à la fois l'un et l'autre.

Les quelque soixante années à l'intérieur desquelles s'enferme l'histoire de Zénon ont vu s'accomplir un certain nombre d'événements qui nous concernent encore : la scission de ce qui restait vers 1510 de l'ancienne Chrétienté du Moyen Age en deux partis théologiquement et politiquement hos-

---

1. Paracelse, *Das Buch Meteororum*, éd. de Cologne, 1566, cité par B. de Telepnef, *Paracelsus*, Saint-Gall, 1945.

tiles; la faillite de la Réforme devenue protestan-
tisme et l'écrasement de ce qu'on pourrait appeler
son aile gauche; l'échec parallèle du catholicisme
enfermé pour quatre siècles dans le corselet de fer
de la Contre-Réforme; les grandes explorations
tournées de plus en plus en simple mise en coupe
du monde; le bond en avant de l'économie
capitaliste, associé aux débuts de l'ère des monar-
chies. Ces faits trop vastes pour être entièrement
visibles aux contemporains affectent indirectement
l'histoire de Zénon, plus directement peut-être la
vie et le comportement des personnages secon-
daires, installés davantage dans les routines de leur
siècle. Bartholommé Campanus a été dessiné sur le
modèle déjà désuet de l'homme d'Église du siècle
précédent, pour qui la culture humaniste était sans
problème. Le généreux prieur des Cordeliers n'a
malheureusement, par la force des choses, que
peu de répondants déclarés dans l'histoire du
XVIe siècle, mais s'inspire en partie de tel saint
personnage de l'époque ayant eu sa pleine part
d'expérience séculière avant l'entrée dans la carrière
ecclésiastique ou la prise d'habit. Le lecteur recon-
naîtra dans ses propos contre la torture un argument, d'ailleurs profondément chrétien, emprunté
avant la lettre à Montaigne. Le savant et politique
évêque de Bruges a été imaginé d'après d'autres
prélats de la Contre-Réforme, mais ne contredit
pas le peu qu'on sache du titulaire véritable de ces
années-là. Don Blas de Vela a été vu à l'instar d'un
certain César Brancas, abbé de Saint-André de

Villeneuve-lez-Avignon, grand cabbaliste qui fut chassé par ses moines vers 1597 pour cause de « judaïsme ». La figure volontairement estompée de Fray Juan rappelle Fra Pietro Ponzio, qui fut l'ami et le disciple du jeune Campanella.

Les portraits de banquiers et d'hommes d'affaires, Simon Adriansen avant sa conversion à l'anabaptisme, les Ligre et leur ascension sociale, Martin Fugger, personnage fictif lui aussi, mais enté sur l'authentique famille qui gouverna sous main l'Europe du XVIe siècle, suivent de très près leurs modèles réels dans l'histoire financière du temps, sous-jacente à l'histoire tout court. Henri-Maximilien appartient à tout un bataillon de gentilshommes lettrés et aventureux, munis d'un modeste bagage de sagesse humaniste, qu'il n'est pas besoin de rappeler au lecteur français, mais dont la race allait malheureusement s'éteindre vers la fin du siècle [1]. Enfin, Colas Gheel, Gilles Rombaut, Josse Cassel et leurs camarades du moindre état sont vus autant que possible à travers les maigres documents concernant la vie de l'homme du peuple, à une époque où les chroniqueurs et les historiens se sont préoccupés presque exclusivement de la vie bourgeoise, quand ce n'était

1. Le fragment 99 de Pétrone, tel que le cite Henri-Maximilien, s'augmente de quelques lignes inauthentiques qu'on suppose ici, pour les besoins de la cause, composées, non par l'inventif Nodot au XVIIe siècle, mais par quelque ardent humaniste de la Renaissance, peut-être par Henri-Maximilien lui-même. *In summa serenitate* est un noble apocryphe.

pas de celle des cours. Une similaire réflexion
pourrait se hasarder pour les personnages féminins,
les figures de femmes, quelques princesses mises
à part, étant généralement moins éclairées que les
visages d'hommes.

Un bon quart des comparses qui traversent ce
livre sont d'ailleurs pris tels quels à l'histoire ou
aux chroniques locales : le nonce della Casa, le
procureur Le Cocq, le professeur Rondelet qui en
effet fit scandale à Montpellier en faisant disséquer
devant lui le cadavre de son fils, le médecin Joseph
Ha-Cohen, et, bien entendu, parmi beaucoup
d'autres, l'amiral Barbarossa et le charlatan Ruggieri. Bernard Rottmann, Jan Matthyjs, Hans
Bockhold, Knipperdolling, principaux acteurs du
drame de Münster, sont tirés de chroniques
contemporaines, et, bien que le récit de la révolte
anabaptiste ait été fait uniquement par des adversaires, les exemples de fanatisme et d'accès de
fièvre obsidionale sont trop nombreux de notre
temps pour ne pas nous faire accepter comme
plausibles la plupart des détails de leur atroce aventure. Le tailleur Adrian et sa femme Marie sortent
des *Tragiques* d'Agrippa d'Aubigné ; les belles Ita-
liennes et leurs admirateurs français à Sienne sont
dans Brantôme et dans Montluc. La visite de
Marguerite d'Autriche à Henri-Juste est imaginaire
comme Henri-Juste lui-même, mais non les transactions de cette princesse avec les banquiers, ni sa
tendresse pour son perroquet l' « Amant Vert »
dont un poète de cour a pleuré la mort, ni son

attachement pour Madame Laodamie mentionné
par Brantôme; le curieux commentaire sur les
amours féminines qui accompagne ici le portrait de
Marguerite d'Autriche est tiré d'une autre page du
même chroniqueur. Le détail de la maîtresse de
maison allaitant son enfant durant une visite
princière est pris aux *Mémoires* de Marguerite de
Navarre, qui visita la Flandre une génération plus
tard. L'ambassade de Lorenzaccio en Turquie au
service du roi de France, son passage à Lyon en
1541 avec sa suite qui contenait au moins un
« morisque », et la tentative d'assassinat dont il fut
l'objet dans cette ville sont donnés par les documents d'époque. L'épisode de la peste à Bâle et à
Cologne se justifie par la fréquence de ce mal
presque endémique dans l'Europe du xvie siècle,
mais l'an 1549 a été choisi pour les besoins du récit
et sans référence à une recrudescence connue en
pays rhénans. La mention par Zénon en octobre
1551 des risques encourus par Servet (jugé et brûlé
en 1553) n'est pas prématurée, comme on pourrait
le croire, mais tient compte des dangers courus de
longue date par le médecin catalan, tant aux mains
des catholiques que des réformés, qui s'entendaient
au moins pour vouer au feu ce malchanceux
homme de génie. L'allusion à une maîtresse de
l'évêque de Münster est sans base historique, mais
le nom fait écho à celui de la maîtresse d'un célèbre
évêque de Salzbourg au xvie siècle. A deux ou trois
exceptions près, les noms des personnages fictifs
sont tous tirés d'archives ou de généalogies, parfois

de celles de l'auteur lui-même. Quelques noms bien connus, par exemple celui du duc d'Albe, sont donnés ici dans leur orthographe de la Renaissance.

*

Les chefs d'accusation assemblés contre Zénon par les autorités tant civiles qu'ecclésiastiques et les détails juridiques de son procès ont été empruntés, *mutatis mutandis,* à une demi-douzaine de causes célèbres ou obscures de la seconde moitié du XVIe siècle et des débuts du XVIIe siècle, plus particulièrement peut-être aux premiers procès de Campanella, dans lesquels des griefs d'ordre séculier voisinaient aussi avec ceux d'impiété et d'hérésie [1]. Le conflit larvé qui oppose le procureur Le Cocq à l'évêque de Bruges, retardant et compliquant le procès de Zénon, est inventé comme toute cette affaire, mais peut se déduire de l'hostilité violente existant alors dans les villes de Flandre contre les prérogatives administratives des nouveaux évêques instaurés sous Philippe II. La remarque facétieuse du théologien Hiéronymus van Palmaert envoyant Zénon explorer ses mondes infinis a été faite en réalité par Gaspar Schopp, champion allemand de la Contre-Réforme, à l'occasion de l'exécution de Giordano Bruno; de Schopp, également, la plaisanterie qui consiste à

1. Voir, pour ces complexes questions de procédure mi-ecclésiastique, mi-civile, les immenses procès-verbaux réunis par Luigi Amabile, *Fra Tommaso Campanella,* Naples, 1882, 3 vol.

proposer de mettre à même le prisonnier (dans ce cas Campanella) de combattre l'hérétique sur des bombardiers volants de son invention. La plupart des détails de procédure pénale spécifiquement brugeoise, mentionnés dans les derniers chapitres, comme le supplice décrit par Zénon au chanoine Campanus, et qui eut lieu à Bruges en 1521 pour un crime non désigné, la peine du feu pour infanticide, et le bûcher dressé hors des murs pour les suppliciés convaincus de mœurs hors la loi sont pris au livre de Malcolm Letts, *Bruges and Its Past* [1], particulièrement bien documenté en ce qui concerne les archives judiciaires de Bruges. L'épisode du Mardi gras a été imaginé d'après ce qui se passa près d'un siècle plus tôt dans cette même ville lors de l'exécution des conseillers de l'empereur Maximilien. Celui du juge qui dort à l'audience et se réveille croyant la sentence de mort déjà prononcée ressert à peu près telle quelle une anecdote qui courait à l'époque sur Jacques Hessele, juge au Tribunal de Sang.

Certains incidents historiques, toutefois, ont été légèrement modifiés pour leur permettre de tenir dans le cadre du présent récit. L'autopsie pratiquée par le docteur Rondelet sur un fils en réalité mort en bas âge a été antidatée de quelques années, et ce fils représenté comme au seuil de l'âge adulte, pour qu'il pût devenir ce « bel exemplaire de la machine humaine » sur lequel médite Zénon. En fait,

---

1. Desclée de Brouwer, Bruges, et A. G. Berry, Londres, 1926.

Rondelet, célèbre de bonne heure pour ses travaux d'anatomie (et auquel il arriva de disséquer aussi sa belle-mère), était de peu l'aîné de son imaginaire élève. Les séjours de Gustave Vasa dans ses châteaux d'Upsal et de Vadsténa furent fréquents, mais les dates qu'on leur assigne ici et la mention de la présence du roi à une assemblée de notables durant l'automne 1558 sont dues surtout au désir de donner en quelques lignes une idée à peu près adéquate des déplacements du monarque et de ses besognes d'homme d'État.

La date des premières commissions octroyées aux capitaines des « Gueux de Mer » est authentique, mais les exploits et le prestige de ces partisans sont peut-être quelque peu antidatés. L'histoire du « concierge » du comte d'Egmont fond en un tout l'exécution de Jean de Beausart d'Armentières, homme d'armes d'Egmont, et celui de la torture extraordinaire infligée à Pierre Col, concierge du comte de Nassau, qui en fait refusa de céder une peinture de Bosch, non au duc d'Albe, comme le dit ici le prieur des Cordeliers, mais à Juan Boléa, capitaine de justice et grand prévôt de l'armée espagnole ; l'hypothèse que cette peinture était destinée aux collections du Roi, dont on sait le goût pour l'œuvre de Bosch, est de mon cru et me paraît au moins défendable. L'épisode de la fuite manquée de M. de Battenbourg et de ses gentilshommes et de leur exécution à Vilvorde est légèrement resserré dans le temps. La chronologie des intrigues de la cour ottomane sous le règne de

Soliman a été aussi quelque peu modifiée. Deux ou trois fois enfin, l'état d'esprit du personnage qui parle introduit dans le récit un élément d'apparente inexactitude. Zénon à vingt ans, en route pour l'Espagne, définit ce pays comme celui d'Avicenne, parce que c'est par l'Espagne que la philosophie et la médecine arabes furent traditionnellement transmises à l'Occident chrétien, et s'inquiète assez peu que ce grand homme du xe siècle soit né à Bokhara et mort à Ispahan. Nicolas de Cusa fut longtemps, sinon jusqu'au bout, plus conciliant envers l'hérésie hussite que ne le dit l'évêque de Bruges, mais ce dernier, discutant avec Zénon, ramène plus ou moins consciemment l'œcuménique prélat du xve siècle aux vues plus intolérantes de la Contre-Réforme.

Un changement à certains points de vue plus considérable est celui qui porte sur la date des deux procès de mœurs intentés à deux groupes de moines augustins et cordeliers de Gand et de Bruges, et qui se terminèrent par le supplice de treize moines gantois et de dix moines brugeois. Ces deux procès n'eurent lieu qu'en 1578, dix ans après l'époque à laquelle je les place, et à un moment où les adversaires des ordres monastiques, considérés comme acquis à la cause espagnole, avaient brièvement le dessus dans ces deux villes [1].

---

1. Pour cette affaire, comme pour plusieurs des incidents mentionnés au paragraphe précédent, voir les *Mémoires anonymes sur les troubles des Pays-Bas*, édités par J. B. Blaes, Bruxelles, Heussner, 1859-1860, 2 vol.

En antidatant ces procès pour faire du second de
ces deux esclandres l'un des ressorts de la catastrophe de Zénon, j'ai néanmoins tenté de montrer,
sur un arrière-plan de politique locale forcément
différent, mais tout aussi sombre, la même fureur
partisane des ennemis de l'Église, jointe à la crainte
des autorités ecclésiastiques de paraître étouffer un
scandale, aboutissant aux mêmes atrocités légales.
Il ne s'ensuit pas que ces accusations fussent
nécessairement calomnieuses. Je prends à mon
compte les réflexions de Bartholommé Campanus
sur le suicide de Pierre de Hamaere, qui eut lieu
comme je le raconte, mais à Gand, ce condamné
appartenant au groupe des moines gantois et non à
ceux de Bruges : cette mort volontaire, fait raris-
sime à l'époque, et considéré par la morale chrétienne comme un forfait quasi irrémissible, donne à
penser que l'inculpé avait pu aussi enfreindre
d'autres prescriptions avant de braver celle-là.
L'authentique Pierre de Hamaere mis à part, le
groupe des moines brugeois a été réduit par moi à
sept personnages, tous fictifs, et la demoiselle de
Loos, dont s'éprend Cyprien, est également imaginaire. Inventée aussi l'hypothèse d'un lien, soupçonné par Zénon et recherché par les juges, entre
les prétendus « Anges » et des survivants de sectes
exterminées, puis tombées dans l'oubli depuis près
d'un siècle, comme ces Adamites ou ces Frères et
Sœurs du Libre Esprit, suspects de promiscuités
sexuelles analogues, et dont certains érudits ont cru
pouvoir, trop systématiquement peut-être, trouver

des traces dans l'œuvre de Bosch. Leur rappel n'a
pour but que de montrer, sous les alignements
doctrinaux du xvie siècle, l'éternel bouillonnement
des antiques hérésies sensuelles deviné aussi dans
d'autres procès de l'époque. On aura remarqué, de
plus, que le dessin envoyé par dérision à Zénon par
le frère Florian n'est autre chose qu'une réplique à
peu près exacte de deux ou trois groupes de figures
appartenant au *Jardin des Délices terrestres* de
Jérôme Bosch, aujourd'hui au musée du Prado, et
qui figurait dans le catalogue des œuvres d'art
appartenant à Philippe II sous le titre : *Una pintura
de la variedad del Mundo.*

PREMIÈRE PARTIE : LA VIE ERRANTE

Le grand chemin	11
Les enfances de Zénon.	21
Les loisirs de l'été.	42
La fête à Dranoutre.	54
Le départ de Bruges.	68
La voix publique.	75
La mort à Münster.	80
Les Fugger de Cologne.	108
La conversation à Innsbruck.	134
La carrière d'Henri-Maximilien.	168
Les derniers voyages de Zénon.	178

DEUXIÈME PARTIE : LA VIE IMMOBILE

Le retour à Bruges.	191
L'abîme.	209
La maladie du prieur.	246

Les désordres de la chair.   283
La promenade sur la dune.   315
La souricière.   349

TROISIÈME PARTIE : LA PRISON

L'acte d'accusation.   363
Une belle demeure.   399
La visite du chanoine.   412
La fin de Zénon.   433

NOTE DE L'AUTEUR.   445

ŒUVRES DE
MARGUERITE YOURCENAR

Romans et Nouvelle

ALEXIS OU LE TRAITÉ DU VAIN COMBAT. — LE COUP DE GRÂCE (Gallimard, 1971).

LA NOUVELLE EURYDICE (Grasset, 1931, *épuisé*).

LA MORT CONDUIT L'ATTELAGE (Gallimard, édition définitive, *en préparation*).

DENIER DU RÊVE (Gallimard, 1971).

NOUVELLES ORIENTALES (Gallimard, 1963).

MÉMOIRES D'HADRIEN (éd. illustrée, Gallimard, 1971 ; éd. courante, Gallimard, 1974).

L'ŒUVRE AU NOIR (Gallimard, 1968).

Essais et Autobiographie

PINDARE (Grasset, 1932, *épuisé*).

LES SONGES ET LES SORTS (Gallimard, édition définitive, *en préparation*).

SOUS BÉNÉFICE D'INVENTAIRE (Gallimard, 1962 ; édition définitive, 1978).

LE LABYINTHE DU MONDE, I : SOUVENIRS PIEUX (Gallimard, 1974).

LE LABYRINTHE DU MONDE, II : ARCHIVES DU NORD (Gallimard, 1977).

DISCOURS DE RÉCEPTION DE MARGUERITE YOURCENAR à l'Académie Royale belge de Langue et de Littérature françaises, précédé du discours de bienvenue de CARLO BRONNE (Gallimard, 1971).

Théâtre

THÉÂTRE I : RENDRE À CÉSAR. — LA PETITE SIRÈNE. — LE DIALOGUE DANS LE MARÉCAGE (Gallimard, 1971).

THÉÂTRE II : ÉLECTRE OU LA CHUTE DES MASQUES. — LE MYSTÈRE D'ALCESTE. — QUI N'A PAS SON MINOTAURE ? (Gallimard, 1971).

Poèmes et Poèmes en prose

FEUX (Gallimard, 1974).

LES CHARITÉS D'ALCIPPE (La Flûte enchantée, 1956, *épuisé*).

Traductions

Virginia Woolf : LES VAGUES (Stock, 1974).

Henry James : CE QUE MAISIE SAVAIT (Laffont, 1947).

PRÉSENTATION CRITIQUE DE CONSTANTIN CAVAFY, suivie d'une traduction intégrale des POÈMES par M. Yourcenar et C. Dimaras (Gallimard, 1958).

FLEUVE PROFOND, SOMBRE RIVIÈRE, « Negro Spirituals », commentaires et traductions (Gallimard, 1964).

PRÉSENTATION CRITIQUE D'HORTENSE FLEXNER, suivie d'un choix de POÈMES (Gallimard, 1969).

LA COURONNE ET LA LYRE, présentation critique et traductions d'un choix de poètes grecs (Gallimard, 1979).

Collection « La Pléiade »

ŒUVRES ROMANESQUES : ALEXIS OU LE TRAITÉ DU VAIN COMBAT — LE COUP DE GRÂCE — DENIER DU RÊVE — MÉMOIRES D'HADRIEN — L'ŒUVRE AU NOIR — COMME L'EAU QUI COULE — FEUX — NOUVELLES ORIENTALES (Gallimard, 1982).

Collection « Folio »

L'ŒUVRE AU NOIR.

MÉMOIRES D'HADRIEN.

ALEXIS OU LE TRAITÉ DU VAIN COMBAT, suivi de LE COUP DE GRÂCE.

LE LABYRINTHE DU MONDE, I : SOUVENIRS PIEUX.

Collection « Poésie/Gallimard »

FLEUVE PROFOND, SOMBRE RIVIÈRE, « Negro Spirituals »,
commentaires et traductions, 1974.

PRÉSENTATION CRITIQUE DE CONSTANTIN CAVAFY,
suivie d'une traduction intégrale des POÈMES par M. Yourcenar et
C. Dimaras, 1978.

Collection « Idées »

SOUS BÉNÉFICE D'INVENTAIRE.

Collection « L'Imaginaire »

NOUVELLES ORIENTALES.

Collection « Enfantimages »

COMMENT WANG-FO FUT SAUVÉ, texte abrégé par l'auteur, avec
illustrations de Georges Lemoine.

NOTRE-DAME DES HIRONDELLES, dessiné par Georges
Lemoine.

Impression Bussière à Saint-Amand (Cher),
le 26 novembre 1984.
Dépôt légal : novembre 1984.
1ᵉʳ dépôt légal dans la collection : juillet 1976.
Numéro d'imprimeur : 2792.
ISBN 2-07-036798-3./Imprimé en France.

34690